《文艺百家谈》编委会

主　任　　何　颖

副主任　　陈先发　孙传琴　林　勇

　　　　　吕　卉　韩　进

编　委　　方　川　史培刚　戎龚停　江　飞

　　　　　李春荣　张小平　陈振华　邵　明

　　　　　赵　昊　施晓静　秦金根

（以姓氏笔画为序）

《文艺百家谈》编辑部

主　　编　　韩　进

执行主编　　史培刚

副主编　　施晓静

编　　辑　　范倩倩

安徽省文学艺术界联合会
安徽省文艺评论家协会 编

文艺
百家谈

2021 年．第 2 辑：总第 27 辑

北京时代华文书局

目 录

5 戏剧

6 民间文艺

7 音乐 舞蹈

8 影视

文学

壮美的文学旗帜

——安徽红色文学概述

◎ 唐先田

    安徽的土地是值得骄傲的红色土地。从安徽这块红色土地上长起来的、走出去的英雄儿女，慷慨悲壮、不怕牺牲，矢志践行初心使命，为中国共产党的成长壮大，为新中国的成立，为实现中华民族的美好梦想，做出了卓越的贡献。与此同时，一大批描写、歌颂革命斗争中英雄人物、英雄事迹的红色文学作品应运而生，思想水平、艺术水平总体较高，堪称壮美的文学旗帜，是整个中华文学宝库里的灿烂珠宝，光彩夺目。在庆祝中国共产党百年华诞的庄严美好时刻，结合学习党史，重读这些红色华章，心灵一定会重新受到震撼和洗礼。

    以下按时间顺序，分别从诗歌、小说和散文、电影文学剧本几个方面对安徽的红色文学加以概述。

一、诗歌

    安徽的红色诗歌创作，首推陈独秀。陈独秀（1879—1942），安徽怀宁（今安庆）人，中国共产党主要创始人之一，中国共产党早期领导人。他早年创办的《新青年》杂志在中国革命史上具有永不磨灭的光辉。俄国十月革命胜利以后，陈独秀迅即接受并传播马克思主义，并以马克思主义为指导，于1920年在上海成立中国第一个共产主义小组，发起成立中国共产党。陈独秀是革命家，也是新文化运动的倡导者、发起者和主要旗手，他的诗歌在当时就很有名，20世纪30年代中叶，王森然在《近代二十家评传》一书中盛赞陈独秀的诗"雅洁豪放，均正宗也"，称他"二十年前，亦中国最有名之诗人也"。陈独秀善写古体诗，自在《新青年》杂志上发表《文学革命论》一文提倡白话文之后，为实践他的理论主张，开始写白话诗。无论他的白话诗还是古体诗，都有堪称红色诗歌的佳作。他最早的白话诗是于1918年发表的《丁巳除夕歌》，全诗较长，诗中写道：

> 除夕歌，歌除夕；
> 几人嬉笑几人泣：
> 富人乐洋洋，
> 吃肉穿绸不费力。
> 穷人昼夜忙，
> 屋漏被破无衣食。

陈独秀通过"除夕"这一特定时空环境所作的诗，愤怒而沉痛地控诉了当时社会的不公，其启发意义和鼓动性是深刻且强有力的。从这首诗可以看出，陈独秀的感情、立场，是那么坚定而诚恳地站在劳苦大众的一边。通过这些诗句也使读者能够理解，为什么陈独秀能在俄国十月革命胜利之后的很短时间内，迅速而彻底地接受马克思主义并努力付诸实践行动，积极筹建中国共产党。此后，他又创作了白话诗《致读者》，这首诗旗帜鲜明、感情奔放，堪称红色经典，全诗曰：

> 快放下你们的葡萄酒杯，
> 莫再如此的昏迷沉饮；
> 烈火已将烧到你们的脚边，
> 你们怎不起来自卫生命？

呀，趁你们的声音未破，

快起来把同伴们唱醒；

趁你们的热血未干，

快起来和你们的仇敌拼命！

在这恶魔残杀的世界，

本没生趣之意义与价值可寻；

只有向自己的仇敌挑战。

就是死呀，死后也得安心。

苏维埃的列宁永生，

孙中山的精灵不冥；

热血未干的朋友们呀，

莫忘了你们尊贵的使命！

　　这首诗热情地歌颂了苏维埃、列宁和孙中山，非常难得。歌颂列宁，就是歌颂俄国的十月革命，十月革命一声炮响，给我们送来了马克思主义，这充分地说明，此时的陈独秀，已对马克思主义由衷信仰。他将孙中山与列宁并称，是对孙中山"联俄、联共、扶助农工"的政治主张的高度赞赏。诗的最后两句，正是号召民众将马克思主义作为武器，去实现自己"尊贵的使命"！

　　在陈独秀之后的安徽革命诗人，当数张恺帆，他所创作的红色诗篇，极为有名。张恺帆（1908—1991），安徽无为人，出身书香门第，自幼饱读诗书，1928年加入中国共产党，之后于上海从事党的地下工作，因叛徒出卖被捕，被关押在淞沪警备司令部看守所（又称"龙华监狱"）。在龙华监狱时，有八九个难友爱好诗词，张恺帆就和他们一起组织了诗社，定名为"扪虱诗社"。监狱看管很严，很难找到纸笔，张恺帆就用铅笔头在墙上写诗，其中一首曰：

龙华千古仰高风，

壮士身亡志未穷。

墙外桃花墙里血，

一般鲜艳一般红。

　　这首诗是上海解放后，解放军在清理龙华监狱时在墙壁上发现的。全诗意气昂扬，对龙华壮士视死如归的革命精神极尽赞美，诗中更充满着坚定的革命乐观主义精神。20世纪50年代末，在主编《革命烈士诗抄》时收入了这首诗，因张恺帆在龙华监狱墙壁上写这首诗时未署名，萧三不知是谁写的，只好署"龙华殉难者"。后来一位熟悉张恺帆的人士告诉萧三，说这首诗是张恺帆写的，张恺帆还健在，不是烈士，在安徽省任省委书记处书记、副省长。萧三立即写信给张恺帆表示歉意，张恺帆则复信给萧三说："我是幸存者，能获烈士称号，当不胜荣幸。何歉之有！"既表达了张恺帆的广阔胸怀，也表达了他誓死将自己的一切献给革命的决心，龙华题壁诗和张恺帆与萧三的通信，在当时传为佳话。在龙华监狱，张恺帆写的另一首诗，也慷慨悲愤，充满对国民党反动派杀害革命志士的深仇大恨，这首诗是张恺帆刚进龙华监狱，得知"左联"爱国作家李求实、柔石、胡也频、冯铿、殷夫和著名共产党人林育南、何孟雄等人，于1931年2月7日在龙华同时被杀害时而写的，诗曰：

　　肃杀秋声不忍闻，

　　思潮血海泪波横。

　　纵教啖尽仇雠肉，

　　莫补创痕一半深。

　　这首诗表达了张恺帆对柔石、殷夫等"左联"作家及其他革命烈士由衷的敬意和思念，也表达了他对国民党反动派刽子手们的刻骨仇恨。

新中国成立前，安徽的红色诗歌还有田间的《中国农村的故事》《给战斗者》及他创作的"街头诗"。田间（1916—1985），安徽无为人，他的诗战斗性极强，他亦被誉为"时代的鼓手"。《中国农村的故事》是一首长篇叙事诗，1500余行，这首诗以红军长征为背景，以扬子江象征祖国和人民，描写中国农村的深重苦难与农民的斗争，深情地呼唤"人民的春天"将"踏着战斗的路回来"，诗中所洋溢的英雄主义精神，起到了振奋人心、鼓舞士气、推动革命浪潮不断向前的作用，出版之后，即被国民党列为禁书。《给战斗者》是田间1937年秋天在武汉写的，是抗战时期优秀的政治抒情诗，他在诗中写了中华民族所面临的日本侵略者的恶行："在大连，在满洲底/野营里，/让喝了酒的/吃了肉的/残忍的野兽，/用它底刀，/嬉戏着——/人民的/生命，/劳苦的/血……"他热烈地歌颂不愿做亡国奴的中国人民面对血腥强暴奋起而反抗的战斗："是开始了伟大战斗的/七月，七月呵！/七月，/我们/起来了。"诗的最后，诗人用昂扬的语言写了抗日战争的伟大价值和深刻意义："在诗篇上，/战士底坟场，/会比奴隶底国家/要温暖，/要明亮。"《给战斗者》是给正在浴血奋战的中国人民的宝贵的精神食粮，《给战斗者》的每一句诗，都能唤起中国人民对国家无比深厚的爱和对侵略者咬牙切齿的恨，都能激起中国军民崇高的爱国主义、英雄主义和乐观主义热情，催人奋进，是战斗的号角，这首诗让作者达到了以诗歌参加、鼓舞抗战的目的。

新中国成立之后，安徽的红色诗歌代表作应是诗人严阵创作的2.8万余行的长篇叙事诗《山盟》，这是一部史诗性的巨著，严阵称之为"长篇诗体小说"，是他在诗歌形式方面不断探索的丰硕成果。严阵在1959—1961年就完成了《山盟》的初稿，这首诗后经过很多年的反复修改、打磨，至1989年才作为庆祝新中国成立四十周年的献礼诗而分上下两册由人民文学出版社出版。《山盟》描述了新中国成立前波澜壮阔的武装斗争，浓缩了1929—1949年间中国发生的巨大社会变革。全诗以苍茫瑰丽的黄山为背景，从江南游击战争、皖南事变一直写到渡江战役，故事的时间跨度之长，所涉及的重大历史事件之多，所塑造的各方面人物形象之众，在新诗史上绝无仅有。《山盟》塑造了二十多个英雄人物形象，这些命运不同、经历各异的中华儿女，都有一个共同的目标，那就是为真理而奋斗，为祖国、为人民的光明未来而奋斗，他们舍生取义，对个人的流血牺牲在所不惜。人们不会忘记诗中的领导人洪钟，起义失败后他壮烈就义，就义前他大声宣告："我用热血换得的教训，将永警革命的后辈！"《山盟》所展现的英雄的气概和光辉，仍然是我们今天奋勇前行的力量来源。

二、小说和散文

蒋光慈（1901—1931），安徽六安人，1920年在上海加入上海社会主义青年团，1921年5月受党组织派遣，和刘少奇、任弼时、萧劲光、韦素园等一起前往莫斯科劳动大学学习，1922年在苏联转为中国共产党正式党员。回国后，蒋光慈1927年在上海创作的中篇小说《短裤党》是安徽的第一部红色小说，在全国也应是最早的红色小说之一。《短裤党》是对1927年上海工人大罢工曲折艰苦历程的生动再现。初稿完成后，蒋光慈送给瞿秋白看，因为病中的瞿秋白曾为他写好这部小说提供了许多素材。瞿秋白和他夫人杨之华读过这部小说后，都对之极为称赞。蒋光慈在《短裤党·写在本书的前面》中说："花了半个月的工夫，写成了这一本小书。当写的时候，我为一股热情所鼓动着，几乎忘记了自己是在做小说。写完了之后，自己读了两遍，觉得有许多地方很缺乏所谓'小说味'，当免不了粗糙之讥。不过本书是中国革命史上的一个证据，就是有点粗糙的地方，可是也自有其相当的意义。"他又说："我真感谢我的时代！它该给予了我许多可歌可泣的材料！"《短裤党》的鲜明主题是革命，描写的是重要的革命事件和革命人物，基本上是真人真事，小说中的人物都有其原型，如大胡子鲁正平的原型是周恩来，林鹤生的原型是汪寿华，史兆炎的原型是赵世炎，杨直夫、秋华的原型是瞿秋白夫妇，华月娟也有原型……作者对这些人都很熟悉，所以写起来真实质朴。小说写的是，1927年2月，在共产党员史兆炎等人的领导指挥之下，上海工人举行总同盟罢工暴动，纱厂支部书记李金贵带领工人到警察署抢枪支，妇女部书记华月娟则带领女工到西门一带放火，但由于准备不足，加上军阀的血腥镇压，这次罢工暴动以失败告终，李金贵等人壮烈牺牲。病中的杨直夫与史兆炎及群众一起总结了血的教训，对准备不足的方面进行了深刻反省。他们经过周密部署，再次举行几十万人的总同盟大罢工和武装暴动，并取得了胜利，成立了革命市政府。小说对"党领导下的武装夺取政权是中国革命的必由之路"这一论证进行了颂扬。此后不久，蒋光慈于1930年又创作了长篇小说《咆哮了的土地》（后更名为《田野的风》），描写了"诚实而精明强干"的青年工人张进德和知识分子李杰回到家乡，组织农会，给村里带回"新的思想，新的言语"的情节。村子"更加激荡了"，许多农民，如王贵才、王荣发、吴长兴、毛姑等人纷纷觉醒，就连富家小姐何月素也觉醒了，这就有力地动摇了以李杰的父亲为代表的地主土豪劣绅在农村的统治。农民的觉醒，"土地的咆哮"，表明了党领导农村革命的成功以及农村革命基础的加固，从而歌颂了党对农民革命运动的领导。《短裤党》和《咆哮了的土地》是新中国成立之前非常有名的两部红色小说。

新中国成立之后，安徽的作家们根据各自的生活积累，创作了许多红色小说。陈登科是从战火中走出来的作家，他于1950年发表了长篇小说《活人塘》，作品一问世，便得到了社会的高度关注，出版后曾被译成俄、英、日等五种外文。这部小说是人民英雄的真实写照，具有震撼人心的思想力量和艺术力量。他的另一部长篇小说《淮河边上的儿女》，可以说是《活人塘》的姐妹篇，内容丰富，情节紧张，人物鲜活。他的短篇小说《大别山的玫瑰》写的是童养媳尚爱华积极投身革命的故事，尚爱华先是千方百计搞枪支参加农民暴动打土豪，然后参加红军，在紧要关头不惜牺牲两岁儿子小华的生命而使红军战友脱离险境。红四军北上抗日后，尚爱华与她的丈夫张长远奉命留在大别山打游击。在一次任务中，张长远遭叛徒出卖牺牲，尚爱华带着红军游击队员撤离，为了避开敌人追赶，他们被迫藏在一个荷塘里以荷叶做掩护。水深淹至脖子，两岁的小华吓得哇哇直叫，敌人的马队就在眼前，尚爱华想冲上岸去把敌人引开，但那样会暴露荷塘里的十八个红军同志，在这千钧一发之际，小说写道："她一把捂住小华的嘴，将头盖上枯死的荷叶和水草……小华浸在水里，双手在爱华胸口上乱扒……她紧紧咬着唇边，心里在说：'我的心肝，你不要抓妈妈，在妈妈身旁，有十八个共产党员……'"小说的故事壮烈凄惨，女主人公的崇高精神令人崇仰动容。

《在狱中》是黄岩、吴树声共同创作的长篇小说，初版署的是笔名"家声"。黄岩是革命老战士，1931年入党，红军长征后，他留在大别山坚持斗争，新中国成立后曾任安徽省省长。这部小说，是黄岩提供资料和口述当年革命斗争的经历，由吴树声进行记录整理，然后加入小说元素，并进行艺术加工而成，1959年出版后，在读者中引起强烈反响并受到好评。《在狱中》写的是土地革命战争时期，一批革命者在国民党监狱里英勇、机智斗争的故事。那时革命斗争形势严峻复杂，一些共产党员和革命群众，由于叛徒的出卖、战争的失利或其他原因，不幸被捕入狱，他们经受着敌人的种种酷刑和利诱，丝毫没有动摇坚强意志，始终对革命事业充满着必胜信心，对革命的前景有着美好的期望。他们一面同敌人进行顽强不屈的斗争，一面刻苦学习文化。这部小说描写了共产党员鲁品山临危不惧，巧妙打破敌人的层层封锁，终于完成了上级交给的任务。黄岩和吴树声二人共同创作的另一部小说《到敌后去》，是《在狱中》的续篇，两部小说皆以生动感人的情节，刻画了郑邦、周凤章、鲁品山和柳杏义等人的英雄形象。这两部红色小说还开启了一个新的文学模式，即"革命家＋作家"创作红色文学作品的模式。此后的《铁山烽火》就是安徽省军区前司令员廖容标讲述，叶道理整理加工而成的，这是一部文学性很强的革命回忆录。

鲁彦周创作的中篇小说《山魂》，从另一个角度描写、歌颂了革命战争年代英烈们对党、对祖国的赤诚。1960年秋冬之际，黄岩和省里其他领导同志安排鲁彦周去六安淠史杭水利工程深入生活两三个月，为将来的创作积累素材。鲁彦周在熟悉水利建设生活的同时，还收集到许多革命英烈的历史资料，其中包括舒传贤、许继慎、高敬亭、周维炯等革命英烈，他们都为革命做出了重大贡献，也都很年轻，不幸过早地失去了自己的生命。鲁彦周说，他在采访时十分激动，几乎是用颤抖的手记下这些英烈的资料和传说事迹。这便是创作《山魂》的缘由。

小说中的师政委方声，是鲁彦周采访本里所记下的那些英烈的综合形象，鲁彦周说他是用血和泪来写这部小说的。小说以大别山革命老区为背景，小说中的方声还不满20岁，他14岁便参加革命，原是少共国际师的，虽年纪轻，人也瘦小，名声却很大，他练有过硬的奔跑本领，有一次带领二十名精兵，奔跑猛追国民党兵八十里，被追的国民党兵一步也跑不动了，累得躺在路边大声喘气，连举手投降的力气都没有，敌团长也跪在路边求饶，敌人的一个团就这样被他追垮了。因为会打仗，人也精明，又有大局观念，他深得军领导的信任，被任命为红八师政委。经过战火锻炼的方声打仗更勇敢，更有谋略，指挥能力更强。在一次规模较大的战斗中，方声消灭了敌人的一个旅，还生擒了敌人的一名团长。他对五百名俘虏的家庭出身逐个进行考察，了解到其中四百名都是穷苦人出身，都是被迫为蒋介石卖命，于是决定将他们都留下来，一百名送军部，三百名扩充八师兵力，如果军部不要，八师就都留下来，八师的班底原是少共国际师娃娃兵长大的，兵力原本薄弱。那个敌团长也被暂时关起来，让他将所了解的敌军情况都写出来，这些情报对我军很有用。然而，我军内部正在开展所谓"肃反"，方声被扣上了"窝藏敌人""私自和敌人接触"的帽子。军部通知他去接受审查，方声再明白不过了，此一去便不可能再回来。当他所在的一个排和敌军一个营作战时，他冲上高高的岭头，连发他的机关枪，又连扔手榴弹……有意将自己暴露在敌人的面前，他用自己年轻的生命向所有的人昭示：共产党人是光明坦荡的！

《找红军》是鲁彦周1959年创作的红色中篇小说，鲁彦周很认可这个短篇，是当年畅销的儿童文学作品。小说中的9岁小男孩小谷，父亲是红军，母亲是赤卫队员，红军主力转移时，父亲负了伤，一家三口只得藏在一个山洞里。妈妈出去打探消息，一去就没有回来。父子二人处境极其险恶，父亲意志坚定，对小谷说："孩子！我们一定要找到红军！离开红军，爸爸就活不下去，妈妈的仇就没法报。革命没有红军就不得成功，穷人没有红军就翻不了身！"小说用小谷第一人称的口气，讲述了找红军过程的凶险经历：冒风雪、踏泥泞、爬悬崖、钻刺窝、吃野菜，小谷还配合父亲杀死了一名反动民团小头目宋秃子。小谷在打探消息时，得知白匪要急行军一百四十里去打青松岭的"赤匪"，他脑袋一转：红军可能就在青松岭。他赶快将这个情报告诉父亲，父子俩终于在青松岭找到红军，小谷也成了小红军。《找红军》这篇小说所体现的是：红军是人民真正的救星。

因为新四军的英雄事迹主要发生在皖南地区，所以特别引起安徽作家们的关注。1998年经中国人事出版社出版的老作家边子正的长篇小说《脚印》，描写的就是抗日战争前期，新四军的一个支队与友军团结一致，在敌后与日、伪、顽相抗争的壮烈故事。小说详细地描述了"阳胡激战"的场景。新四军二十二支队驻阳胡，得知驻石庄的友军二〇四团被日寇包围，情况十分紧急，那时正倡导国共合作抗日，二十二支队在支队长苏雷的带领下紧急前往支援。于是一场激战发生了，经过白刃格斗，侦察员刘明刚和霍天亮挥舞起大刀片，表现得特别英勇。最终，日寇被打退了，二〇四团的危急状态解除了，但二十二支队参谋长王清、五连年轻的连长牛为舍等人却壮烈牺牲。苏雷在掩埋好战友的遗体后轻声说："我的好同志，你们安息吧。马革裹尸，是军人的光荣，为捍卫祖国而殉职，是我等的志愿。你们尽到了你们的责任，你们放心走吧，你们杀剩下的敌人，交给我们来收拾！他们不滚出中国，我们就把他们杀绝不可！"听了苏雷的这番话，友军二〇四团团长周治武也非常激动，他紧紧握住苏雷的手，对他的部下们说："各位弟兄，请记住今天，记住苏支队长的肺腑之言。苏支队长这番话，是对死者说的，也是对我们生者说的；苏支队长的决心，也是我们大家的决心。我们大家更应当紧密团结，携手并肩，抗战到底，拯救我们的祖国！"小说进而写道："周治武这番充满激情的话，引起所有人的共鸣，两个部队的指战员自动融合在一起，紧紧握手，热烈拥抱，泪脸对着泪脸，同声高呼：'携手并肩，抗战到底！……'"《脚印》所体现的团结抗日精神令人难忘。

新时期以来，安徽的作家仍以极大的热情创作红色小说，季宇的中篇小说《最后的电波》和长篇小说《群山呼啸》，便是其中的佼佼者。《最后的电波》因其别具一格，获得安徽省社会科学奖（文学类）一等奖、人民文学奖中篇小说奖。这篇小说是讲述新四军无线电通信故事的。季宇说，他父母都是新四军通信兵老战士，小说的素材是父母平时的回忆记录和家里收藏的通信兵史料，小说的细节和通信兵的战斗生活都是真实的。小说的故事曲折，细节生动，语言流畅，人物性格鲜明。这篇小说既描写了新四军光荣的艰苦奋斗经历，也写了新四军在极其艰苦的环境下不忘自己是人民的子弟兵，时刻想着老百姓的根本利益而不惜为之赴汤蹈火、流血牺牲的崇高精神。

2021年1月，人民文学出版社出版的季宇的长篇小说《群山呼啸》，也是一部革命战争题材的红色小说。为创作这部小说，季宇曾多次赴大别山区实地采访，阅读了数百部革命历史书籍，做了充分的创作准备。小说以贺、卫两大家族的恩怨情仇为线索，着重表现了大别山群峰之中蕴藏的澎湃革命理想、激情和力量。小说着重塑造了"我爷爷"贺文贤、"我大伯"贺廷勇、"小姑爷爷"龚雨峰、郑先滔、史传洲、费伊蓉等十多位英雄人物形象，表现了他们在革命道路上艰难跋涉、不怕牺牲的崇高精神。小说中贺文贤和贺廷勇是一对"殊途同归"的父子，他们在不同的时间节点，以不同的方式走上革命道路。前者代表的是从旧民主主义革命向新民主主义革命转变的一代人，经历了大革命失败后的迷惘和彷徨，在走过种种弯路之后，最终找到正确的救国之路；后者则是新民主主义革命者的代表，在学校读书时受到地下党组织的教育和进步思想的熏陶，先后参加了广州起义、大别山暴动，并在历经了种种磨难之后把胜利的红旗插上了大别山群峰。小说的最后，两代革命者终于在抗日战争的紧迫形势下，历史性地走到了一起，完成了精神信仰的汇聚，个人追求与家国情怀相互交融、相互统一。《群山呼啸》是一部富有思想感染力、值得一读的红色小说。

安徽的红色小说，还有于寄愚的短篇小说《石头奶奶》（小说发表时署笔名"杨书云")、菡子的短篇小说《万妞》《父子》、海涛的长篇小说《硝烟》。《石头奶奶》和《万妞》，歌颂的是革命战争年代那种亲如一家的军民关系；《硝烟》写的则是淮海战役的伟大胜利，突出塑造了蟠桃寨儿童团团长小亮和我军司号班班长靳军的英雄形象。

于寄愚是我国老一代革命文艺家，早在20世纪30年代，就曾与"左联"烈士胡也频一起，在上海从事地下革命斗争，并曾担任"左联"美术团体总干事。抗日战争时期，他曾奉命在山东根据地开辟一片新区并组织一支抗日武装。这支队伍由他亲自领导，由小到大，由弱到强，机动灵活，逐步形成了一定规模，一直坚持与日寇英勇斗争。他晚年创作的一部长篇小说《一支不正规的队伍》，便是依据他的亲身经历写成的既有纪实性又有传奇性的小说。

在散文、报告文学方面，安徽人民出版社曾出版《野火烧不尽》和《在艰难的岁月里》两本书，辑录了安徽地区的革命斗争回忆录数十篇；另有廖容标的《黑铁山下的抗日烽火》和《转战在胶济线上》，以及黄岩的《记河西农民起义》、傅绍堂的《红军钢枪队的诞生》、李务本的《冲出重围》等，都是红色文学中的珍品。

三、电影文学剧本

陈登科、鲁彦周共同创作了电影文学剧本《风雪大别山》（又名《相会在天安门前》）。这是第一部描写大别山革命斗争的电影文学剧本，搬上银幕后，受到广大观众的喜爱，特别是大别山区观众，看到这部影片后，仿佛又回到了那烽火连天的革命战争年代。

《风雪大别山》描述了大别山区农民林天祥在党的教育下，参加了赤卫队，奋不顾身地参加农民暴动并取得了胜利，不久又成为红军的一名排长，参加二万五千里长征后，成了红军的一名师长，在重新进军大别山和抗美援朝战争中，立下了赫赫战功，当上了解放军的司令员。剧本具体形象地展示了林天祥在党的教育下的成长过程。他本是一个性情刚烈的农民，党的地下工作者郑从义看中他内心深处的正义感，耐心地向他讲述革命道理，讲团结的重要性："我们穷人也好比这筷子，一个一个只好让土豪要打就打，要杀就杀；要是天下穷人都拧成一股劲，这世界会怎样……"暴动胜利了，乡里成立了苏维埃，穷苦农民分得了胜利果实，有的分到了新衣服，有的分到了八斗粮食，于是杀猪、宰羊，痛痛快快喝起了翻身酒，林天祥也有点飘飘然了，他是队长，宣布赤卫队放假，各回各家，赶快把地种好。正是在这个节骨眼儿上，郑从义开导林天祥："革命刚开始，敌人正在残酷地向我们进行'围剿'，多少穷苦兄弟还在遭敌人杀害，红军还在前方拼命，可是你，你却把赤卫队放假回家种地了！"正是郑从义的耐心教育，林天祥由赤卫队队员当上了红军。郑从义牺牲后，他的妻子吴红英也失去了下落，林天祥背着他们的小儿子郑云龙从枪林弹雨中逃了出来，又走完了长征路，十几年后林天祥当上了师长，二十岁刚出头的郑云龙也成为师部的参谋。

吴红英也是《风雪大别山》中着力刻画的英雄人物，她在丈夫郑从义壮烈牺牲后，擦干眼泪，继承丈夫的遗志，奋勇向前，在白匪军官发出指令要将乡亲们"统统枪毙"的一刹那间，她奋力扳倒白匪军官后一起滚下悬崖，老乡们大都冲出去得救了，吴红英死里逃生，在用最后一点力气卡死白匪军官后，又活了过来，养好伤后继续战斗，还担负起抚养林天祥幼小的女儿的责任。为了塑造吴红英的形象，《风雪大别山》中讲了下面这样一个神话故事：十几年后，林天祥和郑云龙回到故乡寻找吴红英，发现村子里的乡亲们有的被白匪杀了，有的逃了，除了那棵高大的银杏树还在之外，没有一个熟悉的面孔。从外乡流落到这个村子的老乡说那个跳崖的妇女成了神。"有人说有天夜里在一个山头上看见她左手抱着一个男孩，右手抱着一个女孩，身边发着光，向山下大喊：'斗争吧！老乡们，白匪活不长的！'据说许多人都亲眼看见过"。老乡还说："当年群众四时八节，都到悬崖上给这位妇女烧香呢。"浪漫的文学色彩，将吴红英神化，表达了乡亲们对吴红英的崇敬和怀念，这也正是吴红英始终不忘初心，对乡亲们有高度责任担当的生动体现。

中华人民共和国成立了，天安门广场欢声雷动，林天祥和他的女儿、吴红英和她的儿子，在天安门前相会，他们在欢庆来之不易的胜利时，也深切地缅怀为革命而壮烈牺牲的大别山的前辈英烈。

张崇岫作为中国人民志愿军第九兵团政治部摄影组长，曾赴朝鲜抗美援朝战场采访报道，在战场上的所见所闻，使他感动不已，于是创作了电影文学剧本《战地之星》。这是一部反映抗美援朝的电影文学剧本，这部作品从新闻宣传的角度出发，通过战地英语广播的方法，用正义的声音对美国大兵进行心理疏导，体现了中国共产党政治思想工作的强大威力。剧本以抒情散文的笔法一气呵成，在形式上与所表达的内容有机地融会在一起，很有感染力。

《战地之星》的历史背景，是1952年的朝鲜战场，不可一世的美军在中国人民志愿军和朝鲜人民军的强大攻势下，屡吃败仗，不得不走进板门店的谈判帐篷进行谈判，但他们还是贼心不死，屡屡炮击侵犯志愿军阵地，妄图通过最后挣扎为谈判增加一点筹码，志愿军某部三连的阵地便是他们攻击的目标。为从心理上击败美军，削弱他们的战斗力，军部决定在三连阵地上建立广播站对敌广播，开展瓦解敌军意志的心理攻势。军部派给三连的女广播员白露，年纪很小，一副天真烂漫的样子，但她曾在美国上过学，美式英语讲得很流利。剧本重点塑造了白露在朝鲜战场进行特殊战斗的形象。她一到三连便立即开始了战地对敌广播，她将广播站命名为"流星广播站"，她准备了很多世界名曲唱片，不断向阵地对面不远的美军播放贝多芬的交响曲和苏格兰民歌《一路平安》等，播放最多的当然是《中国人民志愿军战歌》，每播放一支歌曲，便播一段她自己编写的针对美军的话语，如："美军士兵们，你们为什么要别离亲人，远渡重洋，进入朝鲜来打这场肮脏的战争呢？这场战争再打下去前途如何，连天上的星星也会告诉你们，蓝天是那样遥远，前途是那样渺茫……""美军士兵们，今晚是周末，特意提醒你们不要忘记了家乡的风光……""你们乘坐过密西西比河上的游艇吗？你们欣赏过圣海伦斯火山吗？你们观看过旧金山的金门大桥吗？此刻，你们家乡的风光，母亲的泪水，亲人的期待，远在天涯……"白露还善于配合重大新闻进行宣传，如周恩来就朝鲜战局发表声明说："朝鲜战争应当早日结束，首先停止一切军事行动。"她接着即兴广播："美军士兵们，如果这个美好的愿望得以实现的话，你们可以不再打仗，也可以回家了。但是，你们的谈判代表还在那儿喋喋不休地争论，说我们的阵地早在一个月前就是你们的，请问约翰·米利斯上尉，你看到的小山头，你听到的流星广播站的广播，是在哪一边？"约翰·米利斯上尉是对面美军的小头目，他的行为举止和美军士兵截然相反，白露指名道姓的广播，引起美军士兵的一阵哄笑。停战协定签字了，白露还抓住最后的机会说："请记住你们的将军在停战签字仪式上的讲话，你们是在错误的地方、错误的时间和错误的对象打了一场错误的战争……愿你们能一路平安返回家乡……"剧本还具体地描写了白露的广播宣传所起到的意想不到的作用：因为听得入迷，一个美国士兵举着叉子，忘记把肉食送进嘴里；两个扛弹药的士兵，忘记放下弹药箱；黑人士兵哈里森称赞白露的"声音真美，一口标准的美国音"。哈里森还对他的上司约翰·米利斯说："上尉先生，我喜欢她播放的音乐，不仅如此，她的声音还是友好的。"哈里森甚至一声不响地摘下一位上士的弹匣，把子弹一粒粒地退出，扔出坑外，他们实在厌战，实在想回家，他们听了白露入情入理的广播，思乡思亲的情绪更急切了。就连那位美军小头目也害怕白露的广播，白露在广播里警告说："米利斯上尉，用炮弹威胁中国人民的时代早已过去了！钢铁是压不倒真理的声音的！"他听得脸色灰白，全身颤抖。

剧本还描述了从未经历过战争的白露，眼看着志愿军的英勇顽强和壮烈牺牲，她也经受住了血与火的考验，连长杨福生、一排长、战士牛强的英勇行为深深感染了她，在美军气急败坏地炮轰广播站时，她不顾一切地奋起抗争、坚持播音，她还利用间隙教战士们简单的英语喊话："喂！放下武器。不要害怕。过来！"还为负伤的战士进行急救包扎。有一次，战士牛强和一个美军搏斗，她冲上前去，用枪托猛砸这个美军士兵，牛强得救了，该美军当场毙命。

《战地之星》是一部很优秀的电影文学剧本。

以上从三个方面概括地叙述了安徽的红色文学作品，很不完整。安徽能归于红色文学的作品还很多，不能一一列出介绍，是写作本文时的一大遗憾！

百年党史与安徽红色儿童文学经典

◎ 韩　进

2021年是建党100周年，党走过的这100年是党领导全国各族人民从站起来、富起来到强起来的100年，也是党领导的红色文学从无到有、从弱到强、从星火燎原到繁花似锦的100年。如果说红色文学是百年党史大背景中的一道亮丽的风景线，那么安徽红色儿童文学则是这道亮丽风景线里的小景观。正如一滴水可以折射太阳的光辉，安徽红色儿童文学始终是党领导的革命文学的组成部分，承担着培养党的事业接班人的神圣使命。党和政府历来重视儿童文学，在百年红色儿童文学经典里有百年党史的缩影。回望百年党史，深挖红色资源，传承红色基因，对强化新时代儿童文学创作的主题性和使命感、推进新时代儿童文学繁荣发展有现实意义。

一、安徽红色儿童文学经典有其特定内涵

如何界定百年党史视野里的"安徽红色儿童文学经典"这一概念？可以从作者、类型、质量三个维度出发。作者维度：指安徽本土作家和在外地生活的安徽籍作家，以及写安徽内容的作家。类型维度："红色儿童文学"表明作品类型。红色代表党和红军，代表革命和红色政权，代表马列主义和共产主义。凡是在党领导和影响下的、反映革命斗争并体现共产主义教育方向的儿童文学，被统称为"红色儿童文学"。以1949年新中国成立为界，安徽红色儿童文学创作历史分为前后两个时期。前者为新民主主义革命时期，此时的安徽红色儿童文学指1921年中国共产党成立至1949年新中国成立期间主要

在皖西苏区、鄂豫皖根据地和解放区创作的革命题材的儿童文学。后者为新中国成立至今，随着中国共产党全面执政和社会主义制度全面建立，整个国家都是红色的，此前意义上的红色文学已经整体上升为国家文学，此时的安徽红色儿童文学特指以新民主主义革命为题材创作的儿童文学。质量维度："经典"指作品具有的典范性、权威性、代表性，即那些经过时间检验、在当时产生了较大影响又有不朽的艺术价值、今天仍然深受读者喜爱的优秀作品。简言之，安徽红色儿童文学经典是指在党领导和影响下的、安徽籍作家和其他地域作家在安徽进行创作的、以新民主主义革命为题材并体现共产主义教育主题的、具有典范意义的优秀儿童文学作品。

二、中国红色儿童文学的兴起有安徽人的突出贡献

中国红色儿童文学是现代概念，《新青年》是中国红色儿童文学的摇篮。以《新青年》为阵地，发起新文化运动、提倡儿童文学、建设革命文学的代表人物，正是三位安徽人——安庆的陈独秀、绩溪的胡适、六安的蒋光慈。

陈独秀、胡适是新文化运动的领导者，也是中国儿童文学的开拓者。陈独秀创办《青年杂志》（自第二卷起改名为《新青年》），发表《文学革命论》（1917），提倡"国民文学"，这"国民"里就包括女人和儿童。茅盾说："'儿童文学'这名称，始于'五四'时代。大概是'五四'运动的上一年罢，《新青年》杂志有一条启事，征求关于'妇女问题'和'儿童问题'的文章。'五四'时代的开始注意'儿童文学'是把'儿童文学'和'儿童问题'联系起来看的。这观念很对。"（《关于"儿童文学"》，1935）五四退潮后，儿童文学向何处去？陈独秀"不很赞成'儿童文学运动'的人们仅仅直译格林童话或安徒生童话而忘记了'儿童文学'应该是'儿童问题'之一"（《关于"儿童文学"》，1935）。可见陈独秀从五四之前到五四退潮后，不仅发起"儿童问题"大讨论，而且关心"儿童文学"的前途命运。胡适在《新青年》发表《建设的文学革命论》（1918），提倡"白话文学"，新文学要让

童叟妇孺都可以读；在安庆教育界演讲时，强调"国语运动当注重'儿童的文学'"。而新文化运动的资产阶级性质，已经不可能完成其所宣称的"文学革命"的任务，一种无产阶级的"革命文学"正应运而生。正如早期马克思主义理论家瞿秋白在《"五四"和新的文化革命》（1932）中所言，"新的文化革命已经在无产阶级领导之下发动起来，这是几万万劳动民众自己的文化革命，它的前途是转变到社会主义革命的前途……只有无产阶级，才是真正能够继续伟大的'五四'精神的社会力量"。

在儿童文学开始向"社会主义革命的前途"转变过程中，起决定作用的是以陈独秀、李大钊、毛泽东、蒋光慈等一批早期共产党人为代表的"社会力量"。而陈独秀介绍入党的安徽老乡蒋光慈，最先高举"革命文学"大旗，为中国红色儿童文学写下光辉的第一页。

蒋光慈，又名蒋光赤，1921年到莫斯科东方劳动者共产主义大学学习，担任"旅莫组"团支部宣传委员。1922年12月，陈独秀率中共代表团出席在莫斯科召开的共产国际第四次代表大会，介绍蒋光慈入党，让蒋光慈成为"旅莫组"12位党员之一。在莫斯科学习期间，蒋光慈有机会阅读并译介大量马列著作，多次在公众场合见到列宁、斯大林，目睹苏联少年儿童的新风貌，情不自禁地创作了儿童诗《十月革命的婴儿》，表达对苏联少先队的敬礼，"我们预备好了……我们是共产主义的童子军！……我们是新世界的主人"，渴望在中国建立党领导下的"少先队"组织。1924年回国后，蒋光慈在《新青年》发表《无产阶级革命与文化》（1924），在《民国日报》副刊《觉悟》发表《现代中国社会与革命文学》（1924），创办"春雷文学社"和《春雷周刊》（1924），宣传革命文学，并于1926年创作了中国革命儿童文学的开篇之作《少年飘泊者》和《疯儿》。中篇小说《少年飘泊者》描写农村少年汪中走上革命道路的故事，由安徽绩溪人汪孟邹在上海创办的亚东图书馆出版，是中国现代文学史上最早歌颂共产党领导和最早塑造共产党员形象的作品。短篇小说《疯儿》发表在中国共产主义青年团机关刊物《中国青年》上，小说中描述了一位觉醒者——十四五岁的爱国学生方达的孤独形象，其革命行为连父母也不能理解，视他为"疯儿"。1927年秋，大革命失败后，蒋光慈在这最困难的时刻，毅然勇敢地组织起革命文学团体"太阳社"，主编《太阳月刊》，继续高举革命文学大旗，其成员全部是在上海从事文化活动的共产党员。1930年春，太阳社全部成员加入无产阶级革命文学组织——中国左翼作家联盟。与此同时，蒋光慈创作了现代文学史上第一部表现党领导工人武装斗争的中篇小说《短裤党》（1927）和充满革命斗争精神的短篇小说集《鸭绿江上》（1927）。这些充满革命激情的文学作品，被当时的青年奉为"圣经"，以胡耀邦、陶铸、习仲勋等为代表的老一辈革命家，就是在读了蒋光慈的革命小说后，才毅然走上革命道路的。

三、安徽革命儿童文学经典里有一部党领导的革命斗争史

中国共产党创建之初，在领导工人运动的同时也重视少年运动，为新生的儿童文学建设指明了"走苏联道路"的共产主义方向。1922年4月1日，《关于中国少年运动的纲要》在中国社会主义青年团中央机关报《先驱》上发表。1923年5月10日，《先驱》第18号发表《儿童共产主义组织运动决议案》，要求"儿童读物必须过细编辑，务使其为富有普遍性的共产主义劳动儿童的读物"，"在儿童稚嫩的脑子里栽下共产主义的种子"，以"培植未来的同志"。从此，用共产主义思想教育儿童、培养未来同志的革命儿童文学，与党领导的无产阶级革命文学一同发展壮大。

如上所述，蒋光慈以《少年飘泊者》《疯儿》为代表的革命儿童文学作品，开启了中国红色儿童文学的新时代。此后一批安徽革命作家也自觉投入儿童文学创作中。如"人民教育家"陶行知的儿童剧《少爷门前》（1934），告诉孩子们要与不平等的现实做斗争。在陶行知等人影响下成立的"新安旅行团"是党领导下的青少年文艺团体，得到毛泽东、周恩来、刘少奇、宋庆龄、陈毅、郭沫若等领导人的关心支持，他们运用多种艺术形式，宣传党的抗日救国主张，足迹遍及大半个中国，先后自编自印《儿童

生活》《儿童画报》《每月新歌》《华中少年》等刊物，演出《抗日升平舞》《儿童解放舞》《少年进行曲》《参军记》等儿童歌舞剧，被誉为"中国少年儿童的一面旗帜"。还有抗战期间入党的"擂鼓诗人"田间创作的《假使我们不去打仗》（1938）和《给战斗者》（1937），"民主将军"冯玉祥创作的《孩子团》《小英雄》（1938）等抗战诗歌，在当时都产生了广泛影响，并被写入多部文学史。

发生在安徽本土的革命文学运动，以安徽革命歌谣的创作为代表，与安徽党组织领导的安徽人民革命一同前行。大革命失败后，安徽党组织在六安地区发动农民暴动，建立了皖西苏维埃政权，开辟了与江西中央苏区并存的皖西革命根据地，一度成为中国苏区建设的典范。在此后的抗日战争、解放战争中，皖西革命的火种生生不息，金寨10万儿女奔赴疆场，走出59位开国将军，被誉为"红军的故乡，将军的摇篮"，成为人民军队的重要发源地和中国革命的重要策源地。

苏区特定的政治环境对革命儿童文学提出了新要求。在革命发展一日千里而又缺乏成千成万的诗人和作家的情况下，革命者们毫不犹豫地运用民间小调的形式，创作富有革命内容和生活气息的歌谣，作为教育、鼓励广大人民和敌人斗争的思想武器，其中皖西金寨的革命歌谣《八月桂花遍地开》最有代表性，是传唱至今的民歌经典。1929年9月，正值桂花飘香的金秋时节，为庆祝苏维埃政权建立，金寨县佛堂坳模范小学校长、共产党员罗银青用当地群众喜爱的民歌《八段锦》的曲调，创作填写了《八月桂花遍地开》的歌词，并组织小学生在区苏维埃政府成立大会上演出。成功演出之后，这首歌很快传遍鄂豫皖苏区，成为经久不衰的红色经典歌曲。皮定均将军回忆解放战争期间他率领部队在金寨吴家店休整时看到的情景：大娘们将糍粑和元宵送到驻地；妇女们一针一线地彻夜赶制军鞋、缝补衣服；小姑娘们围在战士身边轻轻地唱起革命歌曲《八月桂花遍地开》。

与此相呼应的还有皖南繁昌的革命歌谣《安徽在前进》，以高昂的革命激情展现了安徽人奋勇向前的革命气概：

红日从黑暗里上升，

四野里响遍了歌声。

不做亡国奴，自力求新生，

用我们身心，筑成铁的长城。

铲除贪污，向前向前，

消灭汉奸，向前向前，

集中力量进攻敌人，向前向前。

努力实行施政纲领，

万众同胞一条心，

向着自由平等幸福和平的路上，

安徽省在前进！前进！

可以说，在以皖西、皖南革命歌谣为代表的安徽革命歌谣里，有一部党领导安徽人民的革命斗争史，这在革命儿童歌谣里，也有具体生动的体现，主要包括以下五个方面：

一是歌颂党、歌颂红军、歌颂苏维埃政权、歌颂人民解放的革命主题鲜明突出。如《红旗红马红缨枪》："红旗红马红缨枪，闹革命离不开共产党。"《毛主席是咱救命人》："荷花莲蓬一条根，八路军和穷人心连心；共产党领导天地变，毛主席是咱救命人。"《只有拥护苏维埃》："劝告群众莫发呆，求神拜佛不应该；大家要想有幸福，只有拥护苏维埃。"坚信"人人跟着共产党，幸福生活万年长"（《幸福日子万年长》）。

二是描写孩子们在革命中成长为"小战士""小英雄"的故事最扬眉吐气。如《中国少年先锋队歌》《共产主义儿童团团歌》《欢送红军歌》《长大也当新四军》《拿起红缨枪》等。孩子们有了身份认同，精神面貌焕然一新。"我们是工人和农民少年先锋队"，"是共产主义儿童团"，"是未来的主人翁"；孩子们自觉"拿起红缨枪，自卫保家乡"，"村头路口去站岗……不让汉奸漏掉网"；孩子们"时刻准备着"，"长大也当新四军"，"建立苏维埃共和国"。

三是描写孩子们革命斗争的场景最精彩动人。如《摸岗哨》："头戴破尖帽，身穿旧棉袄，怀中别两把，进城摸岗哨。'苦力！良民证？''太君，我来掏！'哒！哒！哒！赏你几颗大蜜枣，送你早日回阴曹！"还有《打的鬼子只叫娘》："红缨枪，长又长，打的鬼子只叫娘，只叫娘，只叫娘，只叫只叫只叫娘。"不断重复"只叫娘"，突出了主题，又便于吟唱，有儿童游戏歌的旋律和动感。还有《骂汉奸》，骂得痛快，骂得过瘾："吃的中国粮，穿的中国衣，卖身当走狗，单把同胞欺。呸！孬种！人是中国人，也在中国长，卖国发洋财，民族遭大难。呸！大坏蛋！"这类直接描写儿童革命场景的歌谣，朗朗上口，童趣盎然，充满革命乐观主义精神，像一幕幕活报剧，接地气、有感染力、有艺术性。

四是在新旧不同生活的对比中宣传革命道理最有说服力。如反映儿童受压迫受剥削的《牧羊歌》《十二月牧童歌》《小放牛诉苦》《童养媳歌》和反映苏区儿童新生活新面貌的《四季读书小唱》《冬学歌》《列宁校歌》等，通过对比来突显区别。孩子们读书学习的基本权利，只有在"列宁学校"才能得到保障。"穷苦儿童个个都欢迎"这所叫"列宁"的"共产主义新学校"，这所新学校"培养儿童是根本，但愿革命早完成"。孩子们通过学习明白了"理论就是革命舵"，能够把"看看《列宁报》"和"保卫鄂豫皖"结合起来，表达"我们小学生，个个要革命"的愿望。

五是直接描写重大战争题材的革命歌谣最令人震撼。如《五六暴动》讲述金寨红军于1929年5月6日在丁埠火德宫暴动的革命故事；《红四方面军东征胜利歌》讲述红军在六安苏家埠活捉敌人大别山东线总指挥厉式鼎的战斗故事。还有《坚持皖南革命斗争歌》《皖南事变》《淮海战役打得好》《一九四八年十月天》《百万大军过长江》等革命歌谣，直接反映了淮海战役、渡江战役等和安徽有关的重大事件，这类歌谣一般篇幅较长、记叙生动、艺术性强、流传广泛。

四、新中国成立以来安徽红色儿童文学创作再获丰收

1949年新中国成立以来，党和政府高度重视社会主义革命和建设时期的儿童文学建设，通过中宣部、文化部、共青团和文联、作协等有关组织部门加强对儿童文学创作和评论的领导和管理。中宣部和文化部代表党和政府制定儿童文学政策，通过文件、决议、活动和《人民日报》社论等形式广而告之。共青团主要负责建设创作阵地，创办了《中国少年报》和《儿童文学》杂志，分别在上海、北京两地成立少年儿童出版社。各级文联、作协负责儿童文学作家队伍建设和儿童文学创作评论，成立各级儿童文学创作委员会，设立儿童文学奖项，举办多种类型的儿童文学研讨会。各方面齐心协力，迎来中国儿童文学的黄金时期，革命题材的红色儿童文学更是在新中国的朝阳里喷薄而出，在江淮红色大地开出了灿烂花朵。

这一时期，安徽红色儿童文学在全国有较大影响。鲁彦周的长篇小说《找红军》（1959）、奚立华的长篇小说《燃烧的圣火》（1979）双双获得第二次全国少年儿童文艺创作三等奖。严阵的长篇小说《荒漠奇踪》（1981）获得首届全国优秀儿童文学奖。《找红军》描写9岁的小谷和受伤的红军爸爸一起寻找红军主力的艰难历程，《燃烧的圣火》描写13岁少年荒子在江南圣母孤儿院的悲惨生活以及为迎接解放与院方和主教展开的殊死斗争，《荒漠奇踪》描写红军小战士司马真美在极其艰苦的沙漠环境里坚持革命的顽强意志。这些作品都有一个共同点：塑造了坚定跟党走、在极其艰苦的战争环境中不断成长的少年儿童形象。

其他重要作品有：孙肖平的中篇小说《我们一家人》（1956），以少年"二小"为第一人称讲述一个革命家庭贯穿土地革命、抗日战争、解放战争全过程的革命故事，八路军父亲成长为解放军政委，二小参军投入解放战争，妈妈在新中国成立后以根据地代表的身份在北京中南海怀仁堂见到了毛主席。谢竟成的长篇小说《红心》（1973）以芜湖临江一带新四军战略转

移为背景，描写儿童团长何学玉为保护革命武装与国民党反动军队斗智斗勇的故事。特别是全国特等战斗英雄边子正，以自己的战争经历为素材，创作了长篇小说《敌后小英雄》（1976）和《魔窟脱险记》（1988）。前者描写抗战时期敌后少年的斗争生活，刻画了小英雄宋铁牛的形象；后者描写战乱中的孤儿雨晴与金锁爷爷相依为命，潜伏在鬼子据点，配合游击队开展斗争的故事。乔林以苏皖解放区学校生活为题材创作的中篇小说《风雨摇篮》（1990），将革命战争的狂风暴雨比作抚养儿童成长的摇篮。这一时期还出现了最早的"融媒体"作品，马忆湘原著、黄组培改编、著名画家鲍加绘画的图画书《小红军过草地》（1983），不仅图文并茂，而且还是一部"有声音的书"，由中央人民广播电台《小喇叭》节目组播音录制，能看能听，讲述了13岁女红军小战士在长征途中得到同志们关心帮助最终走出草地的成长故事，充满诗情画意和革命乐观主义精神。

关于领袖、将军、英雄人物的儿童故事，受到儿童读者欢迎，安徽少年儿童出版社推出很多纪实题材的革命故事，如：杨尚昆题写书名，张震作序，姚天志著的《早殒的将星》（1988）；王首道作序，张义生、国荣洲主编的《百将传奇》（1992）；伍修权作序，卢弘主编的《毛泽东故事100则》（1993）；等等。这类真实讲述江淮大地革命故事的红色儿童文学作品还有：莫非、张世祥讲述金寨金刚台革命斗争故事的《金刚英雄谱》（1985），宿县地区文联编写的讲述淮海战役战争故事的《平地风雷——淮海战役中的故事》（1986），秦光、庆彬讲述大别山和鄂豫皖边区革命斗争故事的《天台奇松———一位将军童年的故事》（1989），刘星讲述农村少年在朝鲜战场成为空中战斗英雄的《神奇的利剑》（1991），等等。

进入中国特色社会主义新时代以来，特别是习近平总书记分别于2016年、2020年两次考察安徽，在金寨县革命博物馆、渡江战役纪念馆发表重要讲话以来，安徽红色文学创作以电视剧《觉醒年代》（2021）为代表，进入重新规划、重点策划、有序推进、转型升级的新阶段。红色儿童文学主要类型是对儿童进行党史、革命史教育。如许诺晨的"抗日红色少年传奇"系列、商泽军的儿童诗集《致敬红军》（2016）、丁伯慧的长篇抗战小说《松林一号》（2013）、中共金寨县委宣传部、金寨县教育局编的《红色金寨》革命经典系列连环画、季宇的中篇小说《最后的电波》（2020）、徐鲁的长篇小说《远山灯火》（2021），以及张莹编文、王伟绘画的融媒体数字连环画《渡江英雄马毛姐》等。

五、新时代呼唤安徽红色儿童文学精品力作

回望百年党史，安徽儿童文学作家自觉接受党的领导、自觉为党的中心工作服务、自觉担负起培养未来同志的使命，安徽红色儿童文学的发展始终与中国革命的进程同步、与共产主义教育的目标同步、与文艺为人民服务的方针同步。"三个自觉"和"三个同步"构成了安徽红色儿童文学的红色美学特征。

回望百年党史，中国共产党经历了"从建党的开天辟地，到新中国成立的改天换地，到改革开放的翻天覆地，到新时代的惊天动地"四个发展时期，但我们红色儿童文学中"感天动地"的经典作品还不多，"顶天立地"的典型形象还很少，还不能满足少年读者不断增加的阅读需求。

回望百年党史，从1923年安徽有了第一个共产党组织，到1949年安徽全境解放，在长达26年的峥嵘岁月里，中国革命的火种在安徽大地上生生不息，涌现了陈独秀、陈延年、陈乔年、王稼祥、王步文、许继慎、彭雪枫、李克农、洪学智、皮定均、吕惠生等一批党史军史上的杰出人物，留下了皖西革命根据地、皖南新四军军部、淮海战役总前委、渡江战役指挥部等重要的红色印记，形成了大别山精神、新四军铁军精神、淮海决战精神和渡江战役精神等薪火相传的红色基因。安徽是红色文化资源大省，必将为今天的红色儿童文学创作提供取之不尽用之不竭的资源。

习近平总书记两次考察安徽期间，对红色安徽建设发表了重要讲话。如何不忘初心使命，习近平总书记在2016年4月24日考察金寨县革命博物馆时

指出："一寸山河一寸血，一抔热土一抔魂。回想过去的烽火岁月，金寨人民以大无畏的牺牲精神，为中国革命事业建立了彪炳史册的功勋，我们要沿着革命前辈的足迹继续前行，把红色江山世世代代传下去。"2020年8月19日下午，习近平总书记在安徽渡江战役纪念馆考察时指出："淮海战役的胜利是靠老百姓用小车推出来的，渡江战役的胜利是靠老百姓用小船划出来的。任何时候我们都要不忘初心、牢记使命，都不能忘了人民这个根，永远做忠诚的人民服务员。"

红色儿童文学正可以担负起"革命传统教育"的重任，帮助孩子们扣好人生成长的第一粒扣子。党史是最好的教科书。我们在习近平新时代中国特色社会主义思想指引下，深刻领会习近平总书记考察安徽重要讲话精神，维护好、建设好红色资源，发挥好、发展好红色文化，创作更多红色儿童文学精品，让红色江山世代相传，为中国儿童文学发展繁荣做出安徽贡献。

陶行知诗歌历史地位的评价

◎ 张小平

在中国新诗创作的众多诗人当中，陶行知是常常被忽略的一位。陶行知身上最显著的标签是伟大的人民教育家，同时，陶行知也是中国新诗最早的探索者之一，为探索新诗的"成形"，他创作了近千首诗歌。在那个西方思潮涌入、各种诗派林立的年代，陶行知所走的新诗之路，其经验和教训是值得我们今天重新认识和深入研究的。

一、陶行知诗歌评价的起起落落

20世纪30—40年代，陶行知创作了大量诗歌，发表于《申报》《大众生活》《生活教育》《生活日报》《救国时报》《新华日报》《唯民周刊》等报刊，特别是抗战时期写的一百多首诗歌，为民讴歌，为国呐喊，激发了中华儿女的斗志，在人民大众和国际社会中产生了积极广泛的影响。

陶行知的第一本诗集《知行诗歌集》于1933年7月由上海儿童书局出版后反响很好，上海儿童书局又接着出版了他的《知行诗歌续集》（1935）、《知行诗歌别集》（又名《清风明月集》，1935）、《知行诗歌三集》（1936）。前面几本诗集出版以后，陶行知仍继续编写他自己的诗集。1941年2月16日、17日，陶行知写的备忘录中就有"编知行诗歌集第六集"的字样；3月7日、8日，备忘录中有"编好"和"修正"的记载；1945年4月30日，其中还有"廿万里诗歌送审"的记录。想必这些都已包括在他计划出版的《诗歌全集》之内。1946年7月25日，因长期劳累过度，陶行知在上海溘然离世。

1947年4月，由郭沫若根据陶行知遗稿整理并撰写校后记的《行知诗歌集》，收诗近600首，由上海大孚出版公司出版发行，以纪念陶行知这位被人民爱戴的"大众诗人"。

对陶行知诗歌的研究和评价，最早也最有影响的，当数诗人萧三1936年12月12日在《救国时报》上发表的《中国的大众诗人——陶行知》一文。陶行知逝世后，也有不少文章对陶行知的诗歌给予了历史定位，譬如郭沫若称他的诗集"是一部'人民经'，它会教我们怎样作诗，并怎样做人"；袁水拍认为陶行知的诗自成一体，应该称之为"陶派诗"；高克奇评价说，"我们可以毫不夸张地说，陶先生是把诗歌与人民结合的第一人"；高嘉的观点是，"我总觉得，与其说他是教育家，不如说他是诗人更好"；李虹评道，"我们可以断定，他就是这样值得我们这一代和下代甚至千万代的子孙去推崇的一个伟大的人"；安娥说，"陶先生毅然扔掉他那支纯知识分子的笔，投到大众中去，为大家创造诗文学，实在是新诗工作者的榜样"。

可是，直到现在，在中国现代文学史课程中，对陶行知诗歌的研究一直空缺，这是令人十分遗憾的。其中重要的原因有两点：一是陶行知在教育事业上的辉煌成就，遮盖了他的诗歌创作成就。陶行知逝世不久，1946年7月30日，林焕平为陶行知写的悼文《创造天才》里就说，"他在诗歌上的创造天才和成就，被他的教育事业和民主事业遮盖了，未被一般人所注意，却是事实"。二是1951年5月开始的、全国范围内的对电影《武训传》的批判运动。电影《武训传》1948年开拍，1950年完成。由于陶行知先生曾经自比为"新武训"，于是教育界借着批判电影《武训传》，掀起了一个批判陶行知教育思想的浪潮，陶行知其他领域的成就也成了研究的禁区。这种状况，一直持续到改革开放才有所改变。

二、中国新诗的先行探索者之一

新诗又称白话诗、现代诗。陶行知的第一首新诗写于1914年，他自己说："民国三年到美国去，船出吴淞口，曾写《海风诗》一首，稿已遗失。"从新诗创作的时间上看，陶行知的"尝试"比"新诗之最"胡适的"尝试"还要早。胡适是中国白话诗第一人，他的《尝试集》被公认为中国现代文学史上第一部白话诗集，他创作的第一首白话诗《孔丘》写于1916年。陶行知写作第一首新诗的地方，是在中国境内；胡适写作第一首新诗的地方，则是在他求学期间的美国。地方虽然不同，但可以肯定的是，他们对于新诗的"尝试"，都与受西方文化的影响有关。

陶行知与胡适是同乡且同于1891年出生。陶行知1905年进入安徽歙县基督教内地会所办的崇一学堂读书，1908年考入英国教会创办的杭州广济医学堂，1909年考入美国教会创立的南京汇文书院，次年转入金陵大学，主编《金陵光》学报中文版。《金陵光》（*The University of Nanking Magazine*）创刊于1909年，是金陵大学重要的学术刊物，也是中国近代最早的高校学报之一。在金陵大学就读期间，陶行知积极参与《金陵光》的组稿和创作，对《金陵光》刊物风格的形成及社会影响的扩大做出了重要贡献。据统计，陶行知在《金陵光》共计发表文章23篇，内容涉及政治、医学、教育、历史、诗歌、译文等多个方面，其中就有《木兰辞》的译文。陶行知1914年夏赴美留学，他先在伊利诺伊大学学习，半年后转学到哥伦比亚大学，师从孟禄、克伯屈等美国教育家研究教育，1917年秋回国。胡适早年在老家安徽绩溪读的是私塾，1904年随三哥到了上海，入张焕纶创办的新式学校梅溪学堂读书，初次接触西方文化。1905年进入澄衷学堂，接触到严复翻译的《天演论》。1906年暑假，考取中国公学，同时兼任英文教员，开始尝试作诗。1908年，开始编辑《竞业旬报》，同时在《国民白话日报》《安徽白话报》上发表白话文章。1910年9月，赴美国康奈尔大学留学，师从哲学家约翰·杜威，1917年秋学成回国。

陶行知新诗写作的时间虽然比胡适要早两年，但陶行知并没有成为中国白话诗第一人，原因在哪里？第一，胡适的新诗创作有明确的主张和要求。胡适在美留学期间，美国文坛的新诗运动方兴未艾，给在美国留学的胡适留下深刻的印象，促使他对于中国文学改良进行新的思考。有学者就认为，"胡适的《文学改良刍议》是在美国新诗运动，特别是意象派诗歌运动的影响下产生的"。尽管有人不同意这种观点，但美国新诗运动间接、潜在地影响了胡适"八不主义"的产生，成为基本的共识。第二，钱玄同、陈独秀等名流的鼓吹，推动了胡适白话诗实验的进程。第三，胡适《尝试集》出版于1920年3月，是中国最早的白话诗集，出版后受到热烈追捧，不过数月便销售一空，带动了一代人的模仿和学习。这几个方面的优越条件，都是陶行知诗歌创作所不具备的。

1918年，陶行知写了6首新诗。这一年，郭沫若还没有接触到新诗。郭沫若在《我的作诗的经过》中说："我第一次看见的白话诗是康白情的《送许德珩赴欧洲》（题名大意如此），是民八的九月在《时事新报》的《学灯》栏上看见的。"陶行知新诗创作的数量尽管不能与胡适相比，但从创作时间上看，陶行知无疑是中国新诗的先行探索者之一。

三、心中装着人民的大众诗人

陶行知是"伟大的人民教育家"（毛泽东语），人民性、时代性和通俗性是陶行知诗歌创作的最鲜明的特征。

人民性是指陶行知的诗歌创作"以人民为中心"，与人民群众同呼吸、共命运。1936年，萧三在《中国的大众诗人——陶行知》中说："陶先生不是拿诗作玩意儿耍的。他的每首诗都针对着时局，都针对着民众的需要，所以他的诗不是空话。"郭沫若称赞陶行知的诗歌是一部"人民经"，也是指陶行知心中装着人民，装着人民的苦难，装着人民的期盼，所以他的诗发自肺腑，情真意切，有强烈的感染力。譬如陶行知于1925年创作的《自立歌》："滴自己的汗。吃自己的饭。自己的事自己干。靠人，靠天，靠祖上，不算是好汉！"1927年创作的《一文钱》："公家一文钱，百姓一身汗。将汗来比钱，花钱容易流汗难。"1927年创作的《不投降歌》："军人救国不要命，不要命，不要命，捧出一颗丹心，献与亿兆生灵。"1928年创作的《雪中老妇》："群儿雪中嬉，老妇独悲啼。救得新年饿，押却除夕衣。"1931年创作的《不转弯的笔》："做官莫做糊涂官，万人愁苦一人欢。董狐有笔刚于铁，只写是非不转弯。"这些诗篇，写儿童、写军人、写官员，站在人民的立场，反映人民的疾苦，传达了人民的心声，感情真挚，爱憎分明。最能说明陶行知立场的诗篇是《另一看法》。1935年，胡适乘飞机游广西，作诗《飞行小赞》："看尽柳州山，看尽桂林山水。天上不须半日，地上五千里。古人辛苦学神仙，要守千百戒。看我不修不炼，也腾云无碍。"胡适此诗发表后，陈子展大为称赞，认为这种"胡适之体"不妨作为新诗人可以走的一条路。陶行知看到之后，认为此诗就是一幅天空行乐图，这种害了贫血症的文艺，根本没有力量走路，还要教青年诗人跟在它后面走，这使他不能忍耐。于是，陶行知写了一首《另一看法》："流尽工农汗，还流泪不息。天上不须半日，地上千万滴！辛辛苦苦造飞机，无法上天嬉。让你看山看水，这事倒稀奇。"陶行知心中装着人民，很自然地就想到了造飞机的工人阶级，想到了他们的辛苦劳作，劳动成果却被别人占有，得不到应有的回报，真是稀奇古怪的事情。很明显，两首诗的立场是针锋相对的，一首站在官员的立场上，一首站在人民的立场上。

1930年3月，"左联"在上海成立，立即开展了几次关于"文艺大众化"问题的讨论。瞿秋白在《大众文艺的问题》中明确提出："革命的先锋队不应当离开群众的队伍。"当时，参与讨论的文艺工作者很多，但真正将之付诸文艺创作实践的文艺工作者不是很多。从陶行知20世纪20年代的诗歌作品中可以发现，陶行知走的就是"文艺大众化"的创作道路，"文艺大众化"的核心就是以人民为中心，可以说，陶行知是"文艺大众化"的率先实践者。

时代性是指陶行知诗歌回应时代的呼唤，为时代而歌，为民族而歌，诗句之间，跳动着炽热的赤子之心，奔涌着强烈的爱国之情。20世纪20年代的中国积贫积弱，满目疮痍，陶行知清醒地看到，要改变中华民族的贫穷面貌，要从改变中国的旧教育开始。这一时期陶行知创作的诗歌以教育诗为多，他满怀深情地为儿童写诗，为教育写诗。他1924年写的《自勉并勉同志》："人生天地间，各自有秉赋。为一大事来，做一大事去。多少白发翁，蹉跎悔歧路。寄语少年人，莫将少年误。"这里的"大事"就是指教育。陶行知的儿童诗属于那个特定的时代，那个时代需要这样的儿童诗。这种时代性，从陶行知1930年写的《晓庄三岁敬告同志书》也可以得到印证。他说："晓庄是从爱里产生出来的，没有爱便没有晓庄。因为他爱人类，所以他爱人类中最多数而最不幸之中华民族；因为他爱中华民族，所以他爱中华民族中最多数而最不幸之农人。他爱农人只是从农人出发，从最多数最不幸的出发，他的目光，没有一刻不注意到中华民族和人类的全体。"他写的是儿童，写的是教育，留下了浓浓的时代印记。

1932年上海"一·二八"事变之后，陶行知挺身而出，积极投身抗日救国运动，他这一时期创作的诗歌，大多是为抗战而歌、为团结而歌、为民主而歌。譬如1932年的《乡村自卫团歌》："琅珰一琅珰，青菜萝卜汤。草鞋穿好了，背枪上战场。"1933年的《不算好汉》："不愿做工的，不配吃饭。不愿抵抗的，不算好汉。"这些诗歌对于人民抗战斗志有着极大的鼓舞。1933年的《新锄头舞歌》号召工农联合起来，共同反对帝国主义和封建主义："光棍的锄头不中用呀！联合机器来革命呀。"1934年的《"九一八"三周年纪念》要求国人勿忘国耻："九一八，九一八，哪个忘了九一八，便是一个'小忘八'！"1936年的《古北口来的大刀》揭露了国民党两面派的罪行："这把大刀！来自古北口。刀儿两面光，不能分好丑。人也和刀一样：从前杀敌人，现在杀朋友。"1936年的《送给——店员学生》号召店员、学生要联合起来，团结抗日："本来是店员，还要做学生。学生店员联合起来，为民族解放而斗争。"1936年的《妇女大众战歌》鼓励妇女们要和男同胞们一起抗日："走出闺房，跑出厨房，挺起胸膛，紧拿着我们所有的刀枪，冲向民族自救的战场！"面对东北沦陷、华北沦陷的不利形势，在是投降还是抗战的争论中，陶行知创作了《枪杆向北》《枪杆向外》等诗歌予以回答，并揭露了国民党的卖国行为："你别听，是谁要丢掉关内？是谁失掉了关外？也别说，谁是真抗日？谁要把国卖？也别管，谁的心儿好？谁的心儿坏？只须看那枪杆儿，还是向内，还是向外，便自然了解。"1936年的《联合战线》大声疾呼，中华民族一定要抗战到底："四万万人的公意掌舵，八万万只手儿摇桨，有祸同当，有福大家享。看啊！前面到了一只怪船，这分明是海盗来劫抢！朋友们，不要胡思乱想！只对准那只怪船冲去，肃清了海盗再讲。"梅世钧是日本纱厂工人，曾参加过上海"一·二八"淞沪抗战。1936年2月3日，梅世钧因身藏参战时照的穿军装的纪念照被搜查出来，被该厂工头毒打至重伤，吐血不止，于次日死去。当时除了上海的《立报》一家外，上海各大报纸均未披露此事，陶行知闻知此事，悲愤满腔，作《思梅曲》，呼吁："我们要为梅世钧申冤，要为中华民族求解放。只有大众起来，战！战！！战！！！"1945年在重庆各界代表反内战大会上，陶行知又朗诵此诗，听众无不感动悲泣。所有这些诗，都回应了时代的呼唤，萧三在《中国的大众诗人——陶行知》中评价这些"政治抒情诗""正是我们时代和我们大众所需要的诗"。有学者认为，陶行知的诗歌继承发扬了白居易"文章合为时而著，歌诗合为事而作"的现实主义精神，这种评价是恰如其分的。

通俗性是指陶行知的诗歌语言浅显，道理深刻，可以念，也可以唱，令人兴奋，又令人深思。陶行知在《怎样写大众文》一诗中说道："根据大众语，来写大众文。文章和说话，不能随便分。一面动笔写，一面用嘴哼。好听不好听，耳朵做先生。"这里所说的"耳朵"，不是知识分子的耳朵，而是工人、农民、车夫、老妈子、小孩子的耳朵，他们都能听懂，才算大众文。这里所说的"用嘴哼"，也不是三味书屋中老师的那种哼法，而是使用大众语来哼，使书面语言与大众语言基本一致。如果这样写出来的文章，群众都爱听，那便是大众文了。陶行知对诗歌的这种创作要求是一贯的，早在1923年，他在《读〈板桥全集〉》一诗中就借郑板桥的话说："写诗作画慰劳人，惟有劳人识味真。"这里的"劳人"，指劳动人民。陶行知认为，作画写诗，应该让劳动人民能看懂、能读懂。唐代白居易作诗，要读给老太婆听，她能理解就定稿，不能理解就修改。陶行知和白居易的诗歌语言有共通之处，浅显通俗，却道理深刻。

四、陶行知的新诗如何定位

中国古典诗歌的发展历程，从上古歌谣、《诗经》开始，经过楚辞、汉乐府、永明体的探索，在唐初基本定型。中国新诗从五四开始的白话"尝试"到今天，一百多年过去了，新诗是否完成了形式上的探索而趋于定型？答案是否定的。

陶行知先生1946年逝世后，其诗歌的历史价值和歌谣体形式得到广泛的认同和肯定。袁水拍认为陶行知的诗自成一体，可以称之为"行知体"或者"陶派诗"，称陶先生为"陶派诗人"；"在形式上，他的诗像民间歌谣，像偈，像口诀"。郭沫若在《〈行知诗歌集〉校后记》中称赞说："陶先生的诗，不仅量多，而且质好。一些看不起民歌体的自命诗人或许会藐视这里的大量的歌谣成分吧，但这正是陶先生之所以伟大。他的诗体的解放是在解放区作家之前，他真可以说是独开风气之先。"可见，在袁水拍、郭沫若等人的评价中，陶行知的诗体就是中国诗歌发展史上早就存在的歌谣体或民歌体。

那么，袁水拍、郭沫若等人为什么给予陶行知的歌谣体如此崇高的评价呢？

中国新诗的开启，是在借鉴、翻译外国诗歌的热潮中"摸着石头过河"的。胡适、刘半农、郭沫若、刘大白、康白情、沈尹默、冰心、李金发、闻一多、戴望舒等诗人的新诗创作都受到过外国诗歌的影响。当时的许多诗人，在翻译外国诗歌的同时，又进行新诗创作，两者相互补充。陶行知也不例外，他在《金陵光》学报上发表的诗歌，既有英译汉，又有汉译英。与前者那些诗人偏爱外国浪漫主义、象征主义的诗歌不同，陶行知翻译的外国诗歌大都是民歌体，有很强的歌谣特性，而且口语化色彩很浓。这种兴趣爱好，决定了陶行知在新诗探索道路上的舍弃和选择，即在形式上抛弃外国诗歌那些不受字数拘束、不求韵律工整的或长或短的句子，在风格上抛弃知识分子喜欢的那种浪漫主义或象征主义的言情表达，而选择以长短句式大致相近、有韵律、接近顺口溜的歌谣体作为新诗探索的道路。从前面列举的陶行知的诗歌中可以看出，这种舍弃和选择是十分明显的。

那么，陶行知的这种歌谣体是受西方文化影响的结果，还是受传统文化影响的结果呢？萧三以为是后者，他在《中国的大众诗人——陶行知》中说，"为要使中国的新诗成形不能不批评地接受从《诗经》到唐诗、宋词、元曲等诸珍贵的民族的文学遗产，尤其不能忽视民间固有的大众的通俗的唱本、弹词、大鼓词等形式。大众诗歌要有大众的形式然后才能将新的内容传播到大众去"，"陶诗在这一点是有其成绩的"。向阿红则持相反观点，认为陶行知翻译了很多外国歌谣，"可以说，陶行知一生中创作的大量民歌体以及口语化的自由体新诗，其创作资源在很大程度上来源于这些外国诗歌中的艺术精华"。实事求是地说，陶行知虽然受过西方文化的教育，但在歌谣体的探索上，他坚持以中为体、以西为用的原则，才形成了被人誉称的"陶派诗"。

"陶派诗"不仅仅指的是歌谣的外在形式，更重要的是有与这种形式相匹配的思想内容，而后者需要诗人有远大的胸襟和以人民为中心的情怀。歌谣浅显易懂，因此有人站在纯艺术的角度指出陶诗缺乏艺术价值。林焕平在《创造天才》中认为，"陶行知是新诗的正确道路的开辟人"，"因为是开辟新路的人，所以他的几本诗歌集在诗歌艺术上虽然没有很高的价值，在诗歌运动史上却有其划时期的历史价值"。

什么是"新诗的正确道路"？就是扎根于人民、与人民同呼吸、为人民歌唱的道路。林焕平分析五四前后新诗创作有两条道路：一是徐志摩等人模仿外国意象派和现代派的诗，这是一条死路；第二条路是郭沫若等人的新诗，形式上是知识阶级的，内容上是人民的道路。林焕平认为，陶行知走的是第三条路，"形式和内容都是人民的道路"，"行知先生是真正爱人民，为人民。他写诗不是为给知识分子看，也许知识分子也不喜欢看他的诗。他写诗是为给人民看，老百姓是必喜欢看他的诗的"。林焕平说，"行知先生十余年来都走着这条新诗的正道，却不大为人注意，先知先觉者常常如此的，非到死后若干时日，甚至五十年一百年，不大为人了解"。

为了让新诗"成形"，陶行知从歌谣体进行尝试、试验和探索。陶行知一生创作了近千首诗歌，"陶派诗"也不是中国新诗最后的"成形"。中国古典诗歌的"成形"，也是从歌谣、俚语的学习探索中逐渐成熟，从上古歌谣、《诗经》中汲取营养而强壮，在人民的土壤里获得长久生命力的。

陶行知诗歌创作的这个正确方向，无疑是他对中国新诗探索的最大贡献！

《少年飘泊者》与革命文学的
蒋光慈模式

◎ 彭正生

1925年11月,《少年飘泊者》完稿,这是蒋光慈的小说处女作。次年1月,小说由亚东图书馆出版,并迅速产生非一般的阅读反响。至1933年2月,短短7年,它便印至第15版次,可以想象其彼时的受欢迎程度。

百年中国文学,我们拥有众多的优秀作家,也拥有无数的经典文本,却稀见《少年飘泊者》这样具有特殊价值和意义的小说文本。在文学意义上,《少年飘泊者》是当之无愧的革命文学经典,它被郭沫若誉为"革命文学的前茅",不但引领了革命文学的创作潮流,而且确立了革命文学的写作范式,深刻地影响了中国文学的发展格局。在政治意义上,它是那个时代关心国家民族命运、热心追求革命的青年心目中的"指路明灯",胡耀邦、习仲勋等无产阶级革命家、政治家将其视为认识社会、理解时代的镜子,并从中汲取革命的精神动力。陶铸就坦言自己是"怀揣着《少年飘泊者》去参加革命队伍的"。

首先,《少年飘泊者》在"为什么人"的根本问题上具有鲜明的写作立场,确立了革命文学的价值结构。

文学艺术是人的思想、观念的外在形式,是特殊的意识形态,它有着价值倾向性和文化立场。艺术家的立场决定着其看待世界、人生、社会的观点,也决定着其表达观点的方法,因此,"为什么人"可以说是蒋光慈的文学艺术的灵魂。也是因为如此,毛泽东将"为什么人的问题"强调为文艺尤其是革命文艺的"根本的问题，原则的问题"。如何判断作家是革命的作家？如何识别文学是革命的文学？蒋光慈的看法与毛泽东如出一辙。他认为，最重要的标准是看这个作家或这部作品"站在什么地位上说话，为着谁个说话"。也就是说，这个作家或这部作品的价值立场是什么。尽管《少年飘泊者》是蒋光慈的小说处女作，是革命文学的初期样本，它却以鲜明地为工农阶级说话、为被剥削阶级立言、为被压迫阶级张目的抒写姿态落实了蒋光慈的革命文学价值观。

《少年飘泊者》通过叙事视角的转换，扬弃了启蒙文学的叙事主体，确立了革命文学的价值结构。现代启蒙文学，不管是以知识分子为叙事主体想象乡村社会，如台静农的《拜堂》，还是从知识分子的叙事视角旁观农民生活，如鲁迅的《故乡》，农民都是沉默的、被动的、无声的。农民的形象是被塑造的、被刻画的，他们的故事是被虚构的、被讲述的。虽然《少年飘泊者》描述的仍然是农民的故事，但是蒋光慈切换了叙事视角，它以皖西农村少年汪中给知识分子维嘉写信的方式，讲述了工农阶级自己的奋斗史和心灵史。这样，农民首次在文学里获得了叙事的主体资格，变成讲述人与叙事者。于是，《少年飘泊者》不再是知识分子写给虚拟读者的、由知识分子想象或旁观的"他者的农民"的故事，而是一个农民自我讲述、自我塑造的故事。

《少年飘泊者》发挥第一人称叙事优势，改变了启蒙文学的知识分子立场，确立了革命文学的价值结构。启蒙文学话语的知识分子化，隐藏着知识分子对农民的俯视姿态，表达了知识分子对农民或哀或怒的审视心态，呈现的是知识分子与农民之间不对等的文学生态。《少年飘泊者》以第一人称来讲故事，汪中是小说的叙事者，因此，"我"——汪中的见闻与感想构成了小说的全部内容。在叙事学的意义上，叙事者在叙事功能上是小说意图的传递者和作家态度的代言人，在叙事效果上更容易获得立场认同、价值共识与情感共鸣。不仅如此，《少年飘泊者》是蒋光慈以亲身经历为原型写成的，是蒋光慈的精神自传。这种融合自我写真与文学虚构的叙事形式，使得叙事者与小说家实现了同一化与同构性。汪中就是蒋光慈阶级情感、价值立场和革命观念的化身。汪中对地主刘老太爷逼死父母的仇恨，对商人刘静斋拆散恋情的怨恨，对买办陶永清迫害学生的愤恨，对资本家压榨工人的痛恨……，不仅鲜明地反映了《少年飘泊者》同情无产阶级、批判剥削阶级的态度，也充分显示了蒋光慈革命文学为无产阶级发声的价值立场和阶级属性。此外，蒋光慈赋予不同阶级身份的人物形象以不同的精神特征，并表达不同的态度，寄托不同的愿望，确认了《少年飘泊者》为了被压迫、被剥削的劳苦大众的阶级伦理。蒋光慈提倡"有态度"的文学，将其视为革命文学的价值理想。《少年飘泊者》塑造了三种类型的人物形象，以工人林祥谦和农民汪中为代表的无产阶级，以地主刘老太爷、商人刘静斋、买办陶永清和资本家为代表的剥削阶级，还有以维嘉和乡村教师王先生为代表的知识分子。小说中的汪中正义勇敢、积极乐观，林祥谦大义凛然、视死如归，刘玉梅善良美好；与之相对的是，刘老太爷残忍不仁，刘静斋见利忘义，陶永清冷漠狠毒，资本家自私贪婪。这些都清晰明了地表明了蒋光慈的态度：剥削阶级是反动的、罪恶的，无产阶级是革命的、进步的。值得注意的是，蒋光慈还以不同于启蒙文学的方式重塑了知识分子与无产阶级的形象。蒋光慈调整了启蒙文学对工农阶级的态度，启蒙文学中的工农阶级，是被传统文化伦理束缚与塑造的"死魂灵"，是落后、保守、有待于知识分子批判与改造的对象，即便如郁达夫、胡适式的人道主义，仍然无法避免知识阶级的拯救心态和优越心理。但是，《少年飘泊者》却恰好颠倒了知识分子与无产阶级之间塑造与被塑造的形象结构关系，汪中在小说的结尾已经成为令维嘉惭愧、让维嘉敬服的革命英雄。

其次，《少年飘泊者》在"写什么"的对象问题上具有明确的内容取舍，确立了革命文学的主题模式。

如果说"为什么人"的问题是文学的立场问题，决定着文学的叙述伦理和阶级属性，那么"写什么"的问题则是文学的内容问题，影响着文学的主题结构。不过，文学的内容从来都不是千篇一律的，时代变迁、文化差异会让文学千姿百态。夏洛克贪婪，奥赛罗嫉妒心强，伊阿古奸诈……莎士比亚的戏剧似乎更加关注人类的内心世界，揭示出人性的丰富样态；巴尔扎克的小说则似乎更加关注历史的风云变化，描摹出时代、社会的复杂形态。在某种意义上，蒋光慈对文学内容的构想与设定更倾向于巴尔扎克。在他看来，"我们的时代是社会斗争极剧烈的时代，到处都是新旧势力互相冲突的现象"。循此，蒋光慈显然认为革命文学应该呼应时代要求、回应时代生活、关注、反映和描写社会各阶级之间的矛盾、冲突与斗争。《少年飘泊者》正是通过叙述工人和农民的被侮辱、被损害的悲惨经历，以及工人和农民的奋斗与反抗，写出了革命阶级与反动阶级之间不可调和的矛盾、激烈尖锐的斗争，框定了革命文学的基本内容。

《少年飘泊者》描摹了1915—1925年的时代景观和社会图像，记录了动荡历史阶段人的生存与精神状态，是一部形象化的断代史。虽然它写了青年人的生活漂泊与心灵追求的历程，却与丁玲的《莎菲女士的日记》、郁达夫的《沉沦》不一样，它意不在揭示内在人性的冲突与斗争，而是注重描写外在社会的动荡与混乱。汪中被迫离乡，辗转合肥、芜湖、武汉、上海，最终南下广州；他由佃农之子蜕变为投身北伐革命的英雄，先后做过乞丐、杂货店学徒、洋货店伙计、旅馆茶房、纱厂工人。虽然蒋光慈也写了汪中内心世界的变化，但是这种变化不是人性的挣扎与困惑，而是对社会、阶级和革命认知的深化。我们几乎看不到汪中内心的困惑，我们只能看到汪中内心的坚定、清晰、分明的爱恨情仇。小说的内容直截了当，情感一目了然，没有丝毫的暧昧模糊。

蒋光慈虽然也写新旧势力之间的冲突和斗争，但是《少年飘泊者》里的冲突和斗争，不是鲁迅《狂人日记》里的新旧文化之间的冲突与斗争，也不是曹禺《雷雨》里的新旧伦理之间的冲突与斗争，而是阶级之间的冲突与斗争。由此，蒋光慈确立了典型的革命文学的内容模式，即：革命文学里的冲突与斗争，它不是文化上、伦理上的冲突与斗争，而是阶级之间的冲突与斗争，是剥削阶级与被剥削阶级、压迫阶级与被压迫阶级、资产阶级与无产阶级、反动阶级与革命阶级之间的冲突与斗争。并且，《少年飘泊者》通过阶级压迫来展示不可调和的阶级斗争——地主剥削农民、商人压榨伙计、资本家压迫工人，由此激发学生运动、工人罢工和革命行动。

《少年飘泊者》以截然不同的情感态度、理想寄托来处理革命阶级与反革命阶级，确立了革命文学的主题结构模式。蒋光慈自信而坚定地指出："将一个革命党人的英勇表现出来，固然是革命文学，就是将一个反革命派的卑鄙龌龊描写出来，也何尝不是革命文学呢？"也就是说，蒋光慈认为的革命文学的主题应该是既要"同情于被压迫群众"，也要"暴露敌人的罪恶"。在这个内容框架和主题逻辑之下，《少年飘泊者》以对被压迫群众最深沉的同情和对敌人最强烈的愤恨这两种截然相反的情感来叙写故事。因为荒年歉收，缴租困难，汪父向地主刘老太爷哀告求情，可是求情哀告不成，反被毒打致死。因为日货侵害民族利益，学生举行爱国游行，却被买办资本家秘密迫害。因为对不合理延长工时、减少工资不满，工人进行罢工抗议，争取合理权益，却被资本家联合反动政府残酷镇压，工人代表林祥谦壮烈牺牲。正是在这个意义上，《少年飘泊者》聚焦并叙写阶级矛盾、冲突和斗争，彰显无产阶级的革命和反抗精神，在内容和主题上与启蒙文学的新旧文化与新旧伦理的矛盾、冲突，揭示反封建思想的主题分道扬镳，为革命文学树立了典范。

值得注意的是，《少年飘泊者》在主题上还为革命文学树立了一个典范，那就是小说所表现出来的对革命前景的信念与对革命未来的信心。于此，蒋光慈所理解的理想的革命文学是："革命的作家不但要表现时代，并且能够在茫乱的斗争的生活中，寻出创造新生活的元素，而向这种元素表示着充分的同情，并对之有深切的希望和信赖。"也就是说，无论革命的作家经历怎样的困难、处于怎样的困境，也不论革命遭遇怎样的挫折，革命的作家都要保持对人民群众被压迫的现实状态的同情与悲悯；其塑造的革命者形象要始终都是积极的、乐观的；其展望的革命前景都要是光明的。《少年飘泊者》里充分揭开了被压迫阶级的悲苦、悲惨、悲壮的生存景象，也充分显示出对被压迫者最深沉的爱和对压迫者最激烈的恨。尽管如此,小说的整体色调并不黯淡,主人公的情绪并不消极、心态并不消沉,《少年漂泊者》也没有仅仅停留在揭示旧社会的混乱、无序的不正义乱象。恰恰相反,林祥谦为保守组织秘密被残忍杀害,其坚贞的革命意志和高尚的道德节操令人动容;汪中在惠州战役中为救战友而壮烈牺牲,其英勇的献身精神和无畏的革命情怀催人奋进。

最后,《少年飘泊者》在"怎么写"的方法问题上具有深远的典范意义,确立了革命文学的叙事模式。

《少年飘泊者》转换了革命主体与启蒙主体的位置关系,确立了革命文学的人物结构模式。具体表现在知识分子身份降格,其优越性让位于革命者。知识分子的角色功能发生变化,由启蒙文学里的教育大众、启蒙大众的人,转变为革命文学里被革命者启发、激励的人。小说中,知识分子维嘉在故事的起点处还是无产阶级汪中心目中的偶像、精神导师,维嘉所具有的"热烈的情感,反抗的精神,新颖的思想"深刻地影响着汪中的世界观、人生观和价值观,甚至在某种程度上塑造着汪中的精神个性,是汪中在困难岁月里的精神动力。这个故事起点处维嘉的形象,基本符合启蒙文学对知识分子的想象,是工农群众的启蒙者。然而,随着漂泊者汪中不断展开的奋斗、反抗和斗争的人生故事,尤其是故事结尾处L君转述和补充的汪中英勇的革命事迹,让知识分子维嘉的心理彻底发生变化,维嘉由汪中崇拜、敬佩的人,变成在面对汪中而觉得惭愧、渺小且自叹不如的人。他不无谦卑地赞叹"这样一个勇敢的青年,居然注意到我这个不合时宜的诗人",感叹自己"才能薄弱",并发愿要以汪中的精神为旗帜、为动力,努力发奋前行。至此,汪中的形象开始崇高化、英雄化,调转了汪中与维嘉之间崇拜、敬仰与被崇拜、被敬仰的关系。

其实,如前所论,不论是维嘉的知识分子形象,还是汪中的革命者形象,他们形象的合体就是蒋光慈自身的映照。蒋光慈是中国共产党最早的党员之一,又是最早提倡和创作革命文学的作家之一,蒋光慈本身就结合了知识分子和革命者的双重身份。也就是说,《少年飘泊者》里的汪中和维嘉是蒋光慈身份的两个代表,象征了蒋光慈启蒙和革命精神的两个维度。可以这样理解,革命者汪中与知识分子维嘉人物位置关系、角色功能的转换,潜在地揭示出蒋光慈个人在两种身份之间的选择,而选择的结果是,蒋光慈的思想天平倾向于革命者。小说的隐喻意义在于,蒋光慈通过小说反思了自己的知识分子个性,进行自我检视、自我调适和自我革命,维嘉所代表的知识分子的分量减轻了,放弃了启蒙方案;汪中所代表的革命者的分量提升了,选择了革命方案。同样,蒋光慈以此宣告了启蒙文学时代的离去和革命文学时代的到来,启蒙主体走下神圣的讲台,革命主体登上了历史的舞台。

《少年飘泊者》采用了"流浪汉式"的成长小说的情节推进方法,确立了革命文学的叙事模式。小说以汪中的流浪为故事线索,从背井离乡到南下革命,正是在流浪的过程中,汪中目睹了社会的真实面貌,认识到阶级的不平等、社会的不公正,从而激发了他对正义的向往、对平等的追求和对不公的反抗。汪中的生存流浪史,也是他的精神追求史和心灵改造史。最终,一次又一次的斗争,让农民之子汪中在不断的磨炼、锤炼中完成身份转变和精神蝶变,成长为革命之子。这里,其实暗含着蒋光慈革命文学的叙事模式,即:革命者不是瞬间长成的,而是逐渐成长的;革命不是无事生非,而是阶级矛盾不可调和的产物和阶级压迫的必然结果。革命文学的故事情节就是要将这个革命者的成长历程表现出来,要将革命的形成过程揭示出来。正如蒋光慈所说,"谁不希望沉醉在温暖的梦乡",但是地主、商人、资本家没有人性、缺少仁义、不讲道德,正是压迫阶级、剥削阶级的残忍、自私、暴戾,逼使汪中们、林祥谦们成为无比坚定的旧势力的反抗者和摧毁旧社会的革命英雄。

《少年飘泊者》融合叙事、抒情和说理于一体,以叙事为核心,在叙事中抒情、说理,确立了革命文学的风格范式。在毛泽东文艺思想中,"革命文艺是整个革命事业的一部分",革命文艺是从属于、服务于革命事业的。也就是说,革命文艺要发挥宣传革命思想、传递革命价值、表达革命道理和激发革命精神的作用，这些可以说是革命文艺的核心功能。《少年飘泊者》以叙写无产阶级被压迫、被剥削的生存状况和他们的追求、奋斗和反抗为小说的主要内容，但是作为兼具革命家和文艺家双重身份的小说家，蒋光慈不是在写供人娱乐、消遣的文学。在文学功能之外，他显然更加注重《少年飘泊者》的政治和革命功能。因此，小说一边叙事，一边抒情，充满了对不公正的社会的诘问，充满了对凶狠的压迫者、剥削者的诅咒，充满了对可怜的无产者悲惨命运的同情，充满了对正义的呼唤……这些爱恨分明、饱含情感的抒情片段，强化了小说为无产阶级说话的阶级立场、叙述伦理。同时，《少年飘泊者》还有一个显著的文本特征，就是有大量的疑问句、设问句和反问句。而这些问句，不只是为了达到抒情的效果，更是旨在实现说理的目的。可以说，通过简单的推理，讲朴素的道理，宣传革命的伦理，是《少年飘泊者》的风格特色。比如，小说写道："我们同是人，同具一样的五官，同是一样地要吃，同是一样的肚皮，为什么我们就应当饿死，而有钱的人就应当快活享福呢？"简单的问句，简单的说理，却论证了阶级平等观念、反对阶级剥削思想，也为无产者的革命提供了理论依据，即资产阶级的财富是罪恶的，无产阶级的贫穷不是天生的，通过革命来推翻资产阶级是合理的。由此可见，蒋光慈式的革命文学，叙事是身躯，抒情和说理才是灵魂，讲故事不是目的，抒革命之情、讲革命之理才是目的。甚至，为了论证革命阶级的正义性和革命合理性，蒋光慈质疑和重估了某些具有确定价值、既定意义的观念与符号。比如，他以穷人的悲惨境况和社会的失范景象为论据，质疑作为公正、悲悯之象征的上帝和作为善良、慈悲之象征的菩萨；他以能够反抗现行秩序和劫富济贫为理由，不吝赞美"许多土匪比所谓文质彬彬，或耀武扬威的大人先生们要好得多"，从而赋予土匪以侠义色彩、正义精神。

总之，《少年飘泊者》忠实地实践了蒋光慈的革命文学观，理想地融合了抽象的革命理念和革命形象的文学叙事。它既开创了革命文学的创作潮流，也以鲜明的叙事立场与叙事伦理，明确的内容取舍与价值倾向，具有示范意义的人物结构、情节设计和多元风格，为革命文学确立了写作范式——

"蒋光慈模式"。这种模式深刻地影响了《少年飘泊者》之后的革命文学。延安时期的解放区文学、"十七年"时期的"三红一创，青山保林"等红色文学，几乎在"为什么人""写什么""怎么写"方面，都暗含着革命文学的"蒋光慈模式"。

以激情为时代画像

——台静农的小说集《建塔者》简论

◎ 王明文

台静农（1903—1990），安徽霍邱县叶集（今属六安市叶集区）人。1928年11月，他的小说集《地之子》出版；1930年8月，他的小说集《建塔者》出版。这两本小说集奠定了他在中国现代文学史上的地位，尤其是在中国现代乡土小说史上的地位。他由乡土文学《地之子》的书写到革命文学《建塔者》的叙事，后者在思想情感上既延续了前者，又有新的开掘。虽然《建塔者》对革命生活、革命斗争的表现还显得不够深入，多停留于模式化和概念化阶段，但它激情昂扬，显示了不屈不挠的斗争精神。作为早期革命文学，尽管它存在着一些不足之处，但它具有文学史研究的价值，而且在艺术上也有独到之处。针对现代文学研究长期以来对《建塔者》没有给予应有的足够重视这一现状，本文试图通过进行比较全面的考察，重新定位它在文学史上的地位。

一、艰难的探索旅程：由《地之子》到《建塔者》

研究台静农的小说集《建塔者》，就不能忽视他的另一本小说集《地之子》，反之亦然。因为只有通过对两本小说集进行对比研究，才能更好地掌握台静农思想的发展变化以及小说叙事策略改变的内在原因。

鲁迅在《中国新文学大系：小说二集·导言》中高度赞赏了台静农的小

说："能将乡间的生死，泥土的气息，移在纸上的，也没有更多，更勤于这作者的了。"台静农的小说集《地之子》以写实的手法，描绘了一幅幅皖西乡土风俗画。在对地方特有的文化风情的描写中，展示了邪恶封建势力、陈规陋俗给被侮辱者、被压迫者身心带来的惨痛；通过客观而冷静的叙述，对惊心动魄的宗法制乡村生活场景及农民们的生存状态进行了真实呈现；无情地鞭挞了当时的封建压迫，猛烈地批判了千百年来的封建文化。台静农满怀悲愤，以同情的笔触书写了农民悲催的生活和命运，表现了他们的悲与欢、生与死、希望与挣扎。作者对农民悲惨生活的探究和反思大都隐于文字的背后。

《地之子》中的乡间不是宁静的牧歌式的地方，而是闭塞愚昧、阴冷压抑且充满了失望和绝望的地点。由于台静农严格地遵循"从熟悉的生活中取材"的创作原则，所以他不同于当时其他在北京的乡土作家。他的作品里既没有少年时代的旧影，也没有对乡村恬淡宁静的田园风光消失的哀悼。他笔下的乡土小说不是"记忆"的，而是"现实"的。《蚯蚓们》中的农民无法生存，不得不含泪卖妻；《负伤者》中的吴大郎不仅被地主抢夺了妻子，还被砍伤了脚，送进县警署，最终被"戴了脚镣手铐"；《新坟》里的四太太原来过着比较殷实的日子，一场兵变，儿子被大兵打死，女儿被大兵奸杀，家产也被族人骗走，在如此巨大的打击下，四太太疯了，沦为流浪的乞丐……

台静农将生活的本来面目毫不掩饰地呈现在人们面前，美与丑、善与恶、生与死交织在一起，让人的灵魂为之震颤。

如果说《地之子》是乡土文学题材的深入开拓，是乡土文学的典范作品，那么《建塔者》就是因之而来的合乎逻辑的转变与发展。台静农小说题材和主题的转变，既有时代的原因，也有文学本身发展变化的因素，还与作者自身的生活经历有关。

1926年北伐战争，1927年四一二反革命政变，大革命失败，1927年8月南昌起义……激荡的时代大潮不能不对台静农的创作产生影响，这是他小说题材转变的政治原因。从20世纪20年代中期，苏联新兴无产阶级文学运动已引起了中国文学界的极大关注。与此同时，在中国出现了"革命文学""无产阶级文学"的呼声，中国现代又一次文学观念的大变动开始酝酿。在这样的文学和历史语境中，1928年中国文学界出现了"革命文学"论争和无产阶级革命文学运动。时代思潮和文学思潮对台静农小说创作题材和主题的转变有着重大影响。他的小说集《建塔者》中的小说都是在1928年创作的，因此，《建塔者》属于早期革命文学。1928年4月，因李霁野翻译托洛茨基的《文学与革命》一书，未名社遭到查封，李霁野、台静农、韦丛芜三人被捕入狱。在《建塔者·后记》里，台静农写道："本书写于一九二八年，始以四篇登载于《未名》半月刊，旋以事被逮幽禁。事解，适友人编某报副刊，复以笔名发表者五篇。《井》一篇，作最迟，未发表。"另外，台静农1922年9月到北京大学中文系旁听，1924年应《歌谣周刊》主编之托，回故乡收集歌谣，历时半年。应该说，他的这些生活经历，他的所见所闻所感，对他的小说创作产生了重要影响。

台静农从对乡土文学的书写到对革命叙事的追求，是他对中国社会思考的结果，同时也是他个人人生追求的体现。从对乡间的生死的关注到对都市革命青年壮烈牺牲的同情与赞颂，台静农在这样跨越城乡生活空间的书写中表现出：中国乡村农民已经不堪忍受被压迫、被凌辱的痛苦，必然走向革命，而革命的火种将首先在城市知识青年手中点燃，最终必将唤醒农民，实现与农民的结合。《井》中的二牛，"父亲为了给主人掘那不急需的井，以致被活埋在井里。哥哥为了付不起田租，竟被主人逼得上吊。自己呢，终年牛马般的劳碌，还不能坦然吃碗饱饭。"为了生存，他学习手艺，离开乡村去城市，"曾经在城市中建筑过高大的洋楼。也见过许多同田主人一样的可怕的面庞……躲在街头的破屋里，披着败絮，吃着粗食，甚至于忍受着饥饿"。乡村也好，城市也罢，都没有他生存的空间。最终"他深深地觉悟了。在海南革命的火焰正在光芒四射的时候，中原的革命正在触机待发的时候，他忠诚地做了一个英勇的战士"。如果说《地之子》表现了那个年代中国乡村社会病情的某些症状的话，那么《建塔者》为之开出的药方就是：要改变中国乡村的现状，改变整个国家的命运，必须走革命的道路。但作者对革命的认识比较模糊，还停留在概念化阶段，对如何革命、哪些人是革命的主体、谁是革命的同盟军等问题比较茫然，这也是作品显得厚重度不够的主要原因之一。从《地之子》到《建塔者》，是台静农对中国社会出路艰难探索的结果，也是他个人的心路历程。

二、《建塔者》的思想意蕴与情感表达

《建塔者》的故事背景在都市，小说的主要人物是青年革命者，《地之子》的故事背景是霍邱县的宗法制乡村社会，主要人物是农民。如果说《地之子》是含泪书写的乡村悲剧，那么《建塔者》则是激情昂扬地展示革命的惨烈与不屈不挠的斗争的战歌。虽然悲痛，但是没有绝望的调子。它表现了知识青年对社会黑暗清醒的认识，敢于与敌人做殊死搏斗的大无畏革命精神和革命必胜的信念。

《建塔者》共收录短篇小说10篇。其中，《人彘》《被饥饿燃烧的人们》是延续《地之子》写作主题与风格的乡土小说；《井》是乡土小说与革命小说的过渡；其余7篇小说的主题则都是革命题材。大革命失败后，革命遭受反动派残酷镇压。这些革命小说以速写式的笔法表现了反动派的凶残，"去年党案的死者，当时草草地埋葬，现在白骨暴露"，"六具无头的尸体，躺卧在血泊中，人头堆在一旁"（《历史的病轮》）。敌人色厉内荏，手段残酷，对革命的镇压不分白天和黑夜。这些革命小说也塑造了一批昂头挺胸、舍生取义的青年革命者形象，"死又算什么？……要知道时代没有属于我们以前，我们的血一点也不能爱惜的"（《昨夜》）。他们面对敌人的屠刀，无所畏惧，壮烈牺牲。这些小说弥漫着惨烈的血腥气息，格调虽低沉但并不总是压抑。

《建塔者》不拘泥于故事发生的具体时空，而是站在时代的高度加以表现。作者希望通过描写生活的片段，表现整个时代的氛围。"这个时代，

是我们敌人的，不是我们的。"（《建塔者》）"反正这个时代，不是我们安乐的日子。""这个时代，还容许我们悲叹吗？"（《昨夜》）作者站在时代的高度审视社会，而不是就事论事，这样作品就有了思想的高度。"时代是这样的，我们能逃出时代的网罗吗？""我们的新时代，又能说不是建筑在这鞭挞和毁灭中么？""时代变化了，少男少女都陷在仇敌的网罗中。日日忍受着苦痛和鞭挞，直到最后的毁灭。但是新时代的光芒，不就是发动于这种情况之下么？"（《死室的彗星》）革命者知道，新时代的到来是要付出代价的，要靠与敌人殊死搏斗才能取得胜利。"在新时代的前夜，时时刻刻有人在黑暗中牺牲的。"（《历史的病轮》）"我们梦想着新的时代，于是将我们的所有，整个地放在强敌的高压下。"（《铁窗外》）"我们知道时代变得更恐怖了。""他们将这时期划成了一个血的时代，这时代将给后来的少男少女以永久的追思与努力！"（《春夜的幽灵》）作者深刻认识到，牺牲不可避免，它将给后来者以精神上的鼓励和思想上的滋养。台静农特别重视"时代"这个词，在小说中多次提及，绝非偶然，究其原因就是他内心有着强烈的时代感。他坚信，旧的时代必将灭亡，新的时代必将到来，而这必须靠革命来推翻反动的统治。

《建塔者》除了频繁使用"时代"这一意象之外，还多次使用了血、黑夜、酷刑、监狱、歌声等一系列意象，这些意象群强烈地表现了作者的思想和感情。如，"我们的血凝结成的鲜红的血块，便是我们的塔的基础"，"歌声逐渐消逝在大野里"（《建塔者》）。"夜深了，隔院又在那里拷问。"（《死室的彗星》）一方面，表现了反动派对革命进行镇压的手段之残酷、气氛之恐怖，另一方面，表现了革命者坚贞不屈，与敌人顽强斗争的坚定决心和坚强意志。

《建塔者》中的叙事情感非常强烈，强烈到作者经常忍不住要借作品中人物之口进行思索、感悟、倾诉、判断，以表达内心澎湃的情感；有时作家甚至自己直接站出来进行议论、抒情，如"为什么世间是这样地不平均？为什么那些人甚至于愚昧白痴，都能够安然享受着人间最繁华最淫逸的生活？

这都是人们生来就命定了的么？但是这又是谁在那里主宰呢？"（《井》）作品中经常出现的这样大段大段的倾诉，应该说是作家内心的真实想法和情感。由于人物形象塑造不够饱满，作家的思想感情也就无法通过作品本身充分表现出来，既然如此，作家就选择了直接说出来。这并不意味着台静农文学创作水平的下降，而是他对革命生活还缺乏深入的了解，不像乡土小说那样驾轻就熟。

《建塔者》思想进步，热情歌颂了革命者大无畏的牺牲精神。面对酷刑，他们没有屈服；面对枪杀，他们高喊口号，唱着革命歌曲，慷慨赴死。小说情感浓烈，字里行间爱憎分明，作者在作品里以情感色彩鲜明的词语表达了对敌人的蔑视与仇恨和对革命者的赞颂。写敌人时，经常使用"野兽""猎犬""豺狼""鹰犬""资产者的狗""刽子手"这样的词语，对敌人的憎恨之情，不言而喻；对革命者，则使用了"殉道者""海燕""先知""先驱""背负十字架的基督"等，两者形成鲜明的对照。

台静农的革命小说中的抒情主体多以"我们"为主，而不仅仅是"我"个人。他希望在小说中塑造革命英雄群像。这是知识分子走出个人生活圈子，融入社会革命斗争的正确反映，是集体主义思想的表现，这样的书写往往与"革命"题材所需要的宏大叙事相适应。

《建塔者》中除革命题材之外的其他三篇小说是乡土题材，如同《地之子》的延伸，采用的是写实的叙事。《人彘》中穷苦的农民完全失去了做人的尊严，人比猪还卑贱。"吴家的佃户，因为去年天旱欠了三斗课稻……结果恼了吴大老爷，叫家人将他打了一顿，又叫地保将他送到营里押起来了！"佃户被兵丁拳打脚踢，用棍打，用刺刀扎，连号叫都不能，只有"急促的喘息"，只有"血流在地上的淅沥声"留给了这世界，无法也无力反抗，只能"含着耻辱地死去"。

在小说中，台静农既表现了对农民的人道主义的同情，又继承了鲁迅启蒙主义的思想。民众愚昧麻木得令人感到可怕与悲哀。听差说："犯人胆子真大，也是该死。"在小学读书的B年岁最大，也老实得很，他竟然也说：

"不给主人租课，就该杀的。"可见封建统治不仅在物质上，而且在精神上给贫苦劳动者造成了多么巨大的伤害！更令人细思极恐的是，思想的毒害竟然已经侵入儿童。怎样唤醒民众？必须启蒙。而这就延续了五四运动启蒙主义的思想。正是因为启蒙，才有革命的可能；虽然革命与启蒙有阶段性的重点，但革命并不排斥启蒙。

《被饥饿燃烧的人们》中的老柯始终都在挨饿。因为饥饿，他偷了主人的一点点米和一块腊肉，就被当面骂"下贱"，心灵被创伤，永久地失去了做人的尊严。鲁迅小说《孔乙己》中孔乙己因为偷了丁举人家的书，就被吊着打，打了大半夜，打折了腿。由此可见，底层农民也好，小知识分子也好，在物质上和精神上都极为可怜可悲可叹。

《井》可以说是以短篇小说的形式容纳了中篇小说的内容，前半部分较详细，后半部分节奏过快，对于二牛如何走上了革命道路，小说只是匆匆交代并给出了光明的结尾。这篇小说可以说是台静农的创作由乡土文学到革命文学过渡的最好的表现。宗法制统治下为生存而挣扎的农民们的出路在哪里？二牛的行动就是答案：革命。值得一提的是，这篇小说有意无意地写出了中国革命的主力军必然是千百万受苦受难的农民，他们的革命性诉求是自发的，还未得到广泛动员。《建塔者》预示了之后的革命文学必将在知识分子如何与农民结合方面进行探索，如新中国成立后杨沫创作的长篇小说《青春之歌》就是如此。

三、《建塔者》与其他"革命文学"作家的不同书写

1928年前后，并非只有革命文学的创作，而是各类文学书写竞相展开。有废名的《菱荡》（1927）对于乡村诗意风景的描绘；有柔石的《为奴隶的母亲》（1930）对于典妻风俗中的阶级压迫和人性的分析；有叶圣陶的《倪焕之》（1928）对于当时中国教育界的混乱和社会的黑暗状况的揭示……但是在各种文学中，革命文学显得尤为抢眼。

20世纪20年代末到30年代初，中国现代文学史上出现了以蒋光慈为旗帜的革命小说派。他的小说《少年飘泊者》（1926）、《鸭绿江上》（1927）、《短裤党》（1927）、《菊芬》（1928）就是典型的革命小说。在蒋光慈的影响下，革命小说的写作蔚然成风，对文坛和社会都有很大影响。台静农的革命小说写作就是在这样一种文学语境中进行的。

台静农与鲁迅交往10年左右，得到了鲁迅的鼎力扶持，他深受鲁迅影响。1921年，蒋光慈与瞿秋白相识，保持了10年左右的知己和挚友关系。蒋光慈写作长篇小说《咆哮了的土地》时，构思之前就认真听取了瞿秋白对农民运动的看法和分析。应该说，台静农和蒋光慈这两位作家都有精神上的导师。吴组缃虽然未曾与鲁迅谋面和通信，但也间接受到鲁迅的影响，他曾写过四篇文章纪念鲁迅先生。

"蒋光慈的小说是早期革命文学的范本，开创了革命英雄主义叙事的先河。……与鲁迅'哀其不幸，怒其不争'的创作观念迥然有别，蒋光慈的底层书写富于浪漫主义特征。"鲁迅如实地揭示社会的弊病和痛苦，是为了"引起疗救的注意"；蒋光慈浓墨重彩地写革命的轰轰烈烈，加入了作家本人对革命的一些想象。"革命斗争实践的匮乏，使他的创作更多地依赖于自己的主观想象，致使有的情节与人物形象就不那么真实。""就创作原则而言，蒋光慈、洪灵菲和华汉等人一方面坚持从自己的亲身经历与直接生命体验出发，写自己熟悉的青年知识分子在革命年代的生活与心理；一方面又凭借间接材料与艺术想象，描绘了工农大众的革命斗争生活与内心世界。"而台静农则是速写式地、粗线条地写革命的行动，他更多是立足于现实，没有突破有限的认知而加入很多的想象。如果说台静农在1928年写的《井》已经隐约透露出中国革命的出路是解决农民问题，使个体投奔革命，那么蒋光慈在1930年创作的《咆哮了的土地》则把这一理念明朗化、革命化。台静农和蒋光慈都站在了时代的高度，具有对社会敏锐的观察力和分析力。蒋光慈对革命具有一种诗意的幻想，台静农则义无反顾地追求革命，意志坚强，革命信念始终不动摇。

在故事情节上，蒋光慈的革命小说比台静农的革命小说曲折复杂，内容也相对丰富。特别是他1930年创作的长篇小说《咆哮了的土地》，思想比较深刻，艺术也相对比较成熟。如果说蒋光慈的革命小说长于革命斗争的叙述，那么台静农的小说中则更多的是显示内在的坚定的信念力量——建塔，也就是打碎旧枷锁，创造新的美好社会生活。

蒋光慈的小说写恋爱的篇幅往往多于革命。"革命＋恋爱"由他开始成为一种小说叙事模式。他的小说中人物的情感纠葛和人物心理往往比较复杂，如《菊芬》中，主人公内心充满矛盾：是参加实际的革命斗争呢，还是做一个革命作家？而台静农的小说中，恋爱是革命的背景化设置。如果说台静农借用了"革命＋恋爱"这一叙事模式，那么他并不是单纯地模仿，而是有自己的独创。在早期的"革命＋恋爱"小说中，革命信仰与爱情之间经常是矛盾的，往往要舍弃爱情来证明对革命的忠诚，或者因革命而收获爱情。而台静农的《死室的彗星》，则打破了简单的革命与爱情的二元对立模式，革命在行动，爱情在心中，两者并不矛盾。

蒋光慈的《野祭》《冲出云围的月亮》、丁玲的《韦护》、胡也频的《到莫斯科去》等，都是以现代化大都市作为背景，电影院、公园、舞厅、夜总会、百货公司、高级旅馆、咖啡厅是小说中常见的场景。这些小说的情节都是在五光十色的都市背景中展开，摩登气息十足。而台静农的革命小说写都市青年革命，只是交代了他们来自都市，很少描写都市的生活，显得背景很简朴。如果说蒋光慈的革命小说中对人物行动的表现较多，那么台静农的小说中则对人物心理的表现较多。在人物描写方面，蒋光慈笔下的人物有农民、城市工人、时代新女性等，脸谱化、类型化比较强，台静农笔下的人物比较单纯，大多都是革命青年和敌人，符号化比较强。

台静农的安徽老乡吴组缃的短篇小说《一千八百担》属于"社会剖析小说"，作品中透露出农村已经开始发动革命。宗法制乡村民不聊生，农民要寻找活路，最终走向革命。虽然其中的佃户形象还很模糊，但是革命之潮已经开始涌动。

"天津《大公报》1928年1月3日以《广东之红色恐怖》的标题"描述广东农民暴动，"1928年1月1日，天津《大公报》以《先杀后报》的标题报道'赣省政府通令各县严捕共产党，准就地枪决，再行呈报'"。革命的怒火已经开始在全国各地轰轰烈烈地燃烧。台静农的革命小说都是在这段时间写就的，可以说是革命火光的映照。

　　由于那时交通的限制和通信的不发达，闭塞的皖南乡村革命到1933年还尚未在吴组缃的作品中得到正面的表现，这是可以理解的。在他的小说《一千八百担》中，乡绅的形象栩栩如生，而佃户的形象则模糊不清。尽管如此，小说也已经暗示：革命风暴即将席卷而来。

　　总之，台静农的革命小说具有一种内在的骨力，革命信念毫不动摇。这一方面表现了作家呼应时代的进步思想；另一方面，由于单维度描写，作品缺乏一定的厚度。台静农的革命小说与同时代的革命小说既有共同之点，也有他的独特之处，值得研究关注。

四、《建塔者》的艺术特色与不足

　　《建塔者》中革命题材的小说，基本上都将情节淡化，多写零碎的片段或人物内心的思索与呐喊，所塑造的形象大多模糊不清，在某种意义上可以说其形式上采用了小说的名义，而实际上多用了散文随笔式的写法。故事情节和人物形象往往是素描式的简笔勾勒，缺乏感人的细节表现。在主题的开掘方面还不够深。这些都是它的明显不足之处。

　　作为早期的革命文学，《建塔者》没有摆脱革命文学中"革命＋恋爱"的叙事模式。如《遗简》，表现了在革命和爱情不可两全时，则选择革命。"我珍视我的工作，甚于我的生命，我觉得人间所有的崇高和伟大，只有我的唯一的工作。"可以说是对"生命诚可贵，爱情价更高，若为自由故，二者皆可抛"最好的诠释。《死室的彗星》写了一对恋人为了崇高的革命事业，牺牲了忠贞不渝的爱情。这些小说对革命的描写还不够细致，往往停留在概念化和类型化的阶段。比如，情节多为被跟踪，被拷打，"从容悲壮地唱着歌，高呼着万岁"，意象多为坟场、监狱、鲜血……

在艺术上，《建塔者》也有自身的特色。首先，作者在作品中多处采用了象征手法。最显著的是"塔"这一象征。"我们的塔，建筑在血块上的！"（《建塔者》）"我们为人类建的塔，不久就要光辉地矗立在大地上了！"（《死室的彗星》）"我当更充实了我的力量，为了我们崇高的人群的塔。"（《铁窗外》）在他的小说中，多次出现"塔"，其不是具体的物象，而是一种象征或者隐喻。"塔"就是无产阶级革命者要建立的崭新的社会制度，是一种没有人欺压凌辱的美好生活；塔是奋斗的目标，是革命信念的源泉。为了建"塔"，革命者不惜牺牲自己的生命，他们站在时代的高度。"不是个人的身后，是人类的将来！"（《历史的病轮》）"梦想着新的时代。"（《铁窗外》）"以泥土的手，创造全人类的新的生活！"（《井》）如此，作品视野宽阔，主题突出，叙事常常迸发出激情的火花就在情理之中。

其次，《建塔者》中对环境的描写可谓炉火纯青，既增加了作品的表现力，又使叙述富有节奏感。这一点不应被忽视。如书中革命者被屠杀之前，用环境描写来烘托气氛。"外面迷漫了闪电般射人的银色的白光，照得房中明亮，一切的声音都静止了。院中老松，巨大的阴影横在窗纸上。"（《建塔者》）以"白光""阴影"表现出敌人的残酷。"乌鸦在林中哀哀地叫，但不见飞翔。""冬夜的寒风，一阵阵地吹来，身上冷得发抖。""一个人也没有，只有野风吹着荒枝摆动。"（《昨夜》）以环境描写表现了人物活动的场景、气氛和心理。"院中两棵小槐树，一棵大枣树，阴影几乎笼罩着大半个院子。偶一风吹，枝叶飘萧，已熟的枣子便随着落下了。"（《死室的彗星》）在残酷的对敌斗争中，插入一小段富有诗意的景物描写，让人更能感触到打碎旧时代，建设美好新时代——"塔"——的必要。"春来了，气候依旧苦寒，砭骨的风，沉阴的天色。"（《历史的病轮》）巧妙地交代了故事的发生时间，并为全文定下了基调。作家对环境描写的使用在小说集中经常出现，而且都使用恰当。

最后，《建塔者》总体色调阴沉，但又亮色频出，形成了鲜明对比。小说多采用第一人称的叙事，或者娓娓道来，仿佛给朋友讲故事，和恋人说知心话，或者仿佛激情地演讲或辩论，情感似火。虽然它不像一般小说那样以情节取胜，人物形象也不够丰满，但是每篇小说都比较讲究结构的严谨，或采用倒叙、插叙的手法，或穿插连缀的日记、回忆的手法，或采用书信体进行叙事，使小说主人公和作家本人澎湃的情感得以奔流而下。再加上精彩的环境描写等，增强了作品的可读性。

面对宗法制乡村农民的苦难，台静农出于作家的良知，满怀悲愤而又细致地用自己的文字将它们呈现给读者，《地之子》中有愤慨，有同情，也有启蒙思想。处在社会大变革时代，台静农必然尽情讴歌那些年轻的革命者，赞颂这些"建塔者"。他的《建塔者》是"大时代的一痕"，是激情速写的时代画像，是作者用文字在自己的人生道路上留下的里程碑。

著名学者杨义认为，台静农"对革命生活的了解殊为有限"，"作家这方面的生活底子比起农村生活的积累，显得太单薄了。因此，自艺术成就而言，《建塔者》反不及《地之子》"。应该说，他的这一看法不无道理。尽管用今天的文学眼光来看，它还有这样或那样的不足，但是，我们如果把《建塔者》放到特定的历史语境中去看，它的确有可圈可点之处，有重要的历史意义。作为革命文学草创期的作品，它具有一定的开拓意义，虽然它还不成熟，毕竟为后来者积累了革命文学的创作经验。鲁迅曾将《建塔者》和《地之子》与自己的《朝花夕拾》并列，充分说明了这两部作品的价值，在现代文学研究中，我们应给予其应有的重视。

从《尚战》到《英雄山》

——论徐贵祥战争小说观的历时性嬗变

◎ 刘霞云

战争是军旅文学的重要题材，但纵观当代的战争小说，虽然数量众多，但精品少，尤其是经得起历史检验的精品更少。其中的原因，除了时代的制约外，与作家所持的战争观以及如何在文学上艺术地处理、表现战争等息息相关。换言之，战争小说的质量主要取决于作家如何处理好战争是什么、为什么要写战争、如何写好战争等问题。而作为当今军旅文坛上很有影响力的重要作家，徐贵祥在上述几个问题的处理上取得了一定成绩，并引起文学理论研究者和读者的高度关注。从《尚战》（后改名《决战》）开始，至新作《英雄山》的问世，徐贵祥有着近40年的战争小说创作史，其间如《仰角》《历史的天空》《马上天下》等作品的问世都展示着作者对战争的深入思考和创作意图的转变。而转变过程正是作家作品特色的锻造过程，也揭示了徐贵祥成为当代重要军旅作家的内在根由。这也正是本文的写作意图与价值所在。

一

徐贵祥曾写过非战争题材的《年根》《预约晚餐》《有钱的感觉》三篇小说。作者以一个现实主义作家特有的敏感和责任感书写了当代都市生活众生相。其中《有钱的感觉》被拍成了电影，但是，用作者自己的话来说，没有拍出有钱人的味道和感觉。很遗憾，这三部中篇还是被淹没在了缤纷的现实题材书写当中。接着作者尝试进行军事题材的书写，从表现古代战争题材的《决战》《天下》和时代背景模糊的《错误颜色》，到表现和平军营生活的《弹道无痕》，每部小说都有着不可阻挡的军事视角震撼力。在这些作品中，最开始体现作者军旅小说创作意图的中篇小说《决战》，作者取其"尚战不战"之意，表达了以不战的思想进行决战的主题。作者在此处已初具"战争的终极目标就是和平"的创作意识。

战争就其本质而言，是敌对双方为了达成一定的政治、经济目的而进行的武装斗争。阶级社会的战争是用以解决阶级和阶级、民族和民族、国家和国家、政治集团和政治集团之间矛盾的最高的斗争形式。战争是政治通过暴力手段的继续，是流血的政治。这一命题在今天来说并不过时，也并不妨碍作家们从其他的视点对战争进行考察，进而写出具有时代感的战争小说。而审视战争的角度是丰富多样的，仅就同一场战争来说，读者不同，视角不同，时间不同，结果都会千变万化。但是当代诸多战争小说家，还是仅仅局限在战争的胜负与战争的政治目的上，写战争小说往往一定要写出战争的胜负，交代出战争的用意，而且基本上都是以我方的胜利而结束，其实，这是一种狭隘的观念与写法。"十七年"时期的战争小说自不用说，即使新时期之后的战争小说，这一问题依然存在。新时期战争小说的时代背景和语境发生转换，如周梅森的《军歌》《国殇》等抗日小说，但是写作的套路还是国民党假抗日、真内讧这一战争观的翻版，并未能给人提供新的东西。而徐贵祥从第一部战争小说开始，便有了明确的认识：写战争的目的是什么？正如他在后来的《马上天下》后记中感慨道："写战争小说快30年了，有一个问题，一直在我心里挥之不去，那就是，我们为什么要写战争。难道我们热爱战争？难道我们希望发生战争？显然不是。仅仅以爱国主义和英雄主义精神来解释这个问题，显然也是不够的。后来，我似乎有了些自己的答案，写战争，刚开始的时候，是希望通过这种人类特殊的行为来认识人、解剖人，并且按照文以载道的思想来感染人、教育人。其实，那时真正被感染受教育的是我自己，只有我自己对自己的作品沾沾自喜、爱不释手，别人未必。后来，我又有一个重要的发现，写作，不仅是为了给别人看，还是为了表达自己，有了思想，有了发现，有了激情，不吐不快。写作更是为了写出自己，在写作的过程中，我们的心灵之窗就被一扇一扇地打开了。一个人如果能够用一半的真诚写作，写到最后，自己就暴露得差不多了。"可见，在徐贵祥的眼中，写战争小说并不局限于讴歌爱国主义和英雄主义，还有他自己对战争的思考，其中就包括他骨子里对和平的向往和"战是为了不战"的思想。

二

徐贵祥初期尝试着书写军事题材，随着《决战》《天下》《弹道无痕》等中篇小说的出版，他由初期的引起文坛注意，到获得第七届、第九届中国人民解放军文艺奖，逐渐在军旅小说题材创作中找到了进攻的主阵地。他接下来的创作始终关注军旅生活。1999年，他结合自己对部队建设长期的观察与思考，创作了长篇小说《仰角》，把和平时期波澜不惊的军营生活描绘得恢宏辽阔。小说中虽然没有出现"高、大、全"的个体英雄形象，但作者凭着自己对和平时期军队生活的了解，深刻地塑造了形象生动的军人群像。如具有草莽英雄特质，因在部队训练中表现出精、刁、细、刻而被尊称为"萧天狼"的师长萧天英；满腹经纶、稳重精明的参谋员韩陌阡；教学上的炮兵专家、理论上的民间哲学家和生活中的糊涂虫教员祝敬亚；才华横溢、素质过硬的炮兵谭文韬；其貌不扬但军事技术过硬的训练标兵常双群；爱美如命、写得一手好文章的炮兵栗智高以及短矮粗壮的炮兵马程度；等等。这些人物的性格特征迥异，奋斗目标不一，但他们在一次次的人格历练和灵魂搏斗中共同展示着当代军人的使命感和综合素养。徐贵祥在《仰角》中写道："战争一天也没有离开我们，只不过它是以一种隐蔽的方式暗中进行的罢了。"这种战争观表明：即便在和平时期，军人所做的一切也都是在为战争做准备，并且这种准备状态本身就是战争的一种存在形式。于是，"为了能在也许明天就要到来或者永远也不会到来的战争中立于不败之地，作为战争的主体——军人，其人格素养、意志品质、精神品格就成了制胜的关键因素"。

在此阶段，徐贵祥对战争的认识比较客观、理性。中国自20世纪初期以来，经历了军阀混战、抗日战争和解放战争。中华人民共和国成立以来，又与周边国家包括印度、越南等因为边境问题进行了大大小小的战斗几十次。硝烟弥漫的战争贯穿大半个20世纪，而和平年代依然存在不见硝烟的战争。而战争的价值是什么？国与国之间的战争是为了捍卫主权和领土完整。而党派之间的争端乃至战争的价值又是什么？部分是为了正义与人民的幸福而战，但战争的价值又不仅在于此，更重要的在于作为一种精神状态，来应对非战争时代的和平生活。对此，徐贵祥有着深刻的认识："从人类发展的趋势来讲，大家的共同愿望就是和平，世界不再有战争。但是在一定历史时期，战争不会消失。虽然我们现在坐在这个演播室里面，感觉到外面是阳光灿烂，一片和平景象，但是事实上战争正在进行，就在我们身边。我这样说不是危言耸听，为什么呢？战争虽然没有以我们习惯的方式出现——炮火、拼杀，但是处于一种静止状态、对峙状态，比如中国没有这么多军队，你没有这么多、这么强的军事实力，那么你就不足以在整个世界军事格局当中维持平衡，平衡一旦打破，战争就会滚滚而来。所以说，军队即便是在和平时期也是战争的一个组成部分。所以说，一方面我们要赋予军人爱国主义精神和英雄主义精神，同时我们作为作家，作为社会良知，作为人民的代言人，也应该在我们的作品里面，在我们的作品人物身上寄托我们的理想——和平。"

三

首次出版于2000年的《历史的天空》以其"在种种历史的偶然背后，显示出了历史的必然，纵向而又曲折地演绎了梁必达从一介草莽到高级将领的性格史与心灵史"，而荣膺第六届茅盾文学奖。在这部小说中，徐贵祥首次集中笔力塑造个体英雄。与其说这是一部战争小说，倒不如说这是一部个体英雄的性格演绎史和心灵成长史。主人公梁必达由一个带着匪气的流氓无产者，在复杂的政治斗争和对敌战争中，逐步成长为具有高度政治觉悟和斗争艺术的高级将领。在此，作者一改传统军旅小说主人公一出场就具有较高政治觉悟和过硬军事素养的符号化英雄书写，开始了草莽英雄的成长书写。

《历史的天空》中的梁必达是个草莽英雄，其特征是粗口大牙、个性粗莽，对待战争"勇"字当头，不大讲究战术和战争智慧。但作者并不止于生动地为大家还原一个有血有肉的草莽英雄形象，其真正目的是想通过表现草莽英雄的成长来演绎其战争观的发展过程。作者在《高地》中借严泽光之口宣称"没有文化的军队是愚蠢的军队、不读书的军官是愚蠢的军官"。这种军事观在《历史的天空》中也有体现。在小说中，当梁必达听到自己荣升为师长的消息后，不仅不欢呼雀跃，却躺在床上担忧自己的文化水平不够。在小说结尾，梁必达的那段有关未来高科技战争如何进行，以及我军如何应对的言论令人无比吃惊，让读者深深感受到这个草莽英雄经过数个历史阶段的战争洗礼后已经初具战术意识。这也是作者准备在小说创作中要对战争艺术和兵家智慧进行探究的一种趋向暗示。

四

接下来，作者创作状态极佳。2004年推出《明天战争》，2005年推出《八月桂花遍地开》，2006年又有《高地》问世，2007年创作《特务连》，2009年《四面八方》与读者见面，作者一口气写出了五部军事题材长篇小说。其中，《八月桂花遍地开》以人道主义的悲悯目光关照战争中的每一个人，揭示了在强大的战争机器面前人的无助与弱小。《高地》以严泽光和王铁山两位军人因为争夺高地结下了恩怨为线索，揭示出和平时期军人的可贵品质——智慧、正直、阳刚，诠释了作者对战争与和平的辩证理解。作者认为"战争与和平永远是一对悖论，人们宁愿过和平时期的琐碎生活也不愿承受纷飞战火中血腥的浪漫和勇猛，但如何在和平年代平淡如水的日常生活中张扬军人的勇敢和尊严，是一个值得思量的问题"。与《仰角》的叙事模式相似的《特务连》，则为读者演绎了一群特务连的新兵在和平时期的军营生活中的成长、竞争与抉择。小说中塑造了老一代具有草莽英雄特质的阚大门师长的形象和新一代知识型、技术型军人的形象。在人物不经意间的对话中，如："你喜欢打仗吗?——我为什么要喜欢打仗? 我又不是神经病。""打仗的时候你是怎么想的?——我什么也没想。箭在弦上，不得不发！"表达出作者对战争本质的思考——英勇的战士们不是因为喜欢战争而战争，而是为了民族、正义、信仰、和平而战！再一次抒发了作者对和平的渴望之情。和《历史的天空》相比，《四面八方》的题材和表述方向由战场转向了社会，由思考战争转为思考信仰、社会、人民。这种转变表明作者对于战争的思考已延伸到战争之外。

战争意味着流血、死亡、暴力和对生命的漠视，而人性则呼唤和平，呵护生命，哪怕是最卑微的生命，所以战争与人性是相悖的。当这一对悖理不可避免地出现在战争小说中时，如何磨砺战争这把"双刃剑"，全面正确地思考战争与人的关系，即战争与人性的关系，是深化战争小说创作思想的基础。在这里，作家的战争小说创作观就起着决定性的作用。在徐贵祥眼中，战争是残忍的，小说可以展示战争的惨烈，也可以在这样一个特殊环境当中描写人性的变异与扭曲，但仅仅停留在这种展示上是不够的。作家必须有自己的终极关怀，这是一个作家必需的，其中包括对人的仁爱之心。战争当中普通士兵作为战争个体，他们可能没有立场，也可能不分阶级与阶层，甚至不分民族，可能只是充当一种工具与数字，但我们应尊重每一个生命个体。当然，在这里要说明的是，必须排除抗日战争这样的例子，日本军队侵入中国是非正义的，日本就是侵略国，中国军队是在抵御外来侵略，中国是正义的。在这个前提下，在战争中抵御外来侵略的每个生命个体都值得尊重。

五

若按题材来分，徐贵祥的军旅小说可分为当代和平军营题材和历史战争题材。前者有《仰角》和《明天战争》。在《明天战争》中作者开始研讨战略、战术、战法，虽然正面描写战争的笔墨不多，但文中渲染的那种军纪严明、训练刻苦、科技意识强烈、对明天全新战争充满紧迫感的氛围，无不体现出一个有着高度责任感与使命感的军旅作家的忧患意识。若论作者对兵家战术的关注，在本文第四部分开头所列的五部作品中，尤以《高地》最鲜明。这种创作意图主要是通过小说中的人物严泽光表现出来的。严泽光身上不乏具备徐贵祥前期作品中类似于"梁大牙"式的草莽英雄特质——粗口大牙、脾气暴躁、固执己见，对革命事业一腔热血、对打仗行军情有独钟。但和以前的草莽英雄相比，严泽光对战争艺术和兵家智慧备感兴趣，骨子里天生就具有战术意识。作者在文中借他人之口评价严泽光，"我听刘界河同志说，你很有战术意识，了不起"。还借他人之眼展示他对战术研究的痴迷，"严泽光觉得不过瘾，把这一带的地形也勘察了，对可能会出现的战斗也制订了很多预案，在地图上过战斗瘾"。在日常行军中，只要看到好地形就两腿挪不动了，并且口中念念有词："啊，我从来没有看见过这么好的地形，这绝对是一个打伏击战的有利地形。"在和平时期，他在内心这样评价自己："在战术这个世界里，我是能工巧匠，是艺术家。我得心应手，游刃有余。我虽然算不上是大文化人，可我是战术专家。"尤其在小说结尾，他阐述的"用兵之道"更加显示出他的有勇有谋，实现了从技术到战术的超越。只不过《高地》正面描写战争的场面较少，所以极具军事作战天分的严泽光并没有足够的机会施展军事才华，军事天才形象塑造平面化。这种缺憾在作者后期的创作中得到了弥补。

在前期的小说创作中，徐贵祥的写作意图一直在若隐若现、灵动飘忽地彰显着。虽然每部作品都不可避免地或多或少存在点缺憾，但总体来说，作者后来发表的每部作品较之前一部都有进步。对此，徐贵祥自己也坦承，

"我对战争的认识是一步一步深入的"，认为"《马上天下》是踏在《历史的天空》《八月桂花遍地开》《高地》的肩膀上建立起来的"，觉得"《决战》体现了和平意识，《历史的天空》体现了'勇'，《高地》体现了战术意识，《马上天下》可能是这几个意识的合成体"。毋庸置疑，2010年出版的《马上天下》是作者创作意图的完美体现，是作者前期积蓄在各个作品中的思想火花的绽放。鉴于此，人民文学出版社社长潘凯雄曾高度评价说，"21世纪中国军事文学是从《马上天下》开始的"。与之前的英雄成长书写相比，这是一部关于战术专家的成长史。小说还另设了两个线索人物与陈秋石一起成长、历练：一个是有着崇高职业军人道德感的恩师杨邑，一个是投身革命的草莽英雄儿子陈三川。最后，这对师生殊途同归，父子俩也由精神背叛到心心相印。小说在对战争本质的追问以及战争艺术的探究中完成了战争的艺术和艺术的战争的相互融合。

在前期的人物形象塑造中，作者塑造了一系列草莽英雄形象，如萧天英、梁必达、严泽光、阚大门等人的形象，作者曾把军人的形象划分为四个层次，即"武术型、技术型、战术型、艺术型"。若按这种标准来划分其笔下的战争英雄，萧天英等人则大可列为战术型英雄。《马上天下》中的陈三川充其量只算武术型勇夫，而陈秋石则跨入了最高级别行列。如果说萧天英等人在一定程度上实现了从武术到技术再到战术的超越，那么到了陈秋石这里则实现了对战争艺术的超越。在这部作品中，陈秋石已经把战术意识融入他的血液里，在一次次重大战役中屡屡书写神来之笔，一次次以弱胜强，以少胜多，在惊心动魄的危急关头反败为胜，转危为安。作者用精彩的实战场景和细致的作战细节让陈秋石这个战神走进了读者内心。为了更好地体现对战神陈秋石的肯定与推崇，作者还特设了陈三川这个草莽英雄形象，让读者在鲜明的对比中强烈地感受到现代战场到底需要什么样的英雄。

战神陈秋石对兵家战法的理解与运用，因融合并超越了是非、道德、利益等因素而极具时代性、人文性和科学性。文中作者曾假借陈秋石训导儿子陈三川发表了诸多颇有见地的用兵之道。"打仗是一门艺术，走一步要看几步，不能因为贪图蝇头小利而耽误大事。""打仗必须有全局观念。""三流的指挥员被敌人消灭，二流的指挥员消灭敌人，一流的指挥员既不是消灭敌人，更不是被敌人消灭，而是让他投降滚蛋。""我们要讲究战术，要懂得用兵之道，不能光凭勇敢，不能搞人海战术。"这些训诫表面看上去是一位父亲对儿子的谆谆教诲，实则象征着新一代战神对传统草莽英雄军事思想的革新，体现出作者对战争智慧的极力推崇。在小说结尾，起初没有文化和战术意识的草莽英雄陈三川最终也因善用战术而得到了兵团的通报表扬，再次体现出作者对战争艺术的尊重。

六

2020年，徐贵祥推出新作《英雄山》（含系列之一《穿插》、系列之二《伏击》）。新作一如既往体现出作者对战术意识的重视和对战争艺术的痴迷。这点我们可从小说的名称看出。"穿插"和"伏击"都是战场上的重要战术手段，两部小说从国民党军与红军的"围剿"与反"围剿"，到抗日战争的山地攻防战，对大大小小的战斗，都有一丝不苟的铺叙，交代得清清楚楚：凌云峰在鹰嘴岩与国民党军谢谷进行的小部队冲突，有猫捉老鼠的戏弄，有虚与委蛇的周旋，有半真半假的游戏，有欲罢不能的拼杀；山涧峰的阻击战，在地形学专家何子非的点拨下，凌云峰掌握了对付敌人炮兵作战的要点，不仅预测到敌人炮兵阵地的选择，还掐准了敌人炮兵开炮的时机，打出了时间差；凌云峰在松林高地进攻战中巧妙地运用工兵架起"空中浮桥"，奇袭歼敌……不仅在战争中学习战术，还非常重视及时进行战术总结。不仅实战指挥员凌云峰在总结战斗经验，还有更为有心的姚志远，将凌云峰的"穿插"战术提升到战术思想的高度，对其进行分门别类，即在各种险恶环境的穿插、小分队穿插、老鼠拖木锨式穿插、小马拉大车式穿插、直线穿插、弧线穿插、长驱直入穿插、回马枪式穿插。在整体上敌强我弱的战争环境下，充分发挥红军官兵的战斗意志和战争智慧，让凌云峰获得了"穿山甲"的美誉。直到红军西路军兵败河西走廊，凌云峰指挥三条山阻击战，采用穿插战术，将被动的阻击变成主动出击，转守为攻，在局部上取得积极的战果。这种游刃有余的专业穿插表明作者有着丰富的军事知识，也表明他对这种专业的军事战术的敬重。

在新作《英雄山》中，作者的仁爱之心也得到更加鲜明的显示。《穿插》中作战双方都是中国人，只不过属于不同的党派。国共之间的战争与民族战争有着本质的区别。凌云峰作为共产党里的师部侦察参谋，多次犯一些"老毛病"，成事于此，败事也于此。如面对土匪巴根，手下张有田要求斩草除根、以绝后患时，凌云峰却莫名动了恻隐之心，觉得土匪罪不至死，要求刀下留人，正是这不合时宜的举动为他的身份遭到怀疑埋下祸根。如面对接受改造中的国民党军官何子非，下属对其持防范之心，但他没有，还不允许下属有，这次他的判断是对的。但在第二次面对叛徒徐松时，他还是坚持善良，不愿以防范之心对待叛徒，最终导致自己丧命。凌云峰是国共战争中的大英雄，也是抗日战争中的民族英雄，但一个经常犯"老毛病"的英雄，在主张英雄主义格调的人物序列中让人印象深刻，这也表明作者在处理战争与人性的关系时尊重人性，让英雄回归凡人的写作立场。凌云峰拥有的是一种更广阔、更具人性意味的视野。在这个视野中，有家国，有信仰，有英雄，更有人本身。所以，徐贵祥说发现并重视那些负重前行的人，是文学的进步，更是社会的进步。

在如何表现战争上，作者一改前期传统的上帝视角，采用自由灵活的"灵魂叙事"，让《穿插》里的凌云峰，《伏击》里的楚大楚，两位为国捐躯的抗日军人讲述同一战场上各自的故事。这样的叙事视角虽非首创，却能迅速抓住读者的心，唤起读者对人物命运的好奇心和对故事的期待感。同时，因为穿越了生死，穿越了岁月，也使讲述带着些许悲壮、些许通透和历经沧桑的从容。而这种灵活讲述故事的方式更有利于阐述他的战争观和写作意图。

质言之，徐贵祥是一位一直钟情于战争小说的军旅作家，在同代人中是少有的具有战场经验而且执着于战争文学创作的军旅作家。亲历战争的经验是他的战争小说的滥觞；对战争深层意义的探求和多种角度的诠释又使他的作品超越了经验的写作。其在初期提倡"尚战不战"，在接下来的作品中也一直提倡写战争不是为了战争，而是为了和平。写战争的惨烈与悲壮也是为了让世人明白和平的可贵。在《马上天下》中，作者对战争本质的理解更为人性化。书中陈秋石对杨邑说的那句"我厌恶战争，但是我不厌恶战斗。我就是因为不想打仗，才学会了打仗"则一语中的地道出了作者所追求的关于战争的"最高境界"——"战而不战"，体现出作者对残酷战争的反思，表达了作者对美好人性与和平的终极渴望。

奏响历史内外的革命现实主义双重奏

——浅析徐贵祥中篇小说《红霞飞》

◎ 丁友星

徐贵祥借助中篇小说《红霞飞》中的人物马德编导之口说出一句口头禅:"而能够改变精神的,首推文艺。"鲁迅在他的小说集《呐喊·自序》中也说过:"而善于改变精神的是,我那时以为当然要推文艺。"徐贵祥的中篇小说《红霞飞》在表现战争的时候,没有首选正面描写战争,而是首选侧面描写战争——革命文艺,即描写宣传队,也就是后来改名为"红霞剧社"——井冈山时期一个红军文艺团体——的革命文艺活动。或许这正是徐贵祥这部中篇小说的高明之处,一如《小说选刊》责编对他的评价那样:"这种细密扎实的写作显示了作家不凡的创作功力。"

在描写宣传队,即"红霞剧社"的革命文艺活动时,徐贵祥动用了多种艺术表现手段,特别是对革命现实主义手法的运用,让宣传队这朵20世纪20年代末30年代初处于土地革命战争年代的艺术"红霞"飞翔了起来,并具有了很强的历史在场感。换而言之,在《红霞飞》中,徐贵祥让他所描写的人物和事件都回到了井冈山红军时期的战争现场。在这个战争现场,徐贵祥大处着眼,小处落笔,从一个犯了错误的士兵何连田到宣传队报到当"挑夫"开始描写。何连田所犯的错误是"看人家女伢子"洗澡。在那个特殊的年代,尤其是在红军初创的革命时期,这是一个非常严重的错误。因为当时红军纪律明确地规定"洗澡避女人"。而何连田不但没有"避女人"洗澡,还"看人家女伢子"洗澡,"况且还看了好几眼"。仅此而言,其性质在当时便显得相当严重了。虽然他"第一眼是没办法，无意撞上的"，这是本能，没有邪念，是不知者不为过。"可是第二眼、第三眼，没有人按着"他的"头皮看"，这就不对了，这就是"存心看"，就有邪念，是知错犯错了。为此，何连田一想到这些，便不觉得处罚他委屈。因为"这是红军的规矩，坏了规矩是犯错误，犯了错误就要受处罚"，天经地义。甚至他还谴责自己，也认为："洗澡没有避女人就不妥当了，存心看女人更不妥当。"因此，这件事他从一开始就能够理解：即使"放到老家的村里"，也"会被人戳脊梁骨的"，更何况这是在红军队伍上呢！这样一来，徐贵祥一下子便巧妙地把他的《红霞飞》拉进了井冈山当年的革命历史现场，即那个特殊的战争年代——井冈山红军时代。

然而，这还不能真正反映徐贵祥的"不凡的创作功力"。在《红霞飞》这部中篇小说中，能够真正反映徐贵祥的"不凡的创作功力"的，是他以文学的形式形象化地提供了一种过去不曾有过的新型文艺创作范式——革命现实主义文艺创作范式。这种革命现实主义文艺创作范式，截至今日，在浩瀚的文艺理论中都还没有得到诠释。笔者不揣浅陋，从徐贵祥《红霞飞》的创作内容和形式中提炼出了它。笔者之所以有如此这般的所作所为，是因为从严格意义上来讲，徐贵祥的小说创作绝大多数均属于这种革命现实主义的创作类型。所谓的革命现实主义，简而言之，即是革命的现实主义。而作为一种新的文艺理论范式，窃以为，它从范畴上来讲，仍属于广义的现实主义文艺创作理论的一种，是一种现实主义的拓展和延伸。只不过这种现实主义和传统意义上的现实主义有所不同，其具有明显的革命性。然而，它却同样具有现实主义文艺创作所有的艺术特征，即细节的真实性、形象的典型性和具体描写方式的客观性。一如法国文学史家爱弥尔·法盖所说的：革命现实主义和现实主义一样，也"是明确地冷静地观察人间的事件，再明确地冷静地将它描写出来的艺术主张。……要从几千几万的现实事件中，选择出最有意义的事件，再将这些事件整理起来，使之产生强烈的印象"。而在革命现实主义文艺创作理论范式的框架下，徐贵祥创作出来的《红霞飞》，一方面奏响了历史现场内的革命现实主义重奏，即宣传队，也就是后来改名为"红霞剧社"的文艺创作；另一方面又奏响了历史现场外的革命现实主义重奏，即徐贵祥《红霞飞》的文本艺术创作，进而从历史内外合奏出了一曲革命现实主义的双重奏。

在《红霞飞》历史现场内的革命现实主义的艺术第一重奏里，宣传队（后来改名为"红霞剧社"）的演出节目中，正式节目一共只有四个，加上何连田后来被迫即席演出的快板，也不过只有五个节目，但所有演出作品的素材却几乎无一例外的都真实地取材于红军在井冈山时期的活动，虚构的成分极少。即使有所虚构，也不过是做些"小手术"而已。一言以蔽之，这些节目均忠实于当时红军战争的历史事实，充分地体现了革命现实主义艺术来源于革命现实生活、高于革命现实生活的创作原理。例如"红霞剧社"的前身——宣传队演出的第一个剧本《里应外合》的素材，就取材于当年"上半年部队在汀江跟国民党军"的一场战争。当时"一纵队的营长耿天阶化装成国民党军副官，带领二十几个红军战士化装成国民党军，押着冒充的'赤匪'俘虏，骗取敌人的信任，混进汀江城，在国军团部里好吃好喝，半夜里打开城门，一举拿下汀江城，受到了军部的表扬。纵队党代表亲自下命令，让宣传队写个剧本。郑振中只用了半夜工夫就把剧本写好了，名字叫《里应外合》。只不过，为了让杨捷慧上场，把男'赤匪'改成红军女战士"，因为宣传队队长杨捷慧是个女同志。除此之外，全剧可谓完全忠实于当时的历史事实。

"红霞剧社"的前身——宣传队演出的第二个节目——五句腔《红军为啥能打胜仗？》，是根据《中国共产党红军第四军第九次代表大会决议案》即《古田会议决议》精神写出来的。说到底，这个节目的内容就是对红军在那个时候为什么能打胜仗的原因的一种艺术总结。宣传队队长杨捷慧"根据大家的发言"记录性地写出了这出五句腔："红军为啥打胜仗，红军白军不一样。红军打仗为信仰，国军打仗为吃粮，有奶便是娘。红军为啥打胜仗，红军白军不一样。红军砍头风吹帽，国军风吹两边晃，转身就投降。红军为啥打胜仗，红军白军不一样。红军住宿上门板，白军过境如虎狼，敲诈勒索抢。红军为啥打胜仗，红军白军不一样。红军官兵亲兄弟，白军有权就是王，敲诈又克饷。红军为啥打胜仗，红军白军不一样。红军思想生命线，白军脑子空荡荡，打仗要算账……"然后加以"排练"，再拿到"各个支队"和"地方"上去演出。这无疑就是历史事实的一种文艺化。

"红霞剧社"的前身——宣传队演出的第三个节目——活报剧《为谁扛枪》中的主要人物原型，仍是当时井冈山红军"一纵队的营长耿天阶"；只不过"他现在已经被降职为连长了"。剧情表现的一幕，是真实发生的事情。声称偷吃腊肉的战士叫郑达，水南战斗之前，挨了耿天阶一顿打，胳膊都被打脱臼了，在水南战役中没有发挥太大的作用，后来又被耿天阶打了一顿，说他战斗表现不好。恰好此后又发生了梅岭反伏击战，耿天阶负伤了，掉进一个土坑，部队撤退的时候他被落下了，已经脱离危险的郑达听到营长的呼喊，回到阵地将耿天阶背起来，一口气跑了几公里路。这时已被降职为宣传队副队长的杨捷慧"在信丰学习班期间采访到了这个素材"后，便把"这个情节"充实到了剧本中，进而写成了"一个营长打兵，引起公愤。后来战斗失利，营长负伤，那名被打的士兵在枪林弹雨中救出了营长"的剧本，以至于活报剧《为谁扛枪》"在一支队演出的时候"，演到最后的高潮处，"台下传来一声号啕，兄弟，我对不起你！"原来这是耿天阶发出来的。他痛骂自己说："我混蛋，我痛改前非，今后如果再出现打兵的事情，请组织上枪毙我。"这几乎到了把历史事件原汁原味地搬到舞台上的程度。

"红霞剧社"的前身——宣传队演出的第四个节目——话剧《解开你的绳子》，是根据挑夫何连田讲述的他"老家石板乡发生的一件事情"编写的。剧情是"石板乡有个农民因为欠租子，给地主家顶缸，被军阀抓了壮丁，没有过门的媳妇也被人抢走了，给地主的瘸腿管家当了续弦。几年后这个农民死里逃生回到石板乡，一把火烧了地主家的院子，带着他的媳妇远走高飞了"。唯一一处改变的是，宣传队副队长杨捷慧"将何连田讲的故事改头换面，将地主换成国民党联防团长"，其目的是加强剧中人物"夫妻恩爱、生死离别的情节"。而其他剧情则完全尊重历史事件。

"红霞剧社"的前身——宣传队演出的第五个节目是挑夫何连田被迫即席演出的快板。即使是这个节目，它的前半部分也和五句腔《红军为啥能打胜仗？》完全相同。因此，不用说，其也是根据《古田会议决议》精神创作出来的。而后半部分"我当红军是自愿，为了革命扛起枪；想想你们当壮丁，一根绳子来捆绑，妻离子散田荒芜，家中老母泪汪汪……哪哩个当，哪哩个当，哪哩个当当哪哩个当……娘在村口盼儿归，红军来了叫亲娘，亲娘拉着红军的手，见到我儿别开枪，我让我儿当红军，天下穷人得解放，得解放……"则是前半部分的延续和延伸，当然也就不失《古田会议决议》精神了。"特别是结尾的部分，是在上半夜路上，杨捷慧和王振寰等人你一句我一句凑的台词"，然后，被何连田编在了一起，而其情其景又正好符合当时国民党军起义的六团官兵的心理。结果，这个节目的真实性还平息了当时一场由国民党军起义的六团反动军官二营副高一凡等密谋的军事哗变，甚至连密谋者"高一凡似乎都被打动了"。毋庸多说，这便能够见证其与历史事实的契合度了。

徐贵祥奏响的革命现实主义第二重奏，是他对《红霞飞》文本的艺术创作。在历史现场外的革命现实主义的文本艺术创作这一重奏里，无论他意识到还是没意识到这重奏的革命现实主义的理论意义，但在客观现实层面上，他的中篇小说《红霞飞》却通篇都在运用革命现实主义的创作原理，再现了红军在井冈山时期的战斗和生活场景。这一点，他在《红霞飞》创作谈《精神的神》中做了明确的表述。他说他的这部中篇小说的创作取材，是对那个时期历史的一种"顺藤摸瓜"，而且"就在这种顺藤摸瓜似的研究中，我发现了一个奥秘，或者说发现了红军的一个秘密武器。（古田会议）决议第四部分专题阐述红军宣传工作，明确了宣传队的规模结构，'军及纵队直属队均各成一单位，每单位组织一个中队，队长队副各一人，宣传员十六人，挑夫一人，公差二人'"。而这个"秘密武器"，则是"在土地革命的血雨腥风中，在饥寒交迫的长征路上，在艰苦卓绝的抗日战场上，始终活跃着一支特殊的队伍，他们是照亮黑暗的灯，是融化冰雪的火，是凝聚精神的神，他们，就是自古田会议之后一直伴随中国革命的特殊兵种——文艺宣传队"。于是，徐贵祥从红军宣传队凝聚的"红军精神的神"中，找到了"创作《红霞飞》的目标所在"，进而也道出了他的中篇小说《红霞飞》的创作源泉。

事实上，《红霞飞》也确实客观真实地再现了红军井冈山时期的战斗和生活场景，特别是宣传队，以及后来改名为"红霞剧社"的红军宣传战士的战斗和生活。在井冈山红军创建初期，历史的真实情况是当时的红四军从一开始便实行了宣传兵制度，并组织了专业宣传队。这个制度规定："凡军队每一个机关（如连部、营部或政治部、卫生队等）均须派五个人担任宣传工作，这五个人不背枪，不打仗，不服勤务，名叫宣传兵。此五人分两组，一组为演讲队，担任口头宣传，凡红军所到过的地方，行军时经过的乡村酒店茶店，或大市镇均须手持红旗及标语传单向群众宣传。"其外一组为文字宣传组，两个人每人提一个石灰桶，大小笔各一支，凡军队经过的地方，墙壁上要统统写满红军标语，写字要正楷，以愈大愈好，要用梯子写得高，使反动派不能随便涂抹。"这样，"红军达到一个县城只要三小时，宣传工作可以普遍"。同样，也正因为这个原因，"许多地方群众说：'红军一到，满街鲜红，等于过年'"。等到1929年12月底，古田会议在福建省上杭县古田村召开后，红军的宣传工作又得到了进一步的加强。为此，在红军中，还针对宣传员的选拔标准和宣传方式形成了具体的规定，为红军宣传队的队伍建设提供了制度性的保障，进而改变了红军宣传兵制度制定时对宣传人员的简单数字规定，使其有了更具体的分工和明确的归属，并指定了负责人。而这些情况恰好和徐贵祥在《红霞飞》创作谈中谈到的情况几乎完全一致，即"以支队为单位，军及纵队直属队均各成一单位，每单位组织一个中队，队长队副各一人，宣传员十六人，挑夫一人，公差二人。每个中队的宣传员分为若干分队，每个分队有分队长一人，宣传员三人"等，进而有力地表明了中篇小说

《红霞飞》的历史真实性和艺术真实性的统一。

总而言之，徐贵祥的《红霞飞》，实际上就是从井冈山红军创建初期实行的宣传兵制度和古田会议确定的宣传员选拔标准、宣传方式的规定出发，运用革命现实主义的创作手段，描述出来的井冈山"革命初期红军宣传队的战斗故事"。对于这个故事，评论家刘振华评论说："在这篇小说中，徐贵祥从小处着手，以一名红军宣传队的'挑夫'何连田为切入点，讲述了一支红军宣传队在战斗中发挥独到作用以及宣传队官兵在战火中成长成熟的故事，表达了老一辈革命家不忘初心、追求信仰的革命精神。"与此同时，"徐贵祥所塑造的人物其实都是一些小人物。他们来自普通百姓中，成长于战火硝烟里，在战争中时刻经受着生死考验，完成了一次次灵魂的蜕变。徐贵祥通过这些人物的故事告诉读者：英雄不是天生的，英雄是在危难关头挺身而出的普通人"。而"这篇小说的线索人物何连田，本是一名战斗连队的普通战士，老实本分、木讷忠厚，因为一次无意中犯下的错误，而被'发配'到宣传队当挑夫。从最初的不乐意，到慢慢受到队长杨捷慧的影响开始喜欢上宣传队的工作，再到成长为一名优秀的宣传队骨干，作者对人物内心世界的刻画立体丰富，每一次性格的转变合乎情理、自然流畅"。让人读后有一种回到历史现场的身临其境之感，极具现实主义特征。换言之，也极具革命现实主义特征。

正是由于有上述诸多因素的存在，因此，笔者十分认同2019年12月6日在北京举行的第十届"茅台杯"《小说选刊》年度奖颁奖典礼上"授奖辞"对徐贵祥获奖的《红霞飞》的评价："《红霞飞》是一部恢宏壮阔又细致入微的行走之作，再现了红军宣传队在伟大历史征程中披荆斩棘、勇往直前的精神气概。徐贵祥把笔墨置于宏大历史背景中，与此同时精细描绘宣传队员们的日常生活和情感变迁，从而建构起红军宣传队气象万千的精神图谱。何连田、杨捷慧等人物真实生动，他们身上充盈着现实、伦理、人性等极为丰富的意蕴和内涵，将成为当代文学的经典形象。历史的天空依旧雄奇阔大，红霞万朵织就的百重衣更是军旅文学的精神高地。"同时，我也十分认同《解放军文艺》对《红霞飞》的评价，《红霞飞》乃是一部"对文化艺术工作在我军战斗与发展中的作用和地位，进行了形象的表现和深入的思考"的、奏响了历史内外的革命现实主义双重奏的成功之作。

魂兮归兮英雄传

——评徐贵祥《英雄山》

◎徐　晨　周志雄

军旅作家徐贵祥，在21世纪初密集创作了包括《历史的天空》在内的一系列战争题材作品，被评论界誉为"正面强攻战争文学"：既有绝对"硬核"的战略意识，又包含浓厚的英雄主义情结。时至今日，战争体验、战争回忆、战争想象和战争思考仍然是其文学创作的主要方向。新出的《英雄山》系列继续贯彻徐贵祥"写战争是为了寻找英雄"的理念，在叙事艺术上更显示出求新之意：《英雄山Ⅰ：穿插》和《英雄山Ⅱ：伏击》两部"貌离神合"，以不同视角叙述了同一批人自国共对峙再到联合抗日时期的命运纠葛。只有对两部作品进行既相合又相离的分析，才能钩玄提要，理解徐贵祥在英雄主题写作中求新的努力和仍存的短处。"岁月蒸华发，宝剑依然亮。热血洗沙场，江河回故乡"，《英雄山》故事中英雄的成长和时代同轨，最终魂归沧山西麓的隐贤村，而我们在品味故事的过程中追索英雄踪迹，见证英雄的新生。

一、新生：寻英雄魂

《英雄山》虽分两部，但并非时间上的先后延续，而是多角度的平行叙述。尽管《伏击》在一定程度上可以看作是对《穿插》的注脚：同名同姓的假凌云峰的身份得到说明、被顶替的楚大楚的生平得到展现，但整体不脱

"一事多说"的艺术构思。《穿插》以红四方面军团长凌云峰为中心，讲述其在战斗中受重伤后被迫丢弃姓名成为国民党军官继续在抗日战场上战斗的故事。《伏击》则是从国军阵营的视角记叙国军特务易晓岚是如何完成从冒名顶替凌云峰到选择成为"凌云峰"的转变。姓名承接这一情节所象征的对于英雄之魂的追寻，正是整个故事的行文逻辑之所在。"名字代表什么？我们所称的玫瑰，换个名字也一样芬芳"；英雄无名，以信仰为灵魂归宿的所有人都是英雄。所以即使两本书因为叙事视角和叙事重心的不同，在情节构建和人物塑造上显出参差，但在"魂"上是无限接近的。

（一）亡魂叙事

亡魂叙事的运用在当代文学写作中不算少见，余华《第七天》便是借亡魂之口叙事。亡魂叙事却是徐贵祥在军事题材创作生涯中的一次新的尝试。徐贵祥设定了所谓"角落"的存在，"角落"是人灵魂的结晶，人死后便以"角落"的形式存在，可以知悉整个世界发生的所有事情。在《穿插》中，他让红军团长凌云峰的亡魂充当叙事者；《伏击》的叙事者则是牺牲了的国军连长楚大楚。在策略上，亡魂叙事合理化了第一人称视角的全知全能，而且能够摆脱时间和空间的限制，自由地以一种俯视姿态把握故事，这对叙写广阔的战争情势来说无异于如虎添翼；在情绪上，亡魂存在于战争题材中，本来就会在无形中渲染出忧伤悲凉的气氛，而亡魂以既是亲历者又是叙述者的身份，则会使得叙事更具感染力。当恋人蓝旗被国军情报机关抓捕时，叙述者楚大楚难抑心中悲痛，现身疾呼："这个世界上还有人能够救蓝旗吗？""浩瀚的星海里，我和我的蓝旗，渺小得不如一粒尘埃，微弱得不如一声叹息。"让读者不禁为这个见爱人受辱而无能为力的鬼魂动容，从而也能更加认识到国民党内部的不公与阴暗。

由于充当叙事者的亡魂身份不同，两部作品的叙事结构也各具特点。《穿插》是凌云峰的亡魂在"自说自话"，其中坪任务、"管教队"受罚、任职特务团、建立桃花连、纶掌战斗违命支援八路……所有情节都是以他自己为中心，按时间线一一排列。这是典型的第一人称叙事，并没有充分发挥亡魂叙事的全知全能特性：桃木匣子里的奥秘被延宕，假凌云峰的身份被掩藏。情节推进主要依靠一场场战斗的打响：三条山战斗重伤失联是凌云峰命运的转折点，沧山战役是他接受"楚大楚"这个名字的契机。作为次要人物，亡魂楚大楚在《伏击》中显得自由许多，时而回忆自己的生平，时而叙述他人的经历，是一个称职的通晓全局的解密人。不同于《穿插》，在《伏击》中，作者有意识地运用"现在，该回到主战场了""现在，该讲讲我的故事"之类的语句让叙述者现身引导叙事，表现为情节的交替并行：前两章为陈达组建"战术研究室"做铺垫；第三章开始写易水寒（易晓岚）冒名凌云峰；第四章写蔺紫雨和蓝旗借寻亲之名混入红军合作社；第六章写易水寒倒戈救首长；第七章转而又关注蔺、蓝二人刺杀汉奸孙长顺，如此交替往复；第五章更是转变为第一人称自述，介绍起楚大楚的生平。然而因为叙述者的引导、人物间的联系和同一事件的多维度重复，多番转换却杂而不乱，倒显出情节的丰富性来。

（二）英雄追魂

《英雄山》系列是完全"英雄中心"的作品。对中日民族文化的审视思考、对汉奸形象的多层剖析，都是徐贵祥之前抗战题材作品中不可忽视的闪光点，而在这次的故事里全然不见，战争中其他角色都服务于英雄的生成。

《穿插》《伏击》两部形成了"参互成文，含而见义"的独特艺术结构，这就给我们提供了新思路：以一种新的横向比较的视野去考察其作品中的英雄形象。《英雄山》中的英雄形象塑造不仅依赖于纵向的个人成长经历，而且由于人物间的承接、替代关系而具备了横向维度的定位意义，也即可以对应到英雄生成的不同阶段。区分不同阶段的，就是英雄魂之所在。斩落繁枝细节，故事大纲可概括为"借名还魂"计：《穿插》是凌云峰借楚大楚之名延续英雄之魂；《伏击》是易水寒借凌云峰之名发掘英雄之魂。凌云峰和易晓岚毋庸置疑是被主要描写的英雄。此外，《伏击》的叙述者楚大楚也应被视为英雄形象，归入我们的讨论范围之内。

凌云峰是标准的完成形态英雄，一名成熟的革命者和坚定的共产党人。他具备相当高的战略素养和政治觉悟：把穿插战术打出名堂，勇于斗争不怕牺牲。在古莲战役中变被动防御为主动防御，纵横穿插，以近乎惨烈的姿态钳制敌人兵力，完成防御任务。他立场坚定，信仰昭昭：受党内路线斗争波及被下放到管教队也不怨不恨，对隔离审查的措施表示充分理解，"组织上采取果断措施，调查历史和革命动机，是为了进一步纯洁队伍"；后期以楚大楚的身份在国军阵营中生活也不忘初心，"我的骨头，我的血液，都是红色的"，时刻警惕反省自己，"我怕我在不知不觉中丧失了一个革命者的意志"，所以会在纶掌战斗中毁掉电台违抗命令也要去支援八路军。

楚大楚是典型的初形态英雄，具有天然亲党性，受爱国情感驱使逐渐产生朴素的革命思想。其父是被国民党杀害的地下党负责人，知道真相后的他一直游离于国军部队之外，期待着"到红军队伍去"，接过父亲的事业。他并没有明确的政治意识，而是在战争环境下不断探索感悟。在"西训团"和郭涵部队时，直言"兵当得不明不白"，"今天这个'大帅'来了，明天那个'老总'来了，他们打天下坐江山，跟我们有什么关系？"而抗日是不一样的，"这是为自己打仗，为了自己的国家，也是为了自己的百姓，还是为了自己的将来"。他认可红军所提倡的官兵一致，学习红军的游击战术。楚大楚的成熟是基于某种自然而普遍的民族情感，他对红军的靠拢也正说明红军的信仰契合广大中国人民的心声。作者让凌云峰接受楚大楚的名字继续战斗，正喻示着凌云峰会是楚大楚成长的最终形态。

易晓岚是特殊的中间态英雄，在自我扬弃中完成转变，为灵魂找到信仰的归宿。易晓岚的英雄之路有两个分岔口。第一次是从易晓岚转变为易水寒。跳木马象征克服怯懦胆小的性格缺陷，加入"战术研究室"后接受了国民党的信条。从易水寒转变为凌云峰的第二次转变是作者刻画的重点，其中最精彩的是对于身处"无间地狱"的易水寒的心理描摹。他为了隐藏身份需要应对各方试探而始终保持高度警惕，和乔东山住在一起的时候连做梦都提心吊胆，生怕在梦话中泄露"天机"。几次汇报会中，他面临身份败露的威胁几乎都要情绪崩溃，只能将宣誓词当成护身"法器"，勉强说服自己稳定心神。直到皇岗篮球赛刺杀任务的倒戈，易水寒才意识到宣誓词已经对自己失去了效用，他本能地想去维护西北军、东北军和红军之间的关系而不是破坏。之后他有了坦白的念头："去见赵禹主任，向他坦白一切，他不是天生的国民党特务，他同样是冲着'西训团'门口的那副对联来的，他还没有做过任何有损红军的事情，把这一切都坦白了，要杀要剐，那就只能听天由命了。"选择的天平已经向"凌云峰"倾斜，他想要放弃国民党特务"易水寒"的身份，成为真正的凌云峰。作者没有将这一转变简化为阵营上的"弃暗投明"，而是为读者呈现出了一幅"灵魂归乡"图景。特务身份造成易水寒自我认知的矛盾："他不属于红军，也不属于国军……他悲哀地想，为什么命运如此捉弄他，把他变成了一个无家可归的人。""吾心安处是故乡"，易水寒的"无家可归"不仅是失去身份的不确定性，更是理想信念的缺失。"升官发财请往他处，贪生畏死勿入斯门"的志向已经模糊，曾经以为是"定海神针"的誓词于他也再没半点作用，他再也不能理解自己这份特殊任务的意义，丧失了动力。而凌云峰的身份带给了他新的体验和思考，那个既熟悉又陌生的"灵魂"仿佛在他体内复苏。"是的，我喜欢成为凌云峰，我已经是了。"易水寒对前来刺杀叛徒的蔺紫雨如此说道。至此，易水寒结束了动荡的身心漂泊之旅，找到灵魂栖息之地，"跟鬼子干吧，死在哪里，埋在哪里，那就是最好的下场"。

如果说从楚大楚到凌云峰是一个英雄成长的必经之路，那么易晓岚就是在岔路口徘徊的那个人。徐贵祥关于英雄本质的新思考也正体现在对这个"中间态"人物之转变的刻画中。什么才是英雄的"魂"？不仅仅是战场上的斗智斗勇，更是坚持斗争的信念，而信念扎根在甘于牺牲的信仰中。"人不要把生命看得太重，看得太重了就不想死、怕死。当然，也不能看得太轻，看得太轻了，不死也是死。"只有知道为何而战、为谁而战，英雄才能死得其所。"没有国家，没有道德，没有廉耻，跟牲口有什么区别？"真正的英雄之魂就是牺牲，为国家、为民族、为他人奉献。

二、旧疾：难破陈规

早在2011年就有学者指出徐贵祥的创作在形象塑造、英雄成长经历等方面出现了模式化倾向。作者本人在访谈中也曾谈到军旅小说生存空间的有限性："对于过去的战争写不好，对于将来的战争又不好写。"在此系列中，构造互文艺术结构、采用亡魂叙事方法可以视作他在方法上的创新，不同阶段形态的英雄塑造则蕴含了他对于英雄魂之所在的新思考，可以说，《英雄山》系列在一定程度上是徐贵祥突破创作困顿的一次尝试。尽管有令人欣喜的发现，但仍有沉疴痼疾未除。

（一）概念化问题

战争题材的作品，天然具有明显二项对立结构：敌与我、胜与负、进攻与防御、正义与侵略，等等。无论创作还是接受都容易犯概念化的错误——忽视共性和一般的辩证关系，用抽象概念代替人物个性。

这种现象在《穿插》中表现得尤为突出。作者有意将凌云峰塑造成一个兼备政治觉悟与军事素养的成熟革命英雄，但由于过分强调立场先行的原则，加以人物语言个性化做得不到位，使得主角近似一个"传声筒"式人物。又因为凌云峰承担着叙述者的功能，导致对其他人物的刻画也染上了概念化的毛病。谢谷被贴上了国民党反动派标签。从第一次见面，凌云峰就因为皮靴认定了谢谷是剥削阶级，想的是"把他的皮靴脱下来"，即使和他打了十年交道，沧山战斗后也是他帮助自己掩饰身份，但凌云峰从来没有改变过对他的看法，联合抗日时期也时刻自省以划清阵营界限，继续留在桃花连实则为了"获取谢谷信任，争取更大权力"。对启明的认识则基于她所撰写的那篇受首长高度赞扬的、表明立场的报道，可见他从没有认识具体的人，只有对于政治性的认识。他的爱情也是概念化的，误以为安屏同另一个凌云峰相爱后他悲愤交加，"如果我当时坚持回到八路军的队伍，那么，这一切都不会发生"，他认为只要他是那个"八路军的凌云峰"，就不会失去安屏的爱；换言之，认为安屏的爱并非指向具体的人，而是有立场的：她爱的是八路军，是概念化的英雄。凌云峰身上其实也带有一些侠者的豪莽气，比如放山匪巴根一条生路，要求曾没收过自己布鞋的马苏在特务团工作的第一个月只能赤脚。这些富有生气之处却全被归为"小资产阶级的臭毛病"，是对敌温和，是革命意志不坚定，需要被改正。于是，步入高大全的符号化英雄之路的人物不再有变化，同时也失却了可爱之处。所以，凌云峰这个人物不仅逊色于《伏击》中充满张力的易晓岚，甚至不如同一作品中的何子非有趣。主要人物塑造上的失真与僵化，也导致以凌云峰为中心的《穿插》在情节营构和艺术水平上远不如《伏击》。

（二）女性角色的依附性

波伏瓦在《第二性》中指出："他者是因为主体将自己确认为主体，才成为他者的。"女性与男英雄之间的附属依存关系在战争题材作品中普遍存在。徐贵祥曾坦言："我曾认为战争只是男人的事情。"先不论在真实历史面前"战争只是男人的事情"这一观点有多么偏颇，即使后来徐贵祥也在创作中逐渐意识到"战争之中必然有女性"，但他的理念依然是把女性作为"他者"的——"一旦需要爱情和女性，我就会让她们与男性英雄并驾齐驱，让她们光芒万丈。因为爱情改造女人，女人改造男人，男人改造世界"——女性角色并不直接与他笔下的世界发生联系，甚至有工具的意味在。笔者无意在此引申对第二性的讨论，只是要说明作家的性别观念显然会对人物塑造乃至故事质感产生影响。

女性角色依附关系在徐贵祥的作品中一般表现为女性是促进男人革命的催化剂，以自己特有的方式完成对男英雄的救赎或是献祭。《英雄山》系列中的女性不完全如此，但仍存在一种诡异的"向心力"效应：越是靠近主要男性角色，女性人物的塑造就越单薄。正因如此，男女情感关系的描绘也是简单化的、模式化的。安屏就是纯洁天真的少女，她对凌云峰的情感动机是俗套的爱慕英雄。自其中坪相遇、临别赠礼之后，凌云峰就认定"如果说安屏小姐赠送我桃木匣子，一点男女的情意都没有，那也不是事实"；安屏后来表明心意，在看到凌云峰解马蜂之围后就认定了他是英雄，加入红军队伍也是受他影响。作者并没有朝人物自身挖掘行动的内在根源，只是简单地把安屏"贴"在男主角的身上。桑叶一心投奔红军，因为在宣传队表演中一展歌喉而吸引了易水寒，他们之间的爱情催化了易水寒的蜕变。在易水寒因为信仰失落而沉浸在无家可归的忧愁中时，桑叶的存在为他找到方向推了一把："那个女孩曾经跟他说过，她很想看看他杀日本鬼子的样子，那一定很威风。"作家也没有在桑叶身上多费口舌，只让她在需要的时候出现，这个角色的工具性不言而喻。相较而言，《伏击》让蓝旗、蔺紫雨两个女性角色撑起另一条情节线，是一个很大的进步。尽管依然没有做到人物语言个性化，但也较完整地展现出了女性角色个人的成长：蔺紫雨从对陈达的倾心到认识到陈达的冷漠自私，反映出她对国民党认识的变化，所以放弃刺杀叛徒易水寒显得情有可原，最后因为信仰的彻底崩塌在国军内部的审判中疯掉，令人唏嘘。尽管蓝旗和楚大楚的情感模式也是常见的奔放女性献身，但因为蓝旗的大胆随性被演绎得多了一份细腻聪敏，一定程度上丰富了这条情感线。

即使这部作品里远离中心的女性角色有几分可资说道的意义，但仍不能否认战争题材作品中对于女性角色的偏颇观念，确实阻碍了作者理解人物、塑造人物。试看武侠这个传统意义上男性主体的文学空间，却不乏出彩的女性角色：王语嫣弱质纤纤不会半点武功，却也可凭借武学学问在江湖闻名；赵敏用智谋和权势搅得武林各派动荡。有人的地方就有江湖，她们生来就在江湖中，首先是一个独立的个体，而后在与男性角色的交会中相互影响。我想，作者需要重新审视女性在战争题材中的重要性，实际上是要考虑女性角色塑造对故事的重要性。如果无法塑造出立体的女性角色，也就处理不好情感关系，而套路化的情感只会让所有人物都陷在套路里。即使是传统的美人配英雄，如果美人不能与英雄和而歌之，英雄意气恐怕也要虚弱不少。

《英雄山》实际上是一部英雄传。作者完全回归英雄本位，继续对战争的思考：英雄如何诞生？英雄为何而战？问题和答案是互文，正如《穿插》与《伏击》。《穿插》中的凌云峰是英雄，因为他知道自己为何而战——"为了让更多的人不再贫穷，让更多的人不穿草鞋"；《伏击》中的易晓岚在理解自己为何而战后成了英雄——"人总是要死的，重要的是，为谁死，怎么死，死在哪里"。故事虽然还带有旧时的印迹，但回首注视战争中的英雄本身，这个方向却是具有启发意义的：我们为一个接一个的英雄诞生而惊叹，却不曾发觉所有的英雄都在追逐着同样的"魂"。英雄无名，无须问来处；心中装着人民，脚下自然充满力量。

多重意蕴"革命叙事"的诗学建构

——简评季宇长篇小说《群山呼啸》

◎ 陈振华

　　季宇的长篇小说《群山呼啸》,2021年1月由人民文学出版社出版,《当代·长篇小说选刊》2021年第1期全文转载。《群山呼啸》是现实主义的力作,全面、立体、多层次、深度地描绘了从晚清到抗战半个多世纪大别山地区革命历史进程的波诡云谲和艰难复杂。小说的叙事诗学获得了多重意蕴与较多的创新突破,充分体现了作家季宇的艺术才华和家国情怀。

　　首先,纪实与虚构交相辉映的叙事诗学建构。熟悉季宇的人都知道,季宇的文学创作擅长两副笔墨:虚构与纪实。虚构类如《新安家族》《当铺》《最后的电波》《金斗街八号》《猎头》等,从先锋笔法到现实主义书写,均有广泛而深入的涉猎,在家族、革命、历史、现实等题材领域颇多建树。纪实类如《淮军四十年》《段祺瑞传》《燃烧的铁血旗》等亦取得了纪实类文学的重要收获。2021年出版的长篇小说《群山呼啸》则建构了融纪实与虚构为一体的新的革命叙事诗学:历史背景、时空框架、事件、人物等很多都是历史的真实。但这部小说却不是纪实叙事,而是将纪实性元素有机地融入虚构的叙事情节链条中,不仅具有历史的真实感,也深具文学的真实性。因此,《群山呼啸》的创作仅凭虚构的才华是不够的。为此,季宇花费了大量的时间和精力多次赴大别山区实地采访,查阅了数百部革命历史的书籍资料,在创作之前做了大量的"功课"。这些"硬核"的功课,让小说的叙事建基于深厚的历史真实土壤之上。小说中的主要地点"霍川"是虚构的,小说中的人物贺文贤、贺廷勇、龚雨峰、彭兆栋、卫登辉等也是虚构的，贺、卫两家的家族情仇也是虚构。然而，这些虚构的情节、人物的后面却是真实的历史场景。小说中涉及的历史事件和主要的历史人物都有真实的历史背景。比如小说中大别山区的立夏节起义、六霍起义，小说中北洋军阀、国民党和我党的主要历史人物等都是真实的。《群山呼啸》让虚构和纪实不着痕迹地交融在一起，两副笔墨交相辉映，获得了叙事美学上的成功。一般而言，纪实所言的真实，大致可以分成这样几种类型：本真或真实的事实；历史的真实或表述较普遍的生活真实；艺术或哲学的真实，或者说心理和性格的真实。就《群山呼啸》而言，文本的纪实性、真实性囊括了上述三种类型的真实。简言之，小说一方面将生活中发生的真实事件或场景纳入小说的书写范围，即记录"实有之事"。另一方面，文本叙述在此基础上，虚构"可能发生的事"。当然这里的可能发生的事，是符合历史的可然律或必然律的，不是一种对历史的凭空杜撰。这或许是这部长篇小说最为成功的奥秘所在，有效地达到了纪实与虚构的完美平衡。

其次，革命含纳家族与个体命运的叙事追求。有评论称《群山呼啸》"重温《白鹿原》式宏大家族史诗"，此言不谬。可细究起来，《群山呼啸》的家族叙事和《白鹿原》的家族叙事在表面上看有其相似性，实际上二者在叙事追求和美学呈现方面存在巨大差异。《白鹿原》的叙事主体是家族史，小说上演了在陕西白鹿原上生活的白、鹿两大家族因为时代的沿革和革命形势的变化，而导致的家族兴衰及家族中个体命运的变迁的历史。在此过程中，儒家文化的式微，传统家族文化、血缘、宗法、伦理的崩塌，是小说叙述的重要叙事指向。小说中的革命叙事，尤其是小说中白、鹿两家后人在汹涌而至的革命形势面前所走的不同道路及其命运，不是为了表现革命的正当性、必然性和历史合理性，而是为了展现革命到来后家族及其成员的历史命运。在叙事诉求上，革命叙事消融于家族叙事之中，家族叙事才是核心，革命叙事是为家族叙事服务的。《群山呼啸》恰恰相反。从小说的命名就可见叙事诉求的不同。《白鹿原》侧重于渭河平原白、鹿两个家族的生存史，进而通过家族史隐喻中国传统农耕社会的命运史。《群山呼啸》虽然也是以贺、卫两个家族的恩怨情仇为线索，也貌似是在演绎革命年代贺、卫两个家族几代人的命运，但其叙事追求却并不在此。小说侧重于表现大别山群峰中蕴藏的澎湃革命理想、激情和力量。所以小说不是以家族命名，而是最终确定为"群山呼啸"。从叙事诗学上来看，家族叙事尽管是小说的主线索，但并非叙事的根本目标。小说中的家族及其中的个体的命运叙事服务于革命叙事。质言之，就是革命含纳家族及其中的个体命运的叙事诗学。这有点儿类似于《红旗谱》的写法，只不过《红旗谱》设置了一个"阶级斗争"的思维框架作为主导性的叙事机制，在阶级斗争的背景下，凸显农民在大革命年代如何摆脱自身因袭的传统，最终完成性格的涅槃，走向了集体革命的道路。《红旗谱》中的朱老忠就是农民成长的典型，小说主要完成的是成长叙事。《群山呼啸》虽没有明显设置"阶级斗争"这个二元对立的结构图式，但小说中的各种阶级对立、利益纷争反而更加复杂多变，革命形势也更加波诡云谲、瞬息万变。所以，小说牢牢地将"革命信仰"作为家族叙事的原动力，从而完成对家族个体命运的汇聚与引领。同样是历史叙事、家族叙事，《白鹿原》《红旗谱》《群山呼啸》的叙事侧重各有不同。《白鹿原》偏重儒家文化的式微和以血缘、地缘为纽带的家族的崩塌；《红旗谱》偏重农民个体反抗，重点描述个体在党的引领下走向觉醒的历史过程；《群山呼啸》意在揭示多重复杂革命情境下个体的选择，是面对历史还是走向未来。所以，这三部长篇小说呈现出的叙事风貌和整体风格就有了很大的不同。

再次，人物带动情节发展的非线性叙事结构。小说的结构没有采用线性叙事，而是采用以人物为中心的"团块状"叙事。这与习见的故事叙述有很大的区别。这样的叙述，一方面凸显了人物形象的塑造，人物带动了情节发展，主要人物性格鲜明，给读者留下深刻的印象。小说中的主要人物是"我"的"爷爷""大伯""小姑爷爷""堂叔爷"等以及与这些人物有关联的彭兆栋、卫登辉、汪小小等。小说主要讲述了两代人的革命道路和故事。"爷爷"贺文贤从旧民主主义革命向新民主主义革命转变，完成了精神涅槃。"大伯"贺廷勇则是年轻一代的革命者，直接参加无产阶级的革命事业。小说的最后，两代革命者终于在抗战的时代形势下历史性地结合在了一起，完成了精神信仰的汇聚。另一方面，人物带动情节的叙事。为了让人物的经历、故事的交错不致紊乱，当以人物为章节的标题时，都明确了具体的时间，如"太爷爷｜1903年""奶奶｜1910年""爷爷｜1926年""堂叔爷｜1936年"，这些章节并非按照时间顺序线性排列，而是随着人物故事和情节的变化而交叉、往复、重叠或有意并置。小说从"大伯｜1926年"开始，中间穿插"太爷爷"和"奶奶"的经历和历史事件，又让历史回到晚清时代的家族恩仇。显然，这样的非线性叙事赋予了文本较大的叙述自由度，并且每个章节的故事留有悬念或伏笔，其草蛇灰线在通读全文后才能一脉贯通。与此同时，小说采用了贺家第四代子孙"我"的叙述视角。通过"我"的讲述和追溯，将革命年代的信仰、理想、人物、故事与当今时代产生意义关联，从而让历史照进现实。这样的书写不仅仅是为了更加亲近读者，拉近与读者的距离，更是让历史和现实产生映射和互文。历史的发展有其规律才有对当下的现实延伸，从而让历史的正当性、复杂性、苦难性、艰巨性具有重要的现实意义。

革命历史的当下叙述，在今天的思想语境建构中尤为重要。如何让革命历史所蕴藏的思想、精神、信念以审美感知的方式融入大众的心灵，是当下文学直面的重大课题。浦安迪曾言："叙事就是作者通过讲故事的方式把人生经验的本质和意义传示给他人。"季宇最近几年在革命叙事方面取得了有目共睹的成就。《最后的电波》《金斗街八号》，还有这部《群山呼啸》，以非同寻常的艺术完成度实现了对革命历史的崭新叙述。他的革命叙事就是将前辈的革命人生经验、生命的本质与意义传示给当下的青年和未来的人们。

2

美术

从战争大场面中表现时代精神

◎ 鲍 加

淮海战役是解放战争中具有决定意义的三大战役之一，在辽阔的战场上，前后不过六十五天，迅速、干净、彻底地歼灭了淮海战场上的国民党正规军，使蒋介石输掉了他发动内战最主要的本钱。《淮海大捷》是为反映这一伟大史实，歌颂人民群众在革命战争中的丰功伟绩而创作的。

面对这伟大历史的一页，参考了有关的史料后，有的同志认为，除非用远景画、长卷等形式来表现，否则企图在一幅小尺寸的画作上反映这一战役的特点，是不可能的。这种说法，给了我们很大的压力。一件作品的

鲍加　《淮海大捷》　1959年　布面油画　与张法根合作　220 cm×150 cm　中国国家博物馆藏

容量是有限的，客观地再现一个小事件尚不能尽全其美，更何况是发生在纵横数千里广阔战场上的淮海战役。若只着重做表面的场面铺陈，根本不可能真实地反映出战役面貌。我们翻阅了一些绘画作品，特别是中国传统绘画，再根据这些作品，寻找出某些艺术反映生活的规律。那种"观古今之须臾，抚四海于一瞬""竖划三寸，当千仞之高；横墨数尺，体百里之迥"的艺术展现形式，"景愈藏，意境愈大；景愈露，意境愈小""言有尽而意无穷"的艺术手法等，这些追求典型化的路数，给了我们不少启发。所以我们肯定这是可能达到的：在狭窄的空间里，展示出广阔的天地；以有限的画面，最大限度地表现生活的深刻内容和普遍意义。前人的艺术经验告诉我们：艺术的典型化，总是通过个别来显示一般。我们进一步明确认识到：历史讲义和历史画确实属于两种不同范畴。两者既有联系，又有区别。两者各自有不同的功能。绘画不以阐明史实的全部方面为己任，而是以形象的感染力激发人们的感情为出发点。历史画不可能用来纪事本末，巨细无遗地罗列现象。它允许并要求我们在尊重历史真实的前提下，根据自己的认识和生活感受，对素材进行创造性的取舍，并在此基础上充分发挥想象力，从而跳出某些个别史料的局限，求得以一点概括一般。

为表现革命历史题材，必然会接触到有关战略战术和军事斗争的文献材料。学习这些文件，对我们理解战役的伟大意义、了解时代背景具有很大的帮助。从毛主席的著作中，我们了解到中国人民解放军已经在这个时期扭转了美帝国主义的反革命车轮，把中国革命推向光辉的胜利，推向新的历史阶段。"将革命进行到底"的伟大号召，对作品主题的酝酿、成熟启发极大，本画描绘继续进军的情节，以表现中国人民解放军从胜利走向胜利的历史必然性，就是由此而来的。在创作中学习这些文献，必须结合探讨造型艺术的特点，弄清楚作为社会科学的历史或战役总结等和历史画的区别、不同作用。我们也曾十分生硬地企图在画面上表现"作战形势错综复杂，以运动战始，歼灭战终"的巧妙的指挥艺术，结果只能做到勉强地堆砌一些解释这个概念的形象符号，使画面紊乱、形象单薄、主题模糊。后来我们从理解这些文献精神出发，结合研究革命回忆录和访问战役参加者，感受到当时我军那种用兵如神、灵活机动、排山倒海的战斗艺术，广大军民高涨的革命热情，充满信心的高度乐观精神。我们体会到对于艺术创作的构思，对于题材的理解，必须是从直接感受和理性认识的有机结合中进行的。特别是对不熟悉军事斗争的我们，更是如此。最强烈的创作激情，往往是在认真学习了历史文献和进行了较深入的访问之后产生的。这个时候，还需要进一步从间接生活中熟悉自己所描绘的对象，以求形象生动地表达主题，而合理的想象在这时会使形象更为深刻。

我们感到，从许多素材中提炼出具有普遍意义的形象，比平铺直叙地描绘场面要困难得多。开始时，对于"概括"二字，我们曾错误地认为是画面人多人少的问题，误以为人物形象的多、少、大、小，是决定概括手段高低的根本。同时，看不到同一主题在艺术上可以有多样化的表现手法。我们也曾简单地认为，某些通过生活中一个侧面（例如以突出一两个战士在行军路上收拾鞋的形象来表现他们经历了艰苦战斗，并预示乘胜前进的下一步行动，从而体现不断革命的精神）来体现事件的内在意义的作品，比群众大场面更有艺术性；也曾错误地以为艺术的典型化、"一以当十"的概括性就是在画面上出现一两个人物或一两组队伍，忽略了特定生活的内容和主题，忽视了作品陈列的场合不同，画面的内容和布局也应该有不同的要求。我们一味在史料中找细小情节，几次构图都失败了。有些战场生活细节虽也包含着较深刻的意义，但大都只能体现战场生活某一角度的特点，表达不出这一伟大战役的特点。某些具体的生活情节一般可作为插曲，较难适应概括这一事件历史意义的主题要求。我们感到情节的安排、细节的取舍，都不是孤立的技术问题。历史画创作要想准确地表现一个历史事件最主要的方面，首先还是要对这段历史的全貌做尽可能全面的认识，深刻理解它的主要意义。在此基础上，才可能寻找到有概括意义的形象。"淮海大捷"的特定主题很难通过只出现一两个人物的画面来体现，那么就需要寻找适应这一主题的场面和构图。不能认为经营大场面，就必然陷入情节烦琐、内容芜杂的困境。绘画上的"概括",既不能排斥大场面,也不能把"概括"理解为"求全"。

创作中,我们感到最能代表淮海战役某些特点的历史环节,需要从丰富的素材中来选择,一个表现人民的革命武装力量蓬勃发展、气势浩大的大场面构图,如果不与最能体现事件特点的、生活色彩浓郁的环境与氛围的细致描绘相结合,是容易流于空泛的。我们同时感到,在大场面的处理中,最重要的还是画面经营中所构成的大效果。在《淮海大捷》画面中,色彩明暗、冷暖的对比和"声响"强弱、黑白关系的处理,都是衬托敌败我胜的总形势的艺术手段。战争大场面在艺术处理上,根据不同题材和创作意图是可以多样化的。总的需要是为体现主题,从整体着眼,以大面积的形体来经营构图,但也不应忽视对人物和景物的细致的刻画。二者应有机地结合,以达到"远望之,以取其势;近视之,以取其质"的效果。我们采用视平线较高的办法,使战场有深远宽阔的感觉;同时着重用人物组合的整体感、面和线的结构等,来增强画面的气势,使画中纵横交错的复杂内容处理得有清晰的节奏。好比一曲胜利交响乐的旋律那样,追求生动、对比鲜明、富有变化而和谐的视像。同样是歌颂胜利,可以画群众的欢呼、游行来显示革命人民的力量,也可以通过其他场面来表现。《淮海大捷》为体现"将革命进行到底"的思想,选择部队乘胜继续前进的场面,也是为适应淮海战役的历史特征。

中华人民共和国成立以来安徽革命主题性美术创作概览

◎秦金根

  自从100年前中国共产党成立以来，中国历史便开启了新纪元，掀开了新篇章。积贫积弱的旧中国，在中国共产党的领导下，伟大的中国人民浴血奋战，攻坚克难，战胜了重重艰难险阻，建立了新中国，将国家、民族的前途命运牢牢地掌握在自己手中。新中国成立后，在中国共产党的坚强领导下，伟大的中国人民确定方向，砥砺奋进，使得新中国从站起来到富起来再到强起来，现正大踏步迈向伟大的民族复兴。在建党100周年之际，回望中华人民共和国成立以来安徽革命主题性美术创作，重温安徽美术家对党饱含深情的歌颂，重读经典美术作品中壮烈的红色革命故事，具有特别重要的现实意义。那就是，通过整理、学习、研究、展示革命主题性美术作品，坚定不移听党话、跟党走，激发起旺盛的革命斗志，汇聚起为实现中华民族伟大复兴而奋斗的磅礴力量。

  安徽大地具有优良的革命传统，一批仁人志士和智慧勤劳的安徽人民一起，在中国共产党领导下，为新中国的成立抛头颅，洒热血，涌现了无数的革命英烈和可歌可泣的英雄故事。在中华人民共和国成立后的不同时期，安徽的美术家拿起饱蘸深情的画笔，运用娴熟的美术技法语言，描绘壮烈的革命故事场景和英勇无畏的革命英雄，留下了很多革命主题性经典美术作品。他们用画笔传扬伟大的革命精神，弘扬优秀的革命传统，体现现实主义美术创作的追求和真谛。

安徽革命主题性美术作品较为丰富,在安徽美术史上是浓墨重彩的一笔,具有重要的历史地位。

以革命家、画家身份进行革命主题性美术作品创作的,以合肥人亚明、广东人但长期工作在安徽的赖少其为代表。亚明作为一名新四军战士,亲历了革命斗争烽火。亚明在艺术上坚守中国画传统,注重在继承中创新,并形成个人风格。他以革命豪情和对祖国、人民的深厚感情,以传统而有个性的国画语言歌咏祖国大好河山和革命英雄形象。他曾在1960年创作国画作品《陕北老游击队员》,描绘一位年轻的游击队员面对祖国的大好河山略有沉思的形象,以简洁有力的线条勾勒游击队员的面部轮廓,再用浓墨涂画游击队员的上身,富有层次。亚明还在1987年创作了巨幅长卷《日本侵略军南京大屠杀》,以抒发心中的悲愤,展现了爱国、爱民族的人民艺术家的崇高品格。赖少其虽是广东普宁人,但从1959年2月就在安徽工作,直到1986年被调回广州,他对安徽美术界影响巨大。赖少其也是一名新四军战士,曾在"皖南事变"中被捕。他也是一名杰出的革命文艺战士,为广州现代版画研究会等抗日救亡团体的主要领导人之一、中华全国木刻界抗敌协会理事。他提倡和实践新兴版画运动,创作了大量饱蘸战斗激情的革命现实主义版画,鼓舞人民的抗日斗志,为鲁迅先生所称誉。他以优秀的艺术作品为武器,英勇无畏地战斗在抗日救亡和人民解放运动的最前线。其代表版画作品如收藏于中国美术馆的《饿》,是其1935年创作的黑白木刻,紧张而纠缠的线条刻画出一位中年男子因饥饿所致的身体扭曲与痛苦,控诉了社会的黑暗和不公。

以安徽籍画家身份直接参与中华人民共和国成立初期由中央革命博物馆筹备处(今中国国家博物馆)、中国人民革命军事博物馆等组织的重大革命主题性创作活动(如"庆祝新中国成立十周年美术创作"活动)的这批画家,以泾县人吴作人、萧县人刘开渠、歙县人鲍加等为代表,涉及油画、雕塑等艺术形式。曾任中国美术家协会主席的吴作人创作的油画《过雪山》,反映了中国工农红军在长征中翻越雪山的场景,白雪深覆的群山、蜿蜒行军的长龙和拄棍行进、艰难攀爬雪山的红军战士,将宏大的过雪山场面和人物特写对比着呈现，生动地弘扬了"红军将士压倒一切敌人而不被任何敌人压倒、征服一切困难而不被任何困难征服的英雄气概和革命精神"。刘开渠是人民英雄纪念碑的主创人员，其为人民英雄纪念碑创作的雕塑作品《欢迎解放军》家喻户晓。其代表性革命主题性创作作品还有《"一·二八"淞沪抗日阵亡将士纪念碑》《胜利渡长江》《支援前线》《毛泽东胸像》《马本斋像》等。《淮海大捷》则是由当时年轻的鲍加和张法根合作的油画，反映了中国人民解放军在淮海战役中取得全胜的宏大场景，现收藏于中国国家博物馆。

　　新中国成立后，安徽美术工作者立足安徽红色土地，一直在描绘和歌颂着中国共产党带领中国人民浴血奋战的革命事件、人物，弘扬革命精神，创作了许多优秀的革命主题性美术作品。鲍加用其擅长的油画艺术语言弘扬革命传统，做了许多出色的工作，除《淮海大捷》外，他还创作了《大军回来了》《毛主席在共青团第九次代表大会上》《激流——刘邓大军挺进大别山》等油画作品，对安徽当代美术史贡献突出。同时，鲍加还是安徽美术革命主题性创作活动的组织者，在"庆祝建国十周年全省美展"等活动中起着积极的推动作用。这一时期及以后，鲍加创作的《毛主席在马鞍山钢铁厂》，林加冰创作的油画《人桥》，陈华、杨杰合作的油画《小樱花》，王嫩创作的油画《启明星》等，受到全国美术界的关注。

图1　鲍加　《大军回来了》　1957年　布面油画　中国人民革命军事博物馆藏

图2　鲍加　《激流——刘邓大军挺进大别山》　1981年　布面油画　180 cm × 180 cm
大别山革命博物馆藏

　　在21世纪的第二个十年，为了进一步弘扬安徽革命精神和革命传统，安徽省委宣传部、安徽省文化厅、安徽省财政厅组织实施了"安徽省重大历史题材美术创作工程"，组织全省优秀的美术家集中创作反映安徽省红色大地涌现出的革命英雄人物、中国共产党优秀党员的生动形象和发生的重大革命事件的宏阔场景，以庆祝中华人民共和国成立65周年。参与的画家有老中青三代，包括国画、油画、版画等各艺术门类，都推出了一大批优秀的画作。如鲍加的油画《新文化运动与陈独秀》、高飞的油画《王茂荫与〈资本论〉》、刘高峰的油画《辛亥革命·安庆起义》、班苓等人合作的版画《立夏节起义》、李成民的油画《爱国将领戴安澜》、李方明的油画《革命家王稼祥》、庄威等人合作的油画《新四军在云岭》、巫俊的油画《许继慎血战鄂豫皖》、葛庆友的国画《千里跃进大别山》、赵振华的油画《淮海战役之双堆集战役》、吴玉柱等人合作的油画《总前委在瑶岗》、欧阳小林等人合作的国画《渡江第一船》。这些作品可以说是一次中国共产党领导安徽革命斗争的巡礼，通过集中创作，在奋起实现中华民族伟大复兴的大背景下，凝聚起革命精神的磅礴力量，为"五大发展美好安徽建设"助力。

习近平总书记强调："无论我们走得多远，都不能忘记来时的路。"梳理安徽革命主题性经典美术作品，就是要用艺术语言把中国共产党团结带领中国人民不懈奋斗的历史事实和历史节点呈现出来，让人们在奋力实现伟大民族复兴的征程中，铭记历史，不忘初心、牢记使命，继续高举革命旗帜，弘扬革命精神，发扬革命传统，不怕困难，敢于战斗，勇于创新，不畏挑战，争取新的胜利。

木石铿锵

——赖少其的抗战"救亡木刻"

◎ 陈祥明

赖少其是中国现代版画艺术的早期开拓者之一。20世纪30年代，他参加鲁迅先生领导的新木刻运动，以刀代笔为民族革命启蒙呐喊，被鲁迅先生誉为"最有战斗力的青年木刻家"。新中国成立后，他成为华东地区文艺界的领导人，继续以刀版为笔墨，表现新中国的新生活、新气象。尤其是1959年调往安徽工作以后，他传承弘扬了徽派版画艺术的优秀传统，承古开新，开拓了"新徽派"版画艺术的灿烂前景，在新中国版画发展史上留下了浓墨重彩的一笔。赖少其从事版画艺术半个多世纪，在不同历史时期都创作出了无愧于时代的精品力作。本文仅对他的抗战"救亡木刻"进行初步探析。

一、木刻为刀枪，献身民族解放大业

20世纪30—40年代，是中华民族内忧外患的艰难岁月。1931年九一八事变，日本悍然进犯、占领中国东北三省，激起了广大中国人民尤其是热血青年的强烈反抗。1937年七七事变，日本发动全面侵华战争，中国爆发全面抗战。和许多爱国知识青年、文艺工作者一样，赖少其毅然投身于抗日战争，献身于民族解放事业。他开始是作为爱国的热血文艺青年参加抗战，继而成为共产党领导下的革命文艺战士，携笔从戎，战斗在抗战第一线。

1936年8月，赖少其和"国际问题研究会"的陈曙光等筹备"广州艺术工作者协会"，负责美术组的工作，这是华南地区第一个共产党领导的、文艺界人士广泛参加的抗战革命团体。10月22日，在悼念鲁迅先生大会上宣布协会成立，李桦、赖少其、陈曙光、刘仑等157人在《成立宣言》上签名，12月发表于上海出版的《小说家》杂志上。这是赖少其成为"革命文艺战士"的重要历史节点。

将木刻艺术服务于抗战救亡，赖少其表现得非常自觉。1936年7月6日《广州民国日报》"全国木刻流动展览会专刊"出版，赖少其撰文《木刻作者应与抗敌战士切实拉手》写道："我们要知道一个民族要达到自由解放的地步，势必要有统一的步调，万众一心，结成不可分开的连锁去做救亡抗战的工作。而有领导民族解放之责者，更要以民意为依归，然后才能配合着各方面的力量完成民族解放的任务，同时，这也就说明了木刻作者应与抗敌战士切实拉手的必然性。"

木刻运动的产生谁都知道不仅是艺术的革命，也是整个文化的革命，更可以说由于民族危机的紧迫，才促进木刻运动加速发展。既然承认了木刻运动不仅是艺术本身的革命，还是民族解放运动的一种新的"喇叭手"，那么，木刻运动应配合着民族解放斗争的步调就成为必然的事。

图1　1936年赖少其（第二排左一）作为广州抗日救亡运动领袖，参加共产党领导的"国际问题研究小组"活动

但是救亡斗争的阵线内需要木刻作者的帮助吗？当然。先是应看木刻作者能否完成抗敌救亡的任务！这即是说：木刻作者能否把木刻作为激发民族斗争的工具？大众能否从木刻感觉到神圣抗敌情绪的刺激？

要解答这两点，必然是"要站在民族利益的立场上去考察民族斗争情绪的激发，要用现实主义的手法忠实地把这种民族斗争的情绪抒写出来。这样，所表现的便是民众所想表现与表现不出来的面影。"在这种面影非常亲切的时候，那便不用怕没有人欢迎了。加之黑白对照很强的木刻，更会给人以深刻的不可磨灭的印象，使这种印象永远也洗脱不去，做成铁一般的民众解放斗争的烙印。民众解放运动是全民族的运动，对于木刻的要求是广大的；这对木刻而言是一件最能胜任的事，因为木刻便是可以多量生产的艺术工具，把木刻搬上印刷机，你要多少，便可以印出多少来。诚然，在发动整个民族解放运动的时候，少有一种宣传工具能比木刻更直接、更有力的了。也就是因为木刻能够发挥这样重大的价值，所以我们更希望木刻作者能够和抗敌战士切实拉手。

赖少其主张"发挥木刻在国难期间的最大价值"，实现"木刻运动在民族解放运动上的最大使命"，他希望木刻作者"用我们的作品去证实我们对于国难所赋予的力量"，希望"抗敌战士们不要看轻了木刻，须知在发动伟大的民族斗争的时候，宣传对于斗争力量的启发是多么的重大。他不但给你一种兴奋，还会给你自信、坚决与勇敢"。

正是基于上述认识，在整个抗日战争期间，作为木刻家的赖少其不仅"与抗敌战士切实拉手"，而且直接成为"一手拿枪、一手拿木刻刀"的英勇战士。

1937年，七七事变后全面抗战爆发，不久上海的《救亡日报》和"抗日漫画宣传队"南撤，"中华全国漫画抗敌展览会"也从上海到广州巡展，赖少其在广州出版了《抗日木刻》并参加巡展。是年11—12月，由国民政府广东省主席吴铁城的秘书黄苗子介绍，赖少其带领"抗日漫画宣传队"和"中华全国漫画抗敌展览会"，到广西的南宁、梧州、柳州、桂林巡展。在桂林高中举办展览，并为该校学生讲授漫画知识。

1938年1月，赖少其从桂林到武汉，和力群、王琦、罗工柳等版画家在国民政府军事委员会政治部副部长周恩来、第三厅厅长郭沫若领导下的第三厅艺术处美术科工作，作为"抗日漫画宣传队"成员，参加筹办了四次木刻展览会。3月，经宣传队队长叶浅予介绍，赖少其参加胡宗南指挥的"国民革命军第一军随军战地服务团"，和未暴露共产党员身份的熊向晖、陈忠经等共赴前线。6月12日，郭沫若领导下的"中华全国木刻界抗敌协会"在汉口成立，通过宣言、会章和21人组成的理事会，赖少其参加大会并当选为协会理事。这是自鲁迅先生倡导新兴木刻运动以来，第一个合法的全国性抗战木刻组织。6月底，"徐州会战"失败，宣传队从郑州撤到陕西省凤翔县，因拒绝加入"三青团"而被遣散。赖少其即去了西安，在该市进步报纸《国风日报》副刊《木刻前哨》上发表《日本军阀的残杀》等木刻作品，并与画家张仃夫妇、诗人艾青以第一军办刊为掩护，创办宣传抗战的进步刊物《西北画报》。9月初，应国民政府军广州空军总站指导员廖铁铮邀请，赖少其回广州担任总站助理员。10月中旬，广州沦陷，赖少其经南雄、韶关前往广西。年底，赖少其和刘建庵、张在民在龙隐岩施家园37号建立"中华全国木刻界抗

图2　《抗战文艺》是中华全国文艺界抗敌协会会刊，1938年5月4日在武汉创刊

图3　《文艺月刊·战时特刊》第七期封面作品《全民一致起来抗战》　黑白木刻　赖少其刻　1938年

图4 1938年冬，抗日漫画宣传队与木刻界成员结盟抗战合影，前排左起廖冰兄、黄茅、刘建庵，后排左起陆志庠、舒群、特伟、阳太阳、赖少其

敌协会桂林办事处"，于12月举办了一个全国性的木刻作品展览，展出作品300余件，该办事处不久被日机炸弹击中烧毁。

1939年2月，赖少其和李桦等人又搜集100多幅木刻作品在桂林市中心展出，并筹办7月的"鲁迅纪念木刻展"。应夏衍主编的《救亡日报》之邀，赖少其担任该报副刊《救亡木刻》及《木刻月刊》的编辑，为专栏撰文和画插图。《救亡木刻》于1939年2月21日创刊，共出9期。4月，赖少其、黄新波、刘建庵、廖冰兄和军委会西南行营政治部地下党员、生活教育社的刘季平，八路军桂林办事处主任李克农合作，出版抗战刊物《工作与学习·漫画与木刻》，赖少其任编辑兼发行人，发表了一批题材广泛、宣传抗战的木刻作品和理论文章。该刊于4月16日创刊，半月刊，共出版6期，8、9月被当局

图5 左侧封面作品《消灭汉奸败类准备总反攻》 黑白木刻
特伟、赖少其合作 《工作与学习·漫画与木刻》第2期
1939年6月1日

107

图6 右侧封面作品《女种田男当兵》 套色木刻 王子美、赖少其合作 《工作与学习·漫画与木刻》第6期 1939年9月10日

勒令停刊。

与此同时，中共桂林市委得知赖少其被列入特务逮捕黑名单，通知他立即离开。又接吕蒙来信，附有新四军政治部主任袁国平给李克农的信，介绍赖少其参加新四军。在办事处安排下，赖少其手持第三厅厅长兼《救亡日报》社长郭沫若的介绍信，以该报记者身份去东南战地采访为掩护赴皖南，每天写一篇《走马日记》寄回报社发表。10月，赖少其经湖南、浙江，到达安徽泾县云岭新四军军部。在叶挺军长的欢迎会上，赖少其认识了1938年参加革命的广东梅县人曾菲女士，后来他们成了终身伴侣。

参加新四军是赖少其生涯的一个里程碑，按他自己的话说他"成了一个真正的革命文艺战士"。他一开始被分配到军政治部文艺科任科员，和沈柔坚、梁建勋等人负责"新四军战地服务团美术组"工作，绘制宣传壁画，举办街头画展，配合戏剧布置，为《老百姓画报》《抗敌报》等提供画稿和文章，

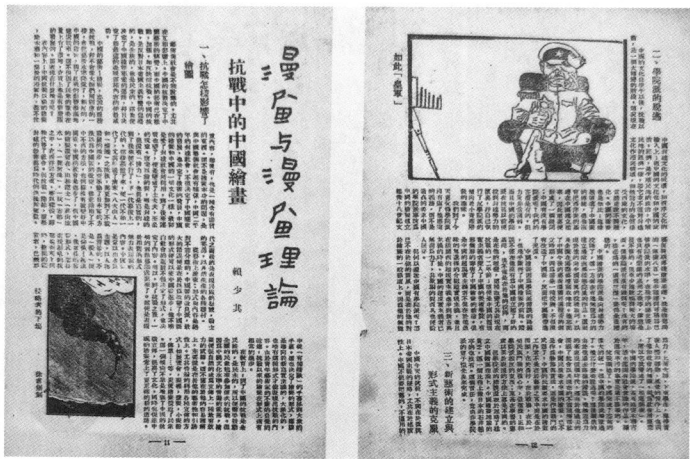

图7 《漫画与漫画理论——抗战中的中国绘画》 赖少其著 1939年

108

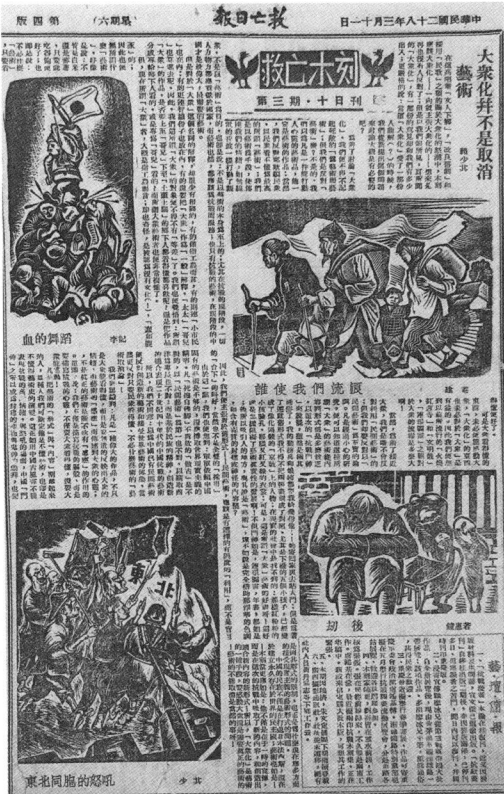

图8 《大众化并不是取消艺术》（右上），赖少其著；《东北同胞的怒吼》（左下），黑白木刻，赖少其作。载《救亡日报》1939年3月11日第4版

并接手主编《抗敌画报》（吕蒙1938年创办，1939年9月去了江北）。

1940年，赖少其创作《渡长江》歌词，由《新四军军歌》的作曲家何士德谱曲，很快在全军唱开。5月5日，他加入中国共产党。5月，他要求下连队的申请得到军领导批准，分配到谭震林指挥的三支队五团政治处任宣教股股长。

1941年，赖少其经历了震惊中外的"皖南事变"。1月4日，"皖南事变"中，赖少其和五团战友为掩护军部，先参加抢占高岭战斗，后血战东流山。1月中旬，赖少其在突围中被俘，先关押在旌德县拦桥河，又转押泾县、临溪、兰溪、休宁等监狱。押解途中，他创作了《国殇》和《月夜囚徒之歌》以鼓舞斗志。5月，他被押往江西的"上饶集中营"。利用监狱出墙报的机会，他创作了鼓励革命志士冲出囚笼的《高飞》刊头画，因此被关进残酷刑具"铁刺笼"，吊站三天，但仍坚贞不屈。12月6日，面临被处决之际，在地下党支部负责人冯雪峰安排和难友掩护下，赖少其和邵宇利用剧团在石塘镇演出机会，与陈安羽同时分别在两处越狱成功。寒冬，赖少其历经千辛万苦，途经江西、福建、浙江到上海，终于找到党组织。根据苏中区党委副书记陈丕显指示，他回到了江苏北部的苏中解放区。

1942—1945年，是抗战最为艰难的岁月，也是新四军转入反攻、节节胜利的时期。赖少其也由一位文艺战士成长为一位文艺工作领导者。他先后任新四军一师文工团副团长、一师战地服务团团长、一师政治部文艺科科长兼文工团团长（1943年），苏浙军区政治部文艺科科长兼文工团团长（1944年），华中军区政治部文艺科科长（1945年）。在此期间，赖少其编辑出版过《滨海报》副刊《海滩》（1942年），做过《苏中报》副刊《现实》的

图9　赖少其　《我为中国法西分子卜之》　黑白木刻
《滨海报》1943年10月20日增刊第5版

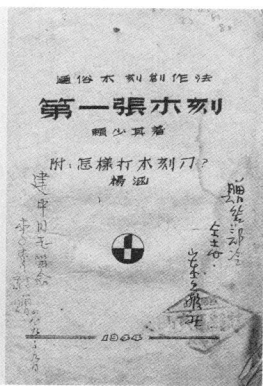

图10　赖少其著《第一张木刻》，杨涵赠，
合肥赖少其艺术馆藏

图11　1944年抗日战争中，时任一
师政治部文艺科科长的赖少其

110

编辑（1943年），创作过纪实报告文学《战铁笼》（1943年），发表过《荆棘丛拾》10首诗和《绝壁上》《李连长》等文，创作并组织演出过三幕大型话剧《曹立功》（1944年），成功组织演出过苏联三幕大型话剧《前线》（1945年），如此等等。赖少其不忘初心，1944年和杨涵等人创建"苏中木刻同志会"，创办《苏中画报》，并编著《第一张木刻》油印本教材，用于辅导木刻爱好者。

在整个抗日战争期间，赖少其创作了大量"抗战救亡"木刻版画，其中一些作品如《怒吼着的中国》《敌人在发抖了》《全民一致起来抗战》《东北同胞的怒吼》《大地的咆哮》《人类的耻辱》《我为什么不死在战场上》《血书》《游击战士》《中华民族的好女儿》《抗战门神》等，以及与陆志庠、廖冰兄、刘建庵、特伟、沈同衡、王子美等人合作的"救亡木刻"系列，已经成为抗战版画经典。尤其是《抗战门神》（套色木刻，1939年），在中国现代木刻艺术史上具有重要地位。

二、"救亡木刻"版画的艺术探索

赖少其的"抗战救亡"木刻版画和他以前的木刻版画相比，发生了很大变化。最根本的变化就是确立了现实主义的艺术观念和创作方法，凸显了版画的时代性、大众化及民族风格特点。

对于现实主义的艺术观念与方法，赖少其有自己的独到理解，并努力付诸实践探索。一方面，他认同"艺术是社会的反映"，认为"现实主义的手法"最适于表现中华民族抗战，也最益于唤起人民大众抗战；另一方面，他认为艺术是"本质的揭示""情感的抒写"，主张"要站在民族利益的立场上去考察民族斗争情绪的激发，要用现实主义的手法忠实地把这种民族斗争的情绪抒写出来。这样，所表现的便是民众所想表现与表现不出来的面影"。上乘的现实主义作品，不只是停留在暴露、写实层面，还要把民族斗争的情绪、精神抒写出来，将民众所想表现却又表现不出的内涵表现出来。

因此，他反对空洞无物的、口号式的、形式主义的所谓"艺术"。他的抗战版画作品，有的直接表现、宣传和讴歌抗战，如《敌人在发抖了》《游击战士》《中华民族的好女儿》；有的表现和刻画人民大众对侵略者的愤怒仇恨，以及人们奋起反抗的觉醒，如《东北同胞的怒吼》《爸爸：我们的血债是要日本鬼子来还的》；有的着力揭露日本侵略者残暴屠杀给中国平民百姓带来的血腥灾难，如《母与子》；有的则曲折揭示日本侵华战争给本国人民带来的苦难，如《丈夫战死在中国》《每当船过海面的时候，都以为你回来了……》。这些作品，或以正义、崇高的精神力量震撼人，或以苦难、血腥的悲情遭际感染人，或以人道、人性的思绪情愫打动人。这些作品，在当时以强烈的时代感打动着人们，在今天却以深沉的历史感吸引着人们，这是现实主义杰作的永恒魅力所在。

图12　赖少其　《敌人在发抖了》　黑白木刻　《救亡日报》1939年2月23日第4版

图13　赖少其　《中华民族的好女儿》黑白木刻　《救亡日报》1939年3月8日第4版

　　追求大众化和突出社会教育功能，是赖少其的抗战木刻版画的重要特点。在赖少其看来，中国的抗战，不独在于抵抗日本帝国的侵略，也在于精神文化的建设。建设民族的大众文化是当务之急，这是当前民族解放运动的

图14　赖少其　《丈夫战死在中国》　黑白木刻　《救亡木刻》第四期

图15　赖少其　《民族的呼声》　黑白木刻 11 cm×17.5 cm　《现代版画》第15集　1936年1月1日

图16　赖少其　《爆发》（封面图）黑白木刻　12 cm×10 cm　《现代版画》第16集　1936年2月1日

图17　赖少其　《怒吼着的中国》　黑白木刻 11.5 cm×11.5 cm　《木刻界》第2期　1936年5月15日

图18　赖少其　《认识了民族
的敌人》　黑白木刻　14.5 cm×
11 cm《木刻界》4期　1936年
7月5日

图19　赖少其　《殖民地狩猎图》　黑白木刻　9.5 cm×15 cm
《现代版画》第17集　1936年4月1日

迫切需要，也是未来建设新中国的长远需要。赖少其指出："中国需要什么绘画呢？这决定于抗战的要求，即是说，怎样去帮助抗战与表现在抗战上面。但这不是说，要把中国的绘画艺术的价值降低，而是说在中国抗战的现阶段，民族有理由要求在执行艺术的任务以外，还要担负政治和教育的任务。""因为上述的原因，所以战时的斗争艺术的特征应该在于有刺激性、暴露性、写实性，在手法上除了应适合于表现这种内容以外，还应该归结到大众化上。"

　　抗战绘画要担负政治和教育的任务，要助力抗战、表现抗战、宣传抗战，唤起人民大众投身抗战，激发抗日战士英勇气概，但是这并非要降低绘画艺术的价值，而是更要强化绘画的刺激性、暴露性与震撼力、感染力。赖少其认为，木刻是最大众化、通俗化的艺术，木刻艺术的对象就是广大的群众，由于抗战形势的变化与需要，木刻的内容与形式也不得不跟着改变，这个改变的方向，无疑就是怎样才能更加接近大众、更为大众所接受。随着抗日战争进程的不断发展，赖少其木刻的内容与形式也发生了相应的变化，这个变化就是与大众化紧密联系的民族化。

　　民族化与大众化有天然的联系，民族化可以促进大众化，但民族化本身还存在亟待解决的问题。赖少其认为，从新兴木刻怎样才能接近大众的角度来看，对于这个课题，木刻工作者是很尽力的，由于鲁迅先生的指示是采用现实主义的手法，在形式上吸取世界木刻的精华尤其是苏联的新兴木刻，"但主要的还是应该注重民族的色彩，即是以民间艺术为依据，使木刻很容易的能适合大众的口味，我们大家都明白的，凡是民间艺术都是从民众自己的手里创造出来的，它很能流传于民间，并且为民众自己所热爱；不过，像中国这样的社会，因为民间艺术还是很少受到外界的影响，是仍然停留在封建的低窝中的；因此，木刻者虽采用民间艺术的形式，但决不反而为提倡封建的民间艺术，也不过高的夸大，限度是止于因为他是从民众自己的手所创造出来，并且为他所热爱，也易懂；但那所含的封建毒质是应该洗脱的；不但应该纳入新的适合抗战建国的内容，并且应该把新兴的艺术移了进去，使民间艺术变了质，一方面在宣传得到效果，而另一方面任务还要提高民间艺术，使与新兴的世界艺术发生了关系，达到普遍的提高艺术的水准，这是目前最为必要的"。简言之，采用民间艺术的形式，洗脱木刻所含的封建毒质，纳入抗战斗争的内容，移入新兴艺术的特质，提高民间艺术水准，以达到普遍提高艺术水准之目的。因此，赖少其在阐发"木刻将走上什么道路"时提出："改良民间艺术，这是非常重要的，而力量也比任何宣传方式来的大；如过年的'门神''年画'，元宵的纸马，流行民间的'连环画'，都是最好利用的题材；这些东西本来也是木刻的，以有新内容新形式代替了封建的陈旧的画风，不但收到了宣传之效，也把民间的艺术尽可能地提高起来。""改良民间艺术""提高民间艺术"是赖少其进行木刻艺术大众化、民族化探索的重要价值取向。这一艺术价值取向，一直伴随着赖少其整个抗战时期的版画创作与探索。

在赖少其看来，民间艺术具有二重性。一方面，民间艺术是人民大众所创造的，它蕴含着民众的生活情趣，具有民众喜闻乐见的表现形式，经过民众长期不断的传承发展，变得丰富多彩和富有魅力；另一方面，中国民间艺术是在封闭的文化土壤中产生发展起来的，它很少受到外来艺术的影响而产生变化，因此渗透着封建毒素、包含着封建糟粕。所以，我们在充分利用民间艺术时，要洗脱其封建毒素和剔除其封建糟粕，要纳入抗战斗争的内容，并移入新兴艺术的品质，以适应当前时代的需要，来创造前所未有的艺术。赖少其明确主张，对于民间艺术，应该是有选择有限度地利用，而不是盲目地在台下叫好，不能全盘地采用，对其改良和提高才是唯一正确的做法。

在"改良""提高"民间艺术方面，赖少其进行了多方面的非常深入的探索。他和同仁们广泛收集中国古今木刻，包括过年的"门神""年画"、元宵的"纸马"、流行民间的"连环画"等，将其利用和改造，以抗战新内容代替封建的内涵，以新风格形式代替陈腐的画风。其中《抗战门神》的创作就是一个成功典型，这将在下文专论。

在坚持艺术大众化的同时坚守艺术创新，是赖少其抗战版画艺术的重要追求。赖少其认为：我们反对"为艺术而艺术"，并不是反对"艺术"本身，因为凡是打动人心灵的艺术品，就一定是艺术的作品；我们反对那些欺骗民众、以民众看不懂为最高的所谓"艺术"；我们是以艺术为手段，传达我们的情绪，不是以"艺术"为目的，即不是以艺术本身为至上；尤其在抗战的现阶段，一切人力物力都应贡献于国家，而艺术亦然，都应该为抗战服务；在现阶段也只有抗战的艺术，才是中国最伟大、最需要的艺术。然而，人们对抗战的大众的艺术充斥着误解：现在所谓"大众"者，大概是指工农而言，是被认为没有文化"蠢如鹿豕"的，因此也便无所谓什么"艺术"；好像是说：不管是白米还是番薯，只要能吃得饱便好了；也就是说：不必什么"艺术"，只要看得懂便好了。赖少其指出，大众看得懂的东西，未必能感动大众，"大众化"的东西也未必对于"大众"是有益的。他大声疾呼："大众化并不是取消艺术！"竭力主张在大众化过程中进行艺术创新，他说："……我们也便想到：单单依靠中国固有的艺术是不够的，还须博取世界现实主义的精华。凡'死抱自佛脚'不肯放的'傲古'是不对的，以'民间艺术'为第一也不对，以窃取西洋为专长也不对；而是基于民族的精神，创造新的适合表现二十世纪四十年代的中国抗战的艺术。""所以，我们不同意：以为中国已有民间艺术便反对创造新的艺术和接受世界艺术的传染，当然更反对只要民众看得懂，不必什么艺术的'艺术取消论'！"

"民众看得懂"并不是艺术判断的价值标准。艺术作品是否具有"艺术性"，在多大程度上体现出"艺术价值"，在赖少其看来，其判断标准主要有三方面。其一，作品是否在所表现的现实情境中揭示了时代发展趋势。"决定今日漫画（木刻）之价值的，我们也可以这样看：她能否典型地衬托出这个时代，能否敏感地暗示出这样时代的出路？——是否具体地预告着光明的明天。"[1]其二，作品是否在表现军民抗战中显示出民族精神与艺术精神。"中国的民族不仅是在打退日本法西斯，还在于建立永久存在于世界的民主国；艺术也如是——木刻当更应如是：他不仅是在于一时的宣传，而是在这次的抗战中吸取了新的内容，和创造出适合新内容的新形式！"[2]其三，作品是否具有反映出大众情绪与感动人心的力量。"凡是一种伟大的作品，不只是大众能看得懂，而且是要无疑地反映出大众的情绪，由艺术的'感应'而传达到大众的心灵，不是真正的艺术断不能有'感应'作用的。这即是说：我们不仅是描写抗战的躯壳，而是要描写抗战的心灵，不仅要大众看得懂，还要大众能感动！"[3]赖少其反对割裂艺术与时代鱼水相依的关系，反对割裂艺术与民族血脉相连的关系，反对割裂艺术形式与生活表现、情感表达的内在联系，而判断艺术价值的高下优劣。

着力表现苦难而伟大的抗战时代，表现中国军民誓死抗战的民族精神，不仅"描写抗战的躯壳"，而且"描写抗战的心灵"，是赖少其抗战版画感动时人而吸引后人的根本原因。

---

[1] 赖少其《一个时代的艺术》，原载《救亡日报》1939年4月21日第4版，《赖少其版画文献集》，安徽美术出版社2013年版，第131页。

[2] 赖少其《大众化并不是取消艺术》，原载《救亡日报》1939年3月11日第4版，《赖少其版画文献集》，安徽美术出版社2013年版，第127页。

[3] 赖少其《大众化并不是取消艺术》，原载《救亡日报》1939年3月11日第4版，《赖少其版画文献集》，安徽美术出版社2013年版，第127页。

三、"救亡木刻"的代表作《抗战门神》

"救亡木刻"的一个典型艺术事件就是赖少其《抗战门神》的创作。为了更好地利用民间艺术宣传抗战，从1938年下半年开始，赖少其广泛收集和整理民间"门神"，改造旧"门神"，创作新"门神"。1939年2月《抗战门神》创作问世。根据赖少其后来的回忆，《抗战门神》创作是迫于当时抗战宣传的需要，改造已有民间艺术与之相适应的举措，可以说是"被逼出来的成果"。

赖少其先后收集到北平纤巧的"门神"、江浙文绉绉的"门神"、两广粗犷有力的"门神"等。他认为：说到"门神"的内容那是一无所取；至于形式，它有稚拙的趣味，不过门神的稚拙，固然是它的好处，但也是它的弱点。譬如两广的门神，其"袍甲"、衣饰都是花花绿绿的，一块红、一块紫地铺满了画面，若把一个战士这样装饰起来那就变成了一个"花面猫"，这样一定失败。然而门神的唯一好处却就在这一点，而民众也因此喜欢他。这就产生了一个问题：为迎合民众画面要花花绿绿，

图20　赖少其　《抗战门神》　套色木刻
35 cm × 25 cm　1939年

可是又要避免滑稽不近人情的感觉。还有一个问题：民众贴"门神"或是出于"避鬼"，或许是习惯，抑或是为了装饰，唯一不可忽略的东西便是过

年要吉利。若"门神"上绘些打打杀杀（不管是否打杀的是日本鬼子）之事，那他（贴门神者）一定是不高兴的，这是非要避免不可的。正是基于这种意识，画家在《抗战门神》中描绘了一个坐在马上的英勇战士——这用来贴在小门上的叫作"状元游坊"的"门神"是骑着马的，下面是一群花红柳绿庆祝抗战胜利的小孩子。这一别出心裁的表现，不仅凸显了抗战主题，而且避免了形式色彩的单调，渲染了过年吉利的气氛。这幅作品无可争议地成为"抗战艺术经典"而载入史册。关于这幅作品的价值与意义，我们不妨倾听一下画家自己的声音："若果以为门神的形式稚拙有味，才来改良它，这是不够的；我以为意义还是在于打破千百年来封建的传统。这一次的抗战，正面固然是反帝的，而同时还带着反封建的意味。中国的封建势力一天不铲除，抗战的胜利和建国的大业会受到若干的阻碍。不过，在反抗日本帝国主义的侵略中，封建势力就自然要被铲除的。所以，我们这次的改良门神，一方面是在扫除封建的毒质，一方面是在加强抗战的实力。"

《抗战门神》是对民间艺术的有效利用和成功改造。在形式上，它保持了民间门神所特有的热闹喜庆之氛围、亮丽斑斓之色彩、幼拙有趣之造型等特征，同时加强了画面构图的整体感和战士、战马、旗帜造型的雄伟感。在内容上，表现了抗日正面战场上战士的昂扬气概，以及人民群众庆祝抗战胜利的欢欣鼓舞。整幅作品不仅给人以胜利喜悦之感，而且给人以壮美与崇高的感受。正因为成功地利用和改进了民间艺术，灌输和强化了抗战内容，将不屈不挠的民族精神与向往和平幸福的民间情趣有机融合，所以《抗战门神》一问世，便受到广大民众的普遍欢迎，迅速进入千家万户，并受到美术界的高度关注和褒扬。1939年，鹰隼藏版赖少其作《抗战门神》介绍："中国木刻艺术，自抗战军兴后，已进入一个新阶段，利用旧有形式，灌输抗战内容，此种通俗艺术，极合民众心理，赖少其君近刻抗战门神，乃此中杰作。"1939年2月，《抗战门神》问世，西南行营政治部三组印刷1万份，在春节贴在了抗战后方千家万户的门上，深受群众喜爱，又多次加印。在钱阿英主编的《良友》画报刊登发表，形成广泛的影响，版画家李桦和美术评论家黄茅等人撰文赞扬这幅大众化、民族化的杰作。

《抗战门神》作为一件与时俱进的抗战作品，反帝是第一要义，但不忘反封建，也就是所谓"救亡不忘启蒙"，这与"反帝反封建"的新民主主义革命路线是相当吻合的。正如他自己所强调的那样："正面固然是反帝的，而同时还带着反封建的意味。"因此，我们说赖少其的抗战版画具有时代前沿性，是真正的"笔墨当随时代"。

《抗战门神》创作于1939年即全面抗战的第三个年头，是抗战最为艰难的岁月。那也是在国共两党统一战线感召下，中国军民浴血奋战，直至取得最后胜利的苦难辉煌的难忘岁月。因此，作品所承载的不只是一位战士个人的抗战记忆，也是中华民族集体的抗战记忆。这件作品连同作者其他抗战作品一起，已经成为一部浓缩的形象化的抗战史诗，承载着民族国家记忆而进入中国现代艺术史。

根据有关历史文献，大约从1939年至1940年，在李桦、赖少其等人的倡导和身体力行下，以广州为中心的抗战木刻家们，掀起了创作抗战年片和抗战门神的热潮。李桦甚至将其作为"抗战年片与抗战门神运动"加以推动发展。赖少其的《抗战门神》无疑是其中影响广泛的一件代表性作品。

四、对木刻版画民族性及"东方韵味"的追求

对木刻版画民族性及"东方韵味"的追求，是赖少其抗战"救亡木刻"的又一重要特点。赖少其对木刻版画民族性的追求，在理论思考与创作实践两个维度上都非常自觉。关于"民族性"问题，他尖锐地指出："中国现代的木刻作家，确实对于这一点非常的忽略，很多还没有意识到'民族性'这问题，这是我认为最羞耻的事。在'习作'的时候，或是平时的研究中，我也会注重参考西洋及东洋的作品，但当我'创作'时，就觉得非或多或少的表现中国的民族精神——民族性不可。我曾把俄国、法国、德国、英国、意

大利，以及日本的木刻陈列在一处鉴赏，那才使我大大的觉悟，无限的惭愧；回过头来看中国的木刻画时，全然的使你失望；无一不是模拟他人的情调、色彩、题材、技巧的。我在那所谓中国木刻中，全认不出自家的民族，全认不出有一个中国作家。这，在木刻运动尚未成熟之先，固然是免不了也似乎没有办法的事，但今后我们是不应该这样一路错误下去，这是万二分紧要的事情。"他因此竭力主张："我以为要估计一幅木刻的价值时，对于这种'民族性'，也应当的注意，而鉴赏者当鉴赏的时候，对于这点也应该提高。换句话说：我们需要新鲜的带有中国民族精神的木刻，简言之，即是需要'中国的木刻'！"

　　和早期"启蒙木刻"相比较，赖少其抗战时期的"救亡木刻"更加注重民族性。这在很大程度上是由于抗战救亡形势客观需要，因为具有"民族性"的艺术更能唤起广大民众爱国抗日的情感力量。同时也是由于对中国古代木刻认识逐渐加深，因为中国古代木刻尤其是明清木刻具有民族精神与超拔技艺。在《从民族精神说到明清木刻》中，赖少其指出："在国际上说，中国的古代木刻未必没有相当的地位！祖宗的东西我们要拿他来用，这是应该的事。"他将搜集到的几十部古籍中的明清木刻，择其较有价值者如明刻《十竹斋笺谱》《方氏墨谱》、清刻《于越先贤像传赞》《列仙酒牌》《剑侠传》《红楼梦图咏》等进行介绍，对作品的艺术特点、审美风格、精神意蕴等进行揭示，认为"每一民族的艺术要各有其民族精神的体现，然后才能称其伟大"。

　　那么，"救亡木刻"如何体现"民族性"呢？赖少其认为，在大敌当前，绘画艺术要忠诚地服务于抗战，以推动、加强和反映抗战。在绘画内容上，不以"山林隐士""高山流水""一条河流"或"一枝古柏"等为旨归，而代之以表现民族的怒号、战士的英勇以及活生生的各种题材。与此相联系，在艺术形式上，不以传统"美人""佛像罗汉"这样的绘画形式为旨趣，而以新写实主义的、大众化的各种形式来表现抗战的内容。①

正是伟大的抗战救亡精神，将民族性和时代性高度地统一起来；正是抗战"救亡木刻"，担当起了表现民族性与时代性的双重任务。也正是在"救亡木刻"的民族性与时代性结合方面，赖少其进行了执着而深入的探索。

这就不难理解，为什么赖少其一方面提倡绘画的民族性，另一方面又批评中国传统绘画的封闭落伍。实际上，他是在强调民族性的时代表达与时代性的民族表现，而"救亡木刻"则是这种表达与表现的最佳艺术形式；他是在强调当下的民族精神和时代精神，集中体现为抗日救亡的战斗精神，而"救亡木刻"就是这种精神的最佳表征之一。深入考察便不难发现，赖少其的"救亡木刻"所表现出的民族精神、时代精神和战斗精神，都融汇在人民大众喜闻乐见的民族风格形式之中。他的一些代表性作品，如《大地的咆哮》《母与子》《怒吼着的中国》《东北同胞的怒吼》《血书》《敌人在发抖了》《中华民族的好女儿》《抗战门神》和《抗战必胜连环图》（与廖冰兄合作）、《女种田男当兵》（与王子美合作）等，便是其中的力作。这些画作不仅表达了中国人民对日本侵略者的愤怒与谴责，表现了中华儿女奋起抗战的决心与抗战必胜的信心，而且蕴含着中华民族所特有的人文精神与审美情趣，以强烈刚健、单纯晓畅的形式语言，吸引着、打动着人民大众。

赖少其的"救亡木刻"在形式语言上充满着"东方韵味"，这与他早期"启蒙木刻"所呈现的"现代意味"形成了对比。他早期"启蒙木刻"更多的是受近代德国表现主义木刻的影响，也受苏俄革命现实主义的启迪，以表现社会现实、启蒙人民大众为圭臬，以现实性、现代性融合为旨趣，作品洋溢着浓郁的现代意味。而赖少其的"救亡木刻"，虽然"扬弃"了西方表现主义艺术而适当保留了其"现代性"部分元素，但更多的是吸取了中国传统民族艺术、民间艺术中的大量元素。因此，其"救亡木刻"的形式语言，更加流露出浓郁的"东方韵味"。

---

① 参见赖少其《漫画与漫画理论》，《赖少其版画文献集》，安徽美术出版社 2013 年版，第 117—118 页。

为了表现木刻版画的"东方韵味"，赖少其广泛吸取南方民间年画、风俗画、宗教画中的装饰性形式元素，注重吸取传统中国画的虚实调和、节奏韵律等构形因素，学习借鉴明清木刻印刷的精美、雕刻的灵活、构图的丰富多彩、造境的独辟蹊径。

为了更充分地表现"东方韵味"，赖少其还注意从包括日本艺术在内的东方艺术中汲取合理成分。他说："我对于日本的版画颇感兴趣。这也许因为我们同是东方人，气味相投的缘故，不过，我总觉得只有他（它）才能发挥东方文明的特质；还可以说：只有他（它）已经替我们开了一个很正当的途径。"他指出："东西文化之不同，甚至走入极点。……西洋是科学的文明，东洋是精神的文明，西洋人对于一切'事物'与'现象'是要经过头脑的分析然后才肯相信；东方人却没有这一套：他（它）仍然是受着玄学和什么道德观所支配。况且一是机械的，一是活泼不受拘束的，一是规矩明确的，一是没有明暗之分，也没有透视画法，只是以线的活动和色的和谐为主的。一是理智的，一是情绪的。所以东洋人万不能忘掉自己的本质，只求模拟。"他说："日本的木刻我之所以是喜欢的，也就在这一点。"然而，他对日本木刻不能完全满意，认为日本现代木刻因为太注重技巧与趣味的缘故，往往忽略了内容，以致陷于一种幻想、无聊、自我麻醉、逃避现实的境地，况且永远困守在小品的范围之中，不能向外发展，也可以说终要走入绝路。可见，他对日本木刻版画的学习借鉴是深思熟虑的而非盲目的。在中日战争期间，他能够如此客观理性地评价和对待日本木刻艺术无疑是难能可贵的。

五、对版画语言及"刀版趣味"的坚守与探索

对赖少其的抗战"救亡木刻"的研究分析，不能仅仅停留在艺术社会学层面，即注重对其社会政治功能、教育功能的考量，而忽视对其艺术审美功能、版画形式语言的考量。

事实上，赖少其是"艺术内容与形式的统一论者"。他在《漫画与木刻》

（1939年）谈到"形式的转变"时说："内容与形式是不能分离的，内容既有了新的发展，形式也便不得不有新的转变；这个觉悟，在初期还没有，这正和苏联十月革命时'左派'所犯的毛病一样：无视形式，作成了'拳头主义''口号主义'，不管是否能够适当的表达出画家的情绪（也就是抗战的情绪），尤其是千篇一律。另一种是强调形式，作成'构图主义''机械主义'，只顾形式的美，甚至歪曲了现实。内容的选择全是迁就了形式的表现，并不是为着内容而选择了新的形式。但这个弱点是克服了，最明显的是：趋向于现实主义的作风，趋向于旧形式的利用，以及民族作风（即中国气派）的建立。"赖少其旗帜鲜明，一方面反对"拳头主义""口号主义"的"无视形式"，另一方面反对"构图主义""机械主义"的"强调形式"，而主张为适应时代转变、推动抗战和表现抗战，采取现实主义创作方法，创造具有"民族作风"与"中国气派"的新绘画艺术。

虽然和大多数版画家一样，赖少其抗战时期所走的道路也是大众化、民族化和现实主义，但是他的版画创作却呈现了极富个性的艺术风貌和不流于俗的美学追求，这突出地表现在他对版画形式特点的坚守与艺术语言的探索。这为革命战争题材的版画艺术创作积累了宝贵经验。

纵观赖少其的抗战"救亡木刻"，可见他对木刻版画的独创性及"刀版趣味"的坚守。由于木刻版画所需工具材料的简单廉价，更由于木刻画作为宣传品的可复制性，很多木刻者忽视乃至放弃了木刻画的独创性及其艺术特点。赖少其在《木刻常识》一文中，区分了"复制木刻"与"创作木刻"，指出"创作木刻"的"特质"即"刀味""木味"，强调木刻创作要"尽量地发展刀与板的趣味"。他说："中国现在提倡的新兴木刻和以往的木刻不同的地方，便是现在的木刻是一种'创作木刻'，以前的木刻是一种'复制木刻'。什么是'复制木刻'呢？这就是在电版石版各种科学的制版术未发明以前，一张画想多印，唯一的方法只有'木刻'。木刻画，古代的宗教画都是用这种方法。这是和现在的制版的任务相同的，所以刻者不是艺术而是人工的刻版机。但现在的木刻不同，因为木刻的创作是当作一种创作过程的，是画家自画自刻，或也许画的是另一个画家，但是在制作的时候，并不是和制版机一样，死板地将原画刻出来，而是经过了一种创作，利用了刀与板，尽量地发展刀与板的趣味——也即是'特质'或叫作'刀味'与'木味'。但和以前最不同的地方，是现在发明了各种刻白线条的刀，日本有三角刀（中国也有圆刀），西洋还有一种排刀，一刀可刻三条线至十条线不等。"在赖少其看来，木刻明显与普通绘画不同的一点，"就是要尽量发展木刻的特质，如明暗清楚，黑白配置适当"。木刻版画最明显的特点：它色调单纯，只有黑白二色，但单纯中寓意丰富，那黑白配置、明暗对比、虚实相应等变化无穷；它造型单纯，由黑白线条构成形象，然而，其线条由刀刻制而成，不同的刻刀及刀法造成了线条的形状、节奏、趣味、格调的种种不同，丰富性和复杂性因此而生。木刻版画的艺术个性与风格，在很大程度上取决于画家刀法的独特运用与表现。

木刻版画的艺术语言说到底是一种"刀线"构成，而其艺术风格说到底为一种"刀味"呈现。赖少其对三角刀、斜刀、圆刀等不同刻刀的功能、不同刀法的运用、不同刀法所产生的"刀味"——个性风格，都做了深入的探究和详细的阐释。譬如，他在谈三角刀的使用方法时说："白线变成黑线：三角刀是适宜于刻白线的，但成排的线若于黑色之中，一看便是白线，以同样的线，若把周围的黑色铲去，便变成了黑线，实则线的本身并没有移动，不过人的眼睛感觉如此而已。若线的两端是整齐——用刀截断的，则有方与平面的感觉；若线的两端尖，则有圆的感觉，连线的本身也觉得很圆；若线是曲的，或曲得如波状，则有流动的感觉；若线的中间肥而两端渐瘦，以此排列，则有光度。若线乱而无序，则觉松而跳跃。"不同的刀法刻成不同形状的线条，不同形状线条给人以不同的感受，不同线条及其不同组合给人以不同的审美风格、审美情趣。赖少其在谈圆刀的使用方法时说："圆刀与三角刀所刻出的线条性质稍有不同：因三角刀的刀口尖，刻出的线条便很'利'，也清楚，带有削强的意味；圆刀的刀口圆，线的两壁不如三角刀的截然而下，是缓缓地成为弧形，线的起点与终点也是圆的，因此便有与三角刀不同的趣味：是软弱、柔滑，也较活泼。刻小幅的画，因版小而刀口大，虽极小的圆刀也成为刻空白之用，反而埋没了圆刀的刀趣，若较大的画幅，则可以与三角刀参杂合用，使线条更有变化。尤其是在黑白分不开的时候，譬如画的主体多为圆刀，背景多用三角刀，不管如何凌乱的场面，也很容易清楚；但看起来应该很自然，否则主图和背景不调和，那便是失败了。""用圆刀刻出来的黑线，或外廓线，也与三角刀或斜刀不同。圆刀刻线最为活泼，并且有浓淡的趣味；外廓线则有模糊之感；但三角刀不同，不易活泼，易成直线，常留出了角度，较圆刀为清楚。斜刀简直与圆刀相反，可以刻出任何复杂的黑线，尤其是交叉线。外廓线也较任何为锐利。总之，各有其特点，若果能善利用刀的性能，这特点便皆成为优点。所以，每一条线，每一个外廓，都应经过审慎的选择。"

在赖少其看来，木刻版画创作要善于利用"刀"的性能，充分发挥"刻"的效果，尽可能呈现"刀味""刀趣"与"版味""版趣"，在"刀版趣味"中见出不同艺术风格：或阳刚或阴柔，或雄浑或清新，或古朴或秀雅，或充满冲突张力或富于调和境界；在"刀版趣味"中自然流露出民族的时代的精神，现实的生活的气息，民众的和画家个人的思想、情感、意趣，等等。画家不同凡俗的独特艺术个性也无疑寓于其中。脱离开"刀版趣味"的木刻艺术是不可想象的，是要泯灭艺术个性而走向平庸甚至颓废的。

仔细考察赖少其的"救亡木刻"系列作品，不难发现他非常重视"刻"。他将木刻版画创作全过程分成绘图和刻印两大阶段，将绘图分成设计与画稿，将刻印分成雕刻与印刷。其中，设计为艺术表现主旨，画稿（手绘）是作品基础，雕刻（刀刻）是作品关键，印刷（手工）是作品完成。不但要绘得好，更要刻得好，还须印得好，环环相扣，方能成功。他把"刻"得成功视作关键一环，不仅在多篇文章中予以探讨阐述，而且在创作实践中着力探索。

有一个值得玩味的现象，赖少其与其他人"合作"许多作品，都是由他人"画"（"绘""作"），而由赖少其"刻"。譬如，《抗战必胜连环图》《敌人的阴谋：切断我正规军和游击队的联络，切断国际路线！》《我们的对策：是正规军配合游击队包围敌军，促进和平阵线包围敌团！》由廖冰兄画而由赖少其刻，《"皇军"的功绩》《扑灭破坏团结的毒虫》由沈同衡画而由赖少其刻，《五月的巨浪》《汪精卫"救国"，救的是日本，不是中国》《汪精卫装腔作势，丑态百出》由陆志庠画而由赖少其刻，《对敌宣传》《地球的纵火者》《汪精卫自毁其前途》由特伟画而由赖少其刻，《桂林市民疏散宣传专页》由陆志庠、特伟作而由赖少其刻，《紧握着你的武器》《剪断敌人与汪逆的阴谋》由王子美画而由赖少其刻，等等。仔细辨析可发现，这些木刻版画的风格不仅打上了画者的烙印，也打上了刻者的烙印。

图21　1979年12月，《中国新兴版画五十年选集》编委李桦（右四）、赖少其（左四）等在鲁迅墓前合影

刘开渠和时代的雕塑
《欢迎人民解放军》

◎ 樊晶晶

在举国隆重庆祝中国共产党成立100周年之际，回顾红色经典艺术，重温红色记忆，刘开渠先生的雕塑作品和艺术精神令人瞩目。本文特就刘开渠先生的《欢迎人民解放军》谈一谈感想。

刘开渠先生是江苏萧县（今属安徽）人，是一位卓越的雕塑家，早年毕业于北平美术学校，毕业后任杭州艺术院图书馆馆长。后赴法国，入巴黎美术学院雕塑系学习。归国后任杭州艺术专科学校（中国美术学院）教授，先后任杭州艺术专科学校校长、杭州市副市长、中央美术学院华东分院院长、中央美术学院副院长、中国美术馆首任馆长、中国美术家协会副主席，他还担任过第八届全国政协委员、民盟中央文化委员会主任等。著有《刘开渠美术论文集》《刘开渠雕塑集》《刘开渠雕塑选集》等。

刘开渠先生是中国现代美术事业、中国现代美术教育事业、中国现代雕塑事业、中国美术馆事业的开拓者和奠基人，人民艺术家和美术教育家。以其名字命名的"刘开渠奖""刘开渠根艺奖"，分别代表着中国雕塑界和中国根艺美术界的最高奖项。

谈到刘开渠先生的艺术代表作，便不得不提及由他主持并与同时代优秀雕塑家一起设计创作的人民英雄纪念碑上的汉白玉主题浮雕。刘开渠在人民英雄纪念碑浮雕创作中既扮演着雕塑家的角色，又担负着领导和统筹的任务。这组浮雕作品选择了十个重要的历史瞬间，形成了一条自鸦片战争到中华人民共和国成立的时间线，生动呈现了中国人民争取民族独立和人民自由的艰苦历程。其中《胜利渡长江》《欢迎人民解放军》《支援前线》三块主题浮雕，便是刘开渠雕塑艺术的代表作。

《欢迎人民解放军》首先是由画家彦涵起稿，刘开渠进行泥稿设计并制作出来的。这个场景画幅相对来说窄一些，和《支援前线》一起代替了"甲午战争"和"延安出击"两个题材，使得《胜利渡长江》的宽度得到了延展，这也基本符合了刘开渠的想法。《欢迎人民解放军》共经历了四版泥塑草稿，最后一稿中最大的改变在于放弃了前三稿中前后两排纵深透视的构图，最终采用了"平行线"的方式。前后叠加的人群为视觉上增加了量感和想象空间。原来的工农兵形象变为了画面前排的"男女老少"，第一位的女孩的介入又使动态相似的三人不至于刻板。另一边，被托举而起的小孩将众人头部连成的水平线打破，同时呼应了右侧高举的三条手臂，增加了画面的变化。

在《欢迎人民解放军》中，"男女老少"以前后叠加的阶梯式高浮雕手法处理，形成了"第一层次"的前景。而位于背景中那高扬的横幅和飘舞的旗帜，则构成作为背景的"第二层次"。在刘开渠的这幅作品中，依据构图实际情况并没有遵循"最初要求"所提到的三个空间层次的做法，而是凭

图1　刘开渠　《欢迎人民解放军》

借前景和背景中的"层中层"使画面产生了丰富的层叠效应。前景在不到八九厘米的空间中分出了人群前中后的三个层叠关系,手拿鲜花并且面露期盼而招手的女童为第一层次,高举手臂的三人和托举小孩的整体,以及蓄胡须手托锦旗的长者为第二层次,第三层次便是后方被遮挡的人群了。此幅作品中,横向层次关系也尤为明显,以中间高举花束和手攥帽子的男性为中心,向右至女童为第一层次,向左及后为第二层次。左右人物的比重区分既一目了然又和谐一体。在背景层的低浮雕处理中,刘开渠更是小心翼翼地处理每一块旗帜的前后层次错落和横幅上"欢迎人民解放军"字样的微妙拂动和变形。正如他所说,"做浮雕需注意的问题是,不要因为做薄而做平了,越薄的地方,越要注意体和面的变化,越要认真压缩。对于光线、结构、高低,每一块泥加上去时,都要考虑"。

《欢迎人民解放军》中人物的排列安排和动态处理体现了刘开渠先生高超的技巧和用心之处。例如,挥动高举鲜花的手臂和托举孩子的母亲、条幅与人物之间的对比,以及人物身体前倾翘首以盼的动态描绘,都体现出人民对于解放军的热爱,紧扣主题。

《欢迎人民解放军》作为纪念碑的主题性浮雕的一部分,刘开渠先生采用了具象表达的手法来进行刻画,一是能真实记录历史事件,二是能寄托人们对人民英雄的缅怀之情。使用叙事性和表现性结合的方式,仿佛在讲述故事一样将悲壮、庄严的历史以图像的方式展现在观者面前,具有"以石纪事"的特点,体现了艺术作品厚重的磅礴精神。

刘开渠先生的艺术风格融合中西方的雕塑方式,手法写实,造型简练、准确、生动。刘开渠将肖像塑造法与纪念碑建造形式相结合,尝试将西方写实与民族特色相融合,创造出一批优秀的大型公共雕塑艺术作品,在一定时期起到了增强人民民族意识、增加民族凝聚力的作用。刘开渠先生曾在恢复高考制度之后,为中央美院第一批雕塑研究生上第一节课时说过,一位真正的雕塑家,应该拥有一颗皮格马利翁的心灵。因为赋予创作对象以生命是雕塑家不可抑制的祈愿，当他进一步把这种创作自信和美好期待应用到生活与工作之中时，会收获更大的价值，达成更高的目标。刘开渠先生自己正是这样一位真正的雕塑家。从他的雕塑作品中，我们能看到如皮格马利翁创作的伽拉泰亚那样让"内在心灵性的东西显现出永恒本质上的独立自足（黑格尔）"的生命意蕴；从他的人生中，我们更可以看到历经坎坷却始终坚定理想，让中国雕塑实现历史文脉传承、民族身份认同、文化价值彰显的"皮格马利翁效应"。可以说，刘开渠先生的一生，是将个人理想与民族的进步、社会的发展紧紧相连的一生。他的雕塑艺术，记录了反帝反封建的民族解放运动，映现了社会主义建设的先进文化，凸显了改革开放的创新精神，其生命轨迹始终与时代脉搏同跃动，与国家命运共呼吸，与人民需求心相通。

赖少其在现代版画会时的红色版画创作

——以木刻作品《饿》为例

◎杨德忠

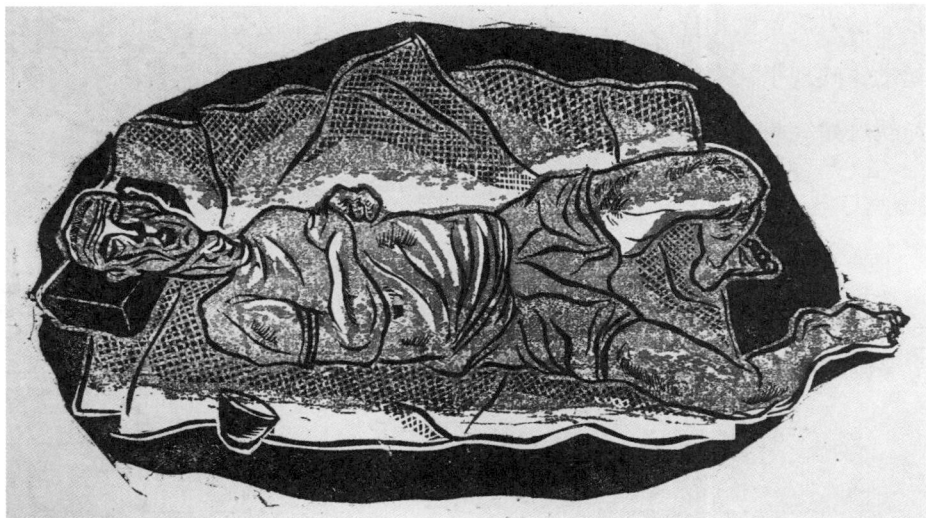

图1　赖少其　《饿》　11 cm × 18 cm　1935年

　　赖少其（1915—2000），广东省普宁市人，是中国新兴木刻版画运动的开拓者之一，同时也是一位坚强的共产主义革命文艺战士。赖少其多才多艺，在版画、国画、书法、篆刻以及文学创作等多方面都取得非常显著的成就。因为他年轻时积极从事揭露社会黑暗、唤起民众起来反抗、具有战斗性的红色版画创作，1936年曾被鲁迅称赞为"最有战斗力的青年木刻家"。1959年，赖少其被调到安徽后，先后担任过中共安徽省委宣传部副部长兼省文联主席、党组书记以及安徽省政协副主席等重要职务，直到1986年调回广州，在安徽工作、生活了长达27年之久，把他人生中最年富力强的一段宝贵时光留在了安徽，为安徽的文艺工作做出了非常重要的贡献，在安徽当代文艺史上书写下一页光辉灿烂的篇章。

1931年，赖少其只身到达广州，报名参加赤社美术学校，开始学习素描、色彩等西画基础课程，并于次年秋天考取了广州市立美术学校西画系。在广州市立美术学校，赖少其深受他的老师、青年木刻家李桦影响，开始积极地投身于新兴木刻的创作当中。1934年6月，李桦在广州市立美术学校组织成立了"现代版画会"，赖少其随即加入其中，开始致力于木刻创作，并很快成为该版画社团的一名骨干成员。

在中国现代版画史上，现代版画会是一个具有重要影响的版画组织。在现代版画会活动期间，赖少其几乎每周六晚上，都会和他的一些同学聚集到李桦的家里接受木刻辅导，回去实践后再将作品拿回李桦家和同学们互相观摩、比较和交流。在开展活动的三年多时间里，现代版画会坚持定期举办"周展""月展"及"半年展"，同时精选其中的优秀作品先后印制了木刻丛刊《现代版画》共十八集。因为《现代版画》的出版需要入选作品的作者亲自印制，且赖少其入选丛刊的作品相对较多，因此他比其他同学也更多地参与了《现代版画》的"出版"工作。除了《现代版画》丛刊，现代版画会还编辑出版了四期《木刻界》杂志，出版了一些个人或数人合作的手印或机印的木刻作品集，其中就包括赖少其的《诗与版画》（1934年）、《自祭曲》（1935年6月）、《失业》（1935年6月），以及赖少其与陈仲纲、潘业合作的《木刻三人展纪念册》（1935年10月）等。

现代版画会刚成立时，共有会员27人，其中除了李桦是教师外，其他成员都是广州市立美术学校西画系的在校学生。这是由一群具有共同文艺创作思想的志同道合的热血青年为了共同的理想自发地组织起来的一个进步的文艺团体。他们创办并加入现代版画会最初时的艺术思想就很明确，那就是"反对为艺术而艺术"，认为"美术家应走出'象牙之塔'，描写'十字街头'"，强调艺术在当时国难当头、民不聊生的社会状况下的社会功用。这种思想无疑与当时鲁迅先生所倡导的文艺思想是相通的。在此之前，赖少其与李桦等人就曾阅读过鲁迅先生的著作，深受鲁迅先生文艺思想的影响和鼓舞。在李桦的带头下，1934年12月赖少其等人主动尝试写信与鲁迅先生取得联系，并很快得到了鲁迅先生的回复，让赖少其等人感到无比振奋和鼓舞。在接下来不到两年的时间里，赖少其、李桦等人与鲁迅先生保持着密切的书信联系，直到鲁迅先生去世。在每次给鲁迅先生写信时，无论是由李桦执笔，还是由赖少其执笔，现代版画会的成员们基本上都会在一起商讨写什么内容，请教什么问题，或者寄送什么作品；同样，在每次得到鲁迅先生的回信时，无论是写给李桦的信，还是写给赖少其的信，他们也都会拿出来公开朗读。因此，鲁迅的思想影响着现代版画会的每一个成员。深受鲁迅先生文艺思想的影响，包括赖少其在内的现代版画会的成员们逐渐将版画创作关注的焦点聚集于现实社会中底层民众的生存状态，并开始将木刻作为表现社会黑暗并唤醒民众起来斗争的工具。有了更加明确的创作方向，赖少其等人也开始走上了一条进步的左翼文艺道路，成了真正的革命的文艺战士。

赖少其等人当时的文艺创作思想从发表在《现代版画》上的"宣言"中就可以看得很清楚。例如，在1934年12月出版的《现代版画》第一集"卷首语"中这样写道："濒于经济破产的中国社会，谁都感到绘画之无用，然而，谁能肯定一个社会不需要艺术？那么，它需要什么艺术呢？木刻本质上保留着社会教育的积极性，用它特有的黑白对比，可以表现出强烈的感情。木刻具有丰富的技巧，可以表现社会及人生诸相。木刻是一种机械的生产，可以满足大众的要求。"另外，在《现代版画》第六集由赖少其撰稿的"我们的话"中如此写道："中国的木刻运动为时不过几年，其波澜所及，差不多引起全社会的注意，这在中国社会中并不是偶然的事——整个中国民众外受帝国主义的抢掠，内受军阀的摧残，人民只是在铁蹄下呻吟和叫苦，精神是不安的，情绪是紧张的，失业的恐慌又时时会来袭击你，而在这种痛苦的挣扎中出现了木刻。这正因为木刻为大众的良伴，它可以帮助中国文化的发展，也可以使群众的意识不致堕落，所以我们不但要明白怎样去鉴赏和创作木刻，同时还要明白木刻的本身——社会的需要。"在1936年4月出版的《木刻界》创刊号上，赖少其撰文把从事木刻的"使命"写得更加清楚："目前最重要的任务便是发动伟大的民族斗争，而在这风狂雨急的当中，无疑的木刻第一个使命便是要担起这个任务，作为推动'文化'的一支主力军！所以，我们为着人道，为着民族的生存，是要不容情地暴露敌人的阴谋与丑恶，深刻指摘帝国主义者本身的矛盾；在另一方面，更要磨炼着发光的木刻技巧来激发大众的民族意识，要紧紧地把他们团结起来……"正是在这种文艺创作思想的指引下，所以出现在"现代版画会"木刻作品上的多是些失业者、破产的农民、乞丐、黄包车夫、街头艺人、弃妇等社会底层的贫苦大众

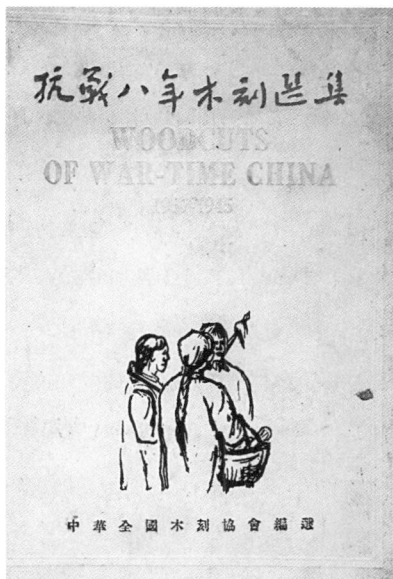

的形象。他们用自己的刻刀和画笔对生活在社会底层中被打的流浪汉、被迫卖淫的妓女等被迫害者和被侮辱者予以了刻画和同情，以此来唤起民众的觉醒和斗争。例如，赖少其的木刻作品《饿》正是创作于这一时期的优秀红色版画作品，鲜明地体现了画家对社会底层贫苦大众的人文关怀和同情，同时也体现了画家希望通过艺术作品唤醒民众起来抗争的革命思想。

《饿》这件木刻作品创作于1935年，首刊于《现代版画》第十二集（1935年10月1日出版），是赖少其先生早期代表作之一。该作品长22厘米，宽12.8厘米，尺寸虽然不大，但是表现的内容却能够给观众带来一种较为强烈的视觉震撼。画家利用现实主义创作方法，刻画了一个因饥饿而骨瘦如柴濒临死亡的中年男子的形象。该男子虚弱地

图2　赖少其　《弃妇》　黑白木刻
《抗战八年木刻选（1937—1945年）》

平躺在用皱巴巴的几块旧麻袋铺成的地铺上，面前放着一个空碗。他的右腿略有弯曲地放在地上，左腿撑着地面，好像有想努力挣扎着翻身起来的意思。然而，由于过于饥饿，中年男子的上半身似乎已力不从心。因此，他只能有气无力地半睁着双眼，绝望地躺在地铺上，微张着嘴巴好像在用非常微弱的声音向路人祈求能不能给他施舍一口饭吃。在表现形式和技法方面，作者采用了概括、简约的艺术手法，人物和地上的麻袋主要通过黑白木刻的线条进行刻画，线条的粗细、转折随着刻画对象的结构进行变化，疏密、穿插有致，体现了画家在汲取民族艺术营养方面所做的尝试。同时，画家根据人体的结构，在肌肉转折的地方又略施了一些明暗，使得人物造型显得更加丰满并具有了一定的体积感。作品采用黑白木刻为主版，同时尝试用灰色调水印套色的方式将画面中的主体人物和麻袋印上一些淡淡的灰色，与四周地面较大面积的黑色形成较为强烈的明暗对比，使得画面中多了一些较为丰富的层次变化和水墨韵味。人物迷离的眼神、微张的嘴巴、沧桑的皱纹及虚弱的躯体，虽刻画简洁但不失传神，可谓形神兼备。该作品虽然不是场面宏大的鸿篇巨制，但是作品的内容非常简洁明了，主题鲜明，人物形象生动感人，方寸之间蕴含着深邃的政治思想内涵，做到了"政治性"与"艺术性"的有机统一。整个画面透露出一种凄楚悲凉的氛围，不仅让观众感到怜悯和同情，更让观众进一步认识到当时的社会黑暗和人们生活在水深火热中的凄苦的生活现状，进而激发起民众起来抗争并寻求改变命运的革命热情。

除了木刻作品《饿》，赖少其1935年前后在现代版画会活动期间还创作了很多揭露当时社会黑暗、反映底层民众生活凄苦惨状的红色版画作品。例如，当时发表在《现代版画》上的《沙滩上》《债与病》《卖女》《饥民》《金钱与痛苦》《孩子死了》《民族的呼声》《爆发》《殖民地狩猎图》《待荐》《华工》，发表在《木刻界》上的《马阿桃之死》《怒吼着的中国》《帝国主义者的囚徒》《认识了民族的敌人》，以及刊载于《木刻三人展纪念册》上的《破落户》，此外还有《债权者》《苦旱与兵灾》《光明来了》以及《阿Q正传》（鲁迅为了避免在作品发表时带来审查上的麻烦，将其更名为《静物》）、《腰有一匕首》配诗木刻等等。这些作品有的反映民众的疾苦，有的揭露殖民者或帝国主义者的黑暗，还有的号召广大民众起来抗争，从不同的角度对当时的社会黑暗和民众疾苦进行了揭露和表现。上述作品有的利用了在西方现代艺术中具有较为强烈的表现主义意味的艺术语言，有的吸收或融合了民族艺术中的表现形式，有的则采用了较为写实的现实主义创作方法。虽然就版画的表现技法和表现形式而言，赖少其在当时创作的一些红色版画作品还有很大的改进空间，但是在当时特殊的社会环境下，他的很多红色版画作品在唤醒民众和动员革命等方面发挥了不可估量的战斗作用。

评《千里跃进大别山》

◎ 刁秀航

  以绘画形式表现重要的历史事件，贯穿于整个中国美术史，留下了大量的优秀作品。在古代，如阎立本的《步辇图》、张萱的《虢国夫人游春图》、顾闳中的《韩熙载夜宴图》、李唐的《采薇图》和《文姬归汉图》等。在近现代，如徐悲鸿的《在世界和平大会上听到南京解放的消息》、蒋兆和的《流民图》、石鲁的《转战陕北》和周思聪的《人民与总理》等，这些绘画作品，都是以具体历史事件为蓝本进行的创作。

  中国艺术家之所以热衷于用绘画形式表现历史事件，一方面因为艺术来源于生活，而历史事件是生活的组成部分。另一方面，绘画艺术在表现历史事件上有着自己多方面的优点：首先，绘画作品具有概括性。艺术来源于生活，更高于生活。艺术家在创作时，不仅可以客观再现历史，还可以概括性地把历史事件的开始、发展、高潮和结束都浓缩到一幅作品中，直观、全面地展现历史事件的前因后果，使观画者一目了然。一个重要的历史事件，如果用文字描述，需要一大本厚书才能完成，然而如果用图画描绘，一幅绘画作品可能也可以达到同样的效果。其次，绘画创作具有主动性。在历史事件的发展过程中，历史人物的特点并不是非常突出，但经过艺术加工、艺术创造，历史人物就会个性鲜明，形象独特，功绩和贡献能被直接地展现出来，这样，使得后人对他们的认识更加直接、全面，也更加深刻。最后，绘画的形式具有多样性。记录历史事件，文字承载了主要任务，但是，如果仅用文字，形式比较单一，为了吸引人，图像的优点获得重视，这是现代书籍多有插图的原因所在。而绘画作为一种信息载体，在传播知识方面具有天然的优势，并且，绘画的形式也很多样，不同艺术家具有不同的绘画风格，以不同的绘画风格表现重要的历史事件，可以增进人民了解历史时的趣味性、直观性，有利于中国历史文化的传播。

充分发扬绘画的优点以表现重要的历史事件，葛庆友先生创作的《千里跃进大别山》是一件代表性作品。

《千里跃进大别山》，顾名思义，葛庆友先生选择的历史事件是解放战争时期的一次重要军事调动——跃进大别山。1947年，以刘伯承、邓小平为首的解放军千里跃进大别山，使得中国解放战争从战略防守正式进入战略进攻阶段。跃进大别山，吹响了解放全国的号角，这次进军，在中国革命斗争史上具有浓墨重彩的一笔，占有极为重要的历史地位，所以，跃进大别山这一重大历史事件，值得用文字详细记载，也值得用绘画的形式反复表现。但是，千里跃进大别山是一个过程，从8月7日刘邓大军开始行动，到8月27日走进大别山，共有20天的时间。在此过程中，发生了很多可歌可泣的故事，如果以文字记录这一重要的历史事件，内容极为丰富，如分析事件的背景，国共两军的对比，跃进大别山的必要性、可行性，跃进大别山的过程，经历的各种战斗，以及对解放战争的影响等等，起码要写上厚厚的三大本书。但是，绘画创作相对简单了很多，只要抓住关键点，就可以深刻、全面地表现出千里跃进大别山的历史性地位。

在表现千里跃进大别山的关键点选择上，葛庆友先生慧眼独具，他选择了这一过程中最重要的时间节点，即"进"入大别山的一刻，他把绘画创作的核心放在了"进"字上，这个选择是极为巧妙的，因为，"进"入大别山的这一刻标志着一个阶段的结束，同时，又象征着一个新阶段的开始，最能体现千里跃进大别山在解放战争中的转折性地位。而葛庆友先生为了凸显这个"进"字，做了多方面的努力。

首先，在绘画的构图方面。《千里跃进大别山》虽然重点在于画人物，但是，整幅作品以山水为主。如唐代画家李昭道（一说李思训）的《明皇幸蜀图》，表现的是唐明皇进入四川时的景象，为了彰显"进"的感觉，李昭道把人物安插到群山之间，在空间上人物虽然不占优势，但把唐明皇"进"入四川的感觉表现得极为到位。葛庆友先生的《千里跃进大别山》与李昭道的《明皇幸蜀图》在构图上有异曲同工之妙。画面的上半部分，群山环绕，层层叠叠，山峰林立。根据大别山的地形特点，把每座山峰都描绘得无比厚重、有力，寂静无声，而且"千山鸟飞绝"，给人一种压迫感。为了打破这种寂静，画家把山与山用云气、水气隔开，给人一种透气之感，这种透气感使画面增添了无限的生命力。接着，从云团之中，崇山峻岭之间，一支解放军队伍击破山峰，横空而出，如一条巨龙慢慢移动于群山之中，这从整体上打破了山水的宁静。在动与静的对比中，使整个画面立马活了起来，观者的眼睛也随之由对山的欣赏，转向解放军队伍上，所以，千里跃进大别山，不仅跃进了敌人的内部，更是跃进了观画者的心中。对构图的营造，葛庆友先生表现了解放军在空间、视觉上进入大别山。

其次，在人物的塑造方面。葛庆友先生对人物的造型有着自己独特的表现手法，他没有采用传统的以线为主的造型方式，也没借鉴西方古典写实的方法。画家在描绘人物时，把解放军士兵与作为将领的刘伯承、邓小平分开对待。对于士兵的塑造，他强调整体感，不太重视每位士兵的个性，使得整个队伍色调和明暗都较为统一，形成一条蜿蜒流长、从远及近的洪流，象征着解放军具有强大的生命力。但是，对刘伯承与邓小平的刻画，却非常强调两个人的个性差别和心情不同，就如作者自己说的，"为突出人物个性，在细腻的人物表情与神态上力求一个表情坚定沉着、成竹在胸，一个在担心中显示出一种慎重与纠结"。除此之外，画家对两个人的身高也做了主观处理，事实上，刘伯承与邓小平的身高有较大差别，在画中我们却感觉不到，画家为凸显两个人有着相同的丰功伟绩，也为了画面的平衡，画家充分运用视觉中的错觉原理，在造型上取消了这种差别。"因为身高的悬殊，在画面上我利用他们坐在马背上来呈现，摆脱视线上的落差感"。但是，为了保持整个队伍的整体性和凸显跃进大别山的里程碑地位，画家还对人物做了特别的塑造，使解放军的将士们都有碑刻的感觉。

因此，在欣赏这幅作品时，士兵给人的感觉不是画出来的，而是用石头刻出来的。最能够体现丰碑形象的是对刘伯承与邓小平的刻画，为了加强这种丰碑的感觉，画家一是把两个人作为画面的中心，二是体现人物的整体感，画家不太重视对人物细节的刻画。如邓小平，基本放弃了衣服的纹理与褶皱，用毛笔侧锋大块面皴擦出立体感，有一种斧劈的感觉。对于刘伯承的塑造，颜色比较暗，与邓小平的亮色形成鲜明对比，效果明显，使两个人在整个画面中，站在了核心的地位。从造型上，葛庆友先生对将士们进行纪念碑式的塑造，从形象上"进"入了大别山。

最后，在作品的整体氛围方面，画家也做了很多营造。比如对颜色的运用，画家处理最为巧妙。在远处的天空之中，画家不是以蓝色为主色调，而是以紫红色画出了天空，给人阴云密布的感觉。用紫红色画天空，可以做两方面的解读。一方面，可以解读为画面中是傍晚的天空，象征着千里跃进大别山接近尾声。另一方面紫红色不是天空的颜色，而是血的颜色，象征着刘邓大军千里跃进大别山的过程，并不一帆风顺，而是经过无数次战斗，通过将士们的浴血奋战，才换来了胜利的果实，也正是因为困难，所以才显得重要，进而彰显出价值。远处的紫红色天空，增加了画面的凝重感，当然，这种凝重感已经被远远甩到了身后，军队的身前是柳暗花明，近处树林中，画家用了比较亮的藤黄，一片欣欣向荣，使人产生一种喜悦的感觉。从沉重的紫红色进入活跃、耀眼的藤黄色，使观画者从心灵上"进"入了大别山。

葛庆友先生的《千里跃进大别山》充分表现了解放军将士的不屈精神和史诗般千里进军的里程碑地位。在表现历史事件时，还有众多独特的艺术语言、创新手法，值得去探索、尝试、挖掘。以绘画的形式表现重要的历史事件，具有巨大的发展空间，在这一方面，葛庆友先生已经为我们做出了很好的榜样，值得我们去学习，更值得我们借鉴。

以形写神　气概豪迈

——王涛的《最后一碗炒面》赏析

◎ 黄欣凤

　　中国工农红军的长征是一部史无前例、雄伟悲壮的史诗。在中国共产党的领导下，中国工农红军在极其险恶和艰苦的条件下，以非凡的智慧，不畏强敌、不怕牺牲、坚忍不拔、英勇顽强、一往无前的精神，历尽千难万险，战胜一切困难，胜利完成了震撼世界、彪炳史册的长征。王涛的作品《最后一碗炒面——周恩来在长征途中》正是在长征精神的感怀下酝酿而生的。此画创于1977年，正值周恩来同志去世后全国人民处于深切缅怀和悲痛中，又逢中国人民解放军建军50周年之际，王涛创作了这幅表现长征苦难历程的一幕的作品。

一、独具匠心的艺术构思

　　画面以"Z"字形展开，视野宽阔，重心位置设计了四个人物，即周恩来和三名红军战士。居于中心最为醒目位置的是半蹲着的周恩来，他手捧着仅有的"最后一碗炒面"，满怀关切地递到躺在地上的一位战士手里。这位战士或因长途跋涉而筋疲力尽，或是许久未进食，又或是身负伤病，已经难以站立，周恩来左手搂扶在战士的左肩上，右手扣在战士的手背上，眼神备至关怀地看着饱经磨砺的战士，嘴唇微启，似乎正在暖语宽慰着红军战士，然而他的眉宇间又显现出一丝凝重。是啊！他是多么心疼战士啊，还有多少险恶在前方？可眼下，他只能送上这一碗稀缺的炒面——可爱的战士双手捧着碗，双目热泪盈眶，满怀感激地看着周恩来，脸上分明流露出：这一碗面是多么珍贵！这一碗面又是多么振奋精神！尽管身体虚弱，五官轮廓分明的脸上却透露出一股刚毅和不屈不挠的力量，那是因为"理想"和"信念"，克服万难也要振作起来前行。画面最前面的这位战士，身背斗笠和行头，背对着观众，侧坐于草丛中，手中正持着已空空的白色干粮袋，那低头侧视的动态，虽是背对观众，却透露出无比的酸楚。而后面那位牵马的战士，连同马一起，一同注视着眼前这万分感人的一幕，再观这位战士的左手，紧握着木棍，手臂上的肌肉和筋暴涨，加强了画面中的"力量"感，提升了画面所要表达的"理想""坚定"和"信念"。在马的右后方，稍远处，一位年龄较大的老红军战士正转过头来凝望着眼前的场景，将画面前后串联起来，而更远处，虚虚渺渺的淡墨丛中隐约着一丛行军人马，横向铺开，他们姿态各异，顶着风雪交加的恶劣环境，在红旗的召唤下，正奋勇前行。在这些行军战士们的身旁，作者又用几道黑白交错的横线，将大部队串联起来，凝聚出一幅万众一心、团结一致、互帮互助的场面。

二、超想象外的笔墨意蕴

《最后一碗炒面》画中的枯笔、渴笔、杂草正如苦难的无声传递，而黑白相间、虚实相生的氤氲水墨又蕴含了慈爱般的温情和滋润。20世纪的中国写意人物画自蒋兆和的《流民图》开始拉开现实主义的帷幕，以朴素的笔墨和速写式的描绘手法记录了时代的沧桑和凝重。新中国成立后更具代表性的现实主义作品当推周思聪的《人民和总理》，其创于周总理去世后的1978年，艺术风格一改传统人物画的构图、笔墨和造型理念，不仅主题突出，更融入了时代特征，即在深厚的传统功力与西方造型的碰撞下，使艺术品格与人文思想完美融合。1976年周总理的逝世，让千千万万个中国人民的心情久久不能平静，作为同时代画家的王涛同样也以充满感触与缅怀的心情创作了这幅《最后一碗炒面——周恩来在长征途中》，此画早于周思聪的《人民和总理》一年，并入选1977年的建军50周年全国美展。

不难看出，王涛借现实主义的创作方式，以"虚构的真实"设计了周恩来在长征途中攻克难关、关怀战士的一个场景。全画最重的墨块放在了居于画面中心偏左一点的周恩来身上，成为画面的聚焦处，其他三位战士则是以灰色度偏多的笔墨来表现的。总理身前和身后大块的留白，一方面增加了画面的纵深感和层次，另一方面更加凸显了重墨块手法处理的总理形象，使这一大场景下的人马、杂草不闷不乱，主次分明，首尾呼应，中心紧凑又不乏空灵虚渺，极大程度地体现了中国画"阴阳相间""虚实相生"，亦有亦无、无画处亦是妙境的特点，同时也深化了人物形象在以西方理念塑造形貌的同时，不失笔墨的独立审美价值。成功地表现了在大敌当前，在保卫国土与处境困难的境况下，作为统帅的领袖在长征路上与战士们共患难的一幕。《最后一碗炒面》既寄托了作者悲悯哀怜的情思，也将深得民心爱戴的人民总理形象描绘得淋漓尽致。而在这黑白水墨与杂草丛间，在周总理的旁边，有几株鲜艳的红花从战士伤病的腿边冒出，这红花既是画面中红色的呼应，又暗喻着艰难困苦之后中华人民共和国终会迎来光明，大地将开满鲜花的景象，意境深远，耐人寻味。

三、富有时代精神的笔墨语汇

20世纪的中国水墨画，揉进了西方写实主义观念，通过素描、速写、立体甚至光影来强化塑造能力，并呼应时代描绘大场面主题性题材作品的需求，同时又着力复兴"以形写神""形神兼备"的优良传统。这也是不同时代和文化背景下每一位画家探寻艺术道路的使命。此时的王涛正是用自己对传统艺术语言的探索和"中西融合"的理念，倾心表达了自己对周总理的无限缅怀。画面中人物的形体扎实而厚重，与意蕴空灵的造境巧妙地融合，在黑白语绘下，更传递出中国水墨写意画的笔墨情致，实已突破了蒋兆和等先辈初以素描速写式笔墨描绘对象的画法，这也是王涛在探寻中国画新发展的初步尝试，力图在笔墨技巧与写实造型、人文精神之间建构自己的风格。从画面技巧来看，王涛有着扎实的写实功底，他将西方绘画中的体量块面、明暗结构，以及素描速写的塑造手法与表现力，大胆运用于人物的面部、五官、手、脚处，使周总理和战士们的形貌结构分明，结实有力，真实而深刻，尤其是对主体人物的刻画，情感深邃而感人。从笔墨与构图来看，《最后一碗炒面》总体艺术语言表现依然保留传统的艺术手法，如"Z"形构图，留白与虚实处理，干练果断、大刀阔斧般的写意性用笔，以及稍有节制的水墨晕染效果等。这在当时来说，是耳目一新的，给观众留下深深的记忆，在群众中赢得了良好的声誉，在画界得到了专家的认可。如原浙江美术学院教授李震坚就评价王涛："钟情于'象外之象'的神韵境界。其豁达的品性，伴随着豪迈的风格，充盈其中，使其作品散发着雄浑奇纵、峥嵘壮阔的气魄，富有蓬勃的时代精神和鲜明强劲的东方力度。"

近现代以来，西式写实人物画大兴，但写意精神呈现下降趋势，如诗文书法学养不高，底蕴不深，性情难抒，笔不灵者比比皆是。而在这样一个写意精神几乎失落的文化背景下，王涛算是觉悟较早的画家了。他生活在安徽北部，北方的风土人情深深感染着他，"为什么我的眼里常含泪水？因为我对这土地爱得深沉"，这是王涛十分喜爱的艾青的两句诗。在大学时代他就对黄胄那激情宣泄式的速写和"稻草描"式的线很感兴趣，这大概符合皖北汉子的个性，在他的《杜鹃啼血》作品中，人物造型和笔墨处理手法明显流露出黄胄人物画的风格。大学毕业后的王涛又工作在淮北基层，这是他步入社会的初次磨炼，诸多的农村环境差异使他饮食不适、夜不能寐，但淮北农民的朴实、粗犷之风却深深影响着王涛，而艰苦的生活和艺术追求，以及前途的迷茫，使他更易于寄托一种悲悯哀怜的情思，他将所有这些感悟全融入了这幅《最后一碗炒面》中。画中人物那紧实有力的造型、黝深的肤色、粗率与刚强，画家用质朴的笔墨表现出大写意的豪迈气概，应是他对淮北地方乡土民情的审美提炼，加上依稀存有的黄胄灵动的"稻草描"般用笔，都成为王涛艺术语言上独有的个性。也正是这些人生体悟、情感和想法促成王涛在笔墨艺术语言上探索的开始。"85美术新潮"后的王涛更加寻求与自己的个性相吻合的艺术语言，无论在构图、笔墨、色彩方面都做了大量尝试，他认为"中国画里的诗书画印，有着中国的哲学思想"，值得传承和发扬，并开始了大面积的水墨晕染，抽象与具象的结合。题材方面更多转向对中国古代人物造像、人文典故等的表现，创作了《庄周梦蝶》《卧薪尝胆》《竹林七贤》《东坡词意》《将进酒》等作品，体现出他对传统美学回归的探索和思考，笔墨的挥洒愈加酣畅淋漓，笔墨的形式美和造型的抽象美有效结合，笔简意到，神融意适，尤其是对画面意境的营造愈加凝练和升华，一度提升了传统笔墨的文人情怀和高雅的格调，呈现出诗意般的境界。

四、结语

纵观王涛的作品，无论是早期的主题性绘画《最后一碗炒面》，还是后期的圣贤、名人逸事、典故类作品，王涛的画都流露出一种对现实生活和中国传统文化的体悟和人文关怀，同时在技法与艺术语言的处理上，在传统笔墨与新思想、新技术的融合上等，始终做着不断的探索和努力，并在时代的潮流中"化古为今，新风扑面"。他的大写意作品往往聚情以发，从心而出，酣畅率性，意境深远而又有种雄浑之气魄，一度使人领略到中国人物画的大写意审美情趣。而这些大气象的背后又是多少个困境与挫折下摸爬滚打出的体悟。可以说，《最后一碗炒面》作为他初入社会农村生活体悟的伊始和尝试，既是对长征路上总理和战士们苦难的悲情写照，也是对自己艰难困苦中艺术耕耘和探索的倾注。然世间总是"干裂秋风，润含春雨"，正如这长征精神般，苦难历尽终迎来光明，虽是《最后一碗炒面》，却也是他大气象艺术生涯路的开始。

李方明油画作品《革命家王稼祥》赏析

◎ 宋昕昊

　　李方明教授以人物画见长，在安徽省重大历史题材美术创作工程中，他选择为无产阶级革命家王稼祥造像，于2013年完成了油画《革命家王稼祥》。王稼祥曾在1924年就读于安徽芜湖圣雅阁中学，而李方明在安徽芜湖工作学习了30余年，地域情结加之对王稼祥革命精神的敬佩，使李方明有着强烈的创作冲动。

一、场景与构图

　　王稼祥有着跌宕起伏的一生。1935年1月在贵州遵义会议上，王稼祥投出了关键的一票，会议改选了党的领导人，毛泽东当选为政治局常委，王稼祥也被增选为政治局委员，他与毛泽东、周恩来组成中央军事三人小组，指挥全军行动。这使得遵义会议成为中国共产党生死攸关的一个转折点，从此毛泽东领导中国共产党转危为安。已经有很多经典美术作品生动地描绘了这次会议的情景，王稼祥作为"教条主义中第一个站出来支持毛泽东的人"常被安排在画面的重要位置，突出进行描绘。

　　然而，李方明无意描绘王稼祥起伏的人生，也并没有选择像遵义会议那样多人物、大场景的场面，而是选用了看似平常的单人肖像画样式来进行表现，着力刻画王稼祥的人物形象与精神气质，但画幅依然不小，高280厘米，

图1　李方明　《革命家王稼祥》　280 cm × 170 cm　2013年

宽170厘米的竖向画幅描绘的单人肖像足以产生伟岸、磅礴的感觉，极具震撼力。画面中，王稼祥的形象被安排在画面的中间位置，以陕北风格的窑洞为背景，窑洞木门的外轮廓，下方上圆，巧妙的背景几何形构图设计，使画面于端庄中增加了些许活泼的成分，门的下方，左右不对称的结构也使画面在统一之中又有变化。

背景的窑洞在完善画面构图的同时也交代了画面所描绘的大概时间与地点，1938年，中国共产党第六届中央委员会第六次全体会议之后，王稼祥开始常驻延安，协助毛泽东主持军委的日常工作。当时的中央军委、八路军总部就驻扎在延安西北部的王家坪。王稼祥办公和居住的两间窑洞就在这里的半山腰处，窑洞内的办公桌上常常堆满了文件，另外还有三部电话，这三部电话分别直通杨家岭中央军委主席毛泽东、八路军留守兵团司令员萧劲光、抗大副校长罗瑞卿。此时的王稼祥主持中央军委日常工作，正如这幅画中所描绘的一样，意气风发！

构图上，画面中的前后空间关系很近，没有强烈的纵深感，王稼祥的形象立于画面的中央位置，被木制窑洞门的边框包围着，像一尊雕像，庄严而肃穆，虽然平淡，但却使王稼祥的形象显得更加单纯、集中，具有纪念碑性。画中的王稼祥身着军装，肩披军大衣，整个右臂隐藏在军大衣之下，左臂微微向前，从身披的大衣中探出，左手中拿着烟斗。王稼祥上半身的动作设计，李方明主要参考了在延安整风运动期间，摄于延安和平医院门口的一张王稼祥与朱仲丽的合影照片。画者先将照片中王稼祥的形象镜面翻转，然后进行了一系列理想化的加工与处理，鲜活的王稼祥形象便被创作出来了。王稼祥的腿部动作设计更显巧妙，画者故意让两小腿在

图2　王稼祥与朱仲丽在延安和平医院

重心平衡的姿态下微微倾斜，这一细心的构图设计，即使得王稼祥的人物形象更加生动传神，同时也让原本四平八稳的画面构图中产生了微妙的动感与韵律。

二、坚毅的学者型人格主人公

"社会之所以需要肖像画，主要是由于肖像画所负载的人文内涵，而非其笔墨技法所具有的独立的审美价值"，所以，在审美观照阶段，我们同时要尽可能地了解画中主人公——王稼祥的生平与性格，这是打开审美理解之门的钥匙，是赏析画中人物形象的过程，也蕴含着教育性与人文性。

现在年轻人知道王稼祥的并不多，这位伟大的无产阶级革命家几乎要被

遗忘了。学生们通过历史教科书只知道王稼祥在遵义会议上的关键一票，决定了党今后的走向，也使得自己成为以毛泽东为主的党的第一代领导核心的重要成员，然而对他之后的事迹却知之甚少。

欣赏这幅作品时，我们首先会被画中王稼祥的面容吸引。他的面部结构转折清晰，棱角分明，目光炯炯，鼻梁高挺，嘴唇丰厚，表情坚毅。画者并没有选择王稼祥在遵义会议上的高光时刻进行描绘，也无意刻画他跌宕起伏的一生，而是通过描绘王稼祥的微表情及着装等细节表现王稼祥的人格特征和精神气质。画中的王稼祥戴着军帽，光从画面的左上方斜射进来，他的双眼大部分被帽檐的阴影笼罩着，然而瞳孔中却反射出强烈的白光，眼神平静坚定，表现出了王稼祥崇高且顽强的革命精神。"传神写照，正在阿堵之中"，画面上与这充满革命斗志的眼神形成反差的是那副黑框眼镜。王稼祥出生于小地主兼商人家庭，既上过小学也读过私塾，从小学习成绩优异，1924年春，王稼祥18岁，以优秀的学业成绩，不经考试，由南陵乐育学校推荐直接升入另一所教会学校——芜湖圣雅各中学高中部。1925年8月，王稼祥进入上海大学附中部三年级学习。1925年11月，王稼祥到莫斯科中山大学读书，1928年，他进莫斯科红色教授学院读书，同年2月转为中国共产党党员。莫斯科留学使他的马克思列宁主义基本理论水平迅速地提高。这副黑框眼镜表现出了王稼祥的才学，使他既饱含革命家的英武之气，又不失知识分子的书卷气。当然，这眼镜并不是李方明的创造，历史上的王稼祥就总是戴着一副眼镜且面庞消瘦，李方明在进行绘画创作之前，在芜湖市王稼祥纪念馆翻阅了大量的文字资料和数百张照片，呕心沥血历时近两年，九朽一罢，才有这形神兼备的王稼祥肖像的产生。面中插在王稼祥上衣口袋的钢笔，就是画者苦心经营的产物，它的作用同样是为了暗示学者型人格的王稼祥，他并不醉心于权力，但却才华横溢，忧国忧民，他的话不多，喜欢理论上和科学方面的追求，并提出新的见解和主张，常用逻辑和推理来分析解决问题，如他在延安整风运动中，首次提出"毛泽东思想"并进行了系统论述，把毛泽东思想的形成、发展和成熟同中国共产党的成长、壮大紧密联系在一起。

遵义会议后，毛泽东就一直非常倚重王稼祥，中共七大时，毛泽东亲自为王稼祥拉票，最终，王稼祥高票当选了中共中央候补委员。王稼祥虽然有过所谓"三和一少"的错误，但正因为毛主席的信任而尽早在"文革"期间获得了"解放"。

三、色彩与形式

李方明早年学习油画时，喜欢印象派的作品，常运用小笔触刻画物象。近年来，他又喜用大笔触、灰色调，创作出了一批优秀的写意性风景油画，而从这幅《革命家王稼祥》中，我们既可以看到李方明早期古典、写实性油画人物的影子，又可以体味到近年来他对写意性油画语言的探索与尝试，此时的他已不再强调过分写实。

光线从画面的左上方照射下来，王稼祥的整体形象大概有三分之一在阴影当中，这种偏向戏剧化的光线处理，为画面带来了恰到好处的虚实对比。然而画中并没有舞台剧一般强烈的矛盾冲突和夸张的人物动作，因为那些都不是李方明所追求的，他仅将画面中最强烈的冷暖对比与明度对比集中在王稼祥的头部周围，使之成为画面的视觉中心，从而能够牢牢地抓住观者的视线，画面中的其他位置则统一在大面积的灰色之中。王稼祥颈部稍微露出一点边儿的白色衬衫领口和在阴影中接近黑色的军装领口形成了强烈的黑白对比，将人物的头部"托起"，从而使军大衣、毛领、军帽、背景窑洞门的木质结构以及人物面部的肤色，构成了不同明度的灰色调，丰富了画面的层次。白色的衬衫领口同时与白色的钢笔帽、白色的袜子相呼应。这三处白色，虽然面积不大，却起到了丰富画面内容，给画面"提神"，同时稳定色彩关系的作用。

李方明的油画作品的精神内涵与中国文人画是一脉相承的，他的油画作品不追求浓烈的色彩与强烈的对比，而是善于组织各种微妙的灰色调，使平淡天真的画面中流露出自然的诗意。红军军装的颜色是以灰色为主的，正好符合李方明对色彩的追求，一种含蓄、内敛的色彩表达。整体画面也是深灰色调的，与军装的固有色非常接近，统一和谐。但在这片和谐的灰色中又蕴含着巧妙的冷暖对比，背景窑洞的砖石结构用笔粗犷，未完全调和的油彩中流出丰富的色彩，这些砖石在整体的深灰色中又掺杂着黄色、褐色、土红色等暖色。腰带、烟斗、皮鞋、木制门窗结构被李方明故意设计成不同明度与纯度的暖棕色，也使之与冷灰色的军装形成冷暖对比，同时也与暖色的人物肌肤相呼应。

军大衣的毛领的刻画极为细致，用笔灵动，整体呈浅灰白色，表现出了毛领的柔软与蓬松，与毛领形成质感对比的是对军装的其他部分的刻画，这里李方明果断改用潇洒的大笔触、大块面，大笔横扫，生动地描绘出军装挺拔硬朗的视觉感受。背景穿插复杂的榫卯结构木制门窗又为画面增添了疏密对比。

初看这幅画可能会觉得平淡，但只需再多看一眼就会发现这是一张极耐看的画，里面不乏各种内容的对比，但这些对比并不过分强烈，而是恰到好处，正如温文尔雅的李方明教授给人的感受一样，安宁、沉静。通过这幅画我们既可以感受到王稼祥的革命精神，也可以感受到李方明的精神追求，画者与被画者有一些相似的特征，两人都是人文知识分子，都有着坚定的信念与追求，一个是忠诚的马克思主义者，愿意为了实现无产阶级革命而献身，另一个甘愿投身于艺术，正是因为两人的这些共通之处，使李方明最终完成了这幅优秀的油画作品——《革命家王稼祥》。

场景再塑与艺术建构

——油画《淮海战役之双堆集》读后感

◎ 汪保群

  双堆集，位于安徽省濉溪县东南部。1948年严冬季节，由人民解放军中原野战军主力和华东野战军一部9个纵队共同参加的双堆集战役就发生在这里。这是淮海战役的第二阶段，也是一场关键的战役。

  面对兵力强大、配备着美式优良武器弹药装备的国民党王牌主力军——黄维的十二兵团，人民解放军克服武器弹药装备短缺且连续疲劳作战的不利局面，发挥钢铁意志，不畏牺牲，浴血奋战，几乎全歼了敌人，还生擒了兵团司令长官黄维及以下一大批高级将领。整个战斗过程极其悲壮惨烈，为淮海战役取得全面胜利创造了极为有利的条件。

  赵振华教授创作完成的这幅《淮海战役之双堆集》油画，选取的是整个双堆集战役中的一个著名的片段——解放军大破黄维兵团"汽车防线"，战斗胜利后，解放军战士情不自禁欢呼的场景。作者在高2.7米、宽4.3米的巨大画幅上，以鸿篇巨幅再现了这个历史时刻。

  当年，被围困的国民党黄维兵团为了阻止解放军攻打，在村子的南面和东面，把汽车一辆接一辆横着摆，然后在车上浇上泥水，利用寒冬天气，汽车冻成了一道号称坚不可破的"汽车防线墙"。然而，这个国民党反动派突发奇想"创造"出来看似牢不可破的"汽车防线"，在英勇的人民解放军灵活机动、殊死顽强的拼搏下，不堪一击，迅速土崩瓦解。

一、现实主义的场景再塑与革命浪漫主义的情感表达

历史画的创作，画家追求的往往是历史的真实性、理想化和典型性表现，以体现出这个事件的重大历史意义，传达出作品的认识作用和教育意义，不一定是对当时的历史现场进行原原本本的复制再现或模仿。但"历史画要有历史感，要把观众带入特定的历史情境之中，就要深入历史，抓住形象化的历史元素，这首先需要艺术家熟悉历史，做足历史功课，产生创作的基本想法和思路"。

《淮海战役之双堆集》这件作品创作完成于2014年，距战役发生已经过去了将近70年。在这70年中，战役的发生地双堆集的地理环境已经发生了翻天覆地的变化，作者到现场考察，也很难在画面中真实地再现当时的战场面貌；另一方面，由于战争年代的艰苦环境和条件的限制，对于历史战争瞬间的珍贵现场往往缺乏真实的图像记录，"这使得美术家对这些时期重大史实的再现必须进行历史图像的艰难查证"，这给创作带来极大的困难。

因此，艺术家在创作这件作品时，前期进行了长时间的准备，对当年的军史、服装、武器装备到战斗环境等方方面面进行了认真调研，搜集了大量的文献资料和历史图片，并到电影制片公司租借当年式样的解放军军服和武器装备模型、道具，邀请滁州附近的解放军驻军来出演当时的历史场景等等，通过现实主义的油画语言，灌注革命浪漫主义情怀，力求还原那个历史时期的特定战斗场景和真实的视觉形象，找到自己的表达方式，完成了从素材到作品的提炼过程。

双堆集战役历时23天，发生了大大小小无数次战斗，涌现了一大批可歌可泣的英勇事迹。如何真实客观地再现当时的人民解放军英勇奋战、不畏牺牲的战斗场景，表现特定历史环境中群体人物形象的精神特征，艺术家颇费了一番心思。他在尊重视觉考证的前提下，避开了描绘解放军英勇杀敌的这种常规战斗场景的创作方法，而是运用革命的现实主义与革命的浪漫主义相结合的创作手段，选取了表现解放军战士群体在攻破"汽车防线"，战斗取

得胜利后，高举着象征革命胜利的红旗，高举武器挺胸呼喊的充满激情的场景。只在画面的背景中，描绘了"硝烟弥漫的战场上，似乎还能听到那震耳欲聋的炮声，还能感受到扑面而来的滚滚热浪。远处是黄维兵团号称'不可破的汽车防线'，已然溃不成军"。整个场景虽然是虚构的，但故事情节却是真实可信的。王国维说："有造境，有写境，此理想与写实二派之由分。然二者颇难分别。因大诗人所造之境，要合乎自然，所写之境，亦必邻于理想故也。"王国维所说的"造境"与"写境"，即虚构与写实，理想与现实，是文学艺术作品境界的创造方法，这也是通常区别文艺创作中理想主义与写实主义的依据之一。但这二者又是不能完全分开的，因为虚构要符合生活真实，写实也要具有一定的理想主义和浪漫色彩，二者需要和谐统一，这样创作出来的艺术作品才能真实感人。

艺术家突破了以往历史绘画中对于战争场景的常规处理方式，放弃了直截了当去描绘敌我双方激烈厮杀，以及铁与血、生与死、激烈、血腥冷酷的战场环境。而是在写实的基础上，用想象和夸张的手法，表现"一个个枪林弹雨中浴血拼杀的解放军战士呐喊着，高举着胜利的旗帜，冲向前去，欢呼着用鲜血和生命换来的胜利"这样的高潮场景，战士们掩饰不住内心的激动与豪情，高举红旗，紧握钢枪，豪迈地振臂欢呼，欢庆胜利的这样一个典型环境和一群解放军战士形象。我们知道，双堆集战役打得很苦，因为黄维兵团是蒋介石的王牌部队之一，还是有很强的战斗力的。战斗艰苦，胜利来之不易，在画面中看到的是普通解放军战士乐观的革命情怀，歌颂了这些普通的解放军战士在创建新中国的征途中充满着昂扬斗志、不畏牺牲的崇高革命理想和浪漫主义精神，以此来鼓舞人民的斗志。

画面中，艺术家塑造了一组不同年龄、不同经历、不同性格的普通战士群像。左边一群解放军战士紧握钢枪，欢呼着如潮水般向前涌来，势如破竹。最前景的中心位置，三位解放军战士和最右边的一组解放军战士，他们掩饰不住内心的喜悦，高举红旗、举起武器振臂高呼，从他们的表情中可以看出这场战斗的胜利是多么艰难，是多么来之不易。从这些普通的解放军战士不同的年龄、不同的姿态、不同的动作，可以看出他们的经历和性格的不同，画面前景中表现最有意味的是前景中两组高呼着的解放军战士之间独自站立的那一位战士：双手握着的冲锋枪还保持着随时射击的动作，他没有像其他的战士那样兴奋地欢呼，表情沉静，似在沉思，可以看出这个战士是一个不喜形于色、憨厚的人，与周边的激动表情的战士形成情绪上的对比，形成了不同人物表情上的节奏感。

二、三角形构图和结构动线构建庄重而崇高的画面

作为政府主导的重大历史文化创作，大型革命历史画是社会主义主流文化的载体，是社会主义核心价值观的体现，是社会的垂贤典范，必须积极营造庄重的仪式感和人物的崇高性，使其具备一种积极的能动力量和教化意义，以引导浩然之气的养成，引领人心向善的道德价值。为了凸显这种庄重和崇高性，《淮海战役之双堆集》在画面的处理上采用了三角形构图方式。

三角形构图是我们在画面中最常用的构图方法之一。有正三角形、斜三角形和倒三角形之分，正、斜三角形这种构图能形成庄重、稳定、均衡但不失灵活的画面效果，而倒三角形则会产生不稳定和紧张感。

《淮海战役之双堆集》的构图内含了几个三角形结构。最前景，以汽车上举枪的战士为顶点，向高举红旗的战士脚边的钢盔和最右边背向观众的战士头部分别连线并延长，和画面的底边形成了一个正三角形，形成了画面最稳定而庄重的基调。以举旗的战士为左边线，红旗为顶点向最右边背向观众的战士头部分别连线，和画面底边构成一个斜三角形；从站在汽车上的举枪战士的头部，分别向中间独自站立的战士和最右边背向观众的战士头部连线，形成又一个斜三角形；最左边的奔涌而来的一群战士，以这组战士中右边高举的钢枪的刺刀为顶点，还能连起一个斜三角形；右边以前景中三人成组战士的刺刀为顶点，分别向左右两位战士的左右脚连线，形成一个小的等腰三角形，同时，如果以这三人右边的小战士高举冲锋枪的左臂向上连到汽

车上站立的战士举枪左臂成一线，而左边的战士和旗杆为一条线，形成了一个倒三角形，加上画面右上角浓重的硝烟形成的倒三角形状等等，通过这些不同形状的三角形结构交织出现，构成了画面的基本秩序，赋予了作品稳定性与庄重感的同时，又让画面充满了紧张和活泼的气氛，给观众呈现出一幅恢宏而磅礴的历史画卷。

从光线和色彩上，艺术家在画面上还营造出一个三角形的舞台光影效果，似乎在画面的左上角有一盏聚光灯向右下方照射下来，聚焦到前景中正三角形范围内的战士的身上，突出和加强了这一组战士的形象，形成了更加稳定和庄重的画面气氛。

画面中，除了构成各种三角形结构的边线，还有大量纵横交错的直线，引导着观众的视线，让画面产生各种运动趋势。例如，画面右边解放军战士的头部和红旗形成的一条45°向左上的动线。在这条动线上，整个画面中唯一一个向左侧抬头欢呼的战士的目光引导着观众的视线，聚焦到红旗上。这个战士虽然不在画面中的显著位置，但他的这一侧脸动作却是神来之笔，富有寓意地把观众视线首先自然凝聚到象征着革命胜利的红旗上。另外，战士们纷纷举起的钢枪形成的直线，直指苍穹，表现出直欲刺破青天的穿透力，喻示着革命一定会取得胜利，预示着国民党反动统治即将被推翻，给人一种必胜的精神力量。

三、深刻感人再现历史的细节处理

虽然说《淮海战役之双堆集》油画作品虚构了历史场景，但情节是真实的。这个真实就体现在画面中人物的造型、服装、道具、环境等细节处理上。画面中这些细节的描绘必须符合历史的真实和艺术的真实，二者达到完美的统一，这是历史画创作的基本原则。

从画面中艺术家对这些细节的处理上，可以看出他力求准确地认真考证和精心刻画。例如，虽然解放军战士穿的都是土黄色粗布军装，但军帽上却有细微差别，有的帽子上有红色的五角星，有的帽子上却没有，有的戴的还是八路军帽徽的军帽，不同的军装分属于中原野战军和华东野战军等不同的部队。再如，解放军手中持有的武器装备，有美式的，有日式的；有步枪，有冲锋枪。持步枪战士身上斜背的是子弹袋，手持冲锋枪战士配备的是弹夹袋，而且，步枪和冲锋枪都不是一种型号，因为解放军所持的武器，有的是缴获日本鬼子的，有的是缴获国民党的，也有的是解放军自己的兵工厂生产的，所以武器的种类五花八门，也符合当时解放军的武器装备状况，体现了人民解放军当时武器弹药装备短缺的情况。再有，解放军战士军服上的血迹、泥污和头上缠绕的渗透着血迹的绷带等等，通过这些细节的处理，把前景中的战士塑造得如同雕塑一般坚实，姿态各异，造型完美，体量厚重，给人一种信心百倍之感。这些无不述说着在这场战役中，人民解放军全体指战员在艰苦的环境下，不畏严寒，同仇敌忾，冒着敌人的飞机、坦克、大炮、毒气的攻击，怀着必胜的信心，敢打大仗、打硬仗，同敌人逐村逐屋激战，一沟一堡争夺，奋不顾身，前仆后继，终于取得了这场战役的胜利。

在《淮海战役之双堆集》这幅画中，作者有意塑造的只是一群普通的人民解放军战士，但是正如毛主席所说："人民，只有人民，才是创造世界历史的动力。"（《论联合政府》）作者在画面上有意只描绘普通战士，没有出现一个指挥员形象，普通战士的精气神更能凸显人民解放军的整体形象和摧枯拉朽的战斗气势。

特别要强调的是，艺术家通过所有战士都穿着棉布鞋这一细节，再现了中国共产党领导的解放军和人民之间的鱼水之情，再现淮海战役中老百姓对共产党领导的解放军的无私支持。这支持是全方位的，"棉布鞋"只是以小见大的一个缩影。很明显，这种棉布鞋是农村妇女一针一线、一双一双手工赶制出来的。几十万大军，人脚一双鞋，这么大的量，解放区周边的农村妇女花了多少工夫，熬了多少个通宵，很难想象！从中我们能够充分感受到人民群众对这场战役的支援是多么大，对党、对解放军的情谊是多么深！陈毅同志曾深情地说过："淮海战役的胜利，是人民群众用小车推出来的。"诚然，战争中人民解放军不一定都是穿着统一款式的棉布鞋，但是，人民群众对战争的支持一定是淮海战役取得胜利的决定性因素之一。在画面上如何表现出这种"之一的决定性"和支前民工的重要性，表达出对这些支前民工无私奉献的赞颂，艺术家这样的处理方式无疑是最好的方式之一，"历史画的艺术价值并不在于完全有效地告诉人们史实发生的情节或过程，而在于将历史凝固在一幅画面上表达出的作者及作者所代表的那个时代对于历史精神情感的判断"，确实，"人民群众的伟力，成就了人民战争的胜利"。中国共产党领导的军队能推翻国民党统治建立新中国，靠的就是人民群众这座坚实的靠山。

正如赵振华教授在这幅画的创作札记中所说："战争是残酷的，无论艺术家用何等高超的手法，都难以描绘其百分之一二。在以画笔讴歌这种顽强不屈、不怕牺牲的永恒精神的同时，让我们永远热爱和平！"艺术家创作的这幅《淮海战役之双堆集》油画作品，通过现实主义的战争场景虚构和革命浪漫主义的情感抒发，庄重而崇高的画面构建，深刻感人的细节处理，准确表达出淮海战役中人民解放军无畏的牺牲精神和革命的豪迈气概，以及人民群众是人民战争无往不胜的坚实靠山。通过艺术家在画面中所表现的真实历史的图像阐释和情感抒发，我们不仅能够了解那个时代的苦难与牺牲，更能获得审美价值熏陶和社会价值认同，特别是在当下社会，对于年青一代正确价值观的形成，具有重大而深远的意义。

时代印记

——从《现代版画》看赖少其与中国新兴木刻运动

◎ 方　磊

　　1931年8月，时值日本帝国主义发动九一八事变前夕，民族矛盾日益激化，人民大众的爱国热情也空前高涨。鲁迅先生在上海举办"木刻讲习班"，培养中国第一代新兴版画家。诞生于民族危亡时刻的中国新兴木刻运动，与20世纪中华民族的命运始终紧密相连，并以其独有的艺术感染力为革命、为时代、为人民鼓与呼，被誉为"时代的战鼓"和"革命的号角"。随后，鲁迅先生先后在上海、杭州、广州、北平等地指导创立了春地美术研究所、野风画会、MK木刻研究所等新美术团体，将木刻研究和新兴版画运动如火如荼地推行到大江南北。赖少其便是在中国新兴木刻运动影响下成长起来的青年版画家。

　　2021年是中国新兴版画运动发起90周年，赖少其作为中国新兴木刻运动的重要参与者之一，他丰富而独特的经历及其在艺术思想、艺术创作、艺术活动等方面的突出成就，使其与时代之间建立起某种特殊而紧密的关联。他早期的木刻版画作品是我们审视中国新兴木刻运动的一个重要窗口。

　　赖少其的家乡广东省海丰和陆丰两县在旧中国长期遭受帝国主义、封建主义和官僚资本主义的压迫和剥削，老百姓深受其害、民不聊生，具有强烈的反抗统治阶级压迫的斗争精神。1922年至1925年，在彭湃领导的海陆丰农民运动和周恩来参与领导的两次东征取得胜利的历史条件下，海陆丰农民革命运动蓬勃兴起。在家乡，赖少其目睹了国民党反动派的暴行，受进步思想的影响，他认识到革命的真理和斗争的残酷性，为他以后在广州参加学生革命运动打下了思想基础。在其班主任李桦先生的带领下，组建了"现代版画研究会"。当时的成员有李桦、胡其藻、唐英伟、刘仑、梅长业、赖少其、陈仲刚、潘业、周荣针等人。现代版画研究会的主要活动是举办展览、对农村宣传，以及出版刊物《现代版画》。

从1934年12月至1936年5月，《现代版画》共陆续出版了十八集，并且依据题材出版过专号和特辑。其中的十六集均有赖少其的作品，每集中大概有两到三幅木刻版画作品，像《饿》《债与病》《卖女》《饥民》《孩子死了》都是赖少其的经典之作。纵观赖少其在《现代版画》上发表的木刻版画作品，在思想内涵、创作手法、表现形式等方面都达到相当的高度和境界。

图1　赖少其　《饿》　11 cm×18 cm　1935年

思想性是赖少其木刻版画作品的灵魂。赖少其认为"在发动整个民族解放运动的时候，宣传工具没有一种能比得上木刻更直接，更有力的了"。赖少其在《现代版画》第六集中也引用日本无产者艺术联盟第一任委员长藤森成吉的话来表达自己对木刻的态度，要求鉴赏者"要了解木刻不得不先明白社会意识"，提出当时木刻必须解决的紧要问题是"它（木刻）何以产生？

图2　赖少其　《金钱与痛苦》
15.2 cm × 12.4 cm　　1935年

它何以得社会的欢迎"？对于木刻发展的必要性，赖少其点睛道："木刻的本身——社会的需要。"在这一集中，赖少其发表了《"喂，车！"》《金钱与痛苦》两幅版画作品。作者将画面内容置于黑框内表现，画面是表现和抽象的。此时，赖少其的作品开始出现立体主义的色彩，鲁迅先生在给赖少其的回信中指出，立体主义的风格并不适合当时的国情，难以发展。至此，赖少其逐渐放弃立体主义艺术风格的探索，开始尝试现实主义的风格。可见，赖少其在创作方向上始终秉持着思想性与艺术性的高度统一。赖少其在《现代版画》第七集中刊登了木刻版画作品《孩子死了》，线条粗犷有力，人物痛苦狰狞，画面极具感染力。在第九集中，赖少其发表木刻版画作品《三种对话》，采取反讽的形式，表现了穷苦人民的无力，以及剥削者的无情。在《现代版画》第十二集中刊登了赖少其的木刻版画代表作品《饿》，作品刻画了一位由于饥饿而躺在床上呻吟的男子，这正是当时中国最广大底层人民的真实写照。赖少其将木刻版画作为匕首刺向敌人，被鲁迅先生誉为"最有战斗力的青年木刻家"。可以说，思想性正是赖少其木刻版画的核心魅力所在。

　　人民性是赖少其木刻版画作品的源头活水。赖少其的系列木刻版画作品的题材大多是描绘人民的现实生活。在《现代版画》第一集中发表了《债与病》《卖女》两幅黑白木刻作品。这两幅作品选取生活题材。《债与病》描绘了不同的场景，多时空叙事，其中勤劳辛苦的女性可能是自己母亲的形象，也可能是中国女性的缩影。第四集中有两幅赖少其初次尝试的套色木刻版画作品《骑布马》和《皮猴公仔》。这两幅套色木刻不同于之前的木刻作品，带有一定的地方特色。《皮猴公仔》为普宁特色，《骑布马》为陆丰特色。第五集为"广州生活专号"。这一集刊登了赖少其的两幅黑白木刻《铺票》和《早操》，以及一幅配诗套色木刻《饥民》。这三幅木刻作品无一不在为贫苦的最底层人民发声，表达着劳动人民虽在辛苦劳作，但前路仍是无尽黑暗的悲惨现实。《现代版画》第八集为"民间风俗专号"，封面是赖少其创作的木刻版画作品《田师爷》。"田师爷"也是普宁一带的风云人物，据赖少其自己解释："普宁各地，当中秋节前后，每闻此咤之声，而尤以中秋夜为甚，这便是'落三姑'了；而'田师爷'者，亦其中之一。"这一集中还有一幅作品《摇钱树》，展示了这时赖少其在套色木刻上取得了巨大进步，色彩运用仍具有民间特色。赖少其的木刻版画作品来源于人民，直接反映人民生活，同情人民疾苦，同时服务于人民，为人民大声疾呼，不断地激发人民的革命斗志。不难发现，人民性决定了赖少其木刻版画的厚度和高度。

艺术性是赖少其木刻版画作品的表现形式。《现代版画》第十集刊登了赖少其的木刻版画作品《到警署去》，封

图3　赖少其　《债与病》　12.5 cm×16.5 cm　1934年

底为赖少其作品《浪子》。《到警署去》中的人物表现仍具有表现主义的特色，但背景装饰似乎受到日本浮世绘的影响。《浪子》在构图仍吸收了珂勒惠支营养，但在母亲形象的处理上加入了东方元素。这两幅作品人物表情刻画也更加丰富，情感更加突出。值得一提的是，在《现代版画》第十二集中刊登了赖少其木刻版画代表作品《饿》。印刷技法也采取了鲁迅先生"需作者自印，佳处这才全备"的建议，改机印为水墨手印，克服了纸光滑、墨多油的缺陷。《饿》中的人物线条刻画得更为成熟，身体结构的透视关系生

图4　赖少其　《田师爷》　《现代版画》第八集　1935年

动得当，人物面部扭曲夸张，已不再是完全的表现主义手法，但仍能看出珂勒惠支的母题影响。纵观赖少其的木刻版画作品，可以看出赖少其对珂勒惠支版画艺术的喜爱、学习、借鉴和改良。赖少其的创作思路与珂勒惠支的表达主题不谋而合，他们都多以苦难的人民群众为创作对象，表现他们的无奈与反抗。但在题材处理上，赖少其的表现手法对珂勒惠支借鉴之处在于从客观生活出发，真实地刻画身边的典型素材，采取夸张变形的手法去传递情绪，表达反抗。但随着鲁迅先生不断介绍和引进苏联的版画作品，赖少其的风格手法逐渐走向现实主义。所以，赖少其对珂勒惠支版画理念也有所改良，赖少其在创作时具有更多的写实主义倾向。而且在赖少其不断地学习与创作中，逐渐融入中国自己的技法与民族特色。木刻版画作品《饿》正是母题相似于珂勒惠支又有所改良的作品，以底层视角揭示下层贫苦人民生活的悲惨现状。但是无论何种表现形式，他们最终想要实现的目的是一致的——反对反动统治、反对战争暴行、发动人民群众。

　　《现代版画》完整地记录了赖少其早期木刻版画作品的思想内容，以及创作风格的改进与转型，是那个时代的印记。梳理赖少其的早期木刻版画作品，对研究中国新兴木刻运动具有重要意义。

木刻版画作品《立夏节起义》论析

◎ 柳翔彬

  《立夏节起义》是一幅安徽重大历史题材的主题版画作品。其背景是发起于1929年5月6日，在中共商罗麻特别区委领导下，在安徽金寨多地爆发的声势浩大的起义，因时农历立夏，史称立夏节起义。立夏节起义是大别山中心区打响开辟皖西革命根据地的第一枪，这次起义是鄂豫皖地区三大起义之一中首次取得全面胜利的革命武装起义，也是真正意义上由共产党领导的农民革命的胜利。

  由于大别山区统治阶级的力量比较薄弱且地势有利，特别是有党的长期工作基础和经过斗争锻炼的革命人民，立夏节起义的胜利连同前期的黄麻起义，其后的霍六起义一起开辟出仅次于中央苏区的全国第二大苏区——鄂豫皖革命根据地。它当时是一个模范根据地，为中国革命培养了大批的优秀干部。立夏节起义比不上南昌起义的声势浩大，没有秋收起义的重大决策，但却也是真正的人民战争。正是有了百川朝海的革命川流才最终汇成了势不可当的惊涛巨浪。这一次一次的胜利起义可以说是"星星之火，可以燎原"的实践体现，正是革命先烈们一次次的艰苦奋斗，为中国共产党进一步的发展打下了坚实基础。回望历史，发掘这些革命历程中的点点滴滴，才能真正将革命先辈建党建国之不易客观记录下来。

  在这个历史背景之下，艺术表现就需要紧紧围绕着农民、群众、武装斗争、胜利这些主题词来创作，主创团队对于主题的把握是非常清晰明确的。主创团队的班苓、汪炳璋、谢海洋都是来自安徽地区极富版画创作经验的艺术家，为了创作《立夏节起义》，他们先后三次前往金寨县起义发生地旧址，走访考察、实地感悟，又分别与红军后代、党史研究者交流并前往历史博物馆收集资料，最终将所获得的资料细致梳理，力求还原当年那悲壮慷慨又感人至深的历史。

作品通过运用黑白木刻版画的艺术形式，通过作品里横势与竖势、动与静、明与暗的对比，生动还原了那个干戈扰攘又热血沸腾的年代。在继承传统版画的同时又与时代接轨，在观念和技法上做了新的探索和延伸。这种创作取向既是致敬前辈艺术家们所付出的努力，也是用更优秀的作品传承其精神血脉而将木刻版画艺术发扬光大。傅抱石先生说过："绘画是造型艺术的一种，它依靠形象的艺术加工，因此艺术技巧的重要性是不用待言的。但技法不是固定不变的，它适应了时代的发展而不断发展。如果认为只要掌握了传统笔墨技法，便可以走遍天下随意作画那就错了……我极力提倡向民族优秀传统学习，继承和发展我国优秀民族传统。继承是为了发展。"

版画的这种作画方式属于间接性作画，与其他绘画方式在创作手法上有着很大的不同，其必须通过艺术家思考后使用工具对特定的媒介物进行艺术处理，再经过印刷步骤，将媒介物转化为平面艺术作品。其中经历了刀刻印痕、载体受印、画迹产生三个环节，是人类在发明造纸术和印刷术后，最早被"印"出来的艺术作品，可以说是一个综合性很强的美术门类。

《立夏节起义》为版画科中的"木刻版画"艺术创作形式，"木刻版画"通过拆解可以分为两个词语，即为木刻和版画。分别来看，木刻是中国传统文化的重要组成部分，在唐代便已发展兴盛，从建筑、雕塑、工具制造等关乎生活的方方面面都利用了对木这种材质的塑造。中国人热爱木，因为木有其自身温润和雅的自然性的表达，与中国人追求天人合一的哲学理念不谋而合，木刻正是在这一基础之上应运而生的。中国现代版画先是传承于中国古版画，时值20世纪20年代末又由鲁迅先生引进并推动使之成为专门的艺术科目。鲁迅先生深受珂勒惠支、麦绥莱勒、浮世绘的版画风格影响，他借鉴了欧洲与日本版画的形式与构图，并融合了中国绘画元素，扛起了新兴木刻版画运动的大旗。新兴木刻版画群体的作品不仅仅表达个人的主观情感，更是基于民族和人民，着力于表现生活在苦难之中的劳动人民。

新兴木刻版画虽然受到西方的造型观念和创作理念的影响，在认知和印制技法上与中国传统木刻版画有很大差异，但许多中国版画家在创作过程中会自觉或者不自觉地把包含中国文化的审美带入版画创作中。当时一批版画家将西方的美术原理与中国民俗版画技巧相结合，把阳刻线条造型的中国传统木刻技法融入进来，创造性地形成了具有时代特色和民族风格的木刻艺术。

《立夏节起义》的创作是带有主观写意性的，从画面中我们可以清晰地发现作者对几层套版的运用都是在似与不似之间找寻平衡，去捕捉画面中的趣味与写意性，作品用刀粗犷豪放，线条扎实干练，作品的每一刀、每一凿都展现出创作者的果断力，这种果断凌厉的刀痕在木板上产生的立体肌理附着灰色调转印于版上，再根据画面的需要运用压力和色调的变化最终产生了强烈的画面冲击力，这是一种"以刀代笔"的"写"，而不是一味地追求光影形体的"实"，带有强烈的本土文化审美。

这种"以刀代笔"的"写"在版画创作中可以总结为"刀味"，这可以说是木刻版画的灵魂之一，运用刀在硬质的木板上留痕，根据刻法的不同会产生独特的审美趣味。以刀刻木所形成的特有的刀味、木味，特有的线的"力之美"，是木刻有别于其他画种的最基本特点，或者说木味、刀味是其他画种无法达到的。尽管黑白木刻必须结合黑白规律、概括手段来发挥它的刀木效果，然而只是用黑白予以概括表现，而无刀木的特有韵味，像我们常见的那种笔绘形式仿木刻效果而作的黑白画，我们不承认它是木刻艺术。木刻不讲刀味，不如弃刀用笔。

刀味如中国画的笔墨，绘画不仅要看开合看章法，也非常重视笔墨，其间的道理是一样的，中国艺术从本身上就不能归类到讲究科学的领域里，其追求的是天人合一，是妙法自然，是游于艺，是带有极强的艺术境界的。

《立夏节起义》这幅作品中准确地把握住了版画艺术需要表达的精神主线。作品不去拘泥细节的得失，而是用大刀阔斧的刀法去肯定了线条的宽厚、坚实、锐利，在增强了画面动势的同时，还原了那个热血沸腾的时代的革命先辈的坚定意志。作品在构图上采用长横式与三段式相结合。三段式的构图最早起源于欧洲宗教的三联祭坛画，这种发源于公元1000年左右的构图方式是当时祭坛画的一种流行格式。三联或者多联画具有强烈的视觉连贯感。德国以及一些低地国家的艺术家常常会把祭坛设计成多重翼板的形式，这样祭坛画便可以呈现开与关的不同状态，在开的情况下作品得以展示，在关闭的情况下一方面利于保护画作，一方面也增强了宗教的仪式感和神秘感。艺术家运用三联画的三个面板可以采取不同的方式，有时它们可能会汇集在一起形成一个有故事性的统一场景，或者它们每个都可以作为单独的绘画。后期的祭坛画甚至可以达到九联之多，但其中的核心观念依旧是对称结构与中心结构的互相映衬。三联画在艺术的发展进程中逐渐作为一种独立艺术语言从祭坛画的单纯宗教需求中脱离出来，演变成一种独特绘画形式语言。早期尼德兰画家汉斯·梅姆林（Hans Memling，1430—1494），近代画家弗兰西斯·培根（Francis Bacon，1909—1992）都非常善于借助三联画的这种形式感进行创作。

《立夏节起义》这幅作品与传统的三联画有所不同，在很大程度上改变了画面的结构形式，采用了中间方构图，两翼长方形构图，使人有耳目一新的感觉。这种构图方式的改变增加了画面的张力，两侧人物分别向中心迫近，动态呈横势配合背景贯穿天地的装饰横线起到了一种压迫视觉往中心集中的驱动力，在中间画幅的顶部轮廓线呈弧线，给以一种向下的压迫力，同时中间人物造型采用静态表达，在三重的压力导向之下，人物的身形同丰碑一般，如黎明前的黑暗，预示着澎湃的力量随时可能迸发，契合了革命已经到来并随时壮大的历史节点。在这种因为独特构图而产生的悸动与压抑并存的背景之下，黑白灰这种纯粹又富含张力的画面色调无疑是最好的艺术表现形式。黑白是木刻版画的基础，美国版画家洛克威尔·肯特说过："版画的起点是黑白木刻，最难点也是黑白木刻，如果有谁能攻克这一关，那么他从事任何形式的创作都会感到容易得多。"黑白的表现在版画中可具体体现在三个方面：一是物象本身的形态，即运用黑白进行概括，包括物象的轮廓、结构、表情、神态；二是光影的变化，新兴木刻版画因为受到西方木刻的影响将光线阴影转化为线条和具有装饰感的平面图式；三是气氛的烘托，如作品背景的横线条，燃烧的火把或者是黑白灰的颜色本身在画面里的节奏走向。这与中国艺术中强调的"知白守黑"不谋而合，通过黑白调来塑造结构、光源、空间，同时一幅优秀的木刻版画作品一定能在用刀与黑白关系的处理上找到最佳的平衡点，通过刀痕的叠加、交错、映带、穿插、勾勒，使得画面具有良好的节奏感。

历史革命题材是绘画创作中比较难以把握的一种类型，既需要考虑到历史的还原，同时也要将革命故事用最好的方式诉说。历史革命题材如果没有经过精心的构思，往往会脱离艺术而变为巨幅宣传画或者变得偏离主题不知所云。从历史的角度上来看，立夏节起义无疑是发生在安徽境内的一个举足轻重的历史事件，是一次党领导下真正意义上的农民武装斗争，反映了革命先烈不惧危难勇于反抗的红色精神。如何能够抓住其内在的精神是非常重要的，更进一步能够将这样的精神转化为作品的表达，在创作上也是具有很大难度的。

以木刻来表现革命题材是新兴木刻版画的传统。版画是艺术门类中极具感染力和表现力的科目，其中非常重要的一点便在于画面给人以视觉的冲击。随着时代的变迁、技术的普及、科技的进步，木刻版画曾经依托的具有直观性、可拓印性、强宣传性等社会功能正在逐渐丧失，但与此同时木板版画所包含的革命精神和原生表现力却逐渐凸显出来。当下的版画创作已经不再需要去追求所谓印刷的精准抑或复制性的印刷，而是去探寻艺术中共有的不稳定性、不可预见性，故当今版画的创作方向更应该注重降低其功能性，而更多的是向精神层面倾斜，更多的是借题材来表达艺术本体，并通过艺术的表达来与红色精神相互交融。

绘画不能仅仅在表面做文章，艺术之所以有其独特的魅力，就在于能深度挖掘创作主题背后的精神意蕴及其给观者的感染力，这就要求作品在表现主题的同时也要注重精神力量的传达。张彦远《历代名画记》说"夫画者，成教化，助人伦，穷神变，测幽微"，已经鞭辟入里地解释了艺术应该发挥的功能。艺术需有教化的功能，应用在当下让我们这些后人感受到那些为革命英勇献身的先烈的无畏精神。

《立夏节起义》的创作起源于安徽省重大历史题材美术创作工程。王伯敏先生曾说："任何一种美术的发展，它需要有主客观的条件。艺术家本身的条件，艺术品种自身的条件，这都是缺少不了的。再就是客观的社会条件、政治条件。正因为如此，新兴的木刻艺术，当它进入由中国共产党领导的新中国时代，由于客观条件比过去优越，版画则如雨后春笋，更加蓬勃发展壮大。"

优秀的文艺题材和文艺作品是值得细致品味、反复琢磨的。2021年是中国共产党成立100周年，安徽省文艺评论家协会组织的"安徽百年红色文艺评论巡礼"活动，有着重温革命先烈艰苦岁月的意义与发掘文艺力量的价值。每一位艺术的研究者与实践者都应该以此为契机，更多地去关注那威武悲壮、视死如归、为革命英勇献身的先烈们的可歌可泣的英雄事迹。

3

书法

林散之草书毛泽东诗词考评

◎沙 鸥

　　林散之（1898—1989），安徽和县人。作为"当代草圣"，其诗书画三绝是人人皆知的。因而他的书法作品所用之诗，一为古诗，二为自作诗，

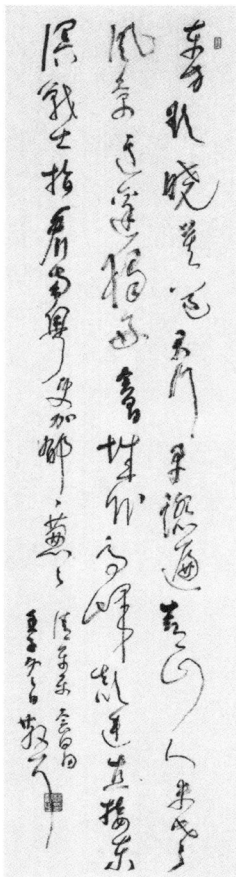

图1 《清平乐·会昌》

三为毛泽东诗词。作为一位诗人，能够写同时代其他人的诗，那一定是对其崇拜至极的。林散之留下了大量的书写毛泽东诗词的书法作品，而书写毛泽东"红色经典"诗词也给林散之带来了好运。1972年在中日书法交流中，林散之的一幅草书《清平乐·会昌》一举征服日本书家，奠定了林散之在国际上的书法地位。日本现代碑学派巨擘青山衫雨称赞："草圣遗法在此翁。"

　　毛泽东也曾询问过许多文人雅士，谁的书法最高，郭沫若就推举林散之为首。

　　林散之喜欢书写毛泽东诗词，究竟写了多少，现在无法统计。但数以千计是没有问题的。他的第一幅书写毛泽东诗词的作品，根据现行通本，应该是1961年书写的《风雨送春归》，这也恰恰证明了林老在世时所说的六十岁开始学习草书的不虚之言。但这里的学习草书，应该是研究之本意。因为林老的启蒙老师范培开就是一位擅长草书的书家，林老少年之时不能不受其影响，否则不可能六十岁后书写草书如此瘦劲飘逸。

1963年林散之应聘为江苏省国画院画师之后，在之后的岁月里，几乎每年都有毛泽东诗词书法作品问世，或送百姓，或被藏家收藏。虽然"文革"时，林散之的大量书画书籍被焚烧，生活动荡不定，1970年全身又遭受严重烫伤，但他不忘初心，仍坚持书画创作。尤其在"破四旧"严峻形势下，聪慧地选择毛泽东诗词进行创作，巧妙地躲过干扰和迫害。因此在其间书写毛泽东诗词居多。林老写毛泽东诗词草书、隶书均有存世，如在1961年的草书《风雨送春归》、1962年的草书《长夜难眠赤县天》、1964年的隶书《沁园春·长沙》、1965年的草书《采桑子·重阳》《忆秦娥·娄山关》、1966年的草书《七律·人民解放军占领南京》、1969年的草书《沁园春·长征》、1972年的草书《清平乐·六盘山》《清平乐·会昌》、1973年的草书《卜算子·咏梅》以及之后的隶书《答友人》、草书《十六字令》、草书《水调歌头·重上井冈山》等等，但以草书居多。

林散之书写大量的毛泽东诗词，反映了林散之先生对毛泽东诗词的敬仰，故而这些作品是充满感情而创作的。如1966年所作的草书《七律·人民解放军占领南京》，林老深刻地领会了此诗中蕴

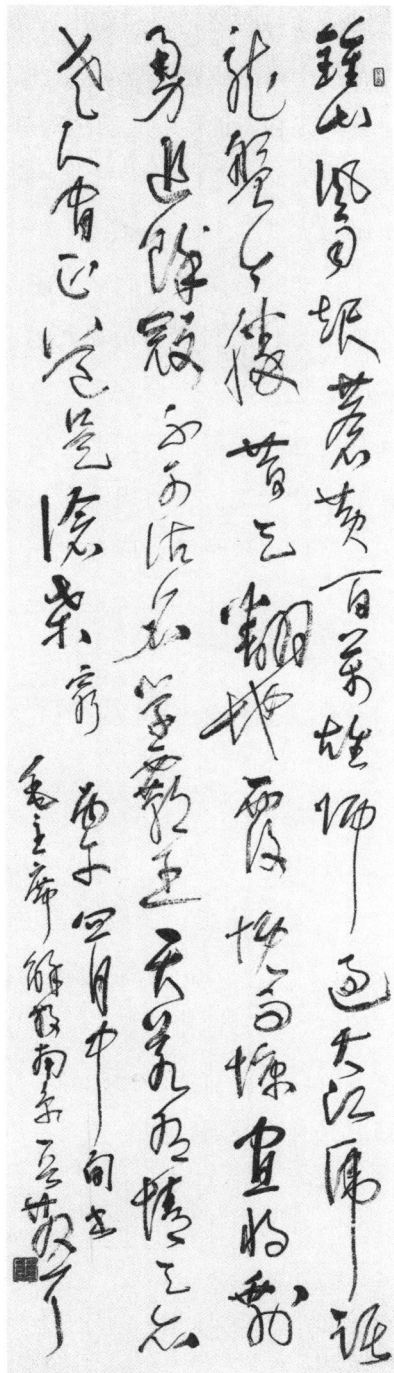

图2 《七律·人民解放军占领南京》

含的豪迈喜悦之情，故而用轻松活泼的笔调展现了此诗的雄伟画面感。在情不自禁中将"穷寇"写成"余寇"，直到写完才发现有误，虽有误，但却反映了林老是在背诵中一气呵成写就的，没有一点造作之感。此作节奏感极强，较少留大面积空白，字与字之间穿插有序，在不大的立轴中仿佛看到了百万雄师过大江的宏伟场面，听到了战士们的嘹亮胜利之歌。

林老的毛泽东诗词草书还反映了林老的草书在线条和墨法上孜孜不倦的追求。林老32岁与黄宾虹相识，从此得到宾虹墨法的启迪，他深知如果在绘画上发展一定会在黄宾虹的"阴影"下过活，故而最终在六十岁之后渐渐觉悟，在草书的领域打开了新的一片天地。他将墨法有机地融合在草书的创作之中，终成一代草圣。成名之作毛泽东词《清平乐·会昌》，"这件草书作品笔走龙蛇，瘦劲绵韧的线条连绵起伏，欹侧跌宕，如云飞霞落，酣畅奔放；舒卷纵横的笔意与'东方欲晓'的词意音调节奏互为映衬，表现出优美旋律和深远的意境，令人叹为观止"。

对于墨法，明代董其昌曾云："字之巧处在用笔，尤在用墨。"并提出"用莫（墨）须有润，不可使其枯燥，尤忌秾肥，肥则大恶道矣"。而在书法中采用淡墨，产生瘦骨清像的效果。注重书法用墨的王铎作狂草时，也是饱蘸浓墨，一气十几个字，写到笔枯为止，所以枯湿对比十分强烈。林散之在以上二人的基础上又有所发展，他对董其昌在用墨上的"润"字进行了发挥："于无墨中求笔，在枯墨中写出润来。"又把王铎的枯湿墨法推向极致。但对他墨法影响最大的要算黄宾虹所示的七墨法，因而对积墨、宿墨、焦墨、破墨、浓墨、淡墨、渴墨，体悟最深，并在"七墨"法之外，创新而增加一个"水"字，将磨得很浓的浓

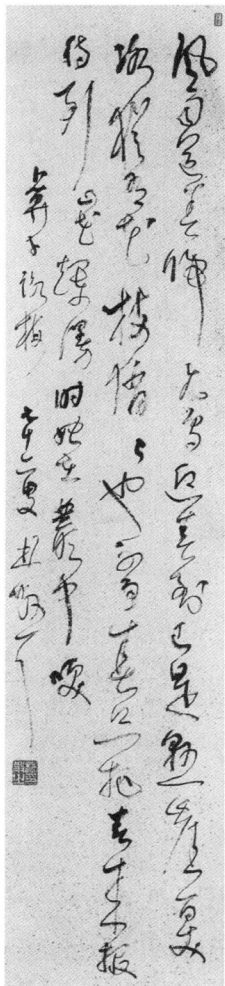

图3 《卜算子·咏梅》

墨蘸清水写，立刻就深浅干润，变化无穷。为了将笔、墨、水三者有机地融入书中，他选择了柔韧有弹性、杆很长、周旋余地广的长锋羊毫。

1965年的《卜算子·咏梅》，气韵匀称，如抒情诗，平和中有变化，字大小对比有度，也常有连体字，如"飞雪""迎春"等二字都是连在一起的。而"春"和"到"又似连非连，故而整体气韵生动，虚实处见灵气。林散之的书法除了注重用笔之外，对于用墨也极其讲究。他的作品中，浓墨、淡墨、焦墨、积墨、渴墨交融于笔底，使作品更富于变化。这幅作品起笔饱满自然，虽重，却很滋润，有时洇墨，但随着书写的进行，水越来越少，墨越来越少，渐渐虚淡。水墨至尽出现枯笔。枯尽再蘸笔续写，因此这幅作品就气韵生动。

林散之常常重复写毛泽东诗词，但常写常新。如1973年，再次写《卜算子·咏梅》就又有了新的感觉，书法线条写得轻松喜悦，而纤细的线条如同春天的杨柳在风中摇荡。"风雨送春归"几字一气呵成，而悬崖的"崖"字，上半部有意向左半部倾斜，下半部有意向右突出，致使左下角空虚，形同"崖"状，妙不可言。而"百丈"二字却有意写小连在一起，如同一字，因而显得诗人的胸怀博大，"百丈"在诗人的胸中也不过渺小。在整幅之中时有重墨，在纤细的线条中，如同枝条中的花朵，欣然开放，洋溢着花的烂漫和诗人内心的开怀，墨气横生。

在章法上，林散之虽深刻领会王铎书作中章法的主要特点，但并未盲目随从，而是以楷法写草，故而在章法上虽然看似平稳，实则"暗潮涌动"。

林散之早年师从国画大师黄宾虹，得其"七墨""重实处，犹重虚处；重黑处，犹重白处"和"知白守黑，计白当黑"等绘画理论的启迪，恍然大悟。林散之十分注重计白当黑，从林散之书毛泽东词《清平乐·六盘山》看，呈外紧内松之状，中间部分空灵透气。首列"断"字最后竖笔悬弧拽拉长线已成留白之端倪，而随后二列中"二""万"两字呈向左下倾斜避让之势，"万"字尾部为避与右侧断字弧线雷同，而作收状，同时下一字"六"有意露较大空白，位置开始左移，着实精彩。这一段空间的处理深刻反映了林散之在对章法计白当黑上的深刻理解，堪称大师手笔。

林老谈用笔之道，尤推笪重光之论。笪重光在《书筏》中说："古今书家同一圆秀，然惟中锋劲而直，齐而润，然后圆，圆斯秀矣。劲拔而绵和，圆齐而光泽，难哉！"

因此书家若能运用中锋，虽偶有败笔亦圆，然不会中锋，即虽佳亦劣。故中锋用笔，并非简单，非下苦功磨炼不可，正所谓"结字因时而变，用笔千古不易"者矣！林散之始终坚持用长锋羊毫毛笔，正是明其线条柔中带刚之势，同时创造性地融入墨法，在枯、淡、浓等墨色变化上给予草书线条全新的生命力。

现在某些书家言说，林散之的长锋羊毫害了许多人，正是无知的表现。殊不知，长锋羊毫早在乾隆时期就已存在，根本不是林散之所创，他也不是首位运用长锋羊毫之书家，谈何害人之理。用笔因人而异，应针对所用纸质或作者的习惯而论，故不可以用长锋短锋而论书法优劣。

同弯射日弓

——研读赵朴初《黄浦江头送客》书作有感

◎ 孟宝跃

    1937年7月7日，日本发动了全面侵华战争。中国共产党立刻高举抗日大旗，号召全民族进行抗战。中国人民积极投入抗日洪流，经过十四年的浴血奋战，最终取得了抗日战争的胜利。在抗战期间，中国军民万众一心，各自在不同的岗位上贡献自己的力量，有钱出钱，有力出力。许多党政领导和文人学者也利用手中的如椽巨笔谴责日本侵略者，鼓舞国人斗志，发挥了文学艺术的巨大作用，做出了他们特有的贡献。他们的文学活动与中国社会的发展、中国革命的进程同向而行，因而作品中充满了时代的气息。

    赵朴初既是宗教界卓越领袖，也是著名的书法家。作为中国共产党的亲密战友，他一生热爱祖国、热爱人民，与中国共产党风雨同舟、肝胆相照，为民族解放事业做出了巨大的贡献，其丰功伟绩为后人铭记。《黄浦江头送客》是他创作的一幅书法作品。作品书写的是其抗战期间创作的一首五言诗，内容为："挥手汽笛鸣，极目楼船远。谈笑忆群英，怡怡薪与胆。雄风舞大旗，万流归浩汗。同弯射日弓，待看乾坤转。"落款是："抗日战争初期，余负责上海战区难民收容工作，集中青壮年、少年予以文化教育及抗日救亡教育，部分参加淞沪抗战部队，及国军西撤，乃于一九三八年遣送其中优秀者及收容所干部经温州前往皖南参加新四军，此为黄浦江头送行之作。一九九七年七月七日记，朴初时年九十有一矣。"作品右上角钤"无尽意"朱文印，左下角题款后钤"赵朴初"朱文印。这首诗为作者1938年8月

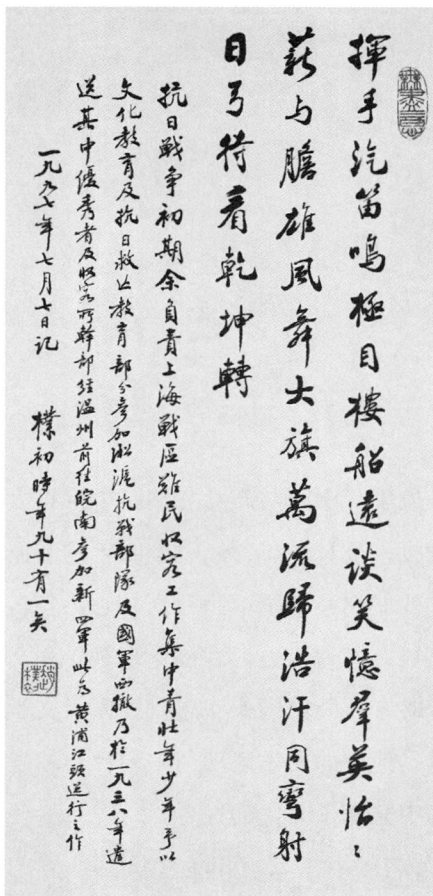

图1　赵朴初　《黄浦江头送客》

所作，是全面抗战的第二年。1997年赵朴初再次将其书写成书法作品。

《黄浦江头送客》记录了时代的信息。七七事变后，赵朴初在上海投身于救助难民工作。他在安顿流离失所的难民同时，积极协助党组织发动难民参加抗日救亡活动，组织青壮年接受教育和军事训练，并想方设法将他们输送到新四军中去。《中国共产党党史》中记载："在沦陷区，党组织还通过秘密交通线安排转移大量干部和进步人士，不断向八路军、新四军和抗日根据地提供人力、物力、财力等方面的帮助。"赵朴初正是秘密交通线上的一员，他的这幅书法作品反映了那段艰苦时期的抗战生活。通过诗作可以看到赵朴初先生对祖国命运的关注和关心，希望国人能够"雄风舞大旗""同弯射日弓"，能够早日打败日本侵略分子，尽快迎来中华民族的解放。

赵朴初先生的这幅书作，用笔酣畅淋漓，结构稳健灵动，章法端庄大方，温文尔雅，文气十足。作品的气息与赵朴初先生本人的气息是何等的相似。常言道"文如其人""书如其人"，文章、书法与人的关系太密切了。看鲁迅的肖像就有读其文章的感觉，横眉冷对，胸怀大爱。王阳明论书说："吾始学书，对模古帖，止得字形。后举笔不轻落纸，凝思静虑，拟形于心，久之始通其法。……乃知古人随时随事只在心上学，此心精明，字好亦在其中矣。"王阳明是心学的集大成者，他的书法清劲绝伦，他的书论中也充满了心学味道，这种味道观者在品评其书法时自然也会将其移入作品中。金庸是武侠小说的宗师，谁能说他那镌刻在华山上的"华山论剑"几字中没有侠客的意味呢？看到赵先生的书法，也不由得想与启功、林散之、沙孟海等同时代大家的字相比较。他们的字各有风采，但无不与人相合。启功的字精金美玉，林散之的字真气弥漫，沙孟海的字气势磅礴，而赵朴初先生的字则是神闲气定、自在天成。赵先生的字没有现在展厅中其他作家的作品中能常常看到的张力，他总是一笔一画信手拈来，轻松自在，就是平时写字的样子。他的书法作品好似白乐天的诗句浅显易懂，细品起来又平正中寓有奇险，奇险中又充满大度。山高林密，精彩不断，耐人咀嚼，这看不透的样子又像韩昌黎的古文。赵先生慈眉善目，从内向外透露出慈祥，如得道老者。他的字就像他的人，中正平和，俨然蔼然。赵先生的这幅作品细细品味，温和中又带着坚毅，笔墨之间透露出作者的铮铮铁骨，威武不可侵犯。透过作品，欣赏者能够品味到凝结在书法中的不屈和坚韧。

赵先生诗词歌赋，无所不能。他的这幅书法作品内容是根据现实需要创作的，是他爱国情感的自然抒发，能合着所题的事件，表达他的情怀。赵朴初先生类似这样的书法作品很多，比如杭州岳飞庙重修时，赵先生为其题写了"观瞻气象耀民魂，喜今朝祠宇重开，老柏千寻抬望眼；收拾山河酬壮志，看此日神州奋起，新程万里驾长车"的长联。该联对仗工整、用词典雅、大派且又巧妙，与英雄表里相合，很好地表达了他的心情和愿景，为庙宇增辉良多。这样的字就不仅仅有精彩的字形，还有着深厚的文化内涵，反映了作者的精神世界。赵老的字与他的文、他的事合成了有机的整体，他的书法作品自然就有了灵魂。这样的字让人觉得诗书辉映，余味无穷，非常充实。孟子说："充实而有光辉之谓大。"信夫！以前的文人都是诗书兼擅。进入现当代，诗人是诗人，书家是书家。诗人不拿毛笔尚可以用硬笔替代。书家不写诗文，写字时就只能抄写别人的东西。这样诗人还可以叫作文人，书家则根本就算不得文人了。因为离开了别人的文字，书家就无能为力。赵老生前就殷切希望书法家能多写自作诗词，这对今天来说仍具有非常重要的意义。

抗日期间，中国人民在艰苦的环境下也不忘以毛笔为武器，积极投身抗日队伍之中。那时到处能看到用书法写成的标语："反对妥协投降，坚持抗战到底""送子参军，无上光荣""兵民是胜利之本""人民群众是真正的铜墙铁壁""誓死反对自坏国法、自相鱼肉的行为"等。中国共产党的许多领导人也拿起毛笔来号召群众，例如面对日本的封锁扫荡，毛泽东主席就书写了"自己动手，丰衣足食"的书作来动员军民自力更生，渡过难关。1941年1月，国民党顽固派制造了震惊中外的皖南事变，周恩来总理就书写了两条题词："为江南死国难者志哀"和"千古奇冤，江南一叶；同室操戈，相煎何急？！"表达悲愤的心情，揭露事情的真相。抗日战争时期，赵朴初诗词书法也是他抗战的武器，《黄浦江头送客》就起到了激励人心的作用。他的作品总是与社会相呼吸，与世事同频共振。白居易曾说："文章合为时而著，歌诗合为事而作。"指出了文学与现实的关系。实际上书法与现实的关系何尝不是一样呢？书法到底有怎样的社会作用？赵先生用一幅幅书法作品给出了答案。1985年全国第一个教师节，赵先生用端庄的行楷书写了他自己创作的《金缕曲》，以之为节日的礼物敬献给人民教师。原文是这样的："不用天边觅，论英雄，教师队里，眼前便是。历尽艰难曾不悔，只是许身孺子。堪回首，十年往事。无怨无尤吞折齿，捧丹心，默向红旗祭。忠与爱，无伦比。幼苗茁壮园丁喜。几人知，平时辛苦，晚眠早起。燥湿寒温荣与悴，都在心头眼底。费尽了千方百计。他日良材承大厦，赖今朝，血汗番番滴。光和热，无穷际。"这首词用典自然，不露痕迹，词语贴切，感情真挚，歌颂了人民教师。笔者自己做了三十多年的教师，回想几十年来教育事业的发展和教师地位的变化，内心真有许多感慨和感动，词内"吞折齿，捧丹心"等语尤其触动人心。赵先生的题词为教师节增加了诗意和墨韵。这幅作品也成了记录时代的经典之作。现在许多书家写字不考虑现实需要，只把书法当作消遣，强调书法是个人的事，玩小情趣，不能把自己的作品与人文精神以及自己所处的时代相结合。因此他们的书法作品常常文不对题。这样就不能很好地发挥书法作品的社会功效。刘熙载在《艺概》中说"写字者，写志也"，书法作品只有与自己的志向、与国家的需要结合起来，才能充分有效地发挥它的作用。

赵朴初创作这首诗的时候只有31岁，距今已有九十多年。这幅书作问世也已有二十多个春秋。诗文充实了书法作品的内容，书作又进一步传播了这首优秀的诗作，书文合一，凝练厚重，具有丰富的历史意义。

赵朴初哀辛士诗帖探析

——从关静之、关䌹之说起

◎ 武红红

　　赵朴初，安徽太湖人，其太高祖赵文楷乃清乾隆举人、嘉庆状元、翰林院修撰、实录馆纂修、文渊阁校理、教习庶吉士。高祖赵畇为翰林院庶吉士、国史馆编修。父亲赵炜如师从大儒严复，攻诗文书画。母亲陈仲瑄精诗词音律，并有剧本《冰玉影传奇》传世。可以说，幼年的赵朴初承继家学、博览文史，八岁即可作对吟诗。赵朴初酷爱文史书法，启蒙老师蔡少珊、蔡拱恒对赵朴初影响较大。原因是两位先生不仅通诗文、精书法，人品也是家喻户晓。

　　关静之与陈仲瑄的表哥年幼时定了娃娃亲，后因表哥夭折关静之一生未嫁。陈仲瑄对这位未过门的表嫂敬重有加，不久陈仲瑄和关静之越走越近并结为姊妹，加之关静之比陈仲瑄稍大，所以赵朴初称关静之为大姨。陈仲瑄信奉佛教，大姨关静之和弟弟关䌹之皆为虔诚的佛教徒，这给赵朴初年幼的心灵播下了一颗佛性的种子。

一

　　1920年，赵朴初被关静之、关䌹之送进了东吴大学附中，经过一年的苦读顺利考入该校高中部学习；三年的努力又让赵朴初成功地迈进东吴大学的校门。在这一时期，赵朴初收获了人生中最宝贵的财富。薛灌英可以说是赵朴初的伯乐，在高中期间，薛灌英发现赵朴初不但学习成绩优异，还有领导的潜质，此后薛灌英便对赵朴初进行了考察和培养。赵朴初结识苏雪林、梅达君、孙起孟，一来同为安徽同乡，二来同时都在东吴大学。苏雪林在文学创作和学术研究领域皆有造诣，特别在古典诗词方面，如著有《清代两大词人研究》《饮水词与红楼梦》《李义山恋爱事迹考》《屈赋新探》等作品。当时的苏雪林与冰心、丁玲、冯沅君、凌叔华并称"中国五大女作家"，同时苏雪林又在东吴大学任教。这让赵朴初和苏雪林有了更多的交流机会，从而激发了赵朴初对古典文学的热爱和痴迷。此后，赵朴初创作了大量的诗词作品，如《滴水集》《片石集》等，由此奠定了赵朴初在古典诗词方面的成就。

1945年，赵朴初与梅达君、马叙伦等人发起成立中国民主促进会。1925年，赵朴初与孙起孟共同领导过苏州学生参加"五卅运动"。在东吴大学九十年校庆之时，赵朴初写下"九十良辰初度，黉宫光耀胥东。春华秋实庆丰功，多少人中鸾凤。昔日弦歌在耳，远方情意罗胸。来书三读助心雄，遥共风云飞动"的感人词篇，一腔赤子之情蕴集词中，也展现了赵朴初才华横溢的一面。

赵朴初在校期间，由于患上肺结核不得不离开东吴大学，只能回到关静之家中静养。此时，由关絅之等人发起的上海佛教居士林正式成立，并发展为佛教居士林和佛教净业社，关絅之为净业社社长。之后，关絅之辞职举家迁入净业社董事简氏兄弟捐助的"觉园"（"觉园"是简氏兄弟的私家住所，后改为佛教活动场地）。赵朴初也跟随关静之、关絅之一家来到觉园居住疗养。在觉园，赵朴初一方面休养身心，另一方面协助关絅之处理一些佛教上的事务。在觉园期间，赵朴初遍览佛经、精研佛法，通过参加开封相国寺的护法运动，赵朴初相继担任了上海佛教会秘书和中国佛教会文书之职。

二

赵朴初真正进入佛教界是在上海佛教会任秘书之时，这与关䌹之的引导和培养是分不开的。关䌹之热衷慈善事业，创办上海佛教慈幼社救助社会孤儿，关䌹之任社长，赵朴初为副社长，关静之担任义务教员。1937年七七事变爆发后，关䌹之发起成立"上海慈善团体联合救灾会"。淞沪会战打响后，赵朴初又积极投身百万难民的救助之中。随后，赵朴初与许广平等人创建抗日救亡组织"益友社"。所有的事件和社会实践对于赵朴初而言都是值得的，更多的是这些事件和实践滋养了他的一颗佛子之心。

"益友社"的成立，意味着赵朴初投身抗日救国运动的浪潮。他与陈鹤琴、吴宝龄、周克、丁瑜、朱启銮等社会进步人士共同组织难民的救助教育工作，使越来越多的难民革命斗志愈发高涨。不久，共产党代表朱启銮、焦明同赵朴初就难民收容保护和积蓄抗日力量进行了磋商。在赵朴初的精心筹划下，难民所把一大批身强力壮、志在抗日报国的难民通过英国商船送出上海，为新四军壮大了战斗力量。

1941年1月4日，新四军接上级命令，率部经泾县云岭地区向江北调离，行军途中至茂林一带时突遭国民党重兵袭击。经七昼夜鏖战，两千人突围，其余部队几乎所剩无几，这就是著名的"皖南事变"。在这次突袭中，牺牲了千余名上海难民收容所输送到新四军的战士。赵朴初无比悲愤地写下"岂能北辙又南辕？无北无南八表昏。信有修能遭众嫉，竟教积毁铸沉冤。鸥鸮在室悲弓折，魑魅甘人可理论？逼窄江南容后死，弥天泪雨望中原"。诗中作者充满了对国民党"同室操戈"的愤恨，同时也表达了对新四军牺牲战士的哀伤。除此之外，赵朴初还创作了大量诗稿，如《杂诗十首》：

其一

万里长城万里长，长城万里耀金汤。

防胡不若防黔首，毕竟今皇胜始皇。

其二

大事化小小事无，此道如今信不诬。

战伐由来申扑教，六师子弟是萑苻。

…………

谷卿、汪远定在书中评价道：这十首诗所谓"杂诗"犹如一叠时间的碎片，散落于历史的天空，敏锐的先觉者早已感知到了这个时代挥之不去的烟云与阴霾，他们尽其所能地刺穿、冲破这块包裹时代的雾霭和乌云，即使以身撞击，遭遇雷鸣电闪，生命垂危，也毫无惧色，反而笑对历史之风云。赵朴初即是先知先觉的智者，不畏生死的勇者，忧国忧民的仁者。他的生活不离众生之安乐，不离人间之疾苦，正所谓"不为个人求安乐，但愿众生得离苦"，赵朴初激昂的诗篇折射出人性的光辉，其正义的立场是坚定不移的。1997年，赵朴初又以哀辛士诗为内容挥毫泼墨创作了哀辛士诗帖以纪念在"皖南事变"中战死的新四军战士们。

三

徐复观在《中国艺术精神》一书中指出："人类精神文化最早出现的形态，可能是原始宗教，更可能的是原始艺术。对于艺术起源的问题，最妥当的办法，是采取多元论的态度。"当今，随着科技的进步和物质生活的丰富，人的精神文化生活亟待有所归属。艺术源于人们对生活的实践，我们可以面对多种艺术形式的表现，再还原为人对生活的再认识。譬如，对于中国艺术，冯友兰先生是这样论述的："儒家以艺术为道德教育的工具，道家虽没有论艺术的专著，但是他们对于精神自由运动的赞美，对于自然的理想化，使中国的艺术大师们受到深刻的启示。正因为如此，难怪中国的艺术大师们大都以自然为主题。中国画的杰作大都画的是山水、翎毛、花卉、树木、竹子。一幅山水画里，在山脚下，或是在河岸边，总可以看到有个人坐在那里欣赏自然美，参悟超越天人的妙道。"在中国诗歌里我们可以读到像陶潜写的《饮酒（其五）》：

结庐在人境，而无车马喧。

问君何能尔？心远地自偏。

采菊东篱下，悠然见南山。

山气日夕佳，飞鸟相与还。

此中有真意，欲辩已忘言。

道家的精髓就在这里。但在那个战火纷飞、国难当头的年代，赵朴初并没有置身事外，反而积极投身抗日救国运动，创慈善之机构，写哀辛士之诗篇，支持革命理想，解百姓于危难，从而证明了中国文化斗士精神之所在。

中国书法艺术具有民族和地域性特征，因此对书法创作者来说会有更高的要求。王羲之在《书论》中有言："夫书者，玄妙之伎也，若非通人志士，学无及之。"书法是一种深奥微妙的技艺，如若不是学识渊博通达之人和有远大志向的士人，确是一件难以企及的事情。言外之意，并非像我们大众所理解的书法就是写写字、抄抄诗那么简单。历代书家、书论家把人品、学养和技法作为学书的内外修炼（如一件商品，内在的部分是商品的质量、色彩、款式和多元化的设计，外化的部分就是商品的一个品牌）。正因如此，书法对于书家而言不仅是形式上的表现，更是书家精神气质、情感消解、生活感悟的外在表达。

赵朴初自幼随父学习书法，以"二王"为宗，学唐人书法，常以魏碑而习之，后追唐书正大之气象。他的书法，清新脱俗、浩然正气，无处不流露文人志士、学者禅妙之韵致。中国传统文人书法，书卷之气是立足于儒道文化源流下的特定文化产物，乃文人之情志，体现的是一种雅逸、平淡、自然，余味悠长。如赵朴初《蓬莱诗稿》书法作品：

蓬莱水浅手重携，醇朴渊渊是我师。

明月旧归留海阁，奇花今日出天池。

倘能变化丹青笔，畅写江山壮丽诗。

梦觉何分周与蝶，大风回荡起予思。

此幅书作，是赵朴初先生根据自作诗创作的一幅书法作品。诗稿不以书法作品形式创作，而是以书信、手札的方式书写，其作品书写自然、行文流畅，书卷之气跃然纸上。正如钟嵘《诗品序》所言："气之动物，物之感人，故摇荡性情，形诸舞咏。"

四

"皖南事变"的爆发，激起了赵朴初对国民党蒋介石集团的不满。同时，对新四军战士的牺牲则哀伤不已，便奋笔写下了一首七律《哀辛士》诗。时隔五十多年后，赵朴初以《哀辛士》诗为创作对象挥毫书写了这段难忘的历史。谷卿、汪远定在《赵朴初书法精神探论》一书中述评道：

《哀辛士》诗帖以行中见楷的书体，气韵沉郁、笔墨流畅地表现了蕴含在诗歌里的意境。纵观全帖，字体稍稍扁平，字与字之间距不大。排布较为均匀，诗歌标题加上全诗内容，共计五十九个字，只有颔联中开头的两个字，"信"和"有"的字迹笔画相连，而其他的五十七个字笔意钩联，但不表露为直观的形态而存在。最左侧的一行，注释了诗文、翰墨创作的时间以及律诗标题的成因，此行墨迹明显小于前文，且字间距缩小，变得相当紧凑。而全帖的行距较宽，使得白色的闲余处在书法欣赏者的心底，涤荡无限的苍凉之感。

展观《哀辛士》诗帖，我们看到的分明是书家灵魂深处的爱与恨。感受

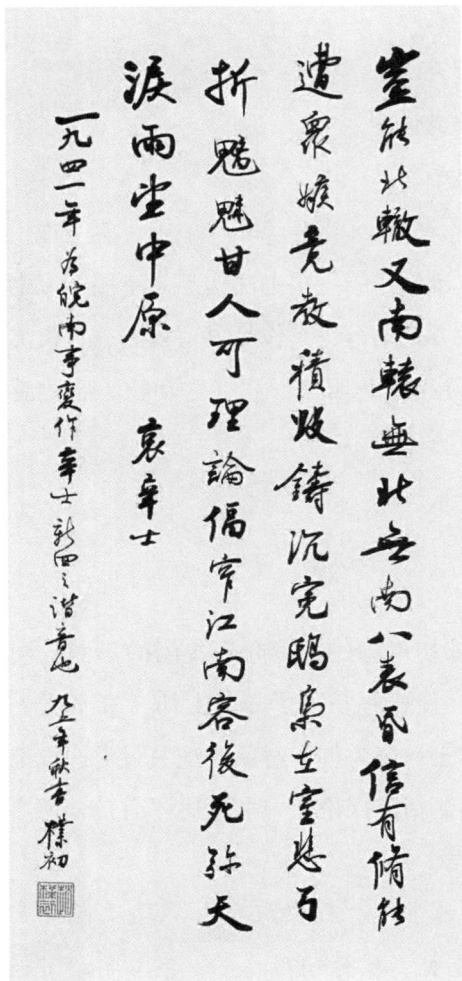

图1 赵朴初 《哀辛士》

书法的情韵，"相煎何太急"的心曲一如匆匆落笔的诗帖，蕴生出赵朴初非凡的才智和心性。

此述评，观照了诗帖的结构、布局和情感的表现。故笔者认为《哀辛士》诗帖，应从以下三个方面进行剖析与解读：一是艺术性。此诗帖书法有法。中国书法有碑学和帖学的区分，所谓碑学为摩崖、碑版、刻石；帖学为书信、简牍、手札。《哀辛士》诗帖，是赵朴初书法作品中的一件精品。在《哀辛士》诗帖中，此书法作品绝不是单个字与字的排列组合，而是一以贯之的书写状态，字与字的呼吸、大小、轻重、快慢、连带等具有一定的节奏感。此作品如颜真卿的《祭侄稿》，洋溢着一种伤感的美。此诗帖轻厚交融。赵朴初把碑的厚重朴茂和帖的洒脱飘逸融为一体，字体左低右高，作品正文除"信""有"二字相连外，别无连带。通篇作品大多用墨浓烈、线条凝重，充分表达了作者悲愤至极和重情重义之意，此诗帖表现出丰富的情感张力。二是文化性。赵朴初《哀辛士》诗帖，从诗歌的角度来讲他严格遵循了中国传统古典诗歌七律诗的形制而创作。全诗每句七言，共八句，字字如铁，句句见血。如从书法的角度来说，首先《哀辛士》诗帖是一幅行书作品，宗法"二王"，融有隶意，取唐书正大气象。其次，观《哀辛士》诗帖，有一种清新脱俗，古雅意悠，哲理禅趣之感。三是历史性。赵朴初的《哀辛士》诗帖，是在特定的历史背景下形成的一件文艺作品，其诗帖不仅对研究红色历史有参考价值，同时，对研究赵朴初及近现代书法史也有一定的文献价值。

结语

如果说，书法是对人"心"的一种观照，人性的一种折射，是知黑守白的理想；那么，赵朴初的书法则有了"心正则笔正"的君子之风，"厚积学养"的书卷之气，"无我"之书的书学观而独步书坛。赵朴初视书法为人生道路上的必修课，身为佛门中人，赵朴初的书学观有了更多的佛理禅悟。在《赵朴初书法精神探论》一书中，有这样的一段记述：

赵朴初就曾指出："晚清时期，中国知识界研究佛学成为一时普遍的风气。一些民主思想启蒙运动者，如谭嗣同、康有为、梁启超、章太炎等学术名流，都采取了佛教中一部分佛理来作为他们的思想武器。"而赵朴初身为佛门居士和佛教界领袖，他对佛学之"无我"的参悟，日臻于成熟，并且逐渐转化为他艺术人生的行为方式。在他创作的大量书法作品中，诸如《哀辛士》《宁沪列车中作》，即是"无我"之书。

也可以说，赵朴初创作《哀辛士》，是唤醒民族觉醒的一次呐喊，是对国民党一手制造的"皖南事变"的一次声讨。

赵朴初是中国乃至世界宗教界的领袖人物，是中国民主党派卓越的领导人，是当代著名的学者、诗人、作家，社会活动家和艺术家。赵朴初的一生，忙忙碌碌，勤于慈善事业、抗日救亡运动和宗教事务。

王阳明有言："种树者必培其根，种德者必养其心。欲树之长，必于始生时删其繁枝；欲德之盛，必于始学时去夫外好。"赵氏家族世代书香门第，使年幼的赵朴初汲取了传统文化的精髓。经关静之、关絅之姐弟的引导和培育，与佛结缘，存养德行，明心见性，终成一代文化巨擘。

笔墨纵横　革命情怀

——司徒越书《陈毅诗》欣赏

◎王　健

　　司徒越（1914—1990），安徽寿县城关人，本名孙方鲲，字剑鸣。生前为中国书法家协会会员，曾任安徽省书法家协会副主席、名誉主席，安徽省考古学会理事，安徽省第六、七届人大代表，寿县第八、九届政协副主席。司徒越出身名门，幼年读私塾，师从黄荫庭先生，1931年春在亲戚的资助下考入上海美专学西画，后因积极参加学生抗日救亡运动而受到当局的注意，被迫于1932年转入上海新华艺术专科学校学习并继续从事"反帝大同盟"革命工作，于1933年冬毕业。九一八事变后，他加入中国共产主义青年团，并任共青团江苏省委宣传部秘书兼巡视员。毕业后在组织的领导下从事抗日工作，后期被家人以母病为由带回寿县任小学教师四年之久。全民族抗战开始，他流亡到武汉八路军办事处寻找组织关系，1938年，司徒越经同学孔繁祜介绍，在郭沫若领导下的军委会政治部三厅六处三科做抗日宣传工作。1940年春回到寿县，之后或从政或从教。1943年，经亲戚介绍，在肥西刘老圩刘铭传后人家中，抄写刘家所藏甲骨、金文，后集为《甲骨金石文钞》，此举为其金文创作奠定了基础。新中国成立后曾任寿县正阳中学、六安师范、六安毛坦厂中学、舒城中学副校长、校长等职。1963年2月，司徒越被调回家乡寿县，在博物馆从事文物考古工作；1990年因病去世，享年76岁。

　　1976年，司徒越书法作品赴日本展出并刊入《现代中国书道展》，算是他初次步入书坛，此后其作品入选全国第一、二届书法篆刻展以及上海为纪念《书法》杂志创刊十周年而出版的《当代书法家墨迹诗文集》。他专攻草书，间作金文、甲骨文，获得了颇高的声誉，《中国书法》《书法》《安徽画报》《书法之友》等杂志曾辟专版介绍其书艺；中央电视台、安徽电视台曾多次播放专题片《精英化作墨芙蓉》《司徒越的狂草艺术》；安徽美术出版社出版了《司徒越书法选》(1987)、《司徒越书法集》(2011)。司徒越也曾发表《鄂君启节续探》《关于芍陂始建时期的问题》《草书獭祭篇》等重要论文。

司徒越居于寿县县城一隅，能任安徽省书法家协会副主席，实属不易，其中很大程度地显示出其创作实力与影响。司徒越的书法，恢宏大气，其有创作记录的作品共有五千余幅，创作的内容多为古今诗文，其中不乏朱德、董必武、陈毅、叶剑英等老一辈革命家的诗作，而其中书写最多的是陈毅的诗。在司徒越最早被出版的作品集《司徒越书法选》中，录陈毅诗、句的创作有四件之多，其一，《冬夜杂咏》组诗之《一闲》；其二，七言绝句《由宣城泛湖东下》；其三，七言绝句《红旗十月满天飞》；其四，《六国之行·西行》，陈毅此诗经毛泽东主席修改，留下了一段文人相重的佳话。《司徒越书法选》出版时司徒越尚在世，书的出版是经先生审核过的，因为草书、大篆不易识读，司徒越先生亲手用毛笔书写楷书释文作为旁注，对于作品内容、字体等的选择是经过其反复思考的，较多地选择陈毅诗词作为创作对象，反映出其对陈毅诗词的喜爱之情。其喜爱可能源于两个原因，一是陈毅是开国元勋中具有浪漫主义色彩的革命文人，二是司徒越早年参加革命，有抗日救亡的人生经历。

在这四件作品中，其中七言绝句《由宣城泛湖东下》，"敬亭山下橹声柔，雨洒江天似梦游。李谢诗魂今在否，湖光照破万年愁"。是1939年3月，陈毅由宣城泾县云岭军部返回苏南时所作，表达了作为一位革命家对革命前景以及美好家国的无限憧憬。司徒越以草书的形式表现了出来，虽然此作以陈毅的诗为题，却处处体现出司徒越个人的笔墨特质，他对陈毅诗词视觉语言的阐释，既包括了司徒越的个人自身创作动机，也有了社会文化背景的代入。出于对陈毅诗词的喜好，以及自身晚年的幸福生活，使得司徒越的书写状态，当是符合神怡务闲、感惠徇知、时和气润、纸墨相发、偶然欲书"五合"状态的。

在这件作品里，起笔蘸墨之后，"敬"字书来，浓重浑厚，涨墨的渗出在恰如其分的控制下丝毫不影响字的骨架、骨力，至"亭"字时因生宣渗化的关系，墨已不多，而不停滞，"亭"字完成后墨已枯，侧势入纸后直接书写"山"字，因笔锋调整和运笔速度的原因，"山"字起笔重墨，而后提速，飞白效果极佳，置笔已开叉而不顾，调整笔锋，虽分叉而保持中锋不乱，顺势书写"下"字。"洒""否"两字虽在两行，但左右紧紧相连，七点组合在一起，错落有致，"洒"字三点，第一点接"雨"字末笔，书写时上端方向不变，调整下方，由轻而重再提笔变轻，第二点顺势，第三点轻挑，"否"字四点，其中第二点向下虽短促，起笔后数次提按而成，第三点为第一点结束后直接入纸，如高山锥石，最后一点轻入纸，笔锋扭动后重按然后提笔出之，数点相列，绝不重复。在书写时，司徒越避免了某些笔画过于转折、线条粗细变化突兀而跳跃过大、过度环绕等问题，堪称其草书中的珍品，磅礴大气且用笔变化多端，笔画中间几乎无一笔直过，极尽盘绕回复之趣。

司徒越的用笔，也体现出书法发展史的笔法演进状态，与书法史上张旭、怀素等大草书家比较，便可窥见司徒越书法的时代特征。张旭在书写中提按、使转并用，增加线条的复杂性而顺势行笔；怀素放弃了线条的多变追求飘风骤雨的速度；黄庭坚的大草，在用笔上强调了提按的笔法；王铎的草书减少了狂草的恣肆，代之以理性的控制。司徒越因长期浸淫金文，其狂草形成了自己独有的特征。1943年司徒越到刘铭传后人家中抄写其所藏甲骨文、金文，以及后期持续不断地临摹为其创作奠定了基础，其用笔的方式，深受晚清以来碑学书风用笔的影响，逆势行笔，完全符合包世臣所述，"盖笔向左迤后稍偃，是笔尖着纸即逆，而毫不得不平铺于纸上矣。石工镌字，画右行者，其锋必向左。验而类之，则纸犹石也，笔犹钻也，指犹锤也"。

因逆锋行笔，在行笔中增加了提按，呈现恣肆、老辣的感觉，观察《草书〈由宣城泛湖东下〉》，可以清楚地觉察司徒越的用笔轨迹，因逆锋连续提按而形成的浑厚品格。在使用的材料上，张旭的《古诗四帖》为五色笺纸不甚渗化，王铎的作品多用绢、绫而少用纸，即便是用纸同样不太渗化，而司徒越书写在极易渗化的生宣上，表现出了与张旭、怀素、王铎等人不一样的情趣。司徒越书写此作时，已进入老境，世间的沉浮、人生的冷暖，都已体味。孙过庭《书谱》："是以右军之书，末年多妙。当缘思虑通审，志气和平，不激不厉，而风规自远。"应该讲，司徒越此作虽浓淡、枯润等关系对比强烈，但用笔苍茫已到人书俱老，冲淡平和的状态。

在书法史上，不乏起初书法不佳而后发奋有所成就的个例，董其昌《画禅室随笔·评法书》中，"吾学书在十七岁时。先是吾家仲子伯长，名传绪，与余同试于郡。郡守江西袁洪溪，以余书拙置第二，自是始发愤临池矣。初师颜平原《多宝塔》，又改学虞永兴，以为唐书不如晋、魏，遂仿《黄庭经》及钟元常《宣示表》《力命表》《还示帖》《丙舍帖》。凡三年，自谓逼古，不复以文徵仲、祝希哲置之眼角……"，董其昌17岁参加松江府会试，本以为"榜首非我莫属"。可是发榜时，担任主考官的松江知府袁贞吉将第一名给予董其昌堂侄董原正，而将董其昌排在第二，其原因就是董其昌卷面上的字书写欠佳，董其昌由此发愤而成三百年间第一书法家并影响至今。应该讲，司徒越也没有想到晚年的自己竟然以书法享有盛名，出生于寿州名门的他本名并非司徒越，而是孙方鲲。寿州孙氏是名门望族，孙蟠、孙家鼐等都是家族的佼佼者，或许是司徒越不愿污及家族的名声，1987年4月冯林在《司徒越书法选》序中说"还是在他早年教书的时候，一些师生常常向他索字。他推辞不掉，又怕写得不好贻笑大方，便署上假名司徒越，不想竟沿用至今"，这一说法应该是可信的。司徒越早年求学于上海美专，毕业于新华艺专，是西画专业出身，可能在早期并没有对书法进行深入学习、研究。但在特定的历史条件下，造就了司徒越这样一位书法家，对于他的书法可以从以下几个角度来进行剖析。

其一，司徒越的成就具有特定的历史场景。1914年出生的他身处旧时代，并受社会风气的影响，其书法成就建立在中西文化转换、交融这样大的历史文化背景下，以及总体上传统文化衰落的前提下。司徒越出生于传统文化世家，幼读私塾，在完成传统文化的启蒙后，由于家族的影响，在上海接受新学（孙氏家族在上海者颇众），他所就读的上海美专，开美术教育之先河，是当时最为著名的美术院校之一。传统为根底，而西式教育继乎其后，这一点，是民国时期著名文人大致共有的特征。由于接受的是西画教育，在司徒越的作品中，不可避免地有了构成的意识在其中，他在小传《崎岖历尽到通途》中说："西画要求画一件东西，应是从整体到局部，从局部再回到整体，即是说，首先要把握整体，最终还是要看整体的效果。书法，特别是草书也是这样。"这一点从司徒越作品的章法、布局等关系的处理中可以略见一斑。司徒越的这件《草书〈由宣城泛湖东下〉》，从整体的章法来看，题记与正文浑然一体，字与字、行与行变化多端而不突兀，尤其落款"司徒越"三字，稍稍溢出第三行，令整个章法生动、活泼。

司徒越的书法渊源，来源于他少时私塾所奠定的基础，从本质上来讲司徒越的书法还是书法实用功能的延续。在《司徒越书法选》中，司徒越为其草书、篆书所做的小楷注释，以及为寿县博物馆展品所书写的标签，扎实有力，足以窥见其少年时的功夫。

其二，对于司徒越的书法，从整体来看，其所能够达到的高度，是文学的滋养、考古的学养以及传统家族文化熏陶的结果。司徒越所在的孙氏家族，为寿州大户，与孙家鼐同宗，金石家孙蟠系其六世祖，家学渊源为其根底；师从寿州名家黄荫庭是其为文之始，黄荫庭（1896—1960），名传森，号午村，寿县城关人，他学识渊博，诲人不倦，工诗文，善联对，名重江淮，尝著有数十万言《红楼梦考》《渭滨读书记》等，惜已无存，司徒越对其敬爱有加。司徒越从舒城中学调回寿县博物馆从事博物馆工作，在此期间撰有《鄂君启节续探》《关于芍陂始建时期的问题》等重要的考古论文，是其书法学养的另一重要所在；在书法上，司徒越还有着不以书法为业的恬淡心态。司徒越的修养大致源于此数者，也正是基于此，才造就了一代江淮名家。

其三，与同时期书家比较，司徒越更像是一位学者型书法家，除却上述所列考古论文外，司徒越尚有数篇书法论文，如中国书画函授大学校刊《书法学习与辅导》上的《草书獭祭篇》、中国书法函授大学合肥分校编写的《结体、章法举隅》、《书法》上的《小议书法创新》以及王业霖整理的《司徒越论书尺牍选辑》等，这些书论，体现了司徒越对书法的认识与把握。如对书卷气有自己的看法："书法作品有无'书卷气'，与其品位之高下密切相关，这本来已成定论。但有些奸佞之徒，如秦桧、蔡京、严嵩等人的书法虽也很好，有'书卷气'，然而论书者大都屏而不录。因而，有'书卷气'也就不完全能作为书法作品品位高的标准了。"（1986年6月24日致王业霖信）20世纪80—90年代书风尚在碑学书风的影响下，他清醒地提出："如那种十分费劲然而是马马虎虎刻凿出来的《龙门×品》，其中有几个字真可称为'书法'，实在难说。但自从包、康极力推崇，直至今天赞美歌声依然不绝于耳，虽也有人予以贬斥，但毕竟还是誉之者众。"（1985年11月21日致王业霖信）是对碑刻肆意取法，精细、雅俗等不分现象的一种回应；司徒越久寓寿县县城，其识见却超出时人，对于日本现代书法的看法，既不赞誉有加，也不一棍子打死："日本手岛右卿，在北京举行展览。观其履历，至是惊人；看其作品，确有特色。他不同于日本的前卫、现代派者。仍以汉字为基础，着意追求笔情墨趣，运用淡墨书写草字，如'趣''虚''砦''杖'等字，酣畅淋漓，甚有韵味。虽多数同一技法，变化不大，但其创新精神则值得学习。"（1988年5月24日致王业霖信）

其四，对于司徒越的书法，有一个不容忽视的问题，无论是塾师与堂兄讲他的字不行，"收拾起笔墨，不再浪费时间去练字"（见司徒越小传《崎岖历尽到通途》），以及后来成名，都深含着司徒越对书法的痴爱与思考，即便是在小传中说自己："并不十分热爱书法。"实际上是出于"对于写字的厌倦情绪，似乎是有增无减，因而提高无望"，说厌倦不是不爱好，而是提升不得的烦恼，他对自己的书法有着较为清醒的认识，"近年来最痛苦的感受是上不去，至于上不去的原因，则是苦思冥想、勤学苦练都不够之故。我是知道要三多的（写、看、想），却未能严于律己，其无成也，不足怪也"（1981年6月4日），"我的字是力求做到一气呵成……最差的是我的笔法（我指的是笔姿和笔力），我的草书败笔倒不是太多，但并不成熟，这只要和古代真正书家的字一比，就优劣立判"（1985年11月21日），对于自己书法的认识"我若能像高玉倩唱的那段痛数革命家史那样慷慨激昂、抑扬顿挫地来处理我的一幅字，那将是相当成功的"（1988年8月5日）。司徒越应该是希望自己的书法更具有激情，线条更富有变化，能够"忽然绝叫三五声，满壁纵横千万字"，"脱帽露顶王公前，挥毫落纸如云烟"。

晚年的司徒越享有大名，尤其是金文、草书，名震江淮，从文化的传承来讲，他是书法艺术传统与现代衔接的重要一环，对于淮南地区乃至安徽书法文化的传承，发挥着重要的、积极的作用，影响着几代人，随着对传统文化认识的加深，其书法艺术必将焕发出更大的光彩。

红旗十月满天飞

——画家吴作人书法探微

◎ 陈　熠

　　古往今来，不朽的艺术经典魅力在于艺术品具有的时代精神，是对生命的赞美，对人性的讴歌，恰如习近平总书记《在文艺工作座谈会上的讲话》指出："拥有家国情怀的作品，最能感召中华儿女团结奋斗。"很多艺术家将自己的艺术追求与国家民族命运维系在一起，用艺术形式记录风云，表现现实与生活，特别是国难当头的抗战和解放战争时期，艺术家们以书画、诗歌等文艺作品来抒发情怀，记录历史，古有颜真卿的《祭侄文稿》、屈原的《离骚》，今有徐悲鸿的《愚公移山》、董希文的《开国大典》，更有毛泽东、陈毅等老一辈革命家的诗词与书法，铸造着民族的文化品格和精神。

　　吴作人先生是一位有激情的创作者，他的家国情怀赋予了其丰厚的书法艺术内涵。吴先生这幅《七绝》，内容是陈毅元帅在新四军和八路军胜利会师之际的有感即兴诗作。陈毅素有"一代儒将""元帅诗人"之美誉，他一生与诗结缘，在战争年代，留下了许多脍炙人口的战斗诗篇，这首《七绝》便是其中杰作之一。诗人写道："十年征战几人回，又见同侪并马归。江淮河汉今谁属，红旗十月满天飞。"吴老显然感受到这位铁血军人与浪漫诗人的情怀，在这幅书法作品中，充分体现了对原诗的理解。那丰富的线条，强烈的张力，雄浑中隐藏着艺术的质朴淳厚，不计工拙，看似不经意书之，却用笔讲究，提按有度。如开篇第一个"十"字，楷法起笔，有颜体的雄浑，稳如泰山，如大将点兵，胸有成竹；"年"字直转为草法，如将坐中帐，兵发战场，起首二字敦实、灵动的气息，跃然纸上；"马归"二字，草书笔意融入今草之法，虚实相间，如高山流水，如音符跳跃；"飞"字，线条圆浑凝涩，如万古枯藤，力能扛鼎。此作以草书笔法，融楷、行书之意，质朴苍劲，不拘理法，结体舒阔，行气章法顺诗文之内容，笔意相连。作为画家，通过造型求变化，终运笔构建了此幅书法绝佳的线条及整体结构，展现出富有内涵与美感的大气象，文字的排列和诗词的意境相互结合，其运笔行云流水、潇洒飘逸，以凝练的语言表达出对美好未来的憧憬，给人以启发和力量。这幅书法作品也表露了他满腔的家国情怀。

吴作人先生是近代著名画家，写字是为陶冶性情，辅助其画。吴老的字，论法度功力，比不过书家，但没有画家常见的造作习气。石涛诗云："画法关通书法津，苍苍莽莽率天真。不然试问张颠老，能处何观舞剑人。"吴老曾说过："我的字是画家的书法，而不是书法家的书法"，"我用绘画的观点写字"。通过"书"来掌握中国毛笔的运用，学会下笔造型，这就为"书"和"画"二者的结合创造了条件，而书法的核心是精神、法度、用笔、章法，包含书家的人品、学识及修养等，是集人性、文性、笔性为一体的综合艺术。吴作人先生不是为书而书，不是为画而书，这也是吴老与他人不同之点，但对书法精神，却也有着极致的追求。

吴作人先生的书法作品，以行草得流畅，以楷篆取厚重。他下笔多用中锋，圆润敦厚，含蓄内敛，绵中裹铁，巧拙互用，灵动沉稳，拥有婀娜与刚健之美，以此入画，笔意相通，交相辉

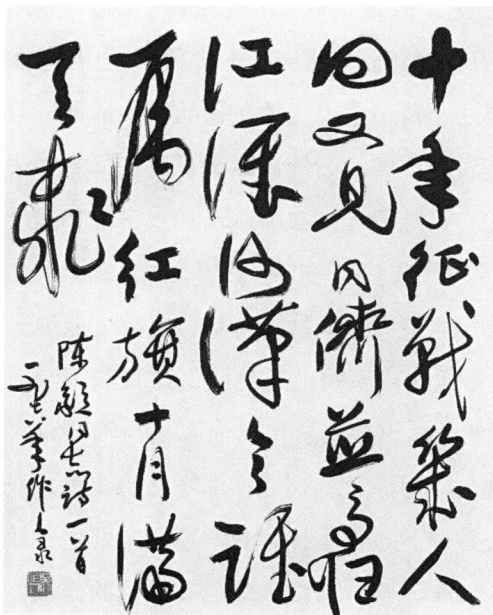

图1 吴作人 《七绝》

映，游行自在，通畅自然，无做作之迹，那种儒雅而刚健的神采风韵，独特的笔墨风格，将为后学者借鉴。

吴作人（1908—1997），安徽泾县人，师从徐悲鸿，早年攻素描、油画，晚年专攻国画，善书法，融会中西艺术，是继徐悲鸿之后中国美术界的又一领军人物；中央美术学院教授，曾任教务长、副院长、院长、名誉院长；中国美术家协会副主席、主席。当选为第一至六届全国人民代表大会代表和第六届人大常务委员、第七届中国人民政治协商会议常务委员、中国民主同盟中央委员会常委、文化委员会主任等职。

赖少其革命题材书法作品的审美特色

◎ 史培刚

    赖少其，无产阶级革命文艺战士，当代著名书画大师，也是华东地区和安徽文艺界的资深领导人。他以毕生的艺术努力和实践，为中国传统版画、国画、书法艺术在当代的弘扬，特别是对"新徽派"版画和新安画派的传承发展做出了卓越贡献。他博学多才，诗、书、画、印皆能，于书法一门，"赖体"早已引起学术界关注。但是，赖老作为一名无产阶级革命文艺战士，其大量革命题材的书法作品所具有的革命底色和审美特色，还没有引起人们足够重视。为了深入挖掘"赖体"书法所具有的精神高度、文化内涵和艺术价值，拙文专门就其革命题材书法艺术作品的审美特色进行浅要分析。

一、独创"赖体"的承古开新之美

    风格的形成是艺术家艺术成熟的标志，其中蕴含着艺术家孜孜不倦的探索和追求，闪耀着艺术家思想和智慧的光芒，具有动人心魄的艺术力量。20世纪80年代，赖少其书法就被业界誉为"赖体"，特别是作为构成"赖体"主要风格的诸多革命历史题材的书法作品，充分反映了赖老的艺术传承、艺术取舍、艺术创造和艺术坚守，为我们梳理、分析和总结"赖体"的艺术风格和艺术价值，提供了一条重要途径。"赖体"的界定，我个人认为，从广义上说是指赖少其所有书写过的书体，而从狭义上说，也是被社会广泛认可的，主要是指他以隶为主，以楷为辅，楷隶融合的"那一个"隶书书体。如《太平湖上行》《凭吊》等。其行书书体虽然也有"兰亭"帖学的传统和碑版的嵌入，写得灵动自然，畅意洒脱，但是风格的鲜明性和感染力尚不能与其隶书的价值比肩。从赖少其留世的经典作品数量来看，行书与隶书相比也是较少的。由此，界定"赖体"的范围，以便于更集中、更深刻地研究和传播"赖体"的价值和精神，让"赖体"真正成为引领当代书法艺术发展的范例。

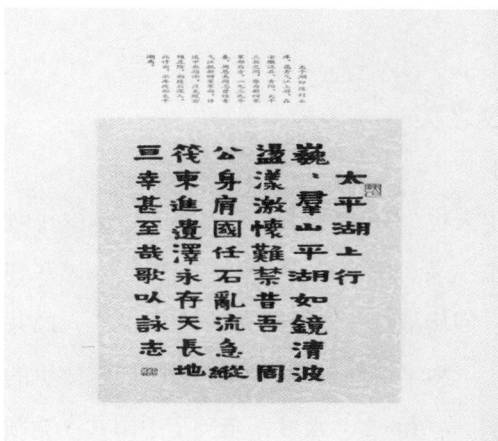

图1 《太平湖上行》

"赖体"的整体风格是沉着凝练，浑朴率真，寓谐于正，拙巧相生，具有浓郁的"金石气息"和稚拙的"天真童趣"。为了塑造自己的书风，赖少其先生坚持以我为主、善于取舍的学术理念，在上追东晋"二王"、唐代欧阳询，近法清代邓石如、伊秉绶、郑板桥的基础上，最后以金冬心为仪范，心摹手追，追本溯源，融合改造，终成自家风貌。赖老自己曾说：我学金农漆书是为了题画，至于形成自己风格则是长期学习积累的结果。创新是文艺发展的永恒动力。赖老具有艺术家最可贵的品质，就是敢于超越古人、超越自己、不断创新。他早年学习木刻艺术，因善于在题材、形式和刀法上创新，被鲁迅称赞为"最有战斗力的青年木刻家"。中华人民共和国成立后他被调到安徽工作，带领一批安徽的版画家，大胆创新，创作了一大批富有时代特点的精品佳作，成为"新徽派"版画艺术的主要开拓者。晚年他不坠青云之志，又实现了"丙寅变法"，不仅实现了对自我的超越，又推进了中国画的时代发展。

在长期的书法学习实践中，他时刻不忘创新，力争在古人的基础上有所发现、有所提升。他将木刻的刀法与笔法融合，以刀为笔，强化了线条斩钉截铁、掷地有声的美感。他将邓石如线条的力感、伊秉绶的装饰意蕴与金冬心的稚拙趣味有机融合，变金农"漆书"侧锋用笔为中侧并用，转折处参以圆浑，充分彰显雄浑朴厚的美感。晚年又融汇《好大王》《石门颂》《龙门二十品》，形成更加鲜明的"赖体"风格。用笔碑帖结合，楷隶相融，完全超越了金冬心"漆书"的格局，向着苍劲浑厚、自然生动的审美高度跃进。结构端庄凝重、大小相间、巧拙相生、丰润朴茂，有的巍峨雄壮、威武凛然，有的稚拙天真、童趣烂漫，给人以积极向上的精神感召和耐人寻味的审美熏陶。

二、"革命底色"的诗书并茂之美

赖少其先生1915年出生，2000年去世，在85年的沧桑人生中，从少年时在广州从事新兴木刻运动，投身民主主义、民族独立革命，到中华人民共和国成立前长期戎马关山、颠沛流离、回旋战斗于烈火硝烟，再到中华人民共和国成立后亦官亦艺的9年徜徉海上、26年情迷黄山、14年回归广东故里的漫漫人生之路，他以炽热的文艺情怀和高超的文艺水准，亲历了中国共产党领导人民翻身解放、建设社会主义新中国的伟大实践，书写了革命人生、艺术人生和社会人生激越交响的精彩华章，塑造了一个优秀的无产阶级革命文艺战士的形象。这种形象就是将艺术创作与革命斗争结合、与服务人民结合、与全面提高自身学识素养结合，在服务实现民族和国家的伟大复兴进程中成就自我的形象。这种形象为当下文艺家做到胸中有大义、心里有人民、肩头有责任、笔下有乾坤树立了榜样。

赖少其的形象是优秀的文艺战士，其艺术的底色是革命精神。他的革命题材的书法作品很好地诠释了这种精神，表现了这种崇高的美。赖老革命题材书法作品最突出的特点是内容大多是自己所作的诗词歌赋。这既体现了赖老综合艺术修养的全面和高深，吻合了传统经典书法创作"书文合一"的模式，也为实现诗意与书意相互生发、书艺与文思协调表达提供了可能。书法家书写自己的诗词文章，不一定都能出精品，但经典的书法作品大多是书法家自书自文的结果。王羲之的《兰亭序》、颜真卿的《祭侄稿》和苏东坡的

《寒食帖》都是书文并茂的经典案例。首先从赖少其艺术馆提供的赖老自书的革命诗词书法作品的照片资料来看，感觉赖老中国传统诗词修养颇高。无论诗或词，押韵、平仄、对仗和词牌运用都符合古典诗词的一般要求，同时在诗思、诗意、诗境的营造上也都能信手拈来，妙手成春。其次，赖老诗词题材大多为回忆革命故事、缅怀革命先烈，情感真挚饱满，诗境开阔宏大，诗思发人深省、令人振奋，充满着乐观向上的革命英雄主义精神。从书法表现来看，使用书体主要是隶书、楷书和行书，有些作品还是多种书体糅合体。如颇具"赖体"特征的楷隶结合的《凭吊》和楷隶行草四体糅合的《浴血东流山》等。作品尺幅、形式以四尺对开横幅、条幅和四尺斗方为主，大幅作品较少。从表现风格来看，尽量将书体、书风与诗意、诗风相吻合，有

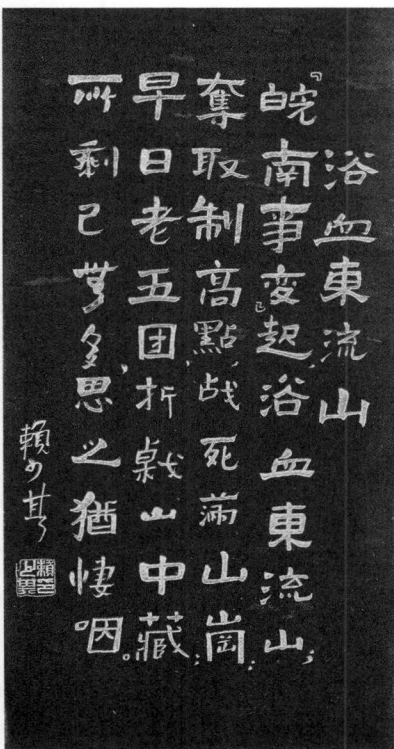

图2　《浴血东流山》（碑刻）泾县新四军烈士陵园提供

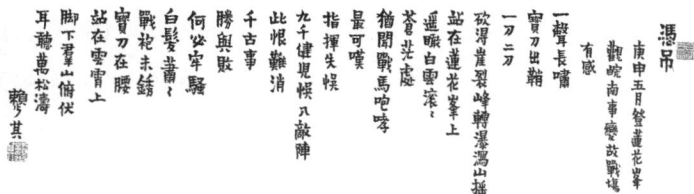

图3　《凭吊》　纸本 27 cm×73 cm　1980年　合肥市赖少其艺术馆藏

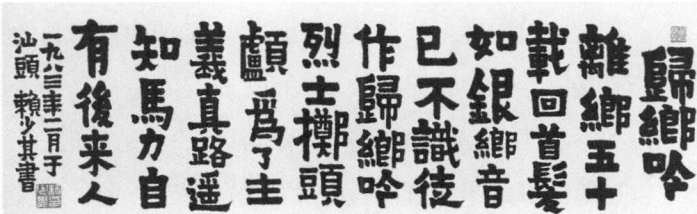

图4　《归乡吟》　纸本 43 cm×130 cm　1983年　合肥市赖少其艺术馆藏

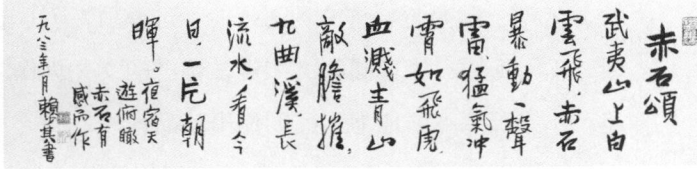

图5　《赤石颂》　纸本 32 cm×127 cm　1983年　赖少其家属藏

如《凭吊》的慷慨悲凉，有如《太平湖上行》的雄浑静穆，有如《赤石颂》的气势飞动，有如《归乡吟》的缠绵悱恻，很好地实现了诗意与书艺的融合，彰显了赖老革命题材书法作品蕴含的革命精神和文化内涵，表现了无产阶级革命家崇高的审美境界。

三、"书如其人"的人书互赡之美

清代刘熙载《书概》有言："书，如也，如其才、如其学、如其志，总之，如其人也。"意即书法境界是书法家主体思想观念、性格特点、学识修养、专业能力和审美理想等方面的综合体现。"书如其人"理论不仅为书法评论能够站在主体、客体、本体"三位一体"的格局中综合考察评估书法价值提供了哲学范畴，也为书法的学习研究提供了重要的方法论，也就是说，书法家主体的素质能力建设是提高书法水平和境界的关键。如在艺术家全面素质的塑造上，赖老在漫漫人生中始终注意把握好理想与现实、做人与为艺的关系，努力做到在服务时代、服务人民中展现艺术价值，成就艺术人生。1936年《木刻界》杂志登载了赖少其《我是怎样木刻的》一文，文中写道："我为什么要刻木刻呢？这个大前提是万万不可忽略的。我们说到这一点，那便有对于整个社会认知的必要。譬如我们所处的社会，是怎样受帝国主义直接间接压迫，而最大多数的民众又是怎样受最少数人剥削？明了这种矛盾关系，很容易地会看穿社会的黑幕，于是便很容易地抓住了题材。"赖老写这篇文章时年方21岁，而对艺术的主题、题材的认知已经与马克思主义文艺思想的方向和高度相吻合。这种为大多数人服务的文艺理念就是马克思主义的文艺观，就是毛泽东、邓小平、习近平等为代表的中国共产党人的文艺观。正因为树立了正确的文艺观，赖老的文艺创作才能赢得人民和时代的欢迎，才能源源不断地为人民创作出精品佳作。

"艺以载道""艺以畅神"是中国传统艺术精神的核心，体现着中国传统哲学智慧和人文精神，是儒家"美善观"、道家"天道观"和禅家"顿悟直感观"等美学思想的融合和发展，是中华美学精神的核心。赖老生长在中国由传统文化向新文化转型的时代，他的身上既有中国传统文艺精神的血脉，也有西方美学的影响，更有马克思主义文艺精神的信仰，传统儒家风范与中国共产党人的风范在他这里得到了统一。1935年，鲁迅先生致赖少其的信中写道："太伟大的运动，我们会无力表现的，不过这也无需悲观，我们即使不能表现它的全盘，我们可以表现它的一角。巨大的建筑，总是一木一石垒起来的，我们何妨做这一木一石呢？"鲁迅先生一木一石的教导，成为赖少其一生的座右铭，他以"木石斋"作为斋名，时刻勉励自己做老实人、办老实事、研真学问、练真功夫，在各方面体现一木一石精神。当战士不怕牺牲，身陷囹圄不改初衷，面对严刑宁死不屈，矢志不移跟党走。做艺术不务虚名，研精覃思，博学专精，实现诗、书、画、印、文、刻多能，版画、国画、书法开派立体的杰出成就。当领导真抓实干，提携青年，运筹帷幄，引领徽派文艺事业繁荣发展。于生活严于律己，诚以待人，艰苦朴素，清正廉洁，文质彬彬，颇有君子之风。

　　唐云评价赖少其言："所谓'文如其人'，凡同少其先生有过交往的人都说，他的为人正如他的诗、书、画一样：天真、耿直、豪放。他对现实从不隐瞒自己的观点；对朋友肝胆相照，急公好义。特别是经历了十年浩劫，许多画家都深有体会地说：'疾风如劲草，老赖是个品格高尚的人！'他不喝酒，也不抽烟，平生嗜好的是诗书画。每逢谈到最高兴的问题，总是滔滔不绝，奔放的激情不可遏止。这，正是一个诗人兼书画家特有的气质。"赖老革命题材的书法作品，不仅融入革命故事、革命情怀和革命精神，也是将人格美与书格美完美呈现的典型之作。他曾手书一联：笔墨顽如铁，金石掷有声。这是他的审美艺术主张，也是他顽强不屈、坚忍不拔的人格美的映照。"欲佩三尺剑，独弹一张琴"这一楹联作品则又表现了他"独持偏见，一意孤行"的自信美。赖老的书法创作走的是雄强、古拙之路，按他本人的说法是具有北方的审美取向，不媚俗，铮铁骨，高古奇绝，生机勃发。如他晚年创作的《宝刀不老》《一往无前》《生命不息战斗不止》等，其中精神的分量远远大于技术因素，满纸洋溢着雄强的美，充满着催人奋进的精神力量，真正达到了"人书互赡"之美。

赖少其先生是无产阶级革命文艺战士的杰出代表，其精神品格、丰厚学养和艺术成果，不仅为我们当代文艺家树立了学习的榜样，也为文艺理论评论提供了丰富素材和优秀范例。在庆祝中国共产党成立100周年之际，系统梳理赖老的艺术发展轨迹，深入挖掘其革命题材书法作品所蕴藏的审美特色、审美精神，是一次自觉接受红色洗礼、革命教育，提高艺术修养的具体行动。限于能力水平，文章定有诸多不足之处，恳请读者批评指正。赖老精神永存、艺术长青！

赖少其题龙石诗书法的革命精神
与艺术风格

◎ 陈治军

  赖少其是20世纪中国艺术史上杰出的艺术家，同时也是杰出的革命文艺战士。他曾被鲁迅先生称为"最有战斗力的青年木刻家"，他一生追求革命道路，以艺术为武器，探索民族救亡的道路。赖少其在版画、书法、绘画的中国化创新发展过程中不断深入传统，不断推陈出新，以新的艺术语言体现了革命精神与艺术的革新精神。他用"赖体"独特的艺术风格诠释了其书法的革命性、时代性、创新性，他以激情在书写，用生命在创作，为当代书法开创了别开生面的新颖风貌与艺术格调。

  赖少其的书法艺术长期以来受到书法家与学者关注。他的"赖体"书法与他的版画、中国画的艺术审美一样，具有强烈的艺术品格，将文人的气质与战士气质融洽无间。美学家郭因用"润含春泽""干裂秋风"来描述赖少其作品的艺术美与人格美，"他热爱一切值得热爱的东西，爱得诚挚，爱得深沉。他热爱共产主义，一直为这个主义的真正实现而不惜受苦、受难、流血、流汗。他热爱为人民的利益英勇斗争的真正的艺术，为它们的得以诞生奔走呼号，为它们的茁壮成长辛勤浇灌"。

  赖少其的书法美学思想的形成与其追求革命道路是分不开的，他追寻民族解放的革命道路与追求艺术创新的革新精神完美统一，形成其整体的艺术观。赖少其早年的革命经历影响了他的艺术风格的形成。

  中国革命波澜壮阔，老一辈革命家勇于实践、勇于探索的开拓精神，不畏艰险、坚韧不拔、百折不回的奋斗精神，以及为党和人民的事业"鞠躬尽瘁，死而后已"的献身精神，是党和国家的宝贵财富，也是艺术家成长的巨大动力。

第一次大革命时期，在彭湃同志领导下，粤东地区掀起了轰轰烈烈的农民运动，赖少其在新田参加了农会运动，进行革命斗争。八一南昌起义后，周恩来、叶挺、贺龙、聂荣臻等领导起义部队抵达陆丰，1927年10月底，周恩来等同志冒险从金厢洲渚村海边乘船去香港，再赴上海，继续开展革命事业。为了纪念周恩来同志在陆丰金厢渡海的这段历史，1992年4月，陆丰市人民政府在洲渚渡海处建了"周恩来同志渡海处纪念碑"，正面是王首道所书的"周恩来同志渡海处"。赖少其撰写的龙石诗刻于龙石之上："洲渚夜如釜，遥天一砥柱。抢渡碣石湾，猛如下山虎。"题跋是"周总理抢渡碣石湾"。在《墨润江淮·安徽近现代书坛赖少其 石克士 司徒越 葛介屏艺术文献作品集》中也收录了一幅赖少其的书法《龙石诗》作品，是典型的"赖体"，题跋写道："题龙石一九二七年周总理从此地渡海经香港至广州。"落款用印是"岭南老赖"白文印和"少其所作"朱文印，作品右上角有"不拘一格"的朱文椭圆形引首章。这首诗是他为了纪念周恩来同志及老一辈革命家八一南昌起义之后，渡海寻求革命真理，不屈不挠，为了中华民族独立而奋斗的精神创作的。从这个意义上讲，赖少其书法艺术的形成与他革命思想和革命追求是分不开的。赖少其的书法、木刻

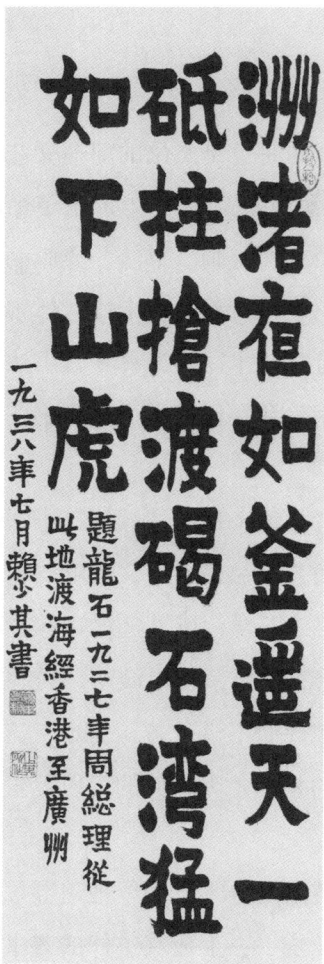

图1 《龙石诗》 纸本
95cm×31cm 1938年
赖少其家属藏

艺术、中国画的创新，也是在寻求中华民族文化的独立与革新。

1932年赖少其考入广州市国立美术学校西画科，从事绘画艺术的学习。20世纪30年代初，在鲁迅先生的号召下"新兴木刻运动"在全国范围内蔓延开来，木刻被视为进步思想的象征，赖少其和一群爱好木刻的青年在李桦的带领下，从事中国木刻的学习与创作，成立"现代版画创作研究会"，通过木刻版画来宣传救亡思想，进行革命斗争。赖少其最先是通过接触版画艺术，用手中的刻刀作为武器而成为一名文艺战士。在革命的激荡年代，赖少其将自己的心情写信告诉鲁迅，并很快得到鲁迅的回信："太伟大的运动，我们会无力表现的，不过这也无需悲观，我们即使不能表现它的全盘，我们可以表现它的一角。巨大的建筑，总是一木一石垒起来的，我们何妨做这一木一石呢？"此后赖少其用这"一木一石"精神自勉，贯穿于自己的一生。

对于"赖体"书法风格的形成，赖少其说他的经验是："先学一种字体，几十年如一日地学；但应同时博览百家，才能吸收各家所长。"赖少其的书法明显受到金农"漆书"的影响。

赖少其书法取法金农，并融入"二王"的笔法，方笔劲利，转折处圆浑，大至擘窠榜书，小至蝇头小字，无不透露出雄厚的力量，具有天真豪放的艺术气质，体现着拙和朴的美。如果说金农的书法具有禅机与逸气，那么赖少其的书法则饱含革命的创新精神。赖少其追求"一木一石"精神，在《点滴体会》和《我学习书法的经历》两篇文章中，介绍了他对于中国古代书法史、书法学习创作以及审美的体会，阐述了他的书法美学及其艺术探索道路的经验。赖少其说："我企图把画、书法、金石都能像铁打的，掷到地上会发出声音来才好。这是一种追求的境界，虽然有的尚未能达到，但确已有这种效果。"赖少其对于中国书法史的研究，从创新实质着眼提出了"中国书法，东晋是一个突破时期，清初也是一个突破时期。东晋因王羲之的字体而突出篆隶的限制，更为流畅和变化多端；但清初的突破，倒是突破了王字的柔媚无生气，由于学碑盛行，好像又返回到魏晋六朝以前的时期——这是否定之否定吧？"

其实赖少其是从文字史与学术史的角度来研究书法史的。两晋之际，隶书向楷书演变，笔法为之一变，王羲之改章草为今体，所谓古质而今妍。清代考据学派钱大昕、段玉裁、王念孙父子等人留意金石文字之学，碑学大兴。"赖体"书法取法金农，但是他又着重吸取了王羲之以来的书法审美特点。从书法的意趣和表达文人的思想境界入手，在金农书法基础上进行创新，创造出质朴天真的"赖体"书法。所以说赖少其的书法不光从传统中来，还富有时代精神，就是不断创新、不断革新的精神，赋予了作品新时期文化的内涵。在这首龙石诗中，我们看到赖少其为周恩来总理渡海追求革命道路而高歌，表达对周恩来总理以及革命先烈们赴汤蹈火，追求民族独立与民族解放、国家富强精神的赞颂。书法精神与时代精神并存，正是赖少其给我们当代书法的最重要的宝贵财富与艺术实践。清代石涛曾经说过"笔墨当随时代"。在新时代，书法创新正是要循着先辈在艺术继承和艺术创新中的创造性转化和创新性发展。将宏观的时代美学融入书法的创作中去，构建社会主义当下的书法艺术观、美学观。我们从赖少其书法艺术中不仅学习到革命主义精神，也学习到书法创新的艺术精神。有这样一种精神，就是以革命主义精神为内因，在争取民族文化独立与民族文化发展的过程中，寻求中国艺术的世界性语言，创作出富有创新精神的时代艺术精品。

摄影

铁军英姿的纪实性与审美性影像传达

——安徽抗日战场中的新四军摄影

◎赵　昊

新四军摄影事业最早从安徽起步，1938—1939年，新四军军部先后成立摄影室、摄影服务社，田经纬、陈菁、邹健东、路竹、邱剑飞等人开展了摄影工作，1941年后，第1师、2师、7师等陆续成立摄影组等机构，此外，叶挺、张爱萍等将领亦参与拍摄，留下了大量珍贵影像。新四军摄影机构的军事化及其摄影人员宣传战士的定位，使其多以组织化方式拍摄，作品呈现出宣传性、战斗性的特点；其主要人员的照相馆学徒经历或受摄影艺术表达影响，拍摄中自然融入艺术法则，强调视觉元素组合，讲究画面效果，作品体现出独特的艺术性。他们在安徽抗日战场拍摄了战斗、生活、人物等系列纪实性与审美性相统一的佳作，为大众呈现了全面立体、真实生动的铁军英姿，影响深远，为新四军文艺史、安徽文艺史谱写了壮丽的篇章。

一、英勇战斗的瞬间记录

新四军摄影工作者们深入战场、直击战斗，敏锐观察，迅速抓拍了战斗性、刺激性、象征性的精彩瞬间及战斗前后的情形，使大众全面了解新四军的战斗实况，增强了抗战必胜的信心。

这些摄影作品真实再现了紧张激烈的战场动态。《铜陵、繁昌地区的新四军三支队在机动防御中打击敌人》中战士们以丛林为掩护，持枪或蹲或站

图1 《铜陵、繁昌地区的新四军三支队在机动防御中打击敌人》

图2 《泾县茂林地区的新四军》

图3 《马群墙战斗》

图4 《棋盘岭伏击日军》

射击，突出战斗特点；《泾县茂林地区的新四军》层次分明、结构清晰地记录了战士状态与武器准备，表现出严阵以待的场面；《马群墙战斗》采用对角线构图延展画面，瞬间表现了在屋顶射击、登梯、准备登梯的众多战士的矫健英姿，于紧张气氛中凸显动态的连续感；《在马家园战斗中英勇阻击日寇》中对角线形态极具动势，凸显了战士状态；《棋盘岭伏击日军》采用开放式构图突出了夜间持枪战士冲锋动态，强烈的明暗反差突出紧张感。这一系列作品以强烈的现场感与动感再现战斗，激励人心。

这些摄影作品全面反映了我军战斗前后的状态。作品既表现了战斗号召，如《吹响了抗日的军号》中朝霞漫天映衬着号兵骑马吹号的剪影，体现出召唤大众抗战的象征之意；又实录了训练，如《登屋训练》瞬间定格了战士登屋的敏捷身姿、机警神情与合作状态，《教导总队学员练习过天桥》表现出训练的难度与强度；还展现了战前准备等，如《繁昌战斗中我工兵分队往前沿挖整战壕》采用框架构图，以前景树木与纵列队伍形成空间纵深，突出了身背长枪、肩扛铁锄的工兵形象，《反"扫荡"中的瞭望哨》完美表现了环境与人物关系，突出树上站岗士兵剪影，《奔驰在淮北平原》利用空旷平原突显了骑兵驰骋的气势与动感，地面之影映衬了主体。此外，还多以我军战士与缴获武器的对比直观呈现战果，如《新四军江南部队在父子岭战斗缴获胜利品》中昂首挺胸的两位战士守护排列整齐的武器等，以战利品的缴获表明胜利，鼓舞士气，建立必胜信心。

图5　《登屋训练》

图6　《吹响了抗日的军号》

图7　《奔驰在淮北平原》

图8　《繁昌战斗中我工兵分队往前沿挖整战壕》

二、丰富生活的真实写照

新四军摄影工作者们系统化、专项化、多样化地反映了指战员们的政治生活、生产运动、文教医疗等多方面内容，使大众深刻感受新四军的生活全貌。

系统反映了政治活动及其成效。以参与军民大会、抗战宣传、节庆集会的人数众多表现军民参与热情；以排列有序、俯身记录、侧耳倾听的人物形态反映出整风学习的深入；以《干部深夜为战士盖被子》《损坏东西当面赔偿》等细节层面的真实记录，由小事件传达官兵友爱、纪律严明等大主题。

翔实展现了开荒、种菜、纺纱等热火朝天的生产景象。《部队帮助群众开荒种地》采用对角线结构延展了视线，众人锄地体现着节奏感，反映了开荒规模与参与热情；《军部战士在纺纱》利用侧逆光勾勒人物外形与织机结构，表现战士们动态不一的纺纱状态，激励生产。系列图像生动表现了战士们生产的积极性。

形象再现了文教医疗等状态。文体活动侧重表现人员的参与度及获得感，《新四军战地服务团儿童团的小乐队》孩童们的趣味造型以及《拂晓剧团在排练》《文工团演出途中》等以演员们的朝气与热情感染人心；《纪念五四运动会的跳高比赛》以跳跃瞬间展现拼搏精神，反映战士们战斗之外的体育锻炼，《乒乓赛》在典型的徽派建筑环境中展现了众多战士参与乒乓赛的瞬间，表现了他们体育锻炼的参与面广；在学习方面，以抗大分校学员凝神听讲的形象，表达认真态

图9 《新四军战地服务团儿童团的小乐队》

度与整体氛围；《医务处主任宫乃泉、加拿大护士尤恩等为战士做手术》表现了人物专注、投入的工作态度。

此外，还真实表现了慰劳团慰问、外籍友人来访、与被营救的美军飞行员联系、与反战同盟开展活动以及对被俘日军进行教育等多种场景，真实记录了系列事件。

三、多样人物的自然表现

新四军摄影工作者们聚焦领导人物、英雄人物、军民大众等拍摄，视觉诠释了人物工作情形与生活状态，作品形神兼备，具有社会性、典型性与力量感，使大众充分领略人物风采，更加深了对新四军的情感。

生动表现了领导人物在开会、讲演、指挥、生活时的多样形象，突出人物气质、气概与性情。工作图像极为生动，如《刘少奇在中原局会议上作报告》《周恩来在军部大礼堂给干部作报告》抓拍了人物挥手讲话的决定性瞬间，表情、手势、状态都极为经典。单人像注重神情展现与背景烘托，多以驻地指挥部前环境体现浓郁的现场感；有序排列的合影关注了每个人物的挺拔身姿、坚定眼神，在特有的仪式感中显现"灵光"意蕴。

图10 《周恩来在军部大礼堂给干部作报告》

写实呈现了战斗、劳动英雄形象，树立典型，号召大众学习。围绕群英大会开展合影、接受奖旗等，突出英雄位置，整体情境体现庄严感与神圣感；具体英雄的表现强调神态捕捉，如《王新平与吴运铎在试制武器成功后的合影》以欢乐情绪显现豪迈气概，流露成功后的喜悦与放松心情。

直接显现了军民大众的新面貌、新作为。集结待命、行军、庆祝胜利等集体形象颇具气势，传递昂扬斗志；机构成立、进驻新地、参加集会、参与学习等形象，呈现视觉秩序感；群众救护伤员、运送物资、破坏敌方交通、配合出击等形象极具动势；参军、慰问、交公粮等形象侧重以人数、动态表达响应积极。这些都深刻体现了军民大众在党领导下团结一致抗战的情形。

新四军摄影工作者们站在时代高度，以强烈的责任感与使命感，以摄影为武器，深入一线，运用简易器材、稀缺胶卷审慎拍摄，力求以主题突出、真实生动的摄影作品打动人心，发挥宣传功用。他们平时刻苦模拟训练、反复思考，拍摄前详谋计划、预想画面，在实拍中迅速将"胸中、眼中之竹"转变为"手中之竹"。他们在安徽抗日战场拍摄了极具壮美与崇高风格的史诗般佳作，在当时通过展会展览、媒体刊载等形式广泛传播，凝聚人心，动员大众，取得了良好实效；在当代，为我们开展红色教育提供了丰富图像史料，为我们以人民为中心的创作提供了有益借鉴。

长津湖战役的影像在场

——张崇岫战地摄影作品评析

◎李化来 范 玥

在中华民族不断前行的数千年里，20世纪上半叶是一段令人难以忘怀的岁月，1950年为了制止美帝国主义的东方新侵略，中国人民志愿军参加了抗美援朝战争并取得了胜利，维护了世界和平和亚洲安全。从1950年冬到1952年夏的两年零九个月的战斗时光中，有这样的一位战地摄影师冒着生命危险用相机抓拍记录，用影像作品还原了长津湖战役的真实场景。他14岁参加革命，21岁赴朝鲜作战，他是一名志愿军战士、一名战地记者，他就是战地摄影师张崇岫。1948年他被分配到新华社九兵团分社做摄影工作，自此开始了战地摄影的生涯，先后参加解放战争的淮海战役、渡江战役、上海战役等，他以满腔的热情、专业的素养和不怕牺牲的精神定格了战争的残酷，传达了保家卫国的伟大抗美援朝精神。

作家用笔写下战争中的感人故事，音乐家化音符为鼓舞群众的力量，战地摄影师用镜头真实地记录下历史的点滴。尘封的老照片或许因为时间的流逝、传承的无序等原因变得有些模糊，但2021年的国庆档电影《长津湖》中，丰富的镜头语言、震撼的听觉语言把广大观众迅速拉回到那场真实的历史战役中，引发无数国人为中国人民志愿军的舍生忘死而热泪满襟。除却电影的戏剧化叙事和艺术加工，长津湖战役背后的真实影像也吸引了无数国人广泛的关注，张崇岫的战地摄影作品将我们再次带入那段峥嵘岁月。

一、真实事件的现场直击

在梅洛·庞蒂看来，图像是一种"不言自明的语言，绘画以它的方式说话"，这种方式就是它依靠"自然和直接手段的知觉器官"进行表意；就效果而言，图像符号试图"和物体一样令人信服……向我们的感官呈现不容置疑的景象"。这就意味着语言叙事是一种"不在场"的符号行为，图像叙事则是一种"在场"的言说。图像叙事的在场性，一是表现为直接、即时、即地的表意行为，二是表现为如在目前、如临其境的表意效果。技术革新是时代进步的显著特征，伴随着科技进步的摄影技术也从达盖尔的银版摄影法走向了如今的数字影像，作为历史的见证，摄影以其快速抓拍的典型特征定格了人类社会的历史真实。战地摄影作为特殊的摄影题材，自诞生起就体现出强烈的在场性。

作为战役的亲历者，张崇岫在第一现场记录了坐镇前方的指挥员，奋勇拼搏的战士、敌我双方猛烈的交火、缴获的战车、俘虏的美军士兵以及载歌载舞的朝鲜人民，翔实的记录让那段战火纷飞的岁月在一张张照片中逐渐清晰起来。张崇岫在入伍后才逐渐接触到摄影，战士和摄影师的双重身份的叠加，使他的作品呈现出无可比拟的真实性，他对战役环境的细致刻画塑造了强烈的在场感。

图1　1950年11月，中国人民志愿军第27军跨过冰天雪地的北部山区，向长津湖战役现场前进

图2　1950年12月，中朝人民军队向号称美军王牌的海军陆战队第1师和步兵第7师等部队展开围歼战

图1是1950年11月，中国人民志愿军第27军跨过冰天雪地的北部山区，向南朝长津湖战役现场前进。冰雪天地中的S形构图凸显了行军队伍的前进方向，近大远小的比例强化了视觉的延伸感，点线面结合，融天地、山脉和部队于一体，阴沉的天气体现了环境的恶劣和战事的紧张，反衬出战士们不畏艰辛和吃苦耐劳的精神。

图2是1950年12月，中朝人民军队向号称美军王牌的海军陆战队第1师和步兵第7师等部队展开围歼战。与图1给人视觉冲击的大远景不同，图2采用了中景，清晰地呈现了战士正在用枪瞄准敌人的动作。战士们虽身处冰雪之中，但他们丝毫不敢松懈，快速快门定格了战士们小心翼翼的细微动作和严阵以待的严肃表情，三角形的枪支和三角形的构图形式重叠，强调了武器与战士、战士与团队、团队与环境形成的稳定画面结构。近距离的拍摄手法既精准捕捉到战士们的作战实况，又在无形中强制性地拉近了观赏者与战争的距离，营造了在场感。

图3　1951年5月，中国人民志愿军第20军战士们沿着抱川至汉城公路，向南部前线进发

图3是1951年5月，中国人民志愿军第20军战士们沿着抱川至汉城（今首尔）公路，向南部前线进发。此幅作品中装甲车位于画面中央，战士们位于装甲车的左右两侧，画面呈现出对称式构图的格局，给人以战争的紧迫感与军队的仪式感。从背面角度展现了背负行囊的战士们整齐的队伍和前进的步伐，营造出强烈的"前进感"，画面中心的战车坚固而凝重，与战士们的血肉之躯连在一起形成了钢铁长城。巧妙的是位于战车上的士兵正回头直击镜头，戏剧性地向观众传递出号召性。

二、"陌生"情境的时空接近

长津湖战役已经深深地烙印在亲历者的脑海之中，但快节奏的现代生活，多样的视听轰炸让现代的人们专注于纷繁的碎片化信息，逐步忽略了那段记忆，对民族历史感到陌生。什克洛夫斯基说："经过数次感受过的事物，人们便开始用认知来接受。事物摆在我们面前，我们知道它，却对它视而不见。因此，关于它，我们说不出什么来。"对于那场战役，人们熟悉的是革命前辈用青春和生命挽救民族危亡，换来的和平年代，陌生的是战争岁月中革命前辈浴血奋斗的真实场景。战地摄影作品的影像价值在于其能够将特定时空中的关键瞬间进行真实记录和客观还原，张崇岫的三卷胶卷定格了长津湖战役的重要时刻，暗淡灯光下的排兵布阵、四处弥漫的黑色硝烟、举手投降的美军士兵等等，真实的人、景、物隔空对话，拉近了时空距离。

图4是中国人民志愿军第20军59师战士们冒着敌人的炮火，沿华川至汉城公路

图4　中国人民志愿军第20军59师战士们冒着敌人的炮火，沿华川至汉城公路英勇前进

英勇前进。画面的结构关系明确，内容层层递进，主体是拿枪挺进的四名战士，画面中间是炮火轰炸后弥漫的黑色烟雾，背景是复杂的作战山地。大面积的黑色烟雾作为陪体引发观者无限的想象，烟雾的背后是否有敌人？前方的地形又是什么样？种种问题或许会萦绕心头，这不仅仅是未知的危险，更是生死的抉择。正是张崇岫对爆炸瞬间的精准捕捉强化了战役现场的跨时空传送，如他自己所说："搞摄影，一要胆子大。我的胆子就很大，哪里枪响，我就往哪凑。"

图5　1951年7月，中国人民志愿军第20军战士们冒着炮火和敌人的阻击，涉水强渡邵阳江

图6　东线战场志愿军某部司令员在指挥部队围歼长津湖畔的美军陆战队第一师

图5是1951年7月，中国人民志愿军第20军战士们冒着炮火和敌人的阻击，涉水强渡邵阳江。此幅作品的视觉重心是位于画面左右两侧、被炮火激起的巨大水柱，决定性瞬间的定格表现了张崇岫对于战事的动态把握和快门的精准抓取。巨大的水柱和猛烈的炮火与点状的战士们的身躯形成强烈反差，强渡队伍既要克服水的阻力前行，又要警惕投射过来的炮火与敌人的子弹，但陷于枪林弹雨之中的战士们不怕牺牲、迎难而上，给予了受众强烈的视觉冲击力和压迫感。

图6是东线战场志愿军某部司令员在指挥部队围歼长津湖畔的美军陆战队第一师。画面强烈的明暗对比突出了战事的紧张感，电灯的灯光点亮了视觉中心，加大了画幅四角和中心局部的反差，同时也点燃了胜利的希望。三分法式构图的运用强化了画面内容的平衡，格式塔心理学和美学

家阿恩海姆认为："对于一件平衡的构图作品来说，组成它的所有要素的分布必须要达到一种平衡状态。"电灯的灯线恰好把画面分隔成了左右两个均衡的部分，左边的战士手拿着的灯泡照亮了地图，逆光形成的剪影勾勒了背影的轮廓，右边的司令员正指着地图中心进行指挥，侧面角度体现出了身姿和动作。一左一右、一明一暗的呼应均衡了画面，强调了主陪体的互动交流，突出了挑灯夜战的正义之光。

图7是1951年5月，朝鲜江口洞，美国陆军第24步兵师坦克士兵向中国人民志愿军第20军59师战士举手投降。画面上的坦克因其本身的体积巨大，占据了画面中的较大比例，而视觉重点和趣味中心正是从坦克中走出来举手投降的美军士兵，与其形成鲜明对比的是画面前

图7　1951年5月，朝鲜江口洞，美国陆军第24步兵师坦克士兵向中国人民志愿军第20军59师战士举手投降

方匍匐在地、紧握枪支的志愿军战士。画面黑白灰层次丰富，尤其是坦克轮子和履带冒出的白烟形成的空白部分，给人以动态诱导，营造了战事的紧张氛围。张崇岫捕捉到了美军士兵投降的正面，正视镜头的美军士兵仿佛打破了画面的"第四堵墙"与观者直接对话，观者在观赏图片的瞬间也仿佛被带入现场。基于图像进行了记忆和空间重构，有利于观者新的时空认知和历史记忆的形成，这种跨时空交流能够激起最大程度的共鸣。

三、动人历史的情感唤醒

通过张崇岫在长津湖战役现场记录的图像，不仅能看到长津湖战役的重要时刻，也能看到普通民众的朴素情感，正是摄影作品中残酷的战争场景、

鲜明的人物形象、感人的帮扶救助才构成了今天的人们对那段岁月的集体记忆,"家国情、战友情",跨国的友谊唤醒了民族意识和家国情怀,战地摄影作品中真情实感的表达进一步还原了历史真实。

图8　1951年的冬天,美军战俘正在呼吁和平书上签名

图9　正在召开释放美俘返国的大会

图10　1951年中国人民志愿军第20军58师,为172团3连授"杨根思连"锦旗

图8和图9是1951年的冬天中国人民志愿军第9兵团美军战俘营中的场景。图8是美军战俘正在呼吁和平书上签名,画面的主体是正在签字的几名战俘,背景是印着和平鸽的幕布,主题内容和影调层次上的对比具有强烈的隐喻性,和平鸽作为典型的符号语言,传达出人们心中对和平的渴望,战俘签字的动作和耷拉的脑袋强化了其对于侵略的反省。图9是正在召开释放美俘返国的大会,画面中心是一名美军战俘在幕布前发言。他是一名普通的美国士兵,也是自己家庭的一分子,为人子或许也已为人父,战争让他背井离乡,但对于许许多多逝去的鲜活生命来说,他与众多美国战俘一样是幸运儿,此时生存成为他们唯一的诉求。

图10是1951年中国人民志

愿军第20军58师，为172团3连授"杨根思连"锦旗。杨根思作为战斗英雄的典型，所代表的不仅是英勇无畏的战士，更是传达了一种不怕牺牲的"杨根思精神"。此幅图片使用了全景景别，使受众既能从挺拔的身姿中看清战士们对荣誉的珍视，也能观察到他们脸上洋溢的喜悦与自豪。侧逆光的勾勒使战士熠熠生辉，明暗对比显示出雄壮的力量，无声地传达出"团结就是力量"的信号，显示出队伍的稳定性与凝聚力。

图11是1952年，在朝鲜兴高山修筑工事的中国人民志愿军第23军战士们正在缝补军鞋。与其他战地摄影作品不同，此幅作品没有枪支弹药，也没有爆炸瞬间，张崇岫的镜头中只有面带笑意、缝补军鞋的普通战士。两位战士的中景景别促使观者迅速捕捉其动作和神态，也能体味到战时生活条件的艰苦。轻松微笑的战士此时是褪去战火阴霾的普通人，在日常生活中他们或许是孝顺的儿子，或许是慈爱的父亲，平凡的平民视角使张崇岫的摄影作品充满着浓郁的情感性和独特的人文关怀。

图12是1952年冬，朝鲜兴高山修筑工事的中国人民志愿军第23军战士们在坑道口张贴春联，迎接农历新年的到来，祝福祖国和人民，表达了战胜敌人的坚定决心。坑道口张贴了春联——上联：志愿军大显威风；下联：长津

图11　1952年，在朝鲜兴高山修筑工事的中国人民志愿军第23军战士们正在缝补军鞋

图12　1952年冬，朝鲜兴高山修筑工事的中国人民志愿军第23军战士们在坑道口张贴春联

湖战败美军。上联：朝鲜东战场美军败北；下联：再战进军中欢度新年；横批：过一年长一岁打一仗进一步。对联上的文字内容虽然朴素，但彰显了中国军人对抗美援朝战争的必胜之心。这幅图片使用了竖幅的框架式构图，对场景的介绍更加全面客观。画面中来自上方投射下来的硬质自然光将对联照亮，在战士的手足之间、在明朗的画框里，充满了对胜利的渴望和新年的祝福。

图13　1952年夏，中国人民志愿军第20军女战士与朝鲜人民军女战士一起跳舞联欢

　　图13是1952年夏，中国人民志愿军第20军女战士与朝鲜人民军女战士一起跳舞联欢。与直击战场不同，张崇岫将镜头对准载歌载舞的女战士，全景的景别展现了女战士们结伴携手、欢快自由的舞姿，每个人的脸上都洋溢着轻松愉悦的表情。充足的自然光线表现出女战士的身形轮廓，顶光的光位衬托出女战士俊美的面庞，画面主体女战士的选择唤起了受众对战争的思考。

　　作为电影眼睛派的代表人物，维尔托夫在20世纪初就提出摄像机是人的眼睛，有时候甚至比人眼更客观。经典电影理论的奠基人巴赞也在《摄影影像的本体论》中提出电影再现事物原貌的本性是电影美学的基础，因为一切艺术都是以人的参与为基础的，唯独摄影有了不让人介入的特权。文学作品可以刻意美化人物，雕塑作品会受到外部条件和展示的限制，但战地摄影作品会遵循拍摄对象或场地的客观情况进行记录。有时战地摄影师想要采取一些特殊视角或构图方式，让图像更好地叙事，甚至都要付出生命的代价，但这就是摄影师的使命。某种程度上，这种记录对后世的影响甚至比在当时还要深远，如今现存的影像资料证明了战争发生的史实，它或许成为历史书上的一页，或许占据纪念馆的一面墙。张崇岫的摄影作品像是一个忠贞不渝的讲述者，无声地倾诉着每一个真实的事件。

戏剧

从《共产党宣言》看黄梅戏的红色表达

◎蒋　彤

　　红色题材因其独特的表达方式和厚重的文化内涵，一直是戏曲发展史上比较重要的创作题材之一。就黄梅戏而言，不论是20世纪50年代家喻户晓的《党的女儿》，还是近年来安徽省黄梅戏剧院先后出品的《江姐》《青春作伴》等，它们包含浓郁政治品格的同时以多元化的审美呈现以及多样性的实践途径，将红色文化与黄梅戏充分融合，用丰富的艺术手段在戏曲舞台上展现出慷慨激昂、壮怀激烈的爱国情感，凝聚起新时代磅礴向上的精神力量。

　　《共产党宣言》作为安徽省黄梅戏剧院为建党百年献礼的一部作品，根据唐栋创作的同名话剧改编。该剧以广州起义为背景，讲述了中国共产党早期宣传革命思想救国救民的故事。1927年大革命失败后，国民党反动派大肆屠杀共产党人，当时的中国风雨飘摇、风云变幻，每个人都面临理想与信念的选择。共产党人林雨霏不顾危险亲手刻写油印《共产党宣言》，多次游走在街头、校园向青年人传递革命的火种。为了躲避敌人的抓捕，危急关头她被思想进步的女学生邝梅搭救并带回家中，一个连接前世与今生的故事便由此展开。

　　唐栋谈到话剧的创作思路时曾说过："创作者必须站在当下中国社会这个位置上，找到一个合适的、新颖的角度，必须用艺术的高度去建立思想的高度，必须以现实的思考去看历史，以历史的眼光观照现实。"周德平的二次改编以革命精神与文学内涵为基础，保留了原作的故事架构和创作思路，为了更大程度地发挥黄梅戏善于抒情的特征，他在总体布局的时候将笔墨更多地倾向于林雨霏的亲情救赎与命运搏击，可谓既是对红色经典的重温，又是革命思想戏曲化表达的全新结构。

一、小人物切入大主题

胡一峰曾在文章中指出："红色题材戏剧的创作过程也是革命精神追求载体的过程。"《共产党宣言》这本闪耀着理论光辉的小册子可以说是近些年红色题材中非常受欢迎的表达对象与艺术载体。如果说吕剧《大河开凌》借用戏曲的形式表达了中国民众尤其是乡村民众在《共产党宣言》指导下的觉悟，那么黄梅戏《共产党宣言》则是通过一位女性知识分子的视角，将主题聚焦在早期中国资产阶级中共产主义的思想开化与转变。

20世纪20年代初，在各种社会思潮碰撞的社会环境下，一部分具有资本主义萌芽的先进知识分子，追求真理、启蒙大众、改造社会，用行动与鲜血写满爱国的底色。黄梅戏《共产党宣言》便是将革命精神的追求灌注在虚构的人物林雨霏身上。剧中她不仅仅是一名不怕流血牺牲的革命战士，还是追求理想的母亲，是实业家邝兆年的前妻、谢婉云的好友，还是以邝梅为代表，一大批青年人思想启蒙的老师。多层复杂的人物关系以及多种情感的架构让这一位大义凛然的革命者在剧中的行动有了具体支撑。面对敌人拷问时她的坚韧不屈，传播革命信念时的神采奕奕，看到亲生儿子站在与自己对立的阶级时的痛苦与挣扎。袁媛用她精湛的演技为林雨霏点燃了一盏"信仰"的明灯，让她同时拥有柔美与铿锵，用行动诠释了"我以我血荐轩辕"的革命精神。

表现革命思想的戏剧作品如果缺少民众的土壤，注定如无根之木，缥缈虚幻。剧中除了着力刻画林雨霏这位不怕流血、不怕牺牲的革命者，还塑造了一大批性格鲜明的人物群像，将《共产党宣言》如何扎根中国的事件通过人物性格与命运的演绎而变得形象化。邝兆年是固执的资本家，邝为是两种思想冲击下的选择者，邝梅是思想进步的新青年，谢婉云是新旧思想影响下的女性群像的缩影。整部作品中没有激昂的战争场面，没有浓烈的鱼水情深，而是通过一次次激烈的思想交锋将革命斗争精神融入小情与大义之间，使人性的真实和复杂得以凸显。这样的形式使整部作品蒙上一层厚重的底色，深沉中饱含浓烈的精神力量，引人深思的同时也拓宽了戏曲对于宏大主题的表达方式。

二、小物件承载大感情

用家国情怀去包裹母子情，是最常见也最容易引起情感共鸣的红色题材的处理方式之一，比如赣南采茶戏《八子参军》、评剧《母亲》、上党梆子《太行娘亲》等一系列口碑佳作，均是通过母亲与孩子之间的情感牵绊来做文章，而此次黄梅戏《共产党宣言》中对于"母子情"阐释的创新之处在于——将母亲与孩子分别定位于两个对立的革命立场。林雨霏有着坚定的共产主义追求，可以为了人民大众的幸福而舍弃优渥的生活，奉献出自己的生命；而邝为却信仰三民主义，但在社会环境的渲染中加之母亲言行举止间的影响，他进行了一场信仰的博弈。

艺术是通过形象说话的，形象则是依托故事而成立的。为了更好地传递白色恐怖笼罩下的母子情深，剧中延续了戏曲故事中常见的以物件承接关目的艺术风格，将母子情之间的牵绊贯注于"风筝"这一典型化的物件之中。风筝是邝兆年难以言说的真相，是邝为对亲生母亲的朦胧记忆，是文清留给孩子的人生告白。当得知真相的邝为再次返回狱中与林雨霏相见，母子两人心如明镜却有口难开。林雨霏的痛苦与挣扎，邝为的自责与懊悔，种种情绪扑面而来，在相互试探中，他们的情感因"风筝"而沉沦，在挣扎的选择中他们的理想因"风筝"而放飞。最后尾声处借助风筝的传递，引出演员一一上台谢幕，屏幕上漫天飞舞的风筝，是林雨霏用鲜血染红的母爱，用生命浇灌的理想之花，是星火燎原，生生不息的革命力量。颇具观赏性的同时也借助符号化的象征手法实现传承红色基因的双重表达。

除了风筝这一重要的情感载体，还有一个贯穿全剧的重要线索，那就是对《共产党宣言》的诠释与注解。这本改变中国命运的小册子在剧中有时会以实物的形式出现。林雨霏时刻将它随身携带，视作真理和信仰，邝梅在书中找到了理想之光，时常偷偷阅读它，在国民党人眼中它是蛊惑人心的禁书，是虚幻的幽灵。然而更多的时候它是通过林雨霏之口，以润物细无声的方式传播到各个角落。身陷狱中的她把牢房当作讲堂为青年人留下"我以我血荐轩辕"的寄语；面对邝为的审讯她忍受身体的伤痛坚持谆谆教导，希望他能够紧握手中的真理，找到属于自己的信仰之路。

最后一场，兄妹二人在井冈山上顺利会师，已经英勇就义的林雨霏再次梦回这片插满党旗的根据地，她对千千万万的青年人殷殷叮嘱，只要牢记《共产党宣言》就会有力量、有希望。至此《共产党宣言》不再单单是一本薄薄的小册子，作为马克思主义历史观的精华与浓缩，于中国来说它是救亡图存的一条道路，于青年来说它是指引前进的一盏明灯，于百姓来说它是过上和平生活的希望！

三、地方戏嵌入大格局

将话剧作品改编成黄梅戏，安徽省黄梅戏剧院有着成功的经验。早在2005年，隆学义先生改编的黄梅戏《雷雨》因其对人物内心活动的精准刻画，获得第四届陕西省戏剧节优秀剧目奖等一众大奖，主演蒋建国更是凭借这部作品夺得梅花奖。此次改编《共产党宣言》作为话剧向黄梅戏转化的二次尝试，不仅有蒋建国这样的"大咖"参与，还吸引了袁媛、张晓威等一批优秀青年演员同台演绎。无论是人物形象、舞台呈现还是唱腔设计都在秉持剧种风格的基础上融入新时代的审美特征。

在舞台呈现方面，黄梅戏版延续了原话剧的场景设置，将故事呈现在牢房与宅子两处场景中，借助现代科技装置将黑夜抓捕、牢狱审讯、老屋诉情、井冈山会师等一系列情境展现出来，突破了对戏曲表演程式的依赖，增添了红色题材的厚重感，触发了黄梅戏当代舞台美学风格的探索。其中最精彩的一段当数开场的抓捕场面。黑衣人手持手电筒，黑暗中摇曳的微光渲染出紧张氛围，瞬间将观众带回了百年前那个被白色恐怖笼罩的城市。具体与抽象的搭配与传统观念中温婉、绵柔的黄梅戏形成了巨大的反差，拓宽红色艺术表达路径的同时让黄梅戏拥有了新时代审美观照下的叙事张力与艺术品格。

话剧《共产党宣言》通过大量内心独白和语言的交锋，表现出动荡的社会下理想与信念的抉择。这样的手法显然不太适合戏曲的艺术形式，周德平先生紧扣黄梅戏擅长表现女性的艺术特征，在改编过程中将更多的情感往林雨霏身上偏移，重点表现她在求索过程中的初心不改和矢志不渝。通过独唱、对唱、接唱等多种艺术形式在戏曲舞台上融入更复杂的人性与伦理。林雨霏入狱被刑讯后面对自责的邝梅，她有一大段独唱：

别自责，莫悲伤，结局打开我勇于承当，干革命要撑起一身铁骨，这铁骨就是我坚定的信仰，让天空日清月朗，让大地处处春光，让欢乐像鸟儿歌唱，让幸福像鲜花芬芳，纵然是这监牢暗无天日，敞亮的路在脚下绝不彷徨，镣铐在身我在走，走一步进一步那无限辉煌。

意象化的唱词中，有对美好生活的无限憧憬，对敌人的抗争与不屈，对信仰的坚守，种种的思索与期望包裹在黄梅戏的曲调中加以管弦乐的修饰，在袁媛的演绎下缓缓流淌，让人深省又备感力量！

在建党百年这个历史交汇点，黄梅戏《共产党宣言》的创排紧扣党史学习教育的主题，通过对红色起点的回望，展现普通革命者的精神蜕变，探求当代文化语境下戏曲红色题材的表达。除去艺术性与娱乐性的同时，笔者以为它更大的意义在于呼吁我们的年轻人牢记先烈们不屈的斗争精神，进而唤醒爱国主义与斗争探索精神，凸显永恒的价值。

用爱与牺牲谱写一首信仰长歌

——评黄梅戏《青春作伴》的当代表达

◎ 吴海肖

日前，由安徽省黄梅戏剧院创排的新编大型现代黄梅戏《青春作伴》在安徽省黄梅戏剧院好人剧场倾情上演。跌宕起伏的惊险剧情，至死不渝的革命爱情，视死如归的牺牲精神，再加上国家一级演员、"梅花奖""文华奖"获得者蒋建国和袁媛、王成、姚恩田、王霞等优秀演员的精彩演绎，令喜爱黄梅戏的观众流连忘返。黄梅戏《青春作伴》在继承传统黄梅戏优美抒情的剧种风格基础上，从当代观众的审美视角出发，充分运用舞台假定性原理，并借鉴电影艺术中蒙太奇等技术手法构筑诗意的舞台空间，演绎了一场关于爱与牺牲的信仰长歌，成为一部探索黄梅戏红色题材表达方式的精品力作。

一、爱与牺牲的信仰长歌

黄梅戏《青春作伴》剧述1945年秋，中国共产党为促成国共和平谈判，命令皖南新四军主动让出皖江根据地，全部转移至江北。因此，皖江区党委宣布关闭大江银行，回收大江币，并由童华、大姐、樱桃、小口琴、跟娣、荷叶、杨柳等7位女战士和顾重光、常庆等2名男战士组成一支兑换小分队，深入到来不及兑换的皖江山区进行等价兑换，践行不让群众蒙受一分一毫财产损失的庄严承诺。在童华、顾重光的带领下，小分队在短短5天的时间里克服重重困难，冲破敌人的围追堵截，责任、使命、担当使得大姐、小口琴、童华、顾重光先后壮烈牺牲，她们共同用爱与牺牲谱写了一曲共产党人诚信如天的信仰长歌。

为获得当代观众对"传奇"情结的青睐，黄梅戏《青春作伴》采用明、显、隐三条线索层层设伏，使得故事跌宕起伏，险象环生，牢牢地把观众吸引在剧场内。第一条是明线，说的是童华、顾重光带领小分队冲破敌人的围追堵截执行兑换任务，这一条线索因假币事件产生突变；第二条是显线，说的是童华对顾重光的情感从厌烦、赞扬、敬佩到仰慕直至生死不渝的心路历程；第三条是隐线，说的是小分队队员因各怀心事而横生枝节，但最后她们为了一个共同的目标，同仇敌忾，不惧生死。三条线索交织在一起推进剧情，增加了小分队的不稳定因素，使得剧情曲折离奇，从而对剧场内的观众生发吸引力。

黄梅戏《青春作伴》最巧妙的地方，莫过于巧设阴阳局，展现童华、顾重光视死如归的牺牲精神。第五场"江边话别"，这一场戏的生发是因为货币专家顾重光在兑换来的大江币中发现了假币，戏剧性便由这张假币引发，它不仅让小分队的人物关系发生质的改变，而且使得兑换任务产生了合乎情理且不可逆转的突变。因为假币，具有多年敌工经验的顾重光敏锐地意识到敌人正在策划一场阴谋，事实上敌人在最后的兑换点——竹山书院，已经布好了口袋，无论是谁，只要按约定到竹山书院进行货币交割都将自投罗网，但是如果放弃兑换，那就正中敌人的离间之计，这是一个阴阳局。想要破局，就必须有人牺牲，为了维护党和人民群众血浓于水的关系，顾重光明知山有虎，偏向虎山行，毅然决然前往竹山书院以身殉国。爱情在革命中升华，信仰在牺牲中绽放，顾重光、童华为爱和信仰甘愿牺牲的光辉形象鲜活地矗立在当代观众面前。

二、蒙太奇思维下的诗意空间

黄梅戏《青春作伴》展现了一种复合的诗意空间，灵动、抽象，是组合的，叠加的，具有极大的想象空间。如"鼓"的意象，"鼓"是该剧最具意向性特征的存在，它同石桌、长凳等简单道具组合成剧中人物的情感支点。鼓，可以是"辞江畔别战友披星戴月"中的月，也可是顾重光和童华双敲鼓的心意相通，更象征着革命理想的梦圆，多重意象组合，展现了中国戏曲意象化的魅力。

在艺术空间的处理上，黄梅戏《青春作伴》充分运用舞台假定性原理，鲜明借鉴电影艺术中"闪回"结构手法、蒙太奇剪辑手法等构筑诗意的舞台空间，以求贴合当代观众对视觉效果的审美追求。如在"银圆风波"这场戏中，运用电影"闪回"的结构手法，在舞台上营造双重空间。兑换小分队队员樱桃怀了画家老田的孩子，为了维护老田烈士的名誉樱桃忍辱负重决定脱离队伍，这一行为使得樱桃被小分队甚至老田的战友顾重光误解，万般无奈之下樱桃把来龙去脉和盘托出，了解真相后的顾重光和樱桃目视前方，舞台上"闪回"出老田英勇牺牲的场景，两个空间平行发展，最后交织在一起，舞台上的顾重光望着老田牺牲的身影，终于明白老田临死时托付的是什么。

蒙太奇在法语中是"剪接"的意思，基于中国戏曲舞台时空自由的传统理念，在戏曲舞台上运用蒙太奇可以将多层次的复合空间在灯光技术的辅助下完美地呈现出来。对于黄梅戏《青春作伴》来说，最后一场戏"书院涅槃"综合运用了电影蒙太奇平行、交叉、重叠的艺术手法，构成了顾重光和童华信仰和爱情升华涅槃的诗意空间。顾重光看到竹山书院的山泉，睹物思人，想起当初在竹山书院追求童华的情境，借助灯光的空间切割作用，舞台上出现两个童华，并衍化出三重空间：一是童华回忆当初在竹山书院里和顾重光的点点滴滴；二是顾重光在竹山书院回忆追求童华的情境；三是竹山书院时期童华的影像活动。在这一场戏中，顾重光和两个童华分属三个空间，却在一起表演，其中童华和顾重光各有一大段内心独唱，说是独唱，其实是对唱，两个人甚至还有肢体动作连接的表演，预示着生理空间的天各一方并不能阻止心理空间的相依相随，观演关系达到一个完美的默契。这样一种极具当代性的表达方式，非蒋建国和袁媛这样优秀、成熟的演员不能呈现。通过这段回忆，顾重光向观众表达了自己深深爱上童华的心曲，这时两个童华便从舞台后面消失，三个时空又变成一个时空。这种暗上暗下的调度方式加上蒙太奇的空间思维，让这出戏非常好看。

三、不完美，才是完美

黄梅戏《青春作伴》中的顾重光、童华，包括小分队中的每一个人，都有着无比坚定的革命信念，为了信仰和战友不惜牺牲自己的生命，可是每个人的身上都有那么点"软肋"。比如自带主角光环的顾重光，他的身上有着知识分子那种文人无行、放浪形骸且有点自傲的特点，当他知道樱桃为了维护老田的名誉而忍辱负重时，竟然固执地隐瞒了樱桃怀孕的真相，从而引起了小分队内部的一场风波。顾重光给樱桃的银圆明明是自己的，但当童华和小口琴对他逼问时，却固执地以"樱桃需要钱"为回应。再有，童华有着坚定的革命信念，处处从大局出发，但也曾因"厌烦"顾重光的小资情调而对其刁难和排挤。其他如小口琴，她是一位迷恋顾重光的记者，也是记录大江币兑换过程的新四军战士，曾因爱生怨挑起"银圆风波"，但是当小分队被敌人重重围困无法脱身时，小口琴心甘情愿地为爱和信仰慷慨赴死，爱得是如此热烈、纯洁而又慷慨悲壮。反观小分队队员身上这些"软肋"，因其符合当代观众对于人性的理解，不但丝毫没有影响他们留给观众的印象，反而使得人物更加真实可感。

该剧最大的"不完美"，就是童华、顾重光即便牺牲了自己，也没有完成兑换银圆的最后任务，迫于无奈，他们把银圆放到了隐蔽的位置，希望后来人能实现共产党新四军对人民的承诺。这样一种结尾，其实并不符合传统戏曲一贯遵循的大团圆结局，但是却以至死不渝的牺牲精神符合当代观众对于艺术"遗憾"的接受。换一种说法，童华和顾重光以自己的生命为警钟告诉前来兑换银圆的群众远离危险，更是一种崇高和伟大。

从不完美中体现完美，从平凡中体现崇高。黄梅戏《青春作伴》塑造了顾重光、童华等真实而又丰富的英雄群像，它让人们感受到那一代人身上的情感硬度和信仰纯度，昭示着中国共产党夺取全国胜利、走向辉煌的历史必然。俗话说，十年磨一戏，"磨"是从精品走向经典的必由之路，真诚希望这出戏能在黄梅戏舞台上常演常新，成为一部"叫得响、立得住、传得开"的黄梅戏经典之作。

红色题材 童心表达

——看新编庐剧《崔筱斋》

◎ 王长安

红色题材的表达方式一直是一个颇费周章的事，样板戏首开新路，迄今似无超越。人们虽也诟病它的"高大全"，但又着实找不到更佳的替补路径。一度，人们从破除"高大全"入手，强调英雄的"人化"，即让英雄由崇高变得平凡，所谓"食人间烟火"。这在一定程度上确实增强了英雄人物的某种生动性和亲切感，但也多少矮化了英雄本应具有的高大与完美，崇高感也随之降低。这又与我们创作红色题材戏剧作品的初衷有所背离。崇高本是一种仰视，非如此，则无以言"感召"与"净化"。西方经典戏剧理论也说，"悲剧是塑造比我们高的人"。

如何保持崇高与感召而又不失亲切与生动，这是红色题材戏剧创作必须破解的现实命题。新编庐剧《崔筱斋》对此做出了它的回答，并已取得了初步成效，其路径或可表述为：红色题材的童心表达。

一、童心叙事

此剧讲述的是长丰县革命先烈崔筱斋的革命事迹，其主要行为均有史实依据，最具标志意义的是他早在20世纪20年代中期就率先在长丰建立了党组织，号称"江淮第一支部"。其次是他领导农民运动，反抗压迫并为此献出了年轻的生命。演出没有机械地选择惯常视角，从人物的事迹中找出"核心事件"，并由此生发出符合"起承转合"规则的"一人一事"来完成全剧；而是采用了一种自由且充满想象的童心叙事，使全剧完全依当今后辈对既往历史的主观复述而展开。既有晚生对先烈的本能仰视，也有今人对往事的平静讲述，实现了崇高与亲切的合理统一。

剧之开始即为一个农民不堪压迫，被迫鬻儿卖女、痛苦挣扎的场面。导演颇具匠心安排了几组人物造型，似我们寻常在展览馆看到的某些雕塑一般。这里，农民的苦痛表现并不是要给予我们太多的代入感，而是取了一种静观的姿态，仿佛一个小讲解员在讲述曾经的往事一般。紧接着，推出的剧情便是地主恶霸作为一个特定阶级的贪婪与疯狂。他们要农民加倍干活却还要降低工钱，而其持有的筹码竟是以高价雇用了另一伙同样是穷人的"红枪会"。不要说此事件真实与否，只是这叙述本身就暗示了一个真理，那就是穷人团结甚至武装起来就会成为一种让恶人畏惧的力量。崔筱斋正是看到了这一点，他才毅然前往红枪会，以极简约的方式完成了对穷人自身力量的整合，进而以此形成对于剥削和压迫的反抗力量。为前述那些因压迫而痛苦而挣扎而扭曲的人们找到了解放之路，那就是团结一致，武装斗争。其人物的高大，也在不经意间显露出来。

剧之后部，是一个制造枪支，发展武装的故事，同样由于这种童心叙事，舞台上没有展示造枪的过程，而是组织了一个敌人搜查枪支，崔筱斋等人虚与周旋，令敌扑空，陷于狼狈的好玩场面。如果说之前的"抗租""扒粮"重在表现崔筱斋及其组织起来的农民敢于斗争的话，那么，这里的"护枪"则恰好表现了崔筱斋和党领导下的有组织的农民善于斗争，显现了他们的成长与成熟。这里同样虚化了许多通常看似必不可少的事件逻辑，而代之以强烈的情感倾向，是一种简洁明快且鲜明稚气的童心表达。这种情感的朴素和童心的通透使剧情最大限度地赢得了观众的审美认同。由此产生的类似浪漫主义童话的舞台呈现，使人物自然地融入情境。在舞台上，融入身边群众；于舞台下，则融入观众心里，成为一种有根脉的崇高。

二、童心认读

如果说童心叙事还只是使庐剧《崔筱斋》初步获得了剪裁和结构上的便利，赢得了面对历史的讲述自由，使人物因讲述的角度和方式的变化而实现亲切与崇高的重合的话，那么该剧所体现的童心认读则又于此再进一步，并借此赋情境以意味，予形式以内涵。

还是在敌人搜查枪支的那一场，当面对敌强我弱的情势，崔筱斋不得不暂且阻止欲与敌人硬拼的孙四娘，敞开大门让敌人搜查。结果敌人虽大动干戈，却一无所获，只搜出了几把尚未完全锻制成功的"镰刀""铁锤"。因为镰刀、铁锤算不得枪支，敌人因此非常尴尬。崔筱斋脱口而出一句双关语："这镰刀、斧头（铁锤）能比枪管用？难不成真能打一个天下？"此时立于后排的农民群众把手中的镰刀、铁锤组合起来，摆出了一个党徽的造型。这里，完全是一种童心对党的性质的认读，那就是工农联合，天下归心。只要有了党就有了力量，就真的能够"打天下"。由此，我们蓦然理解了崔筱斋之所以敢于任敌人搜查的自信与底气，有没有敌人要找的枪支并不重要，重要的是工农群众已经联合起来，党已在他们心中扎根。镰刀、铁锤已然是他们心中的精神图腾，他们从根本上说已经是不可战胜的了。这就是今人对党的性质最朴素、最直接的童心认读，而这种力量与信心完全出自那直观中镰刀与铁锤的神圣组合。

不仅如此，这种童心认读，还使情景产生了超越自身的象征意蕴，使当前符号加载了历史讯息，从而强化不同人群的审美感知。剧中有一段反复吟唱的"我们穷人真伤心，家里无钱去帮人"的《帮工歌》，照通常的认读，这是一首产生在故事发生地的悲苦民歌，其音乐大体应为本地歌曲，至少也应是带有庐剧特色的乡土歌吟。然而此剧的童心认读却不追求它地域的独特，而是借用了类似孟姜女送寒衣的北方民歌曲调，一吟三叹，哀婉悲凉。由此，它让当下的苦难接通了中华民族底层百姓数千年的悲剧命运。这种苦难虽表现于当下的特定群体，但它连接的却是绵绵无尽的族群苦痛。这实际上是一个因剥削制度的存在而始终无解的族类悲伤，从而召唤起改变这种制度的历史担当。此种任务，历朝历代的英雄豪杰没有实现；各种各样的抗争流血亦无改观，唯有中国共产党和共产党所造就的崔筱斋们——他们带领拿锄头的手拿起了枪杆子才可最终摆脱这苦痛的宿命，获得全人格的解放。这里，童心认读揭示了普天下被压迫者苦难卑屈的一致性，也暗示了民族的解放事业是全中国的无分南北的全体中国人民的共同利益之所在。由此，发生在长丰一隅的革命斗争也就与全国的武装斗争紧密相连，成为壮丽的民族解放事业的一部分。人物也因此走向崇高。

三、童心造像

该剧童心表达的另一个特点就是善于运用直观造像构筑隐喻世界，让观众通过直觉产生作品所期待的审美判断。作品的情感倾向就隐藏在其所提供的造像中。

我们知道，通常儿童欣赏文艺作品首先就是要分出"好人""坏人"。是好人，就投以赞赏的眼光；是坏人，就给出厌恶的表情。而在他们自己的"创作"中，好人和坏人的特点往往又都会被明显放大，使之黑白分明，极具辨识度。庐剧《崔筱斋》对于人物的塑造也颇得这种童心造像的神韵，使人物在一个鲜明的直观表象下显现出特有的品质定位，增益了人物的生动性。

剧中反面人物（坏人）叶三爷的首次出场被导演安排在一张可以前后摇晃的躺椅上，显现出一种奢靡、闲逸。这是童心表达给予他的身份造像，使我们感到叶三爷的不可一世，他作为一个阶级的整体骑在人民头上作威作福，而这一切又是那个不平等社会所带来并庇护于他的。在这个造像中，那张躺椅仿佛是被他们压于身下或踩在脚下的穷人，他们寄生于穷人却又肆意地蹂躏穷人，显现了这种阶级存在的丑恶，这种欺凌和压榨的逆人性。由此唤起了观众对他们的仇恨情绪，也昭示了崔筱斋领导人们"抗租""扒粮"

并最终推翻他们的正义性。这一无语的造像既浅显又深刻地揭示了那个时代的社会本质，使剧情依托造像而直观、生动。

同样，该剧所给予巾帼英雄孙四娘的造像是手持两把匕首。虽说这两把匕首在剧中看似没有产生太多的舞台动作，但这个造型却给予人们一种武装起来的豪气。无形中成为一种孩童心理的投射，成为那个时代人民可以挺直腰板、站着说话的理由。睹此造像，仿佛一下子让人们想到两把菜刀闹革命的贺龙元帅。那是无产阶级"舍得一身剐，敢把皇帝拉下马"的大无畏精神的实化，其一旦与党的理想相结合，必将"失去锁链"而"获得整个世界"。与此种童心造像相呼应，崔筱斋却始终是一袭长衫，一尘不染，凛然挺立，全剧中很少坐姿，显现了一种人格精神的伟岸。他英武挺拔，所标志的是为穷苦人民撑起一方天的党的形象。如果说观众给予躺椅上叶三爷的视角多是一种俯视的话，那么毫无疑问，观众所给予崔筱斋的视角则更多的是仰视，是人物造像的神圣高洁在观众心里自然升腾起的一种崇高感，使人感到有了他就有了安全和胜利的保障。及至最后，当他高唱着《国际歌》英勇就义的时候，平台缓缓升起，白衫在灯光的照射下熠熠生辉，其纵向的高大形象在叶三爷横向定位的衬托下尤显奇峰高耸、撑天立地，神圣而高洁。真正成为"比我们高的人"。这样的造像足以唤起全中国的劳苦大众，足以感召仗剑飘零的孙四娘——事实上她已经由此成长为一名勇敢的革命战士；也足以战胜一切剥削人压迫人的反动势力，埋葬整个旧世界。

如此，看似天真简朴甚至直白的童心表达，便开辟了舞台审美的新境界，实现了对红色题材表述难题的积极回应。其理论与实践意义值得珍视。

立足本地红色资源
强化戏曲本体意识

——大型庐剧现代戏《崔筱斋》观后

◎冯　冬

  2021年是中国共产党成立100周年，在这个重要的历史性节点，安徽省委宣传部、安徽省文化和旅游厅及安徽省文学艺术界联合会共同主办了"新创优秀剧目展演"，既是隆重地为党庆生，又是硕果累累地为党献礼！在入选展演的优秀剧目中，由朱仁武编剧、潘昱竹导演、长丰县庐剧团演出的大型庐剧现代戏《崔筱斋》以安徽地方戏曲剧种——庐剧为艺术载体，真实再现了土地革命时期，安徽省农民运动的领导者之一、中共合肥北乡支部创始人崔筱斋不辱使命，唤醒民众，组织领导人民进行武装斗争，最终英勇牺牲的感人事迹，成功地把史料记载中粗略、模糊的革命英烈崔筱斋充实、丰满为一个更加生动、深刻、隽永的农民运动先驱者的形象。

一、对地方历史文化的注重

  戏曲是一种带有民族审美特性的文化符号，它萌生于民间的生活内容与表达方式。而地方戏则被赋予了更多的地域性和特殊的艺术语言。《崔筱斋》一剧深挖本土红色资源，以波澜壮阔的地方革命斗争史为背景，以地方戏曲剧种庐剧为艺术载体来讲述本土革命烈士的英勇事迹，充分体现了该剧主创人员注重本土历史的文化自信。

土地革命战争时期，安徽人民在中国共产党的领导下，为抵抗国民党的反动统治和地主乡绅的压榨侵夺，在各地纷纷成立农民武装队伍，举行武装起义，建立革命根据地，沉重地打击了国民党反动派的统治。1926年，革命先驱崔筱斋等人从第六届农民运动讲习所结业，听从党中央的指示，回皖创建了合肥地区第一个中国共产党组织——中共合肥北乡支部。该支部在土地革命时期为当地的党组织建立、革命宣传及革命运动奠定了坚实基础，对鄂豫皖革命根据地的建立具有开拓性意义。崔筱斋为合肥市长丰县人，他的成长道路和革命经历颇有特点：既熟悉乡村社会和农民群众，又深入接触马克思主义和农民运动理论，教书先生的身份使他既能够与下层贫苦百姓打成一片，又能够游走于土豪乡绅和国民党基层之间，他的这种斗争经历本身就具有传奇性。《崔筱斋》以此革命史实作为创作题材普及地方党史、革命史，正有益于当前"四史"学习教育的深入开展；同时，也使党史学习教育更直观、更生动、更切合社会实践。

《崔筱斋》以地方戏庐剧来表现"扒粮暴动"这一真实的历史活剧，可以说形成了内容与形式较为天然的契合统一。庐剧发源于大别山一带，其演出活动至迟于清末已经以合肥（古称庐州）为中心活跃起来。因其由皖西一带的民歌小调发展而来，还吸收了当地的锣鼓书、嗨子戏等音乐唱腔，所以地方色彩十分浓郁。这些特点在《崔筱斋》中多有体现。如剧中的独唱、对唱清新质朴、韵味独特；开场时刘大愣子发动长工们罢工，采用了"帮腔吆台"这种演唱形式，很好地烘托了舞台气氛；贯穿全剧的主旋律《帮工歌》以民歌的形式反复在剧中出现，它可以是穷苦百姓发自内心的吟唱，也可以是唤回红枪会阶级立场的叹歌，还可以在对敌斗争中作为暗号使用。该剧用庐剧这个当地观众喜闻乐见的艺术形式契合本土革命往事，更能激发观众的革命情怀，放大戏剧审美效应。

二、以个性塑造凸显核心价值

哲学家黑格尔曾说："要看一个民族有没有精神史，首先要看它有没有戏剧史。"戏剧的根本价值不仅在于动人的叙事和精彩的表演，更在于在连接过去、现在、将来的探索过程中，以人性内涵的体现和人文精神的开掘，表达当代人的思想探求。而这些在具体的剧目中，都必须通过符合人物个性的行为来体现。

戏曲艺术以表现人物为中心，在以人物行为来折射历史，叩问现实，以抒情写意来彰显其民族性和时代性等方面，自有其优越性。《崔筱斋》即通过着力刻画农民运动先驱崔筱斋的人物形象，诉诸时代精神的表达。具体来看，编创者经过对人物真实事迹的透视、甄选、剪裁、提炼，运用局部集中重塑的手法，通过收服红枪会、保护造枪所、领导农民武装暴动、掩护战友及刑场告别等情节，深入挖掘人物内心，细腻深刻地表现出这个知识分子革命者在危机四伏的复杂环境中与敌人斗智斗勇的心路历程。

如崔筱斋面对叶三爷勾结红枪会，用对"义"字的诠释说服了孙四娘与叶三爷划清界限，四两拨千斤地化敌为友，统一了战线；在自己受到叶三爷的"拉拢"，收到敲打警示自己的"礼物"时，面对对方的咄咄逼人，绵里藏针，崔筱斋则步步为营、滴水不漏，从容收下礼物后转赠一本《水浒传》表明态度，在气势上给予对方顿挫；在叶三爷发现造枪所后，崔筱斋联合孙四娘巧用计谋，声东击西，成功化解了此次危机；在农民暴动中，面对敌人的疯狂报复，崔筱斋以自身为诱饵掩护战友撤离，不幸被捕，最终以诗明志，慷慨就义……在面对各种复杂问题和危险境遇时，崔筱斋带有书生气的沉着冷静、睿智机敏及坚忍果敢的形象令人肃然起敬。而他面对妻女满怀愧疚的深情倾诉则表现出内心柔软的一面，感人肺腑。

该剧对崔筱斋的塑造既有着人物性格、行为的个性，又有着共产党员的共性。他个人的生存状态和精神面貌所折射出的共产党员集体的战斗常态及为人民革命事业鞠躬尽瘁、死而后已的革命精神，在该剧对人物形象的细腻雕琢和情节的层层推进中升华为中国共产党为人民谋福祉的生命意识，这才是该剧核心价值所在。

三、对戏曲艺术本体的承续

中国戏曲艺术有着深厚的民族审美习惯和传统文化积淀，其综合性、虚拟性、程式性的表达方式正是其抒情写意风格特质的具体体现。而如今，越来越多"幻觉式"的布景充斥于舞台，越来越频繁的"咏叹调"回响在观众耳畔，越来越多写实的、乏味的表演动作挑战着观众的欣赏底线。而《崔筱斋》在近几年的红色题材戏曲创作浪潮中，却不落窠臼。其主创人员牢牢把握戏曲艺术抒情写意的传统精髓，有着清醒的舞台意识和表演意识，并努力契合当下观众的审美情趣。这就为演员塑造人物提供了广阔的施展空间。

该剧的舞台呈现出冷热相济、丰富多样的特点，既有一应俱全的"念唱做打"，又有悉数登场的各个行当；既有敌我双方激烈交锋、紧张对峙的危急场景，又有亲人、乡邻、同志之间相互关爱、惺惺相惜的温情场面，还有表现百姓凄苦、英雄悲壮的种种情景。这一切都在简约的、意象化的舞台上，通过演员的戏曲化表演来展现，较好地诠释了戏曲"通过表现人来表现一切"的审美特性。

如最后一场，崔筱斋的英勇就义是全剧的高潮，也把该剧的写意性发挥到了极致：舞台后方的背景板缓缓向上拉开，红色旗帜迎风舒展的画面作为整个背景发出夺目的光芒，崔筱斋身穿白色长袍，戴着沉重的脚镣手铐，高呼"中国人民万岁！中国共产党万岁！"继而高唱《国际歌》，挺胸走上斜坡，在斜坡正中，他深情回望，随后一只手握拳高举，被升降台升至高处定格，庄严、崇高之感喷薄而出。此时，崔筱斋的血肉之躯已幻化为雕塑，供后人敬仰、凭吊。中国戏曲是建立在情感基础上的非幻觉主义戏剧，该场景促使观众以积极的审美心理活动参与戏剧的最后创作，以雕塑之美直击人心，催人泪下。

值得赞赏的还有该剧戏曲语言的动作化倾向。一方面，无论是收服红枪会一场，崔筱斋用"大口吃饼香喷喷"比喻孙四娘带领红枪会为叶三爷收麦子时的连比带画，还是保护造枪所一场，刘大愣子掩护上级李书记趁夜潜入北乡时展现的翻跌功夫，抑或是农民武装暴动一场，崔筱斋带领同志和乡民"扒粮"时的紧张而又兴奋的一系列动作和舞蹈，都与人物的性格、所处情境及念唱相得益彰，起到塑造人物、增强视觉美感的作用。另一方面，由于该剧的红色革命题材，剧中又涉及民间武装组织红枪会，因此设定了几场武戏，如收服红枪会一场，红枪会几个队员和三个当家轮番上场，展示了前空翻和刀、枪、锤等武器绝技；农民武装暴动一场，游击队联手红枪会与国民党民团进行了两次激烈搏斗，最后孙四娘放出飞镖，与三个当家一起战死沙场。这些意象化的武技表演不但渲染了舞台气氛，也让观众领略到了传统武戏的艺术魅力。

另外，该剧中的角色设置紧扣人物个性和特定的戏剧情境，即使不是主要人物，也能通过戏曲化的表演抓人眼球。如剧目刚开场时，先是以叶三爷为首的五个土豪劣绅拄着拐棍用不可一世的狂妄神态亮相，继而形容枯槁、衣衫褴褛的村民们上场，他们三三两两地聚集在一起跪在地上对着这几个土豪劣绅哭诉、哀求，而这些土豪劣绅却随着音乐昂起头，迈着四方步，不屑一顾、盛气凌人地转身离去。此处，土豪劣绅对百姓的残酷剥削和疯狂压榨昭然若揭，快速把观众带入了戏剧情境。又如，剧中甲、乙、丙、丁四个地主的人物设置亦十分有趣。他们是大反派叶三爷的拥趸，属于丑行，围在叶三爷身边时，多用"数来宝"交代剧情、发表看法、调节气氛。虽然他们在剧中出现次数不多，性格塑造也很扁平，却有着鲜明的辨识度。这种"静态"的人物塑造方式在我国的传统戏曲剧目中是普遍存在的。

《崔筱斋》一剧用含蓄内敛的戏曲手法、哀而不伤的情感表现、现代性的精神观照，焕发出"刚健、笃实、辉光"的艺术风采。当然，戏曲艺术精品必须历经反复的舞台打磨，这部庐剧新作如果在主要人物的塑造上对层次性、典型性有所凸显，将会使人物更加丰满，更具舞台表现力。

为了不能忘却的纪念

——原创现代黄梅戏《凌霄花开》

◎ 黄凌云

1933年，出于缅怀为革命献身的"左联"五烈士的目的，鲁迅写下了著名的杂文《为了忘却的记念》，文末充满预见性的"将来总会有记起他们，再说他们的时候的"一句，放在近百年后的今天，正值中国共产党成立100周年之际来看，恰好能成为对黄梅戏《凌霄花开》创作初衷最贴切的注解。

由王训怀、陈耀进编剧，池州市贵池区黄梅戏剧团有限公司编排的大型原创现代黄梅戏《凌霄花开》，作为安徽省庆祝中国共产党成立100周年新创优秀剧目展演活动的入选作品，于2021年7月3日在合肥成功展演。该剧以1927年四一二反革命政变后，中共党组织被迫由公开转为地下开展革命活动为叙事背景，以池州首位中共党员——凌霄烈士的事迹为脚本，加以创排的新编现代戏。再现了凌霄在中国革命初创期，奉命回乡"开荒"建党、发展革命武装，终因叛徒出卖而英勇就义的革命生平。

相较于抽象的文字表达，以舞台视觉手段重塑20世纪初在池州真实发生的革命历史事件和那一群熠熠生辉的早期革命者形象，让今天的观众能理解他们为理想信仰而奋斗，甚至无惧牺牲的原因所在，是革命历史题材黄梅戏《凌霄花开》要用艺术的手法去解答的问题。

一、多层人物关系建构下的主人公塑造

革命人物题材的戏剧以主题人物为核心，展开相关的人物关系。这种以点带面的人物关系呈现方式，既有助于确立主题人物的中心地位，又方便剧作者从多层面展现主题人物的性格、品行。黄梅戏《凌霄花开》中，围绕着主人公凌霄展开了多层人物关系书写，尤其是对夫妻情、母子情的着力表现，以去崇高化、近生活化的方式去完成对革命者凌霄形象的多面立体塑造。

剧作以凌霄妻子洪雪英的唱段开场，寥寥数句就尽显对丈夫的思念与牵挂。但显然剧作者的用意并不止步于简单地表现夫妻情感深厚。通观全剧，前后共设置了三幕夫妻聚散场面的特写，分别为：第一场中凌霄受命返乡，二人匆匆一聚；第四场夫妻二人互诉衷肠；第八场，凌霄就义前与妻子狱中诀别。通过三个同类化场面的前后对比，逐步叠加戏剧情感，让凌霄用行动和抉择，完成了对革命者身份的彰显和人物形象的深度挖掘。

如前所述，剧作者一直在努力塑造抛开革命者的崇高形象之外的，亦有普通人情感牵挂的凌霄，夫妻关系上如此，母子关系亦是，且更纯粹。执行任务中途，凌霄冒险返家为母亲祝寿。狱中昏迷时，剧中以隔空对话的方式，将凌霄内心的眷念与不舍外化，"多想做一个贤孝子，侍奉我的慈母娘安度晚年"。而之所以选择"舍家舍眷、舍亲舍情"的原因，剧中也经凌霄之口给了最终答复——"似看见，神州大地红旗插遍，新中国，百花吐艳气象万千"。剧中对凌霄形象去崇高化处理，非但没有弱化其革命性的主基调，反而令人物更加柔软而有温度，借助儿子、丈夫、父亲等多个生活化身份转换，为革命者凌霄注入更具人情味的灵魂。革命者不只有热血奋战、慷慨激昂的人生，更活在一粒一粟、一血一泪当中。

二、虚实结合中展现的"革命者"群像

事实上，《凌霄花开》不只展现凌霄一个人的革命经历，更是对同时代

万千仁人志士的革命征程的纪念。凌霄更像是一个引子，串联起一批仁人志士为拯救民族于危亡、拯救人民于水火而付出的热血乃至生命。

作为革命历史题材的戏剧作品，该剧遵循"大事不虚，小事不拘"的创作原则，以历史真实人物和虚构角色相结合的方式，立体还原了20世纪20年代至30年代初的中国革命早期的图景：凌霄及其妻儿、母亲与方铁匠、汪根娣等虚构人物一道，将观众带回那个动荡不安却又热血激昂的年代。革命志士有爱国之心，贩夫走卒如方铁匠、汪根娣等辈也在革命精神的感召下获得身份觉醒，献身革命事业。全剧围绕着凌霄的生平踪迹所延展开来的剧情，从与之有过交集的数位人物入手，利用出身不同阶层，身处不同群体的多样性，来完成对"革命者"群像的描摹。

值得一提的是，剧作者没有回避历史真实，对我党在初创期，极少数"革命者"的革命初心不纯粹、信仰不坚定的问题也有正面涉及，这集中在对剧中的叛变者周文俊的角色塑造上。周文俊投身革命的目的一开始就存有利己成分，方铁匠说他"心中只有玉瑶，救出玉瑶就万事大吉"，基于此，革命也被其用作解决个人恩怨的复仇手段，试图借革命武装之力一举消灭尚乃琦，一劳永逸。这样的剧情设计，为周文俊之后的黑化找到了合理的解释。更重要的是，剧作者有意启发观众去探究，对于革命者的初心及其重要性等问题，通过人物各自的后续行为选择，最终也有了不辩自明的答案。

三、保留传统的叙事方式再创新

《凌霄花开》是通过撷取池州首位共产党员凌霄在1928年至1935年间的一系列革命活动，进行的艺术创作，剧中涉及凌霄奉命回乡"开荒"建党、领导地方工农运动、创建皖南红军独立团，直至最后英勇就义等一系列真实革命历史事件。

这样的革命历史题材类型和主人公作为革命开拓者的特殊身份，需要剧作者适当放弃常用的偏于细腻、抒情性的黄梅戏叙事习惯，而引入相对宏大的历史叙事方式来呈现。在保留黄梅戏传统的抒情性叙事方式的同时，又实现了该剧作为"革命历史黄梅戏"的定位，从结果看，在《凌霄花开》中，抒情与叙事达到了较为完美的配比。

此外，剧作者做了很多的艺术处理，来增强该剧的艺术特质。整场戏里，凌霄牺牲前的狱中独白一幕是全剧的情感高潮。这一幕中，凌霄与母亲、妻子三人虽不在同一情境，却在舞台上同空间。三人之间饱含深情地隔空对唱，展现出凌霄与亲人间的深厚感情以及他高尚的革命气节与信念。

为了让观众更能直观地感受到舞台氛围、人物内心，感知凌霄的精神力量，剧中的场面设计、灯光、舞美等方面也都在配合故事的讲述。第六场，尚乃琦以贾玉瑶相要挟，击碎了周文俊最后的心理防线，最终投敌叛变。导演在处理这一情节转折时，使用的黑衣人群体，配以夸张的肢体、灰暗的舞台色调将人物内心的撕裂、逼迫、紧张外化。

再如，第八场凌霄慷慨陈词的场面，舞台后方岿然屹立的战士群像，在红色背景的映衬下瞬间营造出的肃穆、庄严氛围，让整个场景有了更为强烈的感染力，这些艺术效果正是《凌霄花开》在故事讲述上所积极追求的。

《凌霄花开》历经两年多的打磨，其间数易其稿，在创作团队的通力配合下，最终以独特的艺术形式和艺术探索呈现出一个独特的革命者形象。当然，对于一部新戏，它依然有进一步精致化、艺术化的空间，值得我们拭目以待。

革命历史题材作为一种特殊的题材类型，该题材类型的戏剧的审美意义早已超越了一般的戏剧作品，额外肩负着弘扬爱国主义、革命精神的价值观传递功能。《凌霄花开》作为一部革命历史题材的黄梅戏扛起了这份责任。它用艺术的方式还原了那段距今近百年的历史，告诫我们不能忘却那些为了民族大义与国家兴亡，义无反顾的革命者。

民心作舟渡天堑

——大型现代黄梅戏《献船》观后

◎ 李春荣

    2021年7月9日晚，大型现代黄梅戏《献船》在安徽大剧院上演。该剧是以1949年4月21日夜，解放战争渡江战役打响，在长江北岸安庆漳湖回族村马家店由127名船工组成的渡江船工突击队，冒着枪林弹雨护送解放军渡江的真实故事创作而成，是一部反映1949年春天军民团结一致，取得渡江战役胜利的作品，同时也是向建党100周年献礼的作品，由安庆市黄梅戏艺术剧院演出。

    用戏剧来表现渡江战役这是一个不甚新鲜的老题材了。早在20世纪90年代，安徽省黄梅戏剧院就有同类型、同故事的原创黄梅戏《回民湾》参加全国少数民族文艺调演并获得金奖。近年来，全国各地更是有许多反映渡江战役的戏剧上演，比如淮剧《送你过江》、扬剧《阿莲渡江》、黄梅戏《江城飞絮》（芜湖艺术剧院演出）、《黎明之帆》（安徽艺术职业学院演出），以及本次安徽省庆祝中国共产党成立100周年新创优秀剧目展演中即将来合肥演出的黄梅戏《开花的稻秸垛》（铜陵艺术剧院演出）等等，都是反映渡江战役题材的剧目。那么，黄梅戏《献船》是否能够在这么多同类题材中做到脱颖而出、不落俗套呢？

    首先，这是一出主题鲜明、政治正确、反映伟大渡江战役题材的剧目。作品以渡江战役为背景，表现了回汉人民之间团结友爱、解放军与老百姓血肉相连的鱼水深情、中国共产党为人民解放而奋斗的故事，充分体现了习近平总书记在视察安徽时指出的"渡江战役是人民群众用小船划出来的"伟大内涵。有了好的主题，如何写就很重要。革命战争题材的写法多种多样，一是正面描写战争进程和英雄人物，书写大历史、大题材、大人物，通过表现战争场面的激烈残酷，抒写人物的智慧伟大和英勇崇高；二是以独特的视角，从小处着眼，把宏大的历史叙事转化为传奇的个人命运叙事，从而反映时代和历史。正如著名编剧姚金成在前不久由安徽省文化和旅游厅主办、安徽省艺术研究院承办的"百年辉煌——庆祝建党100周年红色题材戏剧作品研讨会"上谈到的那样：红色革命是20世纪中国的重要主题，它重塑了中华民族的历史。20世纪的红色革命不是偶然发生的，它有深刻的世界思想史的动因，也有中国民族文化的动因。红色革命是宏观视角，但是创作者要具体地去看革命历程中的具体事件，要关注具体的人物命运。当个人的命运以不同的故事融进革命的潮流，个人命运叙事也就成为红色题材的一种艺术表达。他还进一步指出："新一代革命题材创作者任务艰巨，要把革命历史说给当代年轻人听，把中国故事说给全世界听，需要找到最佳着力点和开掘点。而且要有超越性，要与当下时代、当下观众的价值沟通与共鸣，甚至是与世界文化的价值沟通与共鸣。"黄梅戏《献船》以回族少女水妹子、老村长马兆龙及其儿子马自正等为代表的回族群众，在中国共产党和人民解放军的感召下自觉走向革命、支持革命。体现出江山就是人民，人民就是江山，打江山就是要赢得民心、赢得老百姓的支持才是根本。我人民解放军百万雄师之所以能够横渡长江天堑，不仅靠像水妹子、马兆龙等千千万万个普通老百姓献出的有形之船，更有那"打倒反动派，翻身做主人"的汹涌民心所凝成的无形之船。民心作舟渡天堑，体现出中国共产党为人民谋幸福的初心和使命，赢得了广大人民群众的衷心拥护。

黄梅戏《献船》是一台朴实无华的剧目。该剧结构平顺，中规中矩，编剧老老实实按照时间的发展为经，一步一步平铺直叙，一环紧扣一环。全剧通过国民党炸船、老百姓藏船、解放军找船，到最后老百姓主动献船，军民联手渡过长江……全剧一气呵成。剧中演员们表演平实无华，虽无明星大腕又非豪华制作，但黄梅戏韵味十足。主演郑玉兰唱腔柔美，表演纯朴；老村长扮演者崔克勇倔强中透着一丝可爱，狡黠中掺着一些无奈；其他演员也都能各司其职，形成一股合力。然而，令我不满足的是，该剧的主角目前来看有些模糊。从剧中安排看似乎是水妹子，然而她在剧中目前的位置和作用都显得尴尬：无论是藏船还是献船，她都不是发动者和决定者，而她对解放军无条件的拥护和支持也显得没有说服力。相对来说，倒是其未婚夫马自正更有说服力，但在剧中却显得无足轻重。相反，老村长马兆龙却成为事实上的主角。全剧主角的模糊和定位不准，必然带来剧情及主题的跑偏和游离。该剧舞台简洁、干净，利于演员表演。然而美中不足的是，作为贯穿全剧的不可或缺的道具——船，这个剧中人人关注的、整个故事发动和转折的重要道具，却没有在舞美中得到体现，其作为民心意向的物化也没有得到彰显和体现，削弱了该剧的艺术表现力和艺术感染力。

黄梅戏《献船》是本次安徽省庆祝中国共产党成立100周年新创优秀剧目展演中唯一的少数民族题材剧目。也因此，它将作为安徽省的参演剧目，参加第六届全国少数民族文艺会演。剧中除了着力表现回族船工支援解放军过江，还用了很大的篇幅描写了当地回、汉两族人民一家亲，相互关心、相互扶持的感人故事。比如，汉族方老伯的房子被国民党匪军炸塌后，水妹子等回族船工纷纷帮他家盖房，提供帮助等，最后这些回族船工全力支持解放军过江，除了体现军民鱼水情之外，更是体现了回、汉民族一家亲的主题。纵观近年安徽省参加全国少数民族文艺会演的作品，尽管都取得了不错的成果，但我总觉得有点不满足，所谓少数民族题材仅仅在外在服装上得到体现，少数民族服饰成为少数民族题材的标志。而真正对少数民族历史的、发展的、深层次的表现作品几乎没有，表现、塑造出典型的少数民族英雄人物、历史人物的优秀剧目没有。匪夷所思的是，在抓少数民族题材创作时，本地区有没有少数民族成为该地区能不能创作少数民族题材作品的决定因素。这种创作理念实在是狭隘得可笑。真如此，安徽的少数民族题材创作前景将越走越窄、不容乐观。但愿我这是杞人忧天、庸人自扰！

洁白的蝴蝶在飞翔

——黄梅戏《不朽的骄杨》诗性表达谈片

◎ 唐 跃

近百年来，戏曲理论界先后出现余上沅先生的"诗剧"说和张庚先生的"剧诗"说，运用诗的节奏、诗的意境、诗的情感等概念解说戏曲本质。余先生在国外留学多年，接受了唯美主义理念，试图借以引导中国戏曲走向；张先生更熟悉传统戏曲，针对有所俗化的创作现状，提出诗意化的理论主张。两位先生无不言之有理，却总是局限在形而上的层面探讨问题，缺少戏曲创作实践的支撑。直到近30年来，诸多戏曲剧种间或推出了诗化意味浓郁的范例。黄梅戏尤为如此，20年前的《徽州女人》，把诗性表达作为突出的创作追求，当时引发争议，而今取得共识。最近，《不朽的骄杨》先后在安庆和合肥公演，对红色题材进行了卓有成效的诗性表达尝试。我们进而看到，一种以诗性表达为鲜明特色的黄梅戏艺术风范正在形成，并逐渐丰满。

一、人物：面向牺牲的从容、淡定

此前，京剧、越剧、豫剧、湘剧、评剧等戏曲剧种，以及话剧和歌剧，都在舞台上塑造过杨开慧的光辉形象，如今再写这个人物，其实颇具难度。但是，主创们非常智慧，在创作已经扎堆的热门题材中终于找到不一样的切入点。表面上看，剧作的时间处理很精巧，集中到杨开慧生命的最后四个时辰，往深里进一步追究，这种精巧引申出她在人生终结时刻的诗性表达，并颇为贴近黄梅戏的委婉和细腻：得知自己的生命即将终结，杨开慧没有丝毫的惊慌，也没有太多的慷慨激昂，而是极其平静、安详和从容不迫。自从追随毛润之投身革命的那一天起，她已经把生死置之度外，坚守着"牺牲我小，成功我大"的信念。

剧中的第一个段落，特派员和监狱长前来催命，却被杨开慧挡在了牢房门外，她转身让孙姨取来风衣，她要遮住满身的伤痕和血迹，她要维护身陷囹圄时的优雅和尊严，那种举重若轻的语调好似吟诵诗句。剧中的第三个段落，还是在冷酷、森严的牢房里，杨开慧回答毛岸英"爸爸还好吗"的问题之后，动情地思念着爱人，咏唱着"润之啊，此生我只信你一人"，咏之不足，翩翩起舞，用诗一样的舞姿表达了受到迫害，面对牺牲，然而信念不变的柔韧意志。到了剧中的第四个段落，距离人生的终点还有不到一个时辰的时间，杨开慧依然平静、安详、从容，有条不紊地对着陈姨交代后事。为了三个未成年的孩子，陈姨总是劝她妥协，她在婉转拒绝后，用类似四言诗的语句说出一个共产党人坦然赴死的复杂感受："人之将死，其言也善，我倒觉得，人之将死，一身轻松啊。"

在生与死的关头，杨开慧始终保持着气定神闲的姿态，始终保持着为了信仰而不惜献身的诗人气质，而这种姿态和气质，为全剧的诗性表达做了坚实的注脚。

二、情节：淡化些，再淡化些

作为一种叙事艺术，戏曲向来讲究故事情节的重要性。很难设想，一出戏没有情节主线或中心事件，没有完整的情节链条，没有跌宕起伏的情节过程。对于《不朽的骄杨》而言，杨开慧签或者不签那份与毛润之脱离夫妻关系的声明（签则可以生，不签就是死），或许可以视为全剧的核心情节。但是，此时此刻，杨开慧身处牢房，活动范围和人际交往都有局限，使得原本不大的情节内存无法增容，无法获得充分的延宕，无法形成起承转合的曲折过程。于是，在情节发展空间受限的同时，诗性表达空间豁然开朗。

一方面，核心情节有所淡化，另一方面，一些与情节发展若即若离，却更能见出人物情绪流动脉络的情景场面得到加强，剧作因此洋溢了诗意。比如第一个段落，毛岸英救下一只卡在铁丝网上的小麻雀，杨开慧联想到自己的处境，深受触动，亲切地说道："它受伤了，腿都断了，你要用小棍子把它的腿绑好，等它康复后，让它飞出去，冲出牢笼，寻找自由。"再如第三个段落，杨开慧从皮箱里取出父亲生前用过的怀表，睹物生情，深情唱道："家父的怀表响滴答，声声应在我心上……"另如，"芳华"和"湘恋"两处闪回，并非通常所说的情节倒叙，而是杨开慧早年人生片段的情景回忆，那时充满朝气，那时风华正茂，那时如诗如画。

相比之下，第二个段落中关于签那份声明"讲理不讲理"的争辩、第三个段落中关于毛润之来信的真假甄别等两个桥段，本属情节链条上的重要环节，却难免有些拼贴的痕迹。究竟"讲理不讲理"的问题，在第一个段落里已经解决，此时无须较真。而毛润之的所谓来信，根本就是来路不明，亦无辨伪的必要。倒不如让情节再淡化些，让那只皮箱里的物件引发出更多的情感记忆，给剧作带来更多的诗意。

三、结构：时空转换的自由、流畅

西方戏剧的结构规则源自"三一律"，强调时间、空间和情节的各自一致性。"三一律"被扬弃之后，各种戏剧结构类型可谓名目繁多，其中的大多数，还是这种定律的拓展和延伸。中国戏曲的表现形式有别于西方戏剧，但在结构组织方面，无论是板块结构还是点线结构，仍然对时间、空间和情节的相对集中有所要求，对时空转换的方式有所限定，所谓场次，就是这些要求和限定的外在标志。这些年出现的许多无场次剧作，强化了时空转换的自由度，丰富了戏曲结构的呈现样式。即如这部《不朽的骄杨》，剧中的时空转换不算很多，却显得自由、洒脱、流畅、诗意盎然。

如前所述，杨开慧生命的最后四个时辰和关押她的牢房，构成贯穿全剧始终的主要时空场景，其中有过两次离开牢房，随后又回到牢房的时空转换。一般来说，时空转换的内在逻辑是服从叙事进展的需要，但在情节淡化之后，转而服从人物情绪的自然流淌和诗意飘荡。因此，在孤寂的牢房里的杨开慧每每"打开熟悉的皮箱，回想昔日的时光"，芳华杨开慧就会在师范的操场旁新蕾绽放，湘恋杨开慧就会在中学的礼堂里神采飞扬，完全没有刻意的闪回印记。最精彩的时空转换发生在第四个段落。带着把牢底坐穿的决心，那时的杨开慧准备歌咏最后的核心唱段。刹那间，牢房轰然倒塌，无影无踪，取而代之的是一片旷野，是故园的热土和祖国的大地。杨开慧在无边无际、无遮无挡的时空里穿行、舞蹈、咏唱，身边渐渐涌动出更多的人群，汇集成前仆后继的革命洪流。

因为实现了无缝对接的时空转换，全剧流程一气贯通，自然而然，没有停顿和中断，就像没有标点符号的分行体诗歌，抒写了杨开慧短暂而伟大的人生诗卷。

四、意象：洁白的蝴蝶在飞翔

意象原本是诗歌里的概念。经由诗人的语言描述，许多客观物象都被感染了主观情思，成为富有象征意义的艺术形象。绘画中的意象更加直观，画家的主观思想感情，渗透在所画的客观物象中，由此产生意蕴丰富的艺术形象。所谓"诗中有画，画中有诗"，就是指诗歌语言所描述的"意象"可以产生画面感，而画面上描绘的"意象"又可以产生诗意的感受。后来，小说、戏剧等叙事艺术都借鉴这种手法，用以营造情节里的诗情画意。《不朽的骄杨》此次公演，为戏曲艺术中的意象呈现再度提供了成功的例证。

我们都熟悉那阕《蝶恋花·答李淑一》，感叹于词牌的寓意如此美丽，又如此恰切地对应了词中所倾诉的既是恩爱夫妻，也是革命战友之间的无限深情。剧作的意象正是由此展开：观众刚刚进场，就能看到白色的蝴蝶在幕上自由飞翔，忽而停落在绽放的红梅枝头，忽而向着远方飞去。而在剧中的每一个段落，杨开慧始终穿着那件大襟白衣，竟然是那样洁白、素白、莹白、柔白、皑白、粹白乃至清白，她的从容、柔和而不失坚韧的诗化表演，就像飞翔的蝴蝶，飞越了牢房，飞扬在湘江两岸，飞舞在九霄高处，象征着革命精神永远不老。及至全剧的尾声，剧场里久久回荡着"蝶恋花"的旋律，浪漫，华彩，真可谓戏有尽而意无穷。

然而，诗歌的意象，终究来自语言的描述，戏曲诗性表达所能企及的高度，首先也是基于文本的语言表述，包括诗化的唱词写作和可以预期的舞台诗化场景的提示。就此而言，剧作还有进一步提升的空间。

五、诗性表达的可能性

毫无疑问，中国传统戏曲应当归属于叙事艺术。所以，在戏曲创作中尝试诗性表达，弱化叙事性而强化抒情性，弱化情节性而强化情景性，或许会引发一些不同声音。但时代审美的迅速变化不容我们止步不前，不容我们以不变应万变。何况，戏曲的叙事节奏毕竟显得陈旧，遭到挑战；何况，戏曲元素构成中原先就有抒情和诗化的空间；何况，黄梅戏从来就是戏曲家族中善于腾挪，勇于作为的剧种；何况，《徽州女人》的诗化探索已经做出了表率。如今，面对情节内存较小，又被诸多剧种抢滩在先的创作题材，《不朽的骄杨》索性切换角度，转向诗性表达，顺理成章，可圈可点。实际上，一种颇具创意的黄梅戏诗化风格正在显现愈加清晰的面貌，至于这样的风格能走多远，我们谨慎而又大胆地预期：一切皆有可能！

从《不朽的骄杨》谈黄梅戏的"无场次"呈现

◎许晓琪

"我失骄杨君失柳，杨柳轻飏直上重霄九。"1957年，毛泽东悼念亡妻写下脍炙人口的《蝶恋花·答李淑一》。他笔下的"骄杨"——杨开慧，不仅是他挚爱的伴侣，更是亲爱的革命战友。1930年，29岁的杨开慧为了捍卫革命理想和忠贞爱情英勇牺牲。诸多文艺作品将其短暂却不朽的一生作为题材，仅戏曲领域就有诸如京剧《蝶恋花》、越剧《忠魂曲》等经典剧目的演绎。

值此中国共产党建党百年之际，由安庆再芬黄梅艺术剧院精心创排的红色主题黄梅戏《不朽的骄杨》在安徽大剧院连续上演两天，吸引了众多不同年龄层的观众到场观看，反响强烈。该剧由著名黄梅戏表演艺术家韩再芬导演并担任主演，将传统的黄梅戏以"无场次"的结构方法创新呈现，缅怀杨开慧烈士的英雄事迹，谱写一曲女性革命者捍卫理想和爱情的雄浑悲歌。

一、无场次结构下的叙事策略

《不朽的骄杨》在文本结构上贯穿无场次的表现理念，编剧常永在剧本写作中即用整体性思维布局全篇，在叙事上采用与之契合的叙事策略。

一是删繁就简，突出主线。该剧的情节主线围绕杨开慧生命中最后四个时辰中的一纸声明展开：为动摇毛泽东的革命决心，羞辱、贬损其形象，反动军阀妄图逼迫狱中的杨开慧签一份与毛泽东脱离夫妻关系的声明。杨开慧面对严刑拷打和威逼利诱，始终坚贞不渝拒签声明，最终慷慨就义。区别于传统戏曲通常用演员的上下场、大幕开合等切换场次，无场次结构在主线情节发展中巧妙完成时空的转换，使叙事节奏更连贯紧凑、酣畅淋漓，主题更突出，更能符合当代观众的审美特点。

二是巧设闪回，补充副线。杨开慧作为全国最早的女共产党员之一，她对理想信念的坚定追求绝非只在一朝一夕，她为捍卫理想信念向死而生的抉择也并非无迹可寻。为了使观众不仅知其然，更能知其所以然，该剧别具匠心地嵌入两个"闪回"："芳华"一段14岁的杨开慧在湖南一师和同学们对袁世凯签订丧权辱国的"二十一条"展开爱国讨论，她苦苦思索着国家出路并发出"人活一生忌苟且，唯有牺牲写芳华"的进步宣言。"湘恋"一段19岁的杨开慧深受五四运动进步思潮影响，以男女同校的实际行动追求平等、唤醒大众，并开展学联活动宣传新思想，和新旧反动势力勇敢斗争。这一段用她和毛泽东"画外音"的隔空对唱艺术地描绘出二人的结合和心意相通。"君有凌云志，我愿随你走，山河改变齐协力，汗青写风流。"寥寥数句，表现出她对丈夫的深情、对革命的愈加坚定和对劳苦大众的热爱。

值得一提的是嵌入闪回的方式吸收了电影叙事中蒙太奇的剪切方法，并使用特殊物件进行串联：父亲的皮箱是打开杨开慧过往岁月的记忆闸门，而恐怖的闪电、海关的钟声和狱警的报时又将一切拉回残酷的当下。既做到空间上的无缝转场，又做到时间上的自由切换，同时营造一种揪心的紧迫感，充分展示了杨开慧作为一名革命者的心路历程和精神世界。

三是多线汇流，烘托主旨。区别于平铺直叙，该剧的叙事在无场次的结构方式下实现了对时空的自由调度，将反映杨开慧生平重要节点的多个副线自然汇入主线叙事中，情节上更凝练，主题上更突出。于是后半部分杨开慧在识破敌人离间计时"只信润之他一人"的爱情誓言和尾声处面对死亡"静等枪声震天响"的革命浪漫主义情怀在情节的推动下喷薄而出、水到渠成。

浪漫主义的表现手法和诗化的意境同时强化了戏剧性和可看性。如开场纱幕上呈现出白色蝴蝶在漫天大雪中于红梅间振翅飞舞，结尾处三位不同年龄段的杨开慧在云雾中相遇，一曲《蝶恋花》首尾呼应，形成了一个悲剧意味浓烈的审美空间，又将杨开慧的不朽精神提升到更高的层次。

二、无场次结构下的人物塑造

一是用多重身份建构人物。该剧在叙事的同时着眼于人物塑造、人心描摹和人性挖掘，可谓情节、人物并重。通过杨开慧的多重身份展现其光辉形象，使其当时、当地的形象饱满立体，使其如何成为"这一个"令人信服。

面对险恶狡黠的敌人，她是不卑不亢的革命者，坚强承受严刑拷打、坚定抵御威逼利诱并机敏识破敌人假借毛泽东名义要和其断绝夫妻关系的离间计。面对年幼的儿子毛岸英，她是舐犊情深的普通母亲，对儿子身陷囹圄的歉疚和心疼折磨着她，但仍不忘用革命乐观主义循循善诱："今天的不顺，就是要换未来国家的公平，劳苦大众的顺畅。"面对久未谋面却日夜牵挂的丈夫，她是心怀革命理想、忠贞不渝的妻子，"我与润之是夫妻，更是革命的伴侣，润之引领我紧跟，定有光辉的奇迹"，"润之与我百年好，他的名誉千万不可被犯侵。签字就是白日梦，为党哪能不卧薪？"压抑的监狱高墙和女性革命者的柔弱天性、坚毅品质形成巨大反差，产生极强的戏剧张力。

二是用合理行为丰满人物，跳脱出程式的禁锢，走向生活的真实。所以会唱湘剧的杨开慧能挥舞双手立于潮头用湘剧《文天祥》的高腔演绎自己的赤诚丹心，以大量现代的舞蹈和丰富的肢体语汇展现或柔情缱绻或痛苦挣扎等丰富的内心世界，借鉴话剧的念白和敌人展开语言上的交锋。这些元素合理渗入黄梅戏内核并锦上添花。

对细节的关注使得杨开慧的形象有血有肉、真实可亲。该剧开头，历经残酷拷打的杨开慧肋骨断了且伤口化脓，毛岸英问："妈妈，您很疼吗？"杨开慧回答他："疼。要说不疼是假的。"在此后的表演中，随着情绪起伏韩再芬不时捂住伤口，舞蹈动作也添加了受伤的肢体表现，真实可感的疼痛让观众揪心。再如临刑前向保姆陈姨交代后事一段，是全剧的一大泪点。陈姨哭求："霞姑，你还是签了吧，你还有三个孩子，孩子们不能没有妈妈！"孩子是妈妈的软肋，听到此，杨开慧痛心疾首地仰起脸，捂住胸口，内心的痛苦挣扎一览无余。但随即她强忍悲痛表示："革命是要有牺牲的，牺牲自己，是为求得广大劳苦大众不受压迫，得解放。"以信仰坚定、志向远大的革命理想主义，无私无畏的革命英雄主义和舍小家为大家的革命牺牲精神为主要内容的"开慧精神"正是用这样润物无声的方式传递出来。

三是参照影视作品的惯用方法，不同年龄段的杨开慧由不同演员参演。一方面顺应无场次结构中人物在时间层面的外貌变化，更真实可信，同时利于舞台上演员、场景更换的无缝对接。更重要的是体现了韩再芬将一批优秀的青年演员推至台前担当重要角色，用实际行动做好黄梅戏的传承工作的精神。值得一提的是，此剧也是再芬黄梅艺术剧院"老中青少"四代演员首次同台献艺。

三、无场次结构下的舞台表现

黄梅戏由最初乡野小调逐渐成长壮大为我国五大剧种之一，有着极强的包容性和生命力。《不朽的骄杨》在舞台呈现方面充满创新和探索，将传统和现代融合得很好。

舞台布景适应舞台表演，将真实环境和虚拟环境结合，写实和写意相互穿插。通观全场鲜少用实景：除沿袭传统戏曲舞台的一桌二椅和少量道具之外，舞台中仅有可移动的台阶以及三个巨大的方框。这些方框将舞台分成前、中、后三个区域，给了舞台近似影视作品的镜头感。配合着背景的影像和现代化的灯光效果，既区分了舞台时空，又有利于唤起演员对真实情境的当下体验感，激发表演的内生动力，与观众一起沉浸于戏剧呈现出的审美空间。给人印象深刻的是尾声杨开慧慷慨赴刑场的一段。舞台中央迎接她的是一座向天空无限延伸的阶梯，两边目送她的是一双双饱含热泪的眼睛，一树树傲然绽放的红梅。她迈着缓慢却坚定的步伐走入舞台背景的万丈霞光中，这种诗意的表现手法留给观众无尽的遐想和心灵震颤。

该剧的舞美吸收了现代歌舞剧的元素，群舞展现一种雕塑之美，动作中结合传统戏曲的身段特质，在声光电的烘托下有庄严肃穆的崇高感和丰盈的象征意味。

传统黄梅戏音乐以细腻委婉抒情见长，该剧融合了多种作曲技法：化用湖南民歌《浏阳河》的旋律、借鉴京剧的声腔和现代交响乐的曲调等，为黄梅戏增添了铿锵有力、刚烈坚毅的精神品格，丰富了艺术表现力。

或许如韩再芬所说"内容雅俗共赏、审美贴合大众、思想上引领大众"的作品才是有生命力的。这部《不朽的骄杨》体现出主创人员的开拓精神和创新意识，无场次的呈现方式无疑也为黄梅戏如何在保留传统品格的基础上顺应时代发展提供了宝贵经验。

《江城飞絮》：谍战故事的戏曲演绎

◎彭　佳

　　谍战故事历来广受群众的喜爱，它不仅反映了革命斗争的艰苦曲折，复杂错综，表现了共产党员及爱国人士英勇无畏的斗争，弘扬了爱国主义精神，还因其惊心动魄的故事情节、紧张刺激的悬念营造、敌我双方命悬一线的激烈交锋，以及被历史淹没的战场的隐蔽性与传奇性，贴合了当下大众猎奇且寻求刺激的审美心理。然而传奇性并不仅是谍战故事的特色，还是中国戏曲的题中应有之义。中国戏曲素来以所述故事的传奇性著称，以至明代戏曲直接冠以"传奇"之名。由此观之，若将谍战故事与戏曲"联姻"，不仅契合了传统戏曲的审美特色，还能开拓戏曲艺术的表现领域，尤其对革命历史题材戏曲作品的表现内容亦能做出有益补充。在第九届（中国）安庆黄梅戏艺术节的舞台上，黄梅戏《江城飞絮》便是这样一部将谍战故事与戏曲结合的佳作。

一、"传奇性"与"历史真实"

　　黄梅戏《江城飞絮》讲述了中华人民共和国成立前夕，江城中学女教师柳青青与中共地下党员江飞、王掌柜、达明老师等为传送江城布防图，周旋于江城警察局与宪兵队两股势力之间，斗智斗勇，最终以血与生命为代价，完成任务，保障了渡江战役顺利开展的故事。在剧情设置上，安排了达明老师于追捕中托付柳青青传送布防图，赭山书店中王掌柜为掩护柳青青慷慨就义，柳青青周旋于军统、警察局、宪兵队三方盘问的临危不乱，潜伏于军统中的地下党人江飞为掩护柳青青以一敌众与宪兵队火拼牺牲，以及军统、警察局、宪兵队三方的利益争夺，江飞为保护柳青青与宪兵队长曾仁山、警察局长张耀宗之间的斗智斗勇等情节，兼备了惊险、悬念、刺激、反转等多种形式，矛盾冲突也随之尖锐、复杂、曲折、激烈。在如此剧情与矛盾的加持下，剧目整体呈现节奏明快、扣人心弦，且极具观赏性，不仅迎合了大众审美趣味，还赋予了剧目以人文内涵，生动地传达了主题，展现了江城中共地下党组织坚持浴血奋战，在黎明到来之际不惜牺牲生命，前仆后继，勇于牺牲的精神。

艺术虽高于生活，却也源自生活。谍战故事虽尚奇险，然其终不是无源之水，无根之木，尤其抗战岁月与当下生活所距年代并不久远，在创作时不能一味追求吸引人眼球的"视觉奇观"，要尊重历史，以一定的历史史实为基础，所表现的生活内容也要符合特定时代的实际，唯此才能体现出艺术的真实。在《江城飞絮》中，我们便看到了编创者在追求故事传奇性的同时，努力做到与历史真实的兼备。先就故事背景来说，该剧以渡江战役为背景，剧中江城指代安徽省芜湖市。就历史史实来看，芜湖地处长江沿岸，在渡江战役这场中国人民解放战争史上规模空前的强渡江河战役中，发挥了重要的作用，不仅有众多江城儿女支援投入这场战役，其境内的夏家湖更是72年前百万雄师渡江第一船的登陆点，渡江战役对于江城芜湖来说无疑是一段值得铭记的历史。

其次在人物设置上，将主人公柳青青设置为江城中学教师也是有历史可溯的。芜湖因地处沿江，早在1876年清政府与英国签订的《中英烟台条约》中，便被开辟为通商口岸。随后，西方文化登陆芜湖，其中由庚子赔款所办的圣雅阁中学成为中西文化交汇之地，走出了许多思想进步的革命家与爱国人士，如王稼祥、李克农、阿英。王稼祥与吴祖光还在此创办了进步刊物《狮声》。此外著名革命家宫乔岩、吴葆萼也曾来此任教。剧中的江城中学不仅培养了达明这样舍生取义的中共地下党员，也成为柳青青进步思想孕育的摇篮，这些也是符合历史史实的。

此外，剧目在营造历史氛围上也下足了功夫。剧目开篇便以影像的形式展现了抗战时期芜湖地区的历史风貌，以质朴的画面烘托出了历史与年代感。剧中的场景设计也处处展现了芜湖的地域风情，当长街、米市、赭山书店、江边码头等场景出现在观众眼前时，一股浓郁的乡情便扑面而来，为其中人物的活动，故事的演绎，注入了历史的厚重。也正是编创者在此方方面面的努力，避免了《江城飞絮》步入众多"谍战剧"因过度追逐娱乐性而陷入内容空洞、失真的歧途，做到了在讲述传奇故事的同时，赋予其历史的真实与艺术的质感。

二、人物形象的多维度构建

相比于传统戏曲较为扁平的人物形象，《江城飞絮》中主人公的形象则是立体而多面的，为戏曲人物的塑造带来了新意。究其原因，一方面来源于剧中设定的特殊历史情境对人物性格的改变与塑造；另一方面则与谍战故事中人物多重身份的设置密不可分。先看前者，代表人物为本剧女主人公柳青青。在甫一出场时，她是一位居于象牙塔中的知识女青年，一心扑在教育事业上。她虽秉持着新思想，却受商人之家明哲保身的处世之道的影响，有着软弱与妥协的一面：在中庸的双亲的管束下，她对乱世有怒不敢言；想要对前来家中米行求救的饥民施以援手，却因父亲的驳斥作罢。然而正是这样一位温柔如水的女子，最终走出象牙塔投身革命之中，不仅顺利完成情报的传递工作，还成长为一名坚定的共产主义战士。论及其性格的转变与发展，剧中主要通过她所接受的三次传递情报的托付所达成。这三次任务都是柳青青在万分紧急的情况下领受的，所托付人都处在命悬一线的紧急关头，不惜牺牲自己的生命以求得情报的顺利转移。达明老师、王掌柜、江飞三人的临终托付，三人以生命投身革命事业的壮举，对于柳青青的思想与心灵的撞击也是一次比一次强烈，她也由被动接受托付到主动承担任务，不仅明白了达明老师与王掌柜口中的共产主义信仰，而且为恋人江飞舍生取义的行为所激励，最终在血与泪的洗礼中得到成长，以地下党的身份，顺利渡江送出了江城布防图，并加入中国共产党，完成了人物形象的最终塑造。

除了展现特定情境对人物性格的影响与发展，《江城飞絮》还注重通过人物多重身份下不同性格的塑造，展现人物形象的多面与丰富。如剧中的男主人公江飞便拥有中共地下党员、军统队长、柳青青恋人的三重身份。对于不同的身份，江飞身上便要展现三种不同的心态，乃至三种不同的语言风格。作为军统中的江队长，他心思缜密，不喜形于色，语言阴狠。目睹月季被毒打，王掌柜与柳青青被捉，他虽想救人却为顾全大局隐忍不发。当王掌柜为掩护柳青青主动暴露被曾仁山击毙，他虽难过，脸面上显现出的却是计谋落空后的失望，咬牙切齿地怒斥曾仁山："你——你让鸡飞蛋打一场空，煮熟的鸭子飞跑着。"他临危不乱，与敌人斗智斗勇，巧妙周旋，利用军统的身份帮助柳青青在书店困局中顺利脱身，显示出了人物有勇有谋。作为中共地下工作者，他身上则有着共产党人的果敢、胆识、牺牲与奉献。为了革命事业，他不惜忍辱负重，隐姓埋名，甚至默默忍受着恋人的鄙视与厌弃。当身份被揭穿，面对敌人的枪口，他临危不惧，英勇搏斗。在身负重伤时，他拒绝柳青青的救治，宁可用自己的牺牲，也要为情报的传递工作争取时间，正如他自己所言："人间正义不可挡，我愿以鲜血换和平、换解放、换胜利、换取民富国家强。"最后作为恋人，在与柳青青相处时，江飞处处流露出温情与关怀。赭山书店内，面对柳青青将其视为与曾仁山之流为一丘之貉时，他百口莫辩，只能以"对不起"来劝慰爱人；他担心柳青青涉足革命有性命之危，忍受着爱人的白眼与误会只为提醒她要"学会保护自己"；在敌人的枪口下，他为保护爱人以命相搏，把生的希望留给对方；在生命的最后时刻，他最放心不下的也是柳青青，在深深的眷恋与不舍中与爱人做着最后的告别。

通过对人物形象多维度的塑造，剧目所塑造的柳青青、江飞等人物不仅立体真实、血肉丰满，为剧情的推进、主题的传达也起到了积极的作用。值得一提的是，多面而复杂的人物形象，也为演员留下更多的表演空间，剧中柳青青与江飞的扮演者周洁群、瞿凌云也借由自身细腻的表演很好地诠释了角色，为剧目增添了光彩。

三、戏曲手法对故事主题的深化

谍战故事往往通过悬念迭生、惊险刺激的故事情节吸引观众，引起其观看（阅读）的快感。然而正如前文所述，过分追逐娱乐性的"奇观"效应，不仅会消解历史的真实性，更会造成故事思想性与价值意义的悬置。谍战故事无论多风云诡谲，究竟是中国革命历史中一段不容磨灭的记忆，它背后所传达的中国人民的牺牲与奉献、共产主义信仰的伟大与崇高值得后人铭记与传颂。因而在创作谍战类作品时，思想性也是主创们不可忽视的一点。在《江城飞絮》中，编创者们在讲述故事的同时，发挥了戏曲在情感渲染与展现人物内心世界等方面的优长，尤其结合了黄梅戏剧种善于抒情的艺术特色，将人物间或紧张微妙或猜忌犹疑的心理交锋，以及人物心中喷涌而出的情感以唱段的形式层层深入地表现出来。其中最有代表性的为剧目第二场中赭山书店内柳青青与王掌柜被宪兵、警察抓住欲行搜身的千钧一发之际，在场的曾仁山、张耀宗、江飞以及柳青青、王掌柜五人的连番对唱：

> 曾队长　买书——
>
> （思忖，唱）她出现时机实在巧，
>
> 　　　　　　其中一定有蹊跷。
>
> 张耀宗　（唱）她任性妄为惹人恼，
>
> 　　　　　　不由我胸中怒火烧。
>
> 柳青青　（唱）脊背发凉口干燥，
>
> 　　　　　　惊慌失措脚发飘。

王掌柜 （唱）战火何曾惜女娇，

最是无情恶滔滔。

江　飞 （唱）匆匆赶来通知新情报，

却晚来一步差一着。

曾队长 （打量张耀宗、江飞，唱）

我要一箭射双雕，

隔山敲虎出奇招。

张耀宗 （唱）猴子拉车乱了套，

他为何眼似毒蛇把我瞧。

江　飞 （唱）强救他们露马脚，

前功尽弃都难逃。

王掌柜 （唱）情况危急争分秒，

按起葫芦扯起瓢。

柳青青 （唱）紧握拳头稳心跳，

我挺直腰板站直了。

曾队长 （唱）我抓她回去设圈套，

张耀宗 （唱）我受到牵连吃不消。

江　飞 （唱）我凝神见招来拆招，

王掌柜 （唱）我拼上性命助她跑。

柳青青 （唱）我想方设法保情报，

装疯卖傻哭号啕。

（哭）表哥，救救我，我什么都不知道。

　　这一番对唱将这五人面对同一事件时的不同心理活动，共时性地展现在同一场景中，不仅勾勒出了人物不同的性格特征，渲染出危急时刻人物间剑拔弩张、一触即发的紧张与刺激，也为剧情的推进埋下了伏笔。除此之外，剧中第三场江飞前来柳家询问柳青青为何出现在书店的一幕中，也有一段表明二人心理活动的唱段，其妙处与书店对峙一场相似，所不同的是，它通过柳青青对江飞的防备，江飞对柳青青的担心与关怀，将柳、江二人之间的情感纠葛丝丝入扣地演绎了出来。

《江城飞絮》全剧的高潮出现在剧中第五场，也正是这一场采用了多段男女主人公互诉衷肠的对唱与抒发情感的独唱。这些唱段将男女主人公间生离死别的悲情，女主人公经受血与泪的洗礼后的情感喷薄，心灵的成长表现得淋漓尽致。在柳青青、江飞复调式层层铺排的多段唱腔中，对爱人的不舍、对革命事业的坚贞、对共产主义理想的追寻，以及救国救民的爱国之情也得到了升华。尤其该场结尾处柳青青所演绎的由38句唱词构成的抒情唱段，一气呵成，将人物心中喜与悲、恨与怒、勇气与信心、理想与信念，热烈而汹涌地喷薄出来，形成一泻千里的气势，也将全剧推向最高潮。

然而值得注意的是，抒情唱段的铺排对于烘托气氛，升华主题起到了积极作用的同时，也造成了剧情的延宕，与谍战故事较为紧张的环境氛围产生反差，影响了故事讲述的节奏。

如何合理安排唱段与故事情节的穿插配合，在抒发情感的同时不打断观众对故事推进的心理期待，是留给主创们的一道待解的习题。

《江城飞絮》将谍战故事与戏曲艺术融合，不仅保存了谍战故事的传奇性、刺激性的所长，还积极运用戏曲手法挖掘人物内心世界，抒发人物内心情感，并由此升华剧目主题，做到剧目艺术性与思想性的兼备，尤其在人物塑造上，突破了人物典型化、脸谱化的局限，丰富了黄梅戏舞台的角色形象类型，也对此类作品的创作做出了良好的示范。

传统戏曲艺术视野下的主旋律表达

——漫谈黄梅戏《江城飞絮》的探索与创新

◎ 唐玉霞

　　《江城飞絮》是芜湖市近年创作，并在安徽省内演出的黄梅戏。其以主旋律的内容、黄梅戏的表现形式，以及对地方戏的创新尝试，传达出一个信息，即传统戏曲艺术视野下的主旋律表达，既有对传统的传承，也有对艺术的创新，在传承和创新中实现突破。

　　这部由芜湖市文化和旅游局主办、芜湖市艺术剧院主创的六幕黄梅戏，以1949年渡江战役为历史大背景，讲述了江城隐秘战线发生的故事，融合谍战、悬疑、爱情等多种元素，把中共地下党人在新中国成立前夕的一段曲折、悲壮的革命斗争历史，唱响在戏曲舞台上。

　　年轻的柳青青出生于富裕家庭，是江城中学教师，朝气蓬勃，有理想、有文化、有追求，她在中共地下党人以生命为代价的掩护下，将"江城布防图"送给江北的中国人民解放军，对渡江战役的胜利、对江城的顺利解放起到了重要作用。《江城飞絮》以江城解放为主线，通过黎明前夕，一个爱国青年知识分子成长为共产党人的过程，以及江飞等中共地下党人的牺牲奉献，讴歌为党的事业、为人民解放事业不惜抛头颅、洒热血的革命英雄，表达出对英雄的崇敬之情和深切缅怀。这段发生于解放战争年代风起云涌的故事，以黄梅戏古老而又充满乡土热情的表达，在保持黄梅戏韵味特质的基础上将传统和当下融合，实现了接续发展黄梅戏文化的立意关怀。

一、艺术本体的回归

　　主旋律题材对于戏曲的创作表达一直是一个难题。单一地为了完成任务、追随形势所创作编排的主旋律戏曲，往往因为目的功利，真正的艺术创作规律、观众需求被忽视，为了主旋律而主旋律，为了完成而完成，没有艺术的磨砺和完善，也没有市场与观众的评判和检验，剧目建设中容易出现写一个、演一个、丢一个的状况，往往将一次艺术创作滑向小众的自娱自乐。

　　《江城飞絮》在充分发挥戏剧作品宣传教化功能的同时，注重回归艺术本体，注重作品的审美功能。青年教师柳青青自幼接受新式教育，具有进步思想，在共产党人的精神感召下，冒着生命危险，把关系千万人民生命安全的情报送了出去，为江城的解放，为渡江战役的胜利提供了重要保障，她带着达明、王掌柜、江飞的理想、信念、使命，一路前行，迎接新中国的诞生。柳青青也在此过程中得到了成长，并光荣加入中国共产党，思想上的成长和情感上的升华赋予了人物塑造的独特性和感染力。该剧通过个体的成长彰显了一个鲜明的时代主题：中国共产党代表广大人民群众的根本利益，是人民群众走向光明的引路人。在中国共产党的感召下，进步、爱国的青年知识分子自觉加入革命斗争的滚滚洪流。

　　一部戏，如果仅仅满足于剧情曲折、故事生动，显然是不够的。只有在剧情中，让观众看到不同人物个性碰撞时迸溅的火花、展示的光彩，才会让观众在看到世相百态、历史轨迹的同时，感知人物的心灵气象。柳青青从一名米店老板的掌上明珠，到冒死横渡长江送江防图，每前进一步，都有着看似极为偶然、实则又必然的发展历程。从目睹达明的慨然赴死，到王掌柜的大义凛然，特别是她的男友江飞牺牲前的嘱托，让柳青青真真切切地看到了一个个共产党人，为了谋求天下劳苦大众的幸福而不惧牺牲的大无畏精神，这种精神深深地感召了柳青青。在这部戏的结尾，设计了一个柳青青向首长顾中华提出入党的请求的情节，简洁有力地呼应了主题。类似柳青青这样最终走上革命道路的事例，在当年可以说是非常普遍的。这种源于生活、高于生活的艺术手法，不仅赢得了观众的共鸣，也使整部剧的境界得以升华。

深挖本土的主旋律资源，以地方戏黄梅戏作为艺术承载讲述主旋律故事，《江城飞絮》充分体现了芜湖文艺工作者注重本土历史文化的开掘与运用，表现了他们的文化自觉和自信。

二、人物塑造的立体感

戏曲艺术以表现人物为中心，在以人物行为来折射历史、叩问现实，以抒情写意来彰显其民族性和时代性等方面，自有其优越性。《江城飞絮》通过对70余年前一群革命者个体形象的刻画，挖掘人物内心，细腻深刻地表现出他们的心路历程。他们不是高大上的被仰望者，他们有血有肉，有软弱有犹豫，通过日常生活叙事，展现日常生活状态，挖掘日常内心情感，以对人性人情的发掘与塑造，引起观众的情感共鸣，拉近现代观众的审美距离。

人物精神情感世界的开掘，需要多种手段助力，《江城飞絮》巧妙地运用各种艺术手段，使其表现力得以放大、加强。将黄梅戏风格与题材所要求的内容进行融合，使语言表达与情感呈现相辅相成。比如谋篇布局的高度凝练、过渡的紧凑、语言表达的直白，几乎没有修饰性的华丽辞藻，就连幕后伴唱，也基本一线到底，力求用形象的语言，表达最强的艺术效果。例如在最惊心动魄的第六场，一上来就直奔主题："女：我双手划起那桨/男：我用力把住那舵/女：划划桨/男：把把舵/女：我划你把/男：我把你划/合唱：紧张急忙/急忙紧张/船儿呀离开了岸/船儿呀快如箭。"这样紧凑的语言，恰到好处地表达当时那份急切想将情报尽快送到江对岸时的心情。类似这样的例子，在《江城飞絮》中还有许多。在情感呈现中，柳青青与江飞对唱唱段"曾经怨你无理想，贪慕虚荣助虎狼"这一大段抒情，危急关头，情侣间消除误会，明了原来是一个战壕里的战友，同时，感情的升温与深深的担忧交织在一起，推动剧情向前发展，也推动人物情感的再度融合，助力人物形象的塑造。精准传达语言、唱词固有的情绪，同时又让欣赏者不要跳脱黄梅戏的意境，《江城飞絮》所设计的唱词、对白，注重从人物的性格与身份出发，着力于对人物内心情感的探索，如第二场中，江飞、柳青青、王掌柜、张耀宗、曾队长五人在书店表现内心激烈情感的一段唱，颇有《沙家浜》里"智斗"的风采，不仅推动了剧情，对于人物形象的塑造、情感的抒发和主题的深化，都起到了重要的作用。

《江城飞絮》编创在剧本的层面对思想性与文学性的追寻，使得本剧好看、耐看。观者听着酣畅淋漓的黄梅戏，跟着起伏跌宕的故事情节，也感触到主旋律的情怀。其中，人物形象塑造的立体感追求无疑让观众眼前一亮。避免高大上的人物塑造导致舞台与观众之间的脱节，让人物既有人间烟火气息，具有生动性和亲切感，也具备先锋模范的高度，《江城飞絮》做了有效的努力和尝试。

三、主旋律题材的地域性表达

体现现实生活，与时代精神共鸣，这是地方戏曲生命力的羽翼，是戏曲人应有的担当，也是一个很大的挑战。一方面，这需要入情入理地传递时代精神；另一方面，传统所积淀的经典唱腔、装扮、行当、程式与意境，如何在接纳现代元素的同时，延续而非伤害它特有的韵味，真正拓展传统戏曲的审美空间，这些都是戏曲创作者所要解决的难题。

鲜明的地域性是《江城飞絮》接地气的特色之一。剧中无论是人物形象的设置、历史背景的选择，还是长街米行、赭山书店、圣雅各中学、中山街、镜湖等道具街景的设计，都取材于新中国成立前的江城芜湖。渡江战役是芜湖人耳熟能详的故事，柳青青任教"圣雅各中学"，交换情报所在地是"赭山书店"，这些本土元素拉近了和观众的距离，也增强了剧情的真实性和代入感。对故事情境的营造和人物形象塑造起到了积极的推动作用。这在许多地方戏与曾经培育它的"草根族"渐行渐远，创作理念迅速雅化，地域性、民间性特征逐渐淡化的今天，《江城飞絮》的创作理念，不失为一种有情怀的坚守。

戏曲是一种带有民族审美特性的文化符号，它萌生于民间的生活内容与表达方式。而地方戏则被赋予了独特的地域性和特殊的艺术语言。对于从田间地头走出的黄梅戏来说，地方色彩是一部成功的黄梅戏所必须具备的基本元素。将观众引领进这个氛围，是创作者的首要任务，《江城飞絮》中第一幕一开头，幕后伴唱"草色青青柳絮飞，江水滔滔战鼓催。莫道四月芳菲尽，春风一度色添新"，随之是江城店铺林立的中心街市，不复往日繁荣场景；空中战机轰鸣，江边军舰长鸣；难民聚集在长街米店门口，请求开仓放粮，兵荒马乱的场景立刻将观众带入戏中。黄梅戏质朴温润的"乡村歌剧"的特点，轻柔地叩击人心。这些小小的细节看上去不起眼，但是一个个细节连缀起来，就是一部大戏立起来的骨骼和打动人心的力量。

戏曲是综合艺术，一部作品的成功凝聚着编、导、演等台前幕后众多人的心血。《江城飞絮》将影视圈中大热的谍战故事搬上舞台，可以说是一种创新。但是戏曲和影视是完全不同的艺术表现形式，《江城飞絮》多种戏曲艺术手段的运用，开合有序的场面调度，动静结合、张弛有度的节奏掌握，很好地突出了戏曲的表演魅力。唱腔设计既有浓郁的传统黄梅戏韵味，又不乏新意，尤其是芜湖、繁昌等当地民歌元素的吸收，让《江城飞絮》的艺术特色更为显著。

主旋律题材是我国戏剧创作中一个重要而特殊的题材。鲜明的题材特征，赋予了戏剧较高的精神品格，然而，立意、主题、思想内涵的高度一致性，也容易使此类作品滑入模式化、类型化的窠臼。这一变化，一方面说明黄梅戏艺术品位与文化内涵需要提升，另一方面则是潜在地对黄梅戏的艺术风格、文化内涵的定位发出了亟待适时的转变性信息。艺术的生命力在于拥抱时代，经典的魅力因其始终与时代精神相契合而历久弥新。《江城飞絮》在思想性、艺术性、地域性的创新尝试迈出可喜可赞的一步，对于传统戏曲来说，只有在"守正"经典的基础上对主旋律表达进行大胆的尝试与探索，才能推动地方戏常演常新，保持永远的生命力。

戏剧对革命主题当代意义的一种探索

——评淮北梆子戏《永远的嫁衣》

◎毛　锐

《永远的嫁衣》以淮海战役为背景，讲述了淮北地区老百姓支援前线的故事：婚礼当天，担任支前队长的新郎李振江接到紧急任务奔赴前线，新娘林秀儿一心要完成婚礼，穿着嫁衣找到李振江，为了完成婚礼和陪在丈夫身边，也加入支前队伍，最后为了掩护队伍运送军粮壮烈牺牲。作为革命题材戏剧，《永远的嫁衣》在当前同类题材创作中颇具特色，有不少可圈可点之处。

一、以简见繁的表现方式

戏剧艺术的一大特点，就是以简见繁，做到"冰山一角"式的表现，以显在的"一角"带挈潜在的巨大"冰山"，不管是"三一律"，还是情节整一性的传统，都指向这一特征。所以故事的营构能力，是衡量剧作者能力最重要的标准之一。在实际的戏剧创作中，好的戏剧故事既可能是那种显性的聚集丰富矛盾冲突型的，也可能是以诗性的手段，将深厚意涵寄寓于简练的人物情节之中，仿佛是对凝聚了丰富意义的情节的一种发现，《永远的嫁衣》属于后者。

这部戏给人最深刻的印象，就是以浓墨重彩塑造了一个勇敢热烈、执着追求爱情与幸福的女性形象——林秀儿，她心心念念的就是要完成婚礼，揭盖头、入洞房，要把古老的新婚仪式完整地演绎，要和自己的爱人朝夕相处，要"生一群娃"。林秀儿这一形象并不复杂，更像一个古典的扁平人物。但这一简单的人物形象，却有着强大的意义牵引力。林秀儿执着甚至略显痴癫的形象，其实有其深植的文化土壤。在中国传统社会中，婚嫁本身就是一件极为严肃的事情。千百年来，传统女性有一种深厚的婚恋信仰，通过乡村社会循环往复的代际传承，往往在幼年就埋下这种信仰的种子，"八岁偷照镜，长眉已能画"，在古代文人的书写中，女性的婚嫁和男性的仕宦往往作为一种比附，二者具有对等的价值。此外，虽然传统社会有着森严的礼教规范，但在婚恋场合，历史图卷中从来不缺女性主动、热烈的形象。"氓之蚩蚩，抱布贸丝；匪来贸丝，来即我谋"，《诗经》作为中国第一部诗歌总集，其中的《氓》就描绘了一个急切等待恋人来娶自己的女性形象。《世说新语》记载潘岳因为形象俊美，每次出游姑娘们都将果品扔满他的马车。唐代的韦庄模拟民歌为女性代言："春日游，杏花吹满头。陌上谁家年少，足风流。妾拟将身嫁与，一生休。纵被无情弃，不能羞。"而女性在婚恋上的这种执着，正是老百姓对美好生活祈盼的集中表达，是黄土地上生长的人们质朴而强烈的愿望，是对日光下享受现世幸福的希冀和生息繁衍的诉求。无论战乱、饥荒，一代代的人们总是带着这种期盼，劳作思虑、生老病死，如同历史旋律中最稳定的节奏。

伽达默尔说，任何理解都基于一种先见。林秀儿看似不管不顾的执着背后，有着深厚的情感和文化基础，像《赵氏孤儿》中的复仇一样，为了存孤、为了复仇，那么多人主动奉上生命，因为这里面有一种集体化的、深沉如海的感情。

总体上，这部戏无论人物、情节，都简单明快，但在逻辑的底层有着丰富的隐性意蕴。因为深厚的意义基础，剧情的内驱力是冲刺式的直线力量，故事的推进也很直接，没有刻意的曲折。林秀儿一心要完成婚礼，但在支援前线的战地环境下，这一行动一再被阻拒；她追求幸福，却走向了牺牲，这里便形成了较大的意义空间。戏剧开头部分，林秀儿在敌机的轰炸中被李振江护住，爬起来的第一反应便是生气："把我红袄弄脏了。"人物的特点，对"红袄"的珍视，都刻画出来了。红色的嫁衣贯穿首尾，成为核心物象，具象性和象征性融为一体，充分体现了戏剧形式层面的凝聚性。

二、似隐实显的革命主题

这部戏中的"革命"仿佛有点语焉不详，"红色"的烙印似乎不够明晰和深刻。但是，如果我们摒弃同类题材作品的习见印象，就会发现，作品实际上表现出了复调的革命内涵。这部戏使我们首先思索一个问题：什么是革命？革命一词，最早出现于《周易》："汤武革命，顺乎天而应乎人。"今天看来，这个革命的源头意义仍然可作参照。革命是人民的集体抉择，当旧的国家机器对人民的生存生活构成伤害，当旧体制的脓疮破溃，当追求幸福、寻求新生活的愿望如同燎原之火，当死亡的恐惧也无法消弭人们变革的决心，革命就产生了。因此，革命的内在动力就是人民对生存权的维护、对美好生活的追求。林秀儿这一形象的意义，正是揭示了革命的内在含义，触及了革命的深层逻辑。

发掘"革命"的深层意蕴，正是新时代革命题材戏剧的必然要求。戏剧的生命力在于同观众的情感互通，不能引起观众共鸣的表达是无效的。如果执着于革命的表象，沉溺于集体化、刻板化的革命叙事，就有可能失去观众。在曾经特定的语境中，革命热情高涨，渗透于社会生活之中，几句口号就能引起台下呼应，据说饰演黄世仁的演员差点被人开枪打死。但革命终归不是生活的常态。时代渐行渐远，革命已成为一种记忆，成为记忆并非淡化、模糊化，时空的悠远也许可以让革命的宏大轮廓更清晰地呈现。流血牺牲是革命，天性的爱恨也是革命。就像古人所说的"道不远人"一样，任何崇高或者抽象的道理必然要有现实的注脚，革命内嵌在个体的生命里，是个体感受与抉择的涓涓细流汇成的浩荡浪潮。今天的革命书写，更准确地说，是要书写时间意义上的革命，书写同我们联系的革命，同鲜活的时代血脉相通的革命。

三、"戏"与"革命"浑然一体

戏剧的思想主题同戏剧艺术的关系，应该有两种形态，一种是以戏剧语言去表达一种主题，戏剧在这里主要是工具性的，这在艺术作为宣传手段时是习见的形态。另一种形态，是思想主题本身成为戏剧的一部分，戏剧则充分凸显同生活的同构性，在接受中人们以一种整体的形式去领略戏剧之美，从而获得高于语言性思想主题的完整审美体验，精神得以涤荡和升华。

在《永远的嫁衣》这部戏中，"革命"既是主题，又成为戏剧内在元素。革命的"刚"和婚恋的"柔"形成巨大的张力，这种张力贯穿首尾。女主人公对恋爱幸福的诉求，因为"革命"而不断受阻，而革命，又是人民为了追求美好生活、实现自由幸福去打破旧制度桎梏的过程。支前队员守护着军粮却靠挖野菜充饥，林秀儿从红袄里掏出母亲给她的一颗糖想给爱人李振江，这时敌机轰炸又开始了，李振江去保护粮车，林秀儿追着喊："哥，吃糖，可甜啦！"这是一个既生动又充满象征意味的小情节，人们对"甜"的追求，美好希冀的代际传递，是那么无畏和执着。支前途中，在乡亲们安排下婚礼得以继续，在前线的艰苦与炮火的严酷中，婚姻的古老程式仍然要认真地完成。这一节非常真切地刻画了女主人公的大胆热烈和活泼俏皮，男主人公的憨厚与羞怯。在这些描述入微、饱含生活质感的小"戏"中，"革命"始终在场，是张力的一端，是对立统一的一方。男主人公在支前行动中，果断、勇敢无畏，但在私生活中优柔腼腆，而女主人公在个人生活中则坚决果敢、热烈如火，不管不顾地将婚恋当成一种大事业。男女主人公的这种设定，具有一定程度的普遍性，可以代入现代家庭生活，成为革命和当下的互通。此外，革命的终极意义和当下牺牲的矛盾，人的社会角色和自然角色的逆反，这些意涵也相互映射生发。戏剧艺术与思想主题，革命和婚恋，如同太极图式中的阴阳双鱼一样纠缠互融。

从舞台效果看，这部戏在传统戏曲艺术和现代内容的结合上也做得很好，特别是戏曲的写意性得到充分和准确的运用，这在当前传统戏曲大量引入话剧表现方式的情况下，显得难能可贵。同样，对声光特效以及现代背景的运用，也很有分寸，主要通过演员的表演来表现情境，体现了创作者对于传统戏曲艺术的坚守。这部戏搬上舞台是很有难度的，它的"戏"是内敛的、细节化的，没有大开大合的矛盾冲突，是在导演上非常见功力的戏。

当然，这部戏也存在进一步打磨的空间，比如意义揭示仍然不够明朗：林秀儿孜孜以求的幸福，正是革命的目标，但进行中的革命又需要牺牲和奉献；革命仍然包含眼前与长远、个人与集体的辩证，这种意义没有明确地揭示出来。部分情节设定要更加严谨，如"敌人抢粮食"这种情况是否合理，需要进一步考证。另外，在舞台表现上，节奏不太统一，在细节上还欠打磨，有的地方略显松散拖沓。

"革命"在当代戏剧创作中的诠释和表现空间，需要创作者们通过实践来开掘。我们如何把握革命的历时性和共时性，如何将这两种意义凝为一体？这是一种需要情感温度和思想深度的探索，《永远的嫁衣》也许可以作为这种探索的一个样本。

铁蹄下抗争　战火中成长

——评儿童剧《烽火皮影团》

◎丁　彦

为纪念中国人民抗日战争暨世界反法西斯战争胜利75周年，由马鞍山市艺术剧院创排的原创大型抗战儿童剧《烽火皮影团》于2020年9月1日晚在马鞍山大剧院首演。该剧讲述了抗日战争时期小英雄保卫家乡的故事，表现了烽火年代少年儿童期待和平的愿景。该剧融入非物质文化遗产皖南皮影戏这一极具传统特色的艺术形式，重点刻画几位抗战小英雄的成长历程，完成了一个具有现代语境和鲜明民族特色的多媒体舞台作品。作为2020年度安徽省戏剧创作孵化计划项目，《烽火皮影团》也是唯一入选的儿童剧剧目。

一、彰显地域特色，富有乡土气息

儿童剧《烽火皮影团》的构思和创作基于庆祝中华人民共和国成立70周年、迎接建党100周年和《中华人民共和国非物质文化遗产法》颁布10周年这三个重要时间节点，把故事讲述重点放在刻画"抗战小英雄"如何成长这一点上。当下的儿童剧剧目大多取材于寓言、童话等故事内容，现实题材尤其是历史题材的儿童剧相对较少。以00后、10后为主的儿童观众群体，需要像《烽火皮影团》这样的革命历史儿童剧，带领他们直观了解70多年前同龄人的生活状态，再入历史现场重新审视残酷战争对人民的摧残，回望祖国的花朵在那个烽火年代的成长历练。通过今昔生活的对比，帮助小观众们拓宽思维、反思感悟、自立自强，更加积极向上地成长。

近几年来，被公认的几部优秀革命历史题材儿童剧有《孩子剧团》《火光中的繁星》《戴"星星"的孩子》等，表现了来自不同阶层的儿童在家园沦丧、流离失所的生活中碰撞、交流、成长的历程。相比之下，《烽火皮影团》的独特之处在于，将故事背景放在了美丽的皖南小山村，在日军铁蹄践踏下，山里的娃娃们为了保护故土和乡亲所做的不懈努力，独具地域特色和乡土气息。整部剧虽以战争为背景，却善于冷中寓暖，既有催人泪下的感人情节，亦有幽默风趣的逗人场面，用孩童的智慧与纯真消解了战争的残忍和血腥，充满了人性化的温情和真善美的态度。

二、倾注时代精神，塑造立体人物

《烽火皮影团》具体讲述了在1938年日军开始"扫荡"长江以南的时代背景下，皖南刘家村有一个很特别的儿童皮影团为苦难村民带来欢乐并暗暗进行抗日宣传的故事。然而随着日军蛮横入侵、家乡惨遭蹂躏，孩子们在铁蹄下抗争、战火中成长，再现了抗战岁月皖南大地的血雨腥风，运用艺术手法塑造了三石头、栓柱、老刘叔等抗日民众的鲜活形象。

很多儿童剧院团之所以倾向于排演童话及欢乐题材的儿童剧，是因为不确定现实主义题材尤其是红色题材儿童剧能否被孩子们接受和喜爱，担心没有市场而不敢轻易冒险尝试。其实，红色儿童文艺作品在我国一直拥有深厚的受众基础，成功塑造出许多独具一格的小英雄形象，如歌曲《歌唱二小放牛郎》中的王二小、电影《闪闪的红星》中的潘冬子、电影及电视剧《小兵张嘎》中的张嘎等。在民族危亡的时刻，他们跟随父辈一起，用自己稚嫩的肩膀担起了沉重的抗争。这些形象通过各种艺术形式，成为大众的集体记忆，整整影响了几代人。《烽火皮影团》中也成功塑造了两位性格迥异的少年小英雄——三石头和栓柱的形象。即使在战争年代，他们同样也贪玩和争强好胜。栓柱本是皮影团的"台柱子"，但随着同村男孩三石头的加入，两人因为谁唱主角产生了激烈的矛盾纷争。当携带重要情报的日军"扫荡"进村，得知老刘叔的重要工作就是抗日宣传与情报传递时，两人又为情报的事产生争执。在屡次犯错的挫折、危险中，他们与黑丫儿、大河、小眼睛等小伙伴通过一起演出皮影戏相互掩护终于获取情报，在相互鼓励中成长为英勇智慧的小战士。两位小英雄性格鲜明，倔头犟脑却又坚毅勇敢。通过丰满立体的人物形象，贴近时代、贴近生活的动人细节，激发出小观众们对树立理想、实现梦想的渴望。

三、融入戏曲元素，拓展表现形式

将皖南皮影戏这一极具地域特色的表现形式巧妙贯穿于剧情中，是儿童剧《烽火皮影团》的一大特点。皮影戏又称影子戏或灯影戏，是一种以兽皮或纸板做成的人物剪影表演故事的民间戏剧。表演时融入当地流行的曲调讲述故事，同时配以打击乐器和弦乐，形成了具有浓厚乡土气息的表达方式。该剧主创人员曾深入省级非遗传习基地皖南皮影戏艺术团参观学习，全面细致地了解了皖南皮影戏的历史、声腔、造型、源流以及传承情况，并在省级非遗传承人何泽华的指导下学习操作技巧并深度演练。在该剧不长的篇幅里，孩子们在小山村中、日军营地里多次上演皮影戏，并借此冲破重重困难，经历了各种误会和巧合最终拿到情报，粉碎了敌人的阴谋，有效配合了革命队伍的战斗，使乡亲们的安全得到保证。故事内容因皮影戏得以丰富，情节更加跌宕起伏、峰回路转。

该剧在音乐上也同样吸收了皖南皮影戏的唱腔特色，时而高亢、时而圆润，唱词以四句为一段，呈"五五七五"句式，具有典型的地方特色和乡土气息。同时，音乐曲调在皖南皮影戏基础上进行了创新改良，将岳飞精忠报国的传统故事融入其中，使其好懂、好听、好唱，朗朗上口、韵味独特，拓宽了儿童剧的表现形式，降低了孩子们接受并欣赏中华优秀传统文化的门槛。

四、弥补时空限制，延伸剧目活动

一场儿童剧的表演时间只有一个多小时，小观众们对于剧目的理解感悟必然会受到演出时间限制。因此，《烽火皮影团》剧组在排练期间就邀请小朋友们参与其中，分批次探班并体验、学唱剧中的皮影戏唱腔。小观众们的疑问得到现场解答，并通过实际操作，对我国博大精深的优秀传统文化感到骄傲和自豪，也真切地感受到排练中演员们扎实的"唱念做打"基本功，对于即将观赏的剧情产生了更为浓厚的兴趣。该剧还作为新学期的《开学第一课》，带领马鞍山市中小学生一起铭记历史、缅怀先烈、珍爱和平。观演结束后，孩子们被鼓励写出自己的观后感，并赠送相关的儿童剧场演出票。通过这一系列措施，弥补了儿童剧演出的时空限制，延伸并丰富了剧目活动，在不打断孩子们现场观演的基础上，极大地增强了与小观众们的互动。

剧团在排演该剧目时，还注重挖掘本土优秀创作人才，相应人员从编剧、导演、作曲，到灯光设计、舞蹈编导都是剧院及本土青年艺术人才。该剧在首演结束后召开了专家座谈会，专家们一致认为，该剧整体结构流畅，故事情节紧凑，舞台设计有创新，音乐设计巧妙，演员基本功扎实。同时也对目前的舞台呈现、剧情安排、演员表演等方面提出了更多细节上的修改意见，有助于下一步修改打磨。

民间文艺

安徽革命歌谣的历史贡献与审美品格

◎方 川

安徽民间文学艺术非常发达，其中民间歌谣成就尤为突出。历史上比较著名的有大别山民歌、凤阳歌、巢湖民歌、当涂民歌、徽州民歌、花鼓灯灯歌、五河民歌、铜陵牛歌、淮南矿工歌谣等。我们把在新民主主义革命时期，从大革命、土地革命战争、抗日战争到解放战争时期，在安徽境内诞生的，从内容到形式打上红色革命烙印的歌谣，称之为"安徽革命歌谣"或"安徽红色歌谣"。从1921年7月中国共产党诞生到1949年10月中华人民共和国成立，28年峥嵘岁月，在江淮热土歌唱传播的无数革命歌谣，激发人民的革命热情，鼓舞人民的斗争意志，坚定人民的胜利信心，最终推翻了三座大山的压迫，解放了全中国。安徽革命歌谣是中国新民主主义革命的历史缩影，值得大力开展原生态研究和现代阐释。

在中国共产党成立一百周年之际，本文以安徽省委党史研究室2017年6月编著出版的《红皖歌谣》中"安徽革命歌谣"为基本研究对象，并结合其他搜集整理、研究安徽红色歌谣的文献，力图对安徽革命歌谣进行全景梳理、探索和研究。

一、安徽革命歌谣的历史贡献

在革命战争年代，安徽人民在中国共产党的领导下，为救国救民，不怕流血牺牲，为国家独立民族解放，英勇斗争前仆后继，创造了许多可歌可泣的光辉业绩，载入了中国革命史。安徽革命歌谣是新民主主义革命时期，安徽人民运用传统民歌形式创作的反映火红革命斗争生活的歌谣，表现广大民众投身革命，艰苦拼搏，翻身求解放的奋斗历程，具有史诗价值。通过对歌谣文本的深入分析研究，安徽革命歌谣的历史贡献主要体现在以下几个方面。

（一）大革命和土地革命战争，革命歌谣宣传发动人民投身革命洪流，翻身求解放。大革命和土地革命战争时期，中国共产党刚成立，正在探索如何走出一条适合中国国情的革命道路。但是不管历史怎么发展，要取得革命的胜利，必须大张旗鼓宣传党的革命主张、理想信念和奋斗目标，建立广泛的群众基础和同盟军。面对中华民族内忧外患，民不聊生，军阀及土豪劣绅巧取豪夺的局面，各地方革命先驱巧妙利用歌谣流传的快捷性和宣传鼓动性，通过歌谣号召人民群众觉醒起来，分清敌我，投身革命，推翻旧制度，过上好日子。这个时期代表性的革命歌谣，主要以大别山鄂豫皖根据地及周边地区为核心。歌谣这种民间文艺形式，一旦被赋予革命斗争的内容和正确的思想引导，就会迸发出无比的威力，成为团结人民、教育人民、打击敌人的斗争法宝与有力武器。

历史证明，革命歌谣的确发挥了这一功能。流传在桐城方家仓《农民要觉悟》的歌谣唱道："可恨军阀与豪绅，剥削我工农，手段真非轻！课捐税、抽人才，为他去牺牲，如此怎可忍！锣鼓重敲呵，大家要听着，抓壮丁当差事，殃民害处多，战胜他（他，指敌人）得利，战死他快活。从今后阶级界限要分清，不要跟人伙。"号召工农不要忍受军阀和土豪劣绅的欺压，抗击苛捐杂税；更不能被抓壮丁，在战场上当炮灰，祸国殃民，人民群众深受教育，纷纷投身革命。

1920年10月，金寨燕子河燕溪小学校长徐守西等七人，组织了学习马克思主义和进步书刊的学习小组。1924年，在武汉读书的陈绍禹和其同学詹雨生寒假回乡，于金寨组建了"豫皖青年学会"，团结了豫皖边区各县的进步知识分子100多人，学习研究马克思主义，进行反帝反封建宣传。陈绍禹编了《豫皖青年学会会歌》，教人们传唱。歌中唱道："哀我中华大民国，内乱苦纷争，外患迭相乘；危国计，害民生，贫弱寰寰瀛。守门无锁钥，卫国少干城；主权丧失尽，贻笑东西邻。五千余年，文明古国，实亡剩虚名。志士具热忱，青年学会成，团结聚精神，唤起四万万人。喑呜推山岳，叱咤变风云，军阀要除尽，帝强要除根；创造新华，改造社会，大责共担承。"列强瓜分中国，泱泱文明古国名存实亡，歌谣唤醒青年认清现实，精诚团结铲除军阀列强，投身革命，创造新中华。"青年兴则国兴，青年强则国强"，此歌在青年中广为传唱，激发大批热血青年投身革命。

相传合肥首任女县委书记童宜仙创作了一首《妇女歌》。她在革命工作中利用歌谣向妇女们传播革命道理，鼓动女性团结起来，推翻旧制度，战胜敌人，求得解放。歌中唱道："叫声我姐妹，快快团结紧，推翻旧制度，铲除罪恶根，求得解放日，男女都平等。"儿歌《小放牛》有一段："小放牛，仔细听我说，年年去帮工，苦难说不清。小老板他与我年纪差不多，衣食多华丽，饮食多丰富，早晨睡在热被窝。"通过对比手法，表现小小放牛郎的悲苦遭遇，揭示世间不平，激起劳苦大众觉醒的意识。

这一时期的安徽革命歌谣传播对象，几乎覆盖了社会的各个层面，全体动员，发动一切可以发动的群众，团结一切可以团结的力量，形成革命同盟和统一战线，革命洪流势不可当，如山歌所唱："山歌越唱越开怀，东山唱到西山岩；大别山里闹革命，工农群众都起来。打倒豪绅和地主，处处建立苏维埃；英雄好汉红军当，红旗滚滚过山来。"

（二）抗日战争烽火，革命歌谣激励军民同仇敌忾，浴血奋战，打击日本侵略者。抗日战争时期，中国革命形势发生了深刻变化，国内战争转变为世界反法西斯战争。经过大革命和土地革命战争的洗礼，广大群众政治意识觉醒，爱国主义精神激情四射，积极投身党领导的抗日救亡活动。他们送子、送郎参军，杀敌卫国，涌现出无数抗日英雄和可歌可泣的斗争壮举。抗日战争期间的革命歌谣，主要集中在皖南新四军抗日根据地、淮南和淮北抗日根据地。皖北民歌《送郎上前线》唱道："送郎送到一里堆，抬头一看白云飞。我郎决心去抗日，英勇杀敌莫后退。送郎送到二里桥，我郎抗日莫心焦。要将军事来学好，莫学流氓莫逃跑。送郎送到三里村，我郎家事莫挂心。家中事情奴家管，我郎要当人上人。送郎送到四里荒，夫妻分手泪汪汪。杀尽敌寇平仇恨，抗战胜利转回乡。"妻子义无反顾送郎去抗日，全力打消郎君的挂念，一心一意打鬼子，表达根据地人民与日寇血战到底的决心和意志。《反投降小调》："投降派，反共派；通日本，把国卖；国亡家破他不理，人民抗战他破坏。"表达对国民党反共派及汪精卫伪政权投降卖国行径的强烈批判和控诉。同时，在皖南泾县新四军根据地一带传唱的《绿绿瓜蔓一条根》："绿绿瓜蔓一条根，百姓和新四军一条心。不分军，不分民，一心一意打日本。"歌颂军民不离分，联合抗日的决心和信心。两首歌谣，形成鲜明对比。《云岭人民慰劳新四军》："云岭的水呀明如镜，云岭的山呀高入云，云岭的人民多欢乐，唱支山歌迎亲人。叶挺军长摆下龙门阵，鬼子兵吓得丢了魂，军号一响杀声起呀，好像东风呀扫残云。吃菜要吃白菜心，当兵要当新四军，共产党是咱擎天柱，抗敌救国呀有信心。"1940年10月，日军出动一万余人进犯皖南，叶挺指挥部队打退了日寇的进攻，军民联欢，当地民众编创的一首歌谣歌颂新四军大捷。《窑山是座大牢房》："日寇汉奸赛阎王，把头老板赛皇上，井上催工赛疯狗，井下监工赛恶狼，掏炭工人似牛马，窑山是座大牢房。"揭示日寇不仅占我国土，还大肆掠夺煤炭、粮食、文物等。这首矿工歌谣揭露日寇与其爪牙霸占煤矿，欺压凌辱矿工的罪行。

经过14年持久抗战，中华民族用血肉筑起的铜墙铁壁，终于把日本侵略者赶出中国，取得胜利。"锣不打、鼓不敲，鬼子投降就那么孬！大鬼子不敢骑高头马，小鬼子不敢挎东洋刀。扔掉水壶和饭包，一人给他一把锹，二马路上阴沟掏，他见了俺弯子（轻声）个腰。"

（三）解放战争岁月，革命歌谣坚定军民必胜信念，让军民敢于斗争，冲锋陷阵。解放战争期间，安徽红色歌谣的创作中心转移到皖北和皖中地区，其中以淮海战役和渡江战役为背景的歌谣创作成就最为突出。《狠狠地打》中有一段："解放大军紧追赶，筑成铁墙四处拦；敌人昏头掉了向，那个十里路内打转转。好家伙二十五万，他们想要逃命难上难。反动头子蒋介石，三令五申催跳墙；谁知敌人太混乱，那个一跳跳垮了孙元良。杜邱李还想逞强，他们修起工事在顽抗，就给他们一个好下场！中国的反动派快完蛋，中国的人民不受害；中国的反动派快完蛋，中国的人民心喜欢。假如它不肯投降，困死它，坚决地打；假如它不肯缴枪，揍死它，狠狠地打。打打打！打！"讽刺淮海战役期间国民党高官仓皇逃跑的狼狈情形，表达了解放军与老百姓齐心协力，誓与国民党反动派决战到底的决心。《记淮海前线见闻》："几十万，民工走不通。骏马高车送粮食，随军旋转逐西东，前线争立功。担架队，几夜不曾睡，稳步轻行问伤病：同志带花最高贵，疼痛可减退？"歌谣描述了淮海战役期间民工支前的繁忙景象，展现了军民相依的深厚情谊。令人非常感动的是《淮海战役民工支前歌谣十五首》，共有《民工纪律歌（三大纪律调）》《担架要注意（十劝郎调）》《立功秧歌》《转运伤员歌》《挑炮弹》《扁担歌》《参战去》《坚持》《庆祝功臣歌》等十五首歌谣。限于篇幅不能全文引用，其中的第十二首《运输队》颇有代表性，唱道："一串小车一条龙，接连不断向前行。吱哟哟，吱哟哟，一天走不断，一眼看不到头。小车小车走得快，要和老蒋的汽车火车来比赛。张大哥，开口说：'咱和老蒋比赛比不过，咱送上的军火，没有他给咱送来得多，咱送的是土货，比不上他给咱运输来的是洋货。'大家的肚皮要笑破，都说：'不错，不错，真不错！'"这一系列歌谣既是军民战争岁月顽强斗争精神的真实写照，也是民工支前的"教科书"。表现了军民团结、打倒蒋介石、解放全中国的革命现实主义精神和革命浪漫主义精神。三大战役取得全面胜利，渡江战役总前委节节向南推进。《四九瑶岗歌》唱道："总前委在瑶岗，指挥二三野，竹筏加步枪，打过长江去，解放全中国；华东局在瑶岗，支援解放军，给人又给粮，接管京沪杭，凯歌多嘹亮。"1949年3—4月，渡江战役总前委、中共中央华东局从蚌埠孙家圩子移驻肥东瑶岗村，指挥百万雄师过大江，一举突破国民党军队长江防线，剑指江南。肥东一带的老百姓编创歌谣，歌颂总前委和华东局实施渡江战役的丰功伟绩。

解放战争这一系列的歌谣，生动再现了淮海战役的胜利是人民群众用小推车推出来的，渡江战役的胜利是人民群众用小船划出来的真实历史。

二、安徽革命歌谣的审美品格

安徽革命歌谣，生动展现了安徽革命波澜壮阔历史的进程，反映了战争年代广大民众喜怒哀乐之情，真实再现了敌我双方的人心向背，揭示了中国共产党取得革命胜利的历史必然性。这些革命歌谣不仅历史厚重，还表现了非常突出的审美品格和美学价值。一些旋律优美的、传播范围广泛的革命歌谣，经过提炼升华已成为中国革命史、中国艺术史、中国音乐史的典范。比如，《八月桂花遍地开》《十送红军》等。安徽革命歌谣的审美品格主要有以下几点。

（一）创作主体与创作客体融为一体，直抒胸臆，具有真切生动的传播力。我们知道，作家的书面创作，先要体验生活、积累素材，社会生活是他反映和观照的对象，主、客体之间是有距离的。民间歌谣的创作不同于作家文学的一大特点是口头创作，创作主体并没有明确的创作目的，也不是把它作为创作任务，而是把它当作一种自己日常的生产和生活来开展的，而且其创作客体，就是自己的生活内容，主、客体没有距离，是"我口唱我心"，"饥者歌其食，劳者歌其事"。革命歌谣的创作主体与客体融为一体，具有相融无间性。这样的创作直抒胸臆，直接表达自己的欲求，宣传鼓动，激发动力，就更有说服力和传播力。比如流传在鄂豫皖根据地的一首《红军歌谣》："青山岩洞是我房，青枝绿叶是我床，野菜葛根是我粮，共产党是我的亲爹娘！哪怕白匪再'围剿'，红军越打越坚强。哪朵葵花不向太阳？哪个穷人不向共产党？任凭白匪再猖狂，烧我房抢我粮。一颗红心拿不去，头断血流不投降！"歌唱的是红军，而抒情主人公自己也是红军战士。

那些小人物的自我况味的短歌就更加突显这一特色，《我是一个小铁匠》:"叮叮当,叮叮当,我是一个小铁匠,一天到晚打铁忙,打铁忙,打铁忙,打把刺刀送勇士,装在枪头杀强梁(代指敌人)。"《讨饭歌》:"心想不讨饭,就跟八路干,丢掉讨饭棍挎枪杆,持枪去抗战。"《小学生放哨》歌词写得最为俏皮:"(学)天明五点钟,太阳往上升,小学生去放哨,查看行路人。同志你往哪里去?从哪来,往哪去,干些(哪)什么事?(军)我是八路军,三八二五团,从后方到前方,前去杀敌人。(学)你说你是八路军,学生我不信,掏出来路条子,小学生看分明。(学)不听脚步响,就来一个人,穿军装戴军帽,你看那多威风。同志你往哪里去?从哪来,往哪去,干些(哪)什么事?(军)证明随身带,上面写得清,掏出来路条子,学生你看分明。(学)路条写的真不假,真是个八路军,对不起同志呀,耽搁你行路程。"两人对唱,一问一答,类似"民间小戏",真切生动,富有传播力。

革命歌谣有感而发,朴素自然,天机生动,创作主体不自觉地就将自己"内在固有的尺度"(马克思语)运用到歌谣中去,是人的本质力量对象化的产物,是真善美的统一体。

(二)安徽革命歌谣的音乐表现形式千变万化,具有直击受众心灵的穿透力。安徽境内歌谣发展的历史悠久,类型复杂,题材多样,音乐表现形式优美,反映了江淮儿女勤劳善良、多才多艺的智慧品质。《诗经·园有桃》载:"心之忧矣,我歌且谣。"《毛诗诂训传》曰:"曲合乐曰歌,徒歌曰谣。"也就是说歌谣有两种类型,一类是有特定的音乐曲调、声腔或乐章,能够用乐器伴奏演唱或歌者按曲调清唱;另一类没有曲调,但是每句歌谣合辙押韵,富有音乐美和节奏感,可以用来吟诵。综观安徽革命歌谣,一类是根据现有成熟曲调填词的民歌;一类是没有曲调,可以诵唱的歌谣。影响力和穿透力最广,要数能够传唱的民歌。一来民众对旋律熟悉,便于民众接受内容;二来老少皆宜,易于记忆,传播面广。当革命洪流席卷之时,域内军民自然将耳熟能详的《山伯访友调》《孟姜女调》《泗州调》《劝五更调》《叹苦调》《穷人调》等民歌小调,配以反映革命思想的歌词广为传唱,成为战斗的武器,为革命做出较大的贡献。

革命歌谣在创作时，一是古曲调填新词，如，岳西民歌《农人自叹》用的是《苏武牧羊调》，《穷人调》（一、二）、《去找共产党》采用的是《山伯访友调》，《农民四季歌》采用的是《孟姜女调》，典雅又不失宣传号召功能。二是大众曲调配新词，如金寨民歌《庆祝苏维埃》（《八月桂花遍地开》）用的是《八段锦调》，岳西民歌《说日本》用的是《凤阳歌调》，所以它们流传得广泛。三是戏曲调配新词，利用皖西庐剧、安庆黄梅戏、皖北泗州戏的曲调填新词等，"岳西地域是黄梅戏（早期称采茶戏）形成和传播地区之一。《土劣自叹》《农民歌》《扩红歌》《当红军》《送郎投红军》等一批'红戏'既可当戏又可当歌"。这些音乐形式，通俗易懂，喜闻乐见，深受群众欢迎。四是自创新曲新词，比如本文第一部分第一分论点引用的《豫皖青年学会会歌》《妇女歌》，还有《列宁小学歌》就是自创的新民歌。

革命歌谣作者会根据不同内容，选取适合的音乐审美形式进行创作，形成不同风格音乐曲调，千变万化，直击听众的心灵，产生了意想不到的审美效果。

（三）安徽革命歌谣艺术表现手段丰富多彩，具有超越现实的审美感染力。安徽革命歌谣是在传统歌谣基础上发展而来的，安徽民歌在体裁上有号子、山歌、秧歌、小调、舞歌、风俗歌曲、儿歌以及属于亚民歌范畴的生活音调等类型，每一种类型表演的生态环境与调式、旋律、节奏、结构等审美方式都有很大的差异，比如，"山歌"主要流行于安徽的江淮地区及江南地区，分为放牛山歌、采茶山歌等，进入国家级非物质文化遗产名录的"大别山民歌"就是山歌的一种；民间把在秧田中插秧、薅草时唱的歌都统称为"秧歌"或"田歌"，其旋律悠扬悦耳、节奏自由舒缓，国家级非物质文化遗产的"巢湖民歌"，就是秧歌的代表；"舞歌"指民间载歌载舞，融歌唱和舞蹈为一体的民歌，如国家级非遗项目的"花鼓灯灯歌""凤阳花鼓歌"就是其中的代表。

安徽革命歌谣在运用了叙事、描写、抒情、议论等基本表现手段的同时，非常善于使用赋、比、兴的民歌表现技法。这些歌谣既来自生活，又超越现实，具有非凡的审美感染力。比如，《皖南新四军》："皖南新四军，真是英雄汉。庙首第一仗，打得真漂亮。三条半枪缴来十条枪，以少胜多，威名传四方。""二打谭家桥呀，打得真巧妙。乡丁未睡觉，飞兵已来到。三分钟缴枪传捷报，老百姓喜得眉开眼又笑。""三打谭家桥呀，游击队真本事。艰苦斗争不怕死，为的人民求解放。坚持皖南来斗争，我们的任务光荣又伟大。"用"敷陈其事而直言之也"的叙述手法，把战争的经过、收获、意义活灵活现地表现了出来。

运用比兴手法，托物言志地赞美新四军女兵的《一把的扇子七寸长》："一把的扇子七寸长，暖天（夏天）的板凳去乘凉。一身挎的盒子枪，爱煞多少少年郎。二把的扇子骨子硬，好女拿枪去当兵。父母不要你报家恩，你多杀鬼子报仇恨。"扇子本是女性休闲纳凉的器具，这里有比有兴，暗喻新四军女兵在战场的飒爽英姿和巾帼不让须眉的英勇无畏。

流传在淮南抗日根据地定远一带的《白菜心》也是把比兴手法运用到极致的代表："吃菜要吃白菜心，当兵要当新四军。打仗总是打胜仗，从来不欺老百姓。老百姓，老百姓，人人拥护新四军。"运用眼前最常见的事物比兴是民间歌谣创作时的强项。白菜最为常见，而白菜心是其精华，新四军就是抗日军队的先锋、榜样，这样的军队就像白菜心一样有凝聚力、有吸引力，谁不愿意参加呢？

安徽革命歌谣除了以上审美品格外，还有地域性、多样性等，由于篇幅所限，就不一一阐释了。

三、安徽革命歌谣的搜集、整理与研究

安徽有歌谣采集的传统。我们知道，歌谣的采集整理、传播传承是在国家意识形态主导下进行的。在西周，周天子派采诗官摇着木铎到民间搜集歌谣，"诗三百"就是这样诞生的。《礼记·王制》载："命大师陈诗，以观民风。"天子命令掌管音乐的官员，把采集来的国风民歌展示出来，来查看自己施政的得与失。

安徽最早采集歌谣的记载，见于《吕氏春秋》的"音初篇"上："禹行功，见涂山氏之女，禹未之遇，而巡省南土。涂山氏之女乃令其妾候禹于涂山之阳。女乃作歌，歌曰'候人兮猗'，实始作为南音。"这次歌谣的创作与采集只有4个字，虽然不是有意而为之，但是它记载了我国有文字以来的第一首歌谣，而且属于南方歌谣的女声独唱。禹巡视治水之事，途中娶涂山氏之女。禹没有来得及与她举行结婚典礼，就到南方巡视去了。涂山氏之女就叫她的侍女在涂山南面迎候禹，于是她就作了一首歌："心上人，你快回来啊！"这是中国最早的南方音乐，也是安徽最早的一首民歌。《诗经·国风》里的陈风、曹风等就有安徽北方的民歌。《诗经·小雅》《楚辞》都有与安徽密切相关的篇章。汉代著名的《孔雀东南飞》就是出自安徽的长篇叙事乐府。

　　唐代诗人李白曾在晚年游历安徽，在他的诗中有许多描绘安徽民歌演唱活动的内容。比如《赠汪伦》中的"踏歌声"；《秋浦歌（第十四首）》描绘了人们在月下篝火晚会上，一边跳舞一边唱民歌的热闹景象："炉火照天地，红星乱紫烟。赧郎明月夜，歌曲动寒川。"

　　明代文学家冯梦龙搜集记录了《桂枝儿》《山歌》两部民歌集，其中《山歌》就收录有《桐城时兴歌》。明末清初唱遍神州大地的《凤阳歌》是安徽歌谣中最具代表性的曲调，也是安徽民歌的瑰宝。具有第二国歌之喻的《茉莉花》，也是从"凤阳歌"起源发展而来的。清代太平天国运动和皖北的捻军起义还产生了一批近代革命歌谣。

　　安徽红色歌谣的搜集整理与研究，伴随着中国共产党的发展，与中国革命波澜壮阔的历史洪流相同步。1932年4月19日鄂豫皖省文委印，赤城（商城）县委员会翻印的《革命歌选》油印本和1932年农民的手抄本，是目前见到的最早安徽红色歌谣的搜集记录的文献。这时候编选的目的，主要还是为了宣传革命思想，鼓舞军民热情，夺取政权，争取胜利。

　　1949年全国解放，中国人民从此站起来了。一些老红军、老八路回顾自己走过的光辉历程，那些伴随自己峥嵘岁月的红色歌谣还在耳畔响起，难以忘却。他们根据自己的记忆进行口述，他人记录整理，保存了一部分红色歌谣。另外，还有一批有识之士，他们有文化，出于对文学艺术的热爱和文艺创作的需要，开始自觉地搜集整理红色歌谣。目前所知较早对大别山红色歌谣进行搜集的代表人物是出生于战争年代的当代作家冬池和江流，他们曾经在新中国成立初期赴大别山进行采风，搜集该区域流传的红色歌谣。该时期对红色歌谣采集的还有革命时期的亲历者，比如出生在商城县（今金寨县）南部的曾静华。

经过深入民间搜集，结合文献查阅，冬池先生共搜集红色革命歌谣100多首，1953年，含15首歌谣代表作的《大别山老根据地诗歌选》出版；1957年，含38首歌谣的《大别山老根据地歌谣选》出版。

安徽革命歌谣搜集整理的第三次热潮是在"大跃进"到"文革"阶段。伴随"大跃进"的开展，革命歌谣的创作热情被激活。1957年、1959年安徽先后举办了两届"民间音乐舞蹈会演"；1958年9月在巢县还举办了"全国歌咏运动现场会"，吕骥、周巍峙、贺绿汀等著名音乐家出席。同时，各地都内部印刷了一批"大跃进"民歌。革命歌谣的出版被带动起来，1959年江流将自己收集的革命歌谣精选出49首，安徽人民出版社以《大别山区红色歌谣选集》为名出版。曾静华采录的革命歌谣，安徽文艺出版社于1959年2月出版《革命歌谣选集》（46首）；同年，中共安徽省委党史教研室编写的《红色歌谣选》由安徽人民出版社出版；《中国各地歌谣集·安徽歌谣》，由人民文学出版社1959年11月出版，其中有相当数量的"革命歌谣"。

1962年，安徽人民出版社内部印刷了《安徽革命歌谣选》资料本，为了保证书籍的质量和水平还面向社会征求意见。笔者在"孔夫子旧书网"查阅到一张具有文物价值的与《安徽革命歌谣选》资料本同步展示的"安徽人民出版社便笺"。内容如下，"李政委：这本歌谣是内部印发的资料本。我们盼望当时熟悉革命斗争的老同志，给我们提出宝贵意见。我们请您抽暇一阅！并就书的内容、真实性等诸方面给以指教。"可见当时出版革命歌谣文本的严谨性。这个李政委，不知道是不是时任安徽省委书记的李葆华同志。资料显示，1962年6月—1967年4月他兼任安徽省军区第一政治委员。不管怎样，这个"李政委"就是出版社当时聘请的审读专家。经过多方征求意见，1963年8月，安徽人民出版社编辑的图文并茂的《革命歌谣选》正式出版。

伴随改革开放，新时期文艺春天的到来，一首五河民歌《摘石榴》唱遍大江南北，红遍全国。作为民歌大省，安徽革命歌谣也由此焕发了新的生命力。这时革命歌谣的选编多与安徽民歌整体联系在一起，更加注重艺术形式的研究。高考恢复招生后，更多专业人才投入安徽民歌的整理研究。安徽师范大学文学艺术系一九七七级编印了《安徽民歌选》；中央音乐学院作曲系于1978年元月采风汇编了《安徽民歌选》；安徽省文化厅编的《带露的花朵》1983年12月由安徽人民出版社出版；等等。

21世纪新时代，安徽革命歌谣搜集整理、出版研究出现了新特点。一方面延续1980年以来的整理研究，同时开始进行理论上的系统研究，特别是歌谣作为"民间音乐"的非物质文化遗产之后，安徽革命歌谣研究出现了新气象。

戴朝庆、崔琳选编，2009年1月出版的《安徽民歌200首》（全有曲谱），收录相当数量的革命歌谣，前言中关于安徽民歌的论述长达1.5万言。安徽省委党史研究室2017年6月编辑的《红皖歌谣》将"安徽革命歌谣"分为大革命与土地革命战争时期、抗日战争时期、解放战争时期三个历史阶段进行汇编，共收入歌谣192首，每一首都有注释和题解，以介绍歌谣的创作时间、背景、流传地区、主要思想内容等。2018年3月，赵敏编著的《皖西民歌研究》，多有皖西革命歌谣的研究内容。2018年10月，廖家骅编著的《红旗滚滚过山来：大别山革命历史民歌集萃》。全书共有三个部分：大别山根据地革命历史民歌（全为曲谱），133首；大别山根据地革命历史民谣，54首；大别山根据地革命历史民歌论述、理论研究5篇。

王庆生、汪同元主编的《岳西红色歌谣》，分为红色歌曲、红色民谣、红色曲谱三个部分，内容扎实严谨，具有原生态特点。2020年12月，马启俊等人著的《六安革命文学史》，有专章研究"六安革命歌谣"。2021年6月，安徽省非遗保护中心发行了《大别山红色民歌原真声音记录》的电子书，通过大别山民歌非遗传承人的真声演唱，再现了大别山红色民歌的原生态风貌。

安徽革命歌谣为中国革命的胜利做出了重要贡献，是留给中国人民的一份厚重精神文化遗产，其丰富的内涵"取之不尽、用之不竭"，需要开展全面系统的搜集、整理与研究。特别是搜集工作，一刻也不能放松，否则"人亡歌息"，悔之晚矣。同时，期待更多的文艺学、音乐学、历史学（党史）、民俗学、社会学、传播学等学科领域的专家加入安徽革命歌谣的搜集、整理和研究，产生更为优秀的研究成果，为实现全面建成社会主义现代化强国的第二个百年奋斗目标，增添新动力，做出新贡献。

歌谣里的"红色记忆"

——浅谈大别山红色歌谣

◎ 胡　迟

安徽红色歌谣的范畴有狭义和广义之分。狭义的安徽红色歌谣特指流传于鄂豫皖根据地的红色歌谣；广义的安徽红色歌谣泛指1921年中国共产党成立后在安徽广为流传的红色歌谣。本文主要以流传在鄂豫皖根据地的大别山红色歌谣为研究和评论对象。

一

从1921年到2021年，安徽百年的红色记忆流淌在大别山民歌里。

革命星星之火闪烁时，唱《农民歌》；苏维埃政权建立，唱《八月桂花遍地开》；革命发展，红军扩编，唱《送郎当红军》；革命遇到挫折低迷期，唱《红军不怕反动派》；红28军不畏艰难，坚持革命时期，唱《誓死保卫苏维埃》；抗日战争时期，唱《日寇丧天理》；解放战争时期，唱《大别山好比一把剑》；土地革命完成后，唱《多亏毛主席好领导》；淠史杭灌区兴建时，唱《挑担号子》……改革开放后，反映新时期建设的各种新编民歌更是层出不穷。民歌代代传唱，红色基因代代传承。大别山人民用红色歌谣记载了这一百年的风霜雨雪和坚韧不拔。

移风易俗，莫善于乐。中国共产党人抓住了民间歌谣——这一个最具群众基础的艺术载体，将歌谣的战斗力发挥到了极致。梳理红色歌谣，无疑也在梳理一部大别山革命的编年史。

大革命时期（1924—1927）红色歌谣代表作有《农民歌》《穷人调》《穷人自叹》《妇女伤心歌》《妇女解放歌》等，这些歌谣以夹叙夹议的抒情方式，为我们描摹了那个星星之火四处闪烁的革命初期阶段。

大别山区资源丰富，人民朴实勤劳，但长久以来，因为各种利益集团的盘剥，广大农民穷困潦倒。以汤家汇镇为例，在20世纪初，镇里的土地，地主、富农占了百分之七十五，祠堂、寺庙占了百分之二十二点五，广大农民仅占百分之二点五。肖、姚、易三家地主，利用占有的大量土地，进行地租剥削。所谓"肖上千，姚上万，下河易家千担课还不算"，就是三家地主残酷剥削农民的写照。此外，盘踞在这个地区的军阀勾结地方官府，大肆搜刮民脂民膏，帝国主义的"洋货"充斥市场，破坏着山区自然经济。所有这些，导致山区广大农民破产，挣扎在死亡的边缘。

这促使人们考虑斗争的前途，寻找解放的道路，《农民歌》记录了这一段心路：

世界最苦我农民，

沐雨又栉风，

戴月披星星，

整日间，苦辛勤，

总为口和身。

粗茶和淡饭，

褴褛乞丐形，

春季忙到冬，

哪问阴和晴，

一年到头忙来忙去，

还是不聊生。

世界最苦我农民，

儿女一家人，

个个怨薄命，

不聊生，托保人，

借贷度光阴，

纵然说得好，

礼钱要三分，

用到三两年，

屋也住不成，

可怜农友要想出头，

除非是革命。

　　这属于叙事歌。用大量的生活细节展现穷人的走投无路，画面感强，能广泛引起底层人民的共鸣。

　　第二次国内革命战争时期（1927—1937），立夏节起义点燃了革命的熊熊烈火。1929年5月6日，原属豫南、后归皖西的金寨县南部地区爆发了著名的立夏节起义。这是继黄麻起义后，鄂豫皖边区第二次规模较大的武装起义。一首《歌唱立夏节暴动》这样唱道：

五月六日真光荣，

工农士兵齐暴动，

大别山上出太阳，

鄂豫皖苏区红彤彤。

占领丁埠火德宫，

革命势力如潮涌，

南征北战捉反动，

穷苦工农喜融融。

大别山上出太阳，

革命历史第一章，

工农士兵打天下，

建设共产乐无穷。

　　这是情景歌。通过对一个场景和情绪的反复描摹渲染，展现了人民立夏节暴动胜利后的喜悦。感染力强，传播面广。在这之后发生在大别山区的很多革命事件，都有歌谣进行记录和传播，如《红军打商城》《红军到金寨》等。

　　经过无数革命先烈前仆后继、艰苦卓绝的斗争，土地革命赢得了胜利。在党的领导下，建立了工农自己的政府——苏维埃。《各地建立苏维埃》唱道：

斧头呀不怕呀硬实柴呀，

红军（你的）不怕呀反动派，

哎哟哎嗨哟，

豪绅呀地主呀威风倒哇，

各地（你的）建立呀，

苏呀维呀埃呀。

　　1929年秋，正值桂花盛开的时候，大别山区的一些地方成立了乡级苏维埃。在卞房乡的欢庆大会上，人们以载歌载舞的形式，把用《八段锦》曲调改编成的《八月桂花遍地开》演唱出来。由于曲调热情欢快，歌词十分应景，在大别山地区迅速传播。

八月桂花遍地开，

鲜红的旗帜竖呀竖起来，

张灯又结彩，

张灯又结彩，

光辉灿烂闪出新世界，

亲爱的工友们呀，

亲爱的农工友们呀，

唱一曲《国际歌》庆祝苏维埃。

站在革命最前线，

不怕牺牲冲呀冲上前，

为的是政权呀，

为的是政权呀，

工农专政如今要实现，

亲爱的工友们呀，

亲爱的农工友们呀，

今天是你们解放的第一天。

歌词和曲调的循环往复，极好地展现了当时苏维埃政权遍地开花，大家欢天喜地、热火朝天的场面和情绪。

这一时期，因扩大红军队伍的实际需要，当时的鄂东特委要求各县、乡、村都要创作、传播革命歌曲，一时间，创编、传唱革命歌曲的活动如火如荼。《拥护红军歌》《编双草鞋送红军》《送郎当红军》《五更恨》《骂蒋匪》等应运而生。其中《送郎当红军》在大别山各地流传了多种版本，传唱甚广。

广大农民分到田地后，记录农民喜悦心情的则有《翻身歌》《生产忙》《土地革命歌》等。

1937年7月7日夜，日本侵略军悍然发动卢沟桥事变，中国驻军奋起抵抗，全民族抗战由此爆发。《日寇丧天理》描述了全民抗战、同仇敌忾的时代图景：

日本倭寇丧天理，

狼子野心侵占中国地！

枪杀我同胞，

财产抢掠去，

奸淫坏无比！

誓死打倭寇，

立我中国志，

大难临头莫犹豫，

参军去抗日！

铁血卫中华，

保国去捐躯！

这一时期，传唱的歌曲还有《我们的敌人是东洋》《日本鬼子真可恨》《打倒日本佬》《北上抗日歌》等。

抗日战争的烽烟刚刚熄灭，内战又打响。为了取得全国解放，中共中央华中分局向皖西根据地增派一批党政干部以加强领导，调进新的部队以壮大人民武装。在皖西地区中共组织的统一领导下，军民团结战斗，不断取得胜利，牵制了敌人兵力，配合全国的战略反攻，策应刘邓大军挺进大别山。《大别山好比一把剑》这样唱道：

刘邓大军真勇敢，

鲁西大战渡河反攻歼敌几十万，

蒋介石正在手忙又脚乱，

我们要挺进大别山，

大别山好比一把剑，

直插在蒋介石的心里面。

这一时期的民歌创作，类似战报通讯，可以生动形象地向老百姓传达目前的战争局势，甚至还能对敌方的狼狈沮丧心理进行合理想象并宣扬。

1947年，战争形势发生重大变化，刘邓大军率领晋冀鲁豫野战军主力于8月末千里跃进大别山区。他们紧紧依靠人民群众，艰苦作战，建立了33个县的民主政权。这一时期，歌谣除了《大别山好比一把剑》，还有《解放军行军小调》《新十二月》《踊跃去当解放军》《迎军小调》等。

1949年10月1日，中华人民共和国成立，中华大地呈现出万象更新的局面。土地改革的完成，让农民真正成了土地的主人。大家欢欣鼓舞，由衷唱出一曲《多亏毛主席好领导》的赞歌：

毛主席指示到俺村，
好比太阳照咱村，
实在称俺心，
实在称俺心。
乡乡办起高级社，
家家户户都报名，
高潮到来临，
高潮到来临。
高级社土地连成片，
机耕水利都方便，
人人都高兴，
人人都高兴。

一首《采茶山歌》唱道：

五月里好风光，
公社社员采茶忙，
一对对，一行行，

背着茶筐上山岗。

一边采一边想,

心不由己把歌唱,

先唱救星共产党,

再唱政府领导强。

中华人民共和国成立初期,国家对农业的投入逐年增加,并集中力量改善旧中国江河堤岸年久失修、水患频繁的状况。20世纪50年代末至70年代,全国三个特大灌区之一的淠史杭(淠河、史河、杭埠河)工程兴建,相应的歌谣也同时诞生。请听《挑担号子》:

炮响三声山河动,

战鼓齐鸣,

咚!

震天庭,

震天庭,

咚!咚!咚!

百万战将如潮水,

大获全胜,

干!

不收兵,

不收兵,

干!干!干!

史河工地扎营寨,

坚决移山,

挖!

把海填,

把海填，

挖！挖！挖！

不到十天翻天地，

大河小河，

哗！

全通航，

全通航，

哗！哗！哗！

这首充满力量的劳动号子是从原始的《挑担号子》改编而来，节奏铿锵有力，劳动口号与旋律有机结合，反映了当时人民群众建设淠史杭灌区的火热场面。

…………

据不完全统计，从大革命时期至今，大别山红色歌谣有1100多首，其中红色民歌300多首，红色民谣800多首。这些红色歌谣，基本编在《红旗滚滚过山来》和《岳西红色歌谣》两部书里。

二

大别山红色民歌采用的歌唱方法丰富多样，按照题材的划分，包括山歌、号子和小调等。红色民歌结合不同的革命目的，配合不同的革命团结对象进行针对性的宣传和动员。通过结合革命需要的填词再创造，实现了传统民歌向红色民歌的转变。大别山红色民歌采用诸如《苏武牧羊调》《孟姜女调》《泗州小调》等曲调配合新的填词以达到宣传和鼓舞的作用。

这些再创作的大别山红色民歌既贴近老百姓的生活现实，也符合当时人民群众的理解水平，能较好地引起情感共鸣。这些歌谣针对老百姓生活中喜闻乐见的事情进行描述，语言直白朴素，表现手法上多采用传统的比兴、夸张等。在情感共鸣的作用下，红色民歌陆续以土地革命、打倒土豪劣绅、推翻国民党反动统治、反对帝国主义侵略等革命主题来进行创作。

国民革命时期，大别山红色民歌的主要创作对象是工农兵群众。一方面，通过对所经历的国统区悲惨境遇的描述，激发群众革命的热情。如《夫妻对唱》分别以妻子和丈夫的角度对敌人在清乡过程中家人悲惨遭遇进行详细描述，体现国民党的反动统治，激发人们反抗反动政府的革命斗志。另一方面，由于革命的主要目的是反对地主豪绅、官僚资本家的盘剥和压榨，《反对土劣清乡歌》《十二月革命歌》《十二月大改变歌》等就充分宣扬了革命的对象、目标和任务。而《枪会革命歌》《兵变歌》等歌谣则集中号召群众针对白军士兵或枪会士兵进行革命斗争。《红军三大任务歌》对红军完成打倒帝国主义、消除封建势力和进行土地革命这三大任务进行了明确要求，并提出了红军纪律的具体要求。将具体的纪律要求用红色民歌的方式进行诠释，生动地说明了军队的宗旨、性质以及军民关系。《男女平等歌》则表达了对不公平的旧秩序的不满和对建立社会新秩序的美好愿望。

苏维埃政权建立，大别山红色歌谣热情讴歌了红军取得的丰硕革命成果，如《红四方面军胜利歌》《拥护苏维埃政府歌》等。

三

红色歌谣是大别山革命的"大事记"，我们沿着红色歌谣的音乐长廊，感受到栩栩如生的历史画面和呼之欲出的"大别山精神"。

我们看到，无论是在革命的初始阶段、高潮时期，还是在革命遭受挫折的危急关头，大别山军民义无反顾地坚持革命斗争，临危不惧，初心不改，用鲜血和生命捍卫着红色政权。面对第五次反"围剿"失利、红军主力撤离的严峻形势，大别山人民依然积极响应党的号召，纷纷送郎、送子当红军，坚持敌后游击战，使革命薪火相传。

我们看到大别山区党组织和苏维埃政府从诞生之日始，就一直坚持全心全意为人民服务的宗旨。1929年6月，鄂豫皖苏区第一部土地法大纲——《临时土地政纲》颁布；1930年夏，苏区已基本实现耕者有其田。

我们看到三年游击战争期间，红28军紧紧依靠大别山人民的鼎力支持，在极端困难的环境中，坚持艰苦卓绝的革命斗争，留住了革命火种、保存了革命实力，红旗滚滚过山来，生命不息、战斗不止。

我们看到解放战争中，人民拥军爱军，踊跃投入革命浪潮中。

我们也看到社会主义建设时期，人民群众对中国共产党的由衷热爱和建设新中国的满腔热情。

"一寸山河一寸血，一抔热土一抔魂。"大别山红色歌谣里的这份"红色记忆"，储存着那滚烫的年代和炽热的灵魂，值得我们永远吟唱与珍惜。

剪绣烧刻烙精品　民间工匠心向党

——评阜阳市民间文艺家围绕建党百年红色主题创作作品

◎ 张其勤　王晓燕

在庆祝中国共产党成立100周年之际，由阜阳市非物质文化遗产保护中心报送的《百花争艳庆党生》《刘邓大军在临泉》等27件（幅）作品，成功入选安徽省文化和旅游厅、安徽省非物质文化遗产保护中心组织的"非遗传承展绝艺　百年华诞颂党恩——庆祝中国共产党成立100周年非遗作品展"，作品一经展出，好评如潮。纵观这些入展作品，件件均为阜阳市民间工艺大师的精品之作，有的细腻入微，有的活灵活现，不论从工艺上还是从创作的灵性上，都体现了较高的水准，也具有较高的收藏价值和历史意义。其主要呈现出以下艺术特色。

一、主题突出，形式多样

阜阳市非物质文化遗产保护中心在此次活动中共征集了展品90多件，从这些征集的展品来看，主题十分鲜明和突出，基本上是以建党100周年为主题的集中创作。如果按照历史事件和时间的先后顺序，这些作品在各个时期都有所体现，如反映我党一大召开的作品有：蛋雕作品《永沐党恩》，彩塑作品《灯火》《家园守护者》，界首彩陶《红船精神》，木版年画《辉煌历程》等。反映解放战争时期和抗日战争时期的作品有：杜氏刻铜作品《长征》，葫芦烙画《刘邓大军在临泉》，程兴红的剪纸作品《送郎去参军》《俺

图1　《家园守护者》　阜阳彩塑

图2　《小岗村大包干红手印》　阜阳剪纸

图3　《幸福的笑脸》　界首彩陶

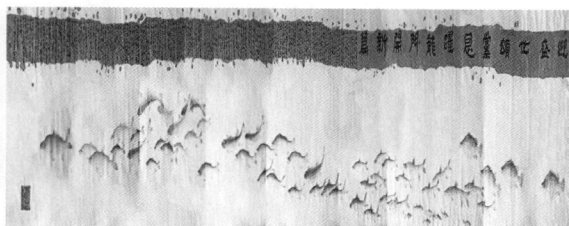
图4　《百鱼图》　界首鱼拓

图5　《送别》　阜阳剪纸

图6　《欢歌热舞颂党恩》　剪纸

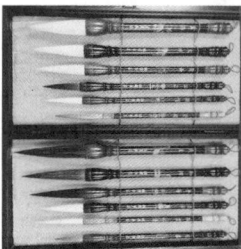
图7　《社会主义核心
价值观》　临泉毛笔

图8　《灯火》　阜阳彩塑

也要去当兵》。反映社会主义建设时期的作品有：阜阳剪纸《小岗村大包干红手印》《改天换地》，阜阳烙画《永恒的丰碑》等。反映新时代的作品有：阜阳彩塑《家园守护者》，阜阳剪纸《光辉历程百年华诞》，剪纸作品《不忘初心、牢记使命》《精准扶贫》，阜阳刺绣《百花争艳庆党生》，界首鱼拓《百鱼图》，等等。

这些作品除了主题创作比较集中地体现了建党100周年这个宏大叙事主题外，在艺术创作形式上，阜阳的民间工艺大师们所采用的创作形式有二十多种。有国家非遗阜阳剪纸、杜氏刻铜、界首彩陶，还有省市级的临泉毛笔制作技艺、阜阳彩陶、刺绣、烙画、木板年画、界首鱼拓等。运用不同的传统技法表现对党的忠诚和讴歌，无疑反映了阜阳民间艺术家对党的一片赤诚之心。

二、以小见大，创意独特

作为非主流的民间工艺已成为当下非物质文化遗产的国之瑰宝，近年来得到了阜阳市委和市政府的高度重视。不论从传承和发展上，还是民间艺术"走出去"等方面，各地均有相关的政策支撑和财力支持，这种重视更加激发了民间艺术家的创作热情。他们在此次创作中，能够结合作品的制作特点

图9　《百花争艳庆党生》　阜阳刺绣　　图10　《俺也要去当兵》　阜阳剪纸

和工艺，把要表达的思想和情感均赋予作品，最主要的是在选题上做到有所突破和创新，然后把要表达的东西以文化元素的形式付诸作品，这就需要创作者呕心沥血、苦下功夫了。如阜阳刺绣作品《百花争艳庆党生》就是个创意独特的作品。这个刺绣挂件看上去只有一个巴掌见方，正面以红色为基调，由三部分组成，最上面为宝塔形，宝塔是革命圣地延安的标志性建筑，它记录并代表了中国革命进程中最辉煌的红色历史，是中国人民理想信念的"精神图腾"。中间造型为乘风破浪的船形，"红船"是中国共产党的"母亲船"，是中国革命源头的象征。下面是花篮底座，用盘金绣绣上中国传统的盘长纹图案，盘长纹线条首尾相连，永久循环，表达了事事顺意、富贵吉祥的美好祝愿。背面整体为花篮形状，用传统刺绣绣上各种鲜花，寓意全国各族人民心连心，共庆党的百年华诞。

　　以小见大的"小"，既有作品本身小巧精悍，也有作品所含的历史事件在整个中国历史发展进程中的不显山露水的"小"，实则似小非小，小中能见大。如高慧敏谈到创作剪纸系列《英雄王二小》的故事时说，当时她看到"庆祝建党百年，弘扬红船精神"这类题材时，脑海里立马就涌现了"少年强则国强"这种念头，所以就想创作一幅既能让少年儿童喜闻乐见，又能对其有所启发和教育意义的作品。然后就想到小学曾学过《英雄王二小》的故事，就想如果以这个故事创作一套连环画是不是更益于少年儿童接受呢？经过反复构思、草创，最后创作了这组单色剪纸。作品以连环画的形式表达几组不同场景，淋漓尽致地再现了小英雄面对敌人沉着、冷静、机智、勇敢、无畏的中华好少年的艺术形象！作品既保留了传统剪纸的艺术特征，又具有现代感。画面简洁明了，层次分明，人物形象生动，让人们从作品中既能感受到传统文化的魅力，又能受到启发和教育，大力弘扬党的光辉历程和红船精神！国家级非物质文化遗产传承人程兴红在创作剪纸作品《俺也要去当兵》时，讲述了在战争年代不分男女，女子也可上战场，保家卫国人人有责的故事。作品采用平面剪纸方法，不用起稿，直接剪制，利用了掏剪、刹剪等难度比较高的剪纸技法。

三、工艺考究，"阜味"十足

民间工艺作品不仅要有老百姓喜闻乐见的"粗茶淡饭"，还要有"精米细面"，既有下里巴人的土味，也有阳春白雪的高雅。制作的过程既要有好的选题，又要有好的素材，在讲好阜阳故事的同时，创作出的作品也要用优质的材料和精美的制作工艺去完成，这样的作品才有更高的收藏价值。这两个艺术特点在这批展品中均有所体现。比如，反映阜阳故事的葫芦烙画《刘邓大军在临泉》，讲述的就是发生在阜阳临泉的革命题材的故事。刘邓大军千里跃进大别山时，两次来到阜阳市临泉县，临泉人民把当地特色烙画葫芦送给战士，葫芦上烙有生肖。一是葫芦能盛水，行军途中可解渴，二是寓意生肖能保佑将士平安，具有心理安慰作用，鼓舞士气。刘伯承在临泉指挥外线作战，与邓小平在大别山指挥内线作战相配合，一举粉碎了敌人对大别山的"围剿"，巩固了大别山根据地，也开辟了淮西等新的解放区。作者用当地具有悠久历史和独特艺术风格的葫芦烙画把生肖烙在本地种植的葫芦上，具有永久的历史纪念意义和观赏收藏价值，也提高了临泉的知名度。

《党史精神系列印章》玉印篆刻作品共分五四运动、长征、遵义会议、陕北会师、日出东方、抗美援朝、改革开放、大包干、脱贫攻坚、卫星上天、九八抗洪、抗击非典等十五个方面的内容，是张雷先生多年来的倾

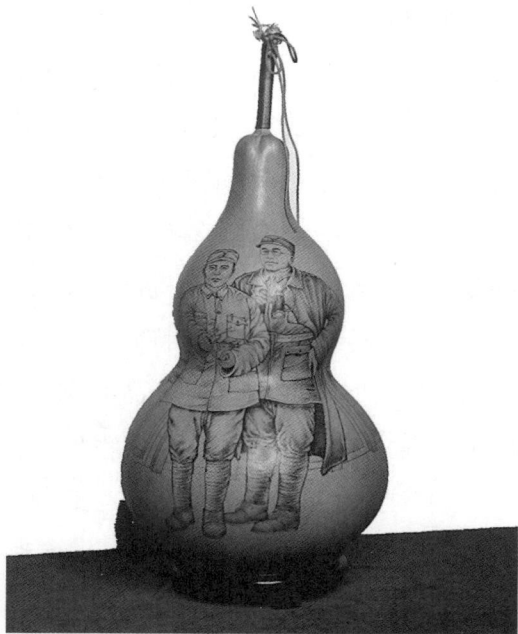

图11 《刘邓大军在临泉》 葫芦烙画

心之作。作品以党史精神为线，以铭记历程波澜壮阔的历史事件为点；以美石为纸，以刀代笔，彰显我党风骨品格。玉石材料取各省特色，采用传统非遗工法雕琢，寓意伟业永志，具有较高的收藏价值。俗话说学史明智，该套作品将红色文化与中华传统文化深度融合，抒发了文艺工作者爱国爱党情怀。通过玉印篆刻作品回望我们党100年的奋斗史和新中国70多年的发展史，学习我们党推动中华民族朝着伟大复兴不断前进的伟大精神，就能更加深入理解我们党为人民谋幸福、为民族谋复兴的初心和使命，深刻体会我们党为了崇高理想不怕牺牲、砥砺前行的精神品格。

同样具有收藏价值的还有杜氏刻铜作品《长征》。这件作品的规格为60 cm×170 cm，白铜所制。作品表现的主题宏大，是以红军战士穿行在莽莽群山之中为主题，配以毛主席的毛体诗词《长征》，诗词为画龙点睛之笔，画面大处气势磅礴，雕刻小处行军的红军细致入微，给人留下深刻的印象。

作品《永沐党恩》系列也是整个展品之中的亮眼之作，作品以鸡蛋壳为原材料，采用浅浮雕、影雕以及拼雕等雕刻技法，经过对画面、布局的构思，精心设计，雕刻而成；这组作品由三部分组成，分别为：中国共产党成

图12　《长征》　杜氏刻铜

立100周年标志、李大钊肖像、红船精神，从不同方面见证中国共产党创立和发展历程。

2021年，是中国共产党的百年诞辰，党自创建伊始，已然书写了百年的辉煌史。一路走来不易，

图13　《永沐党恩》　蛋雕

经历过苦难也有过辉煌；李大钊同志是中国共产党的创始人之一，伟大的共产主义先行者，积极推动了中国共产党的创立，终其一生致力于中华民族的崛起。

1921年，在嘉兴南湖的游船上，中国共产党正式宣告成立，那里是党诞生的源头，"红船精神"是中国共产党精神的最好诠释。中国共产党始终以全心全意为人民服务为宗旨，代表中国最广大人民的根本利益，带领全国人民走向繁荣富强，一代又一代的共产党人不断接继传承、发展并积极践行"红船精神"，一直不忘初心、牢记使命。我们今天的幸福生活是无数革命先烈用生命换来的，可谓来之不易。

百年赓续铸就百年伟业。通过这些民间工艺作品，我们能深切感受到民间工艺大师们"剪绣烧刻烙精品　民间工匠心向党"的拳拳之心。百年党史的辉煌成就，激励着我们在新时代奋力拼搏，为实现中华民族伟大复兴的中国梦勇往直前！

永沐党恩，奋力拼搏方能实现中国复兴梦！

7

音乐 舞蹈

《大别山抒怀》（声乐套曲）
与红色记忆重建

◎ 刘宇统

提起声乐套曲《大别山抒怀》，可能并不如提起《再见了，大别山》这首男高音歌曲那么令人耳熟能详——尽管后者正是前者中的一部分，但是单单从这两首作品题目中的"大别山"一词总能让我们想起曾经俯视过"淮海战役"的那座英雄的山，进而把我们的记忆引入那段血与火交织的红色岁月，再进而不断重构和完善我们那段红色记忆的细节。

一、套曲创作和采风过程就是大别山红色记忆重构过程

声乐套曲《大别山抒怀》歌词由祖籍安徽合肥的王和泉创作，创作时间长达一年，从1981年6月至1982年5月逐渐成形，《再见了，大别山》是其中的最后一首，即第六首。王和泉是国家一级编剧和资深词作家，从1968年起创作歌词一千多首，他和他的搭档雷远生同志创作声乐套曲《大别山抒怀》歌词的采风过程实际上就是一个重构红色革命记忆的独特旅程。

让我们把时间回溯到40多年前——20世纪70年代末期——也就是我们党即将跨过60岁生日的特殊日子。此时，我党正处于工作重点转移时期，党的十一届三中全会胜利召开，经过这次伟大的会议，拨乱反正全面展开，我党铆足了干劲将各项事业都拉上了正轨。怎么树立新的风尚去抚平"文化大革命"带来的不良的扭曲的文艺风尚？怎么建设社会主义精神文明？最佳答案

无疑就是重新回顾历史，唤起早在人民心中沉淀的不可磨灭的红色记忆，让广大人民重温党的伟大历史，坚定跟党走、跟党干、跟党闯的决心。1979年，被百姓们爱称为"布衣元帅"的徐向前同志回到了大别山，他对武汉军区政治部的同志们寄予了殷切的希望："希望部队的战士们可以唱一唱大别山，来学习大别山的红军精神，可以创造出一首像《长征组歌》那样的作品来。"当时，徐向前同志正任中共中央军委副主席、国务院副总理兼国防部部长，作为老一辈革命家，他和他的战友们刚刚战胜了林彪、江青反革命集团，正领导军队革命化、现代化、正规化建设和国防建设，因此，这个"希望"也是老一辈领导者提醒后人不忘初心、牢记使命，把大别山精神的旗帜代代相传的共同心声。

接到组织的命令，刚调到武汉军区歌舞团不久的上海音乐学院高才生，党的好儿女，年轻的雷远生同志勇敢地担起了这个重担，就此结下了他和大别山难以割舍的情缘。在很多年之后，他还回忆说："音乐创作离不开真实的情感，我始终怀着热爱祖国、热爱社会、热爱人民、热爱军队、热爱大别山这块红色热土的深厚情感，这是创作的不竭源泉。在生活中产生感动，用旋律还给人民。"1980年5月，即将步入而立之年的他来到了安徽，准备深入大别山采风，在歙县的田埂上，他首次邂逅了他创作《大别山抒怀》声乐套曲的好搭档王和泉。两个年富力强的年轻人就是新一代共产主义接班人的好榜样，在未来的近两年里，他们的身影多次出现在广袤的大别山中，鄂、豫、皖三地都留下了他们的影踪，最后光荣会师于有"将军的摇篮"之称的金寨县（洪学智将军的老家），并在此诞生了这一组曲，这也为后来的音乐电视剧《将军的摇篮》——献给大别山的歌的创作奠定了基础。他们在采风过程中，重温了那段峥嵘岁月，找到了还健在的"老兵""老乡"和见证了党的儿女们艰苦奋斗、英勇作战、流过血汗的"老地方"，他们被写入套曲的歌词中，钩沉着历史的碎屑，让鄂、豫、皖三地的老区人民再次热泪盈眶，沉浸在党和人民的鱼水情浓中并一直持续到党的百年华诞，还将持续到党的第二个百年华诞、第三个……

因此，从老一辈革命家"集体心声"的传达，词曲作者的慨然响应，都可以看作当时的年轻一辈从老一辈手中接过革命的火种，赓续革命之记忆的一次伟大交接和传递过程。由于它对我党的红色记忆的重构具有典型意义，在党的革命精神的传播史上的重要性不言而喻。

二、歌词的语义性表达是大别山红色记忆重构的要素

徐向前把红军在大别山的奉献和战斗精神与伟大的长征精神进行了类比，因此使得这次的创作成果是能和《长征组歌》一样隽永的作品。对于"命题作文"，艺术家们最自然的解读就是写作一个"标题音乐"，因为，这样最能发挥歌词的语义性表达。

当两个接到任务并充满干劲的小伙子碰到一起的时候，合理分工就成了必然。王和泉先生在悼念已逝的好搭档时，再次回顾了他们相遇时的场景："我们彻夜长谈，设计了组歌歌词，交流了音乐的创作设想与规划。"两人相约，以一年为期进行歌词创作，创作由王和泉担任，雷远生则负责音乐素材的搜集。

歌词的得来并不能全靠灵感，王和泉为此在大别山奔波了近一年。在一篇介绍《大别山抒怀》声乐套曲为庆祝新中国成立60周年限量发行的黑胶唱片的文章提供了一些线索，让我们能够感受到歌词来源的厚重与真实："在一个多月的时间里，他访问了数十位在大别山战斗过的老红军并参观了多处革命遗址。"但是，根据王和泉同志的回忆，歌词的灵感"获得"并没有像规划的那样依次产生："清风牵衣袖，一步一回头"和"缤纷的山花""挺秀的翠竹"分别是最早和最终敲定的，但是它们在套曲最后一首歌曲中《再见了，大别山》的位置却是"后来者居上"。

作为声乐套曲，王和泉在创作歌词的时候并不是割裂式地把不同歌曲的歌词并置堆砌，而是采用点描式、逐步深化、循序渐进和多维互动地把歌词进行了独具匠心的安排。下面按照套曲顺序梳理不同歌曲中最能引起

红色记忆和革命认同的词列表如下（词后面的括号内为该词出现的频率，出现1次的未进行括注）。

《大别山抒怀》（声乐套曲）中红色革命记忆相关词统计表

歌曲序号	歌曲名称	与革命时代有关的词	与大别山地域相关的词	具有认同性的当地词
1	《同志哥，请抽一袋烟》	同志哥；当年老区人（3）；苦难；变迁；理想	大别山；金刚台；梅山宾馆	抽一袋烟；品茶品烟
2	《五月红杜鹃》	五月；红；红似火；英雄纪念碑（2）；农友；先烈；血染；革命后来人；好青年	杜鹃（5）；红杜鹃（4），大别山（2）；青山	乡亲；花色（2）
3	《大别山夜话》	同志哥；暴动的信号；铁锁；记忆；穷人；压迫；消灭；残酷地剥削；复仇的火	大别山（3）；群峰；这块巨石；这片土地；光荣的山岳	一壶茶；一袋烟
4	《我爱山村红玫瑰》	红玫瑰（12）；暴动；红旗；火把；人民掌权；红；当年传统；老区；四化；革命；可爱	家乡（3）；山村（3）；大别山；青山；绿水；水碧；山青翠	乡亲；家乡人（2）
5	《大别山的清泉哟》	红色摇篮；英雄好儿男；旧地；革命老区；铭刻	大别山（8）；清泉（5）；青；青青的（2）；淙淙泉声	
6	《再见了，大别山》	铭记（2）；老友；祝福；养育	大别山（3）；山山岭岭；一石一草；山花；翠竹	乡亲们

从表1中不难发现，王和泉同志在歌词创作中紧紧围绕"大别山"，嵌入了符合那个时代特色的革命性词语，例如，同志哥；老区；农友和乡亲等，同时特别强化和他们对应的颜色，例如，对应革命的"红色"，红旗、红色的杜鹃花、红色的玫瑰花和似火等；对应大别山的"青色"，青、青山、青青的。这些词似乎是在当时通用性极强的词，实际上在接下来的时代，特别是红色记忆逐渐褪去和淡忘的时代，辨识度却很高，无形中让传唱群体和广大听众自行代入那个血与火的时代，让整个套曲的感染力大大增强。事实上，在大别山留下珍贵革命活动的群体很多，雷远生同志在一次采访中说

当时实际上想宣传的是红四方面军，但是如果过于具体和针对性描写某个人物或者事件，或许会有让歌曲变得更加具象化的效果，但这样写没有留给读者以充分想象的余地，反而不如目前王和泉采用的点描式更显得独具匠心。

三、音乐的非语义性表达是大别山红色记忆重构的灵魂

音乐具有非语义性特质，要想深入了解和赏析音乐作品，必须熟知音乐的语义性表达所构建的"基本乐思"；但是因为这个特质，有的人认为音乐无法准确表达作曲家想表达的具体内容。莎士比亚的名言"一千个观众眼中有一千个哈姆雷特"说的大约就是这个意思了。同时又有人坚信"音乐是无国界的语言"，例如，著名的日本指挥家小泽征尔。让我们来看一下，《大别山抒怀》这首声乐套曲是如何独辟蹊径，带领广大听众直达那片在老一辈革命家心中魂牵梦绕的革命热土——大别山。

根据王和泉的记述，它之所以成功、经典、"有这么大的动静"，"扎根在人民的心里"，就是因为它是来自老百姓的，来自最基层的，是在"了解我国民歌"的基础上创造出来的，不是现代流行的商业模式造势出来的东西。那么它来自哪些民歌呢？王和泉在悼念雷远生的文章中如是说："雷远生采用三省的音乐素材为之谱曲，巧妙地将三省的民间音乐融合一体，圆满地完成了创作任务。"对于雷远生在那次参访中演唱的《再见了，大别山》的片段，王和泉也转述他的话表示，"这不是黄梅戏，而是湖北黄梅地区流传的黄梅小调"，"歌曲的主体部分采用了河南豫剧的元素"，"结尾部分选用了安徽皖西民歌《慢赶牛》的音型"。

使用固定旋律或者固定节奏是歌曲写作手法之一，有人也把它称为"模块化写作"。柴可夫斯基1880年写作的管弦乐作品《1812序曲》就曾使用旋律扭曲的《马赛曲》来代表法军。无独有偶，雷远生选取鄂、豫、皖三地的民歌，在这里形象地表达出了横跨三省的大别山山脉，也算巧夺天工，无声

中或者说就在那段三合一的旋律中，一座高耸的革命丰碑已经巍然屹立起来。音乐的无语义性就这样被解构然后再重构，和歌词的语义性相呼应，将革命记忆牢牢锚定在大别山上。如果说，歌词中的词将人们的回忆定格到大别山革命群体的不屈身影和秀丽的大别山风光上，那么这些歌曲的旋律就将唤起大别山革命烈士的英魂！

以歌为旗，再忆激情燃烧的岁月

——安徽革命题材类民歌述论：以《中国民间歌曲集成·安徽卷》为例

◎潘　捷

　　中央音乐学院周青青教授曾言"安徽是'民歌大省'（耿生廉语），有丰富的民歌体裁和曲调"。以行政区划为界，纵览我国各省（区、市）民歌，不难发现，安徽民歌在体裁、题材及曲调等方面较为丰富，且在风格特征上显现出了较大的差异性。之所以呈现出如此表象特征，与地理自然环境、风土人情有着密不可分的关系。鉴于已有较多学术成果对安徽省特殊的地理自然环境与民歌之间的关系，进行了详细的论述，故在此不赘。

　　色彩斑斓、风格迥异的安徽民歌以一种较为直观的方式，表达着人们质朴的情感。从这些民歌中，我们能解读出很多历史文化讯息。如《吕氏春秋·音初篇》所载的"候人兮猗"，表现出涂山氏盼望大禹早日归来的心情。安徽民歌代表性作品《凤阳歌》表达出自然灾害给他们带来的苦难。

　　笔者在案头工作中发现，在安徽民歌中，除了有表现青年男女情爱、生活风俗、生产劳动、痛斥旧社会等题材外，还有大量的革命题材类民歌。安徽是一片红色的土地，她在中国革命史上有着举足轻重的地位，万千江淮儿女在共产党的领导下，为国家独立、民族解放做出了巨大的贡献。这片大地上不仅诞生了一个又一个感人至深的故事，同时，也产生了一首又一首优美动听的民歌。

　　由于安徽有着丰富的红色音乐资源，因此，学界对安徽革命歌曲的研究颇为关注。相关成果如廖家骅的《红旗滚滚过山来：大别山革命历史民歌集萃》，杨凡的《鄂豫皖根据地革命歌曲之研究》，孙四化、陆伟的《皖西地区革命歌曲的传承与保护》等。这些学术成果对安徽革命歌曲，特别是对革命题材类民歌在较为扎实的田野调查的基础上，进行了翔实的分析与研究，具有一定的学术性。但上述成果，将研究视域集中于革命老区大别山一带，对安徽省其他地域观照较少。

笔者在《中国民间歌曲集成·安徽卷》（下文简称《集成》）中发现，除了金寨县、霍邱县等皖西地区拥有大量革命题材类民歌，在安徽省北部地区的蚌埠市、砀山县、五河县、蒙城县，安徽省中部地区的巢湖市、来安县以及安徽省南部地区的广德市等，都有大量的革命题材类民歌。因此，以当下最为权威的安徽民歌收录参考资料《集成》为例，能得到更为宏观、全面的观照，对我们认识革命题材类民歌有着重要意义。

党的十八大以来，习近平总书记多次强调，要用好红色资源、传承红色基因。作为红色资源的革命题材类民歌，我们对其进行挖掘、研究，将其发扬光大，是艺术工作者的责任与义务。

此文，将对收录于《集成》，但较少传唱的革命题材类民歌进行评析，以期引起学界更多的关注。

一、《中国民间歌曲集成·安徽卷》中收录的革命题材类民歌

《中国民间歌曲集成·安徽卷》（以下简称《集成》）共收录民歌1007首，根据体裁将其分为号子、山歌、秧歌、小调、舞歌、风俗歌、儿歌等七大类以及属于亚民歌范畴的生活音调。

革命题材类民歌主要集中在山歌、秧歌、小调、舞歌、儿歌等，共计40首，列表如下：

革命题材类民歌统计表

地区	山歌	秧歌	小调	舞歌	儿歌	总计
金寨县			7		1	8
滁州市	1					1
肥西县	1		2			3
霍邱县		2	3			5
六安市			2			2
广德市			1			1
砀山县			1			1
五河县			1			1
巢 县			1	1		2
蚌埠市	1		1			2
灵璧县			2			2
涡阳县			1			1
蒙城县			1			1
宿州市			2			2
怀远县				1		1
萧 县			1			1
东至县			1			1
来安县			2			2
颍上县	1					1
当涂县	1					1
繁昌县		1				1
总 计	5	3	29	2	1	40

从表1中不难看出，小调类革命题材民歌数量相比其他类型较多，山歌、秧歌、舞歌及儿歌基本接近。从地区角度来看，以金寨、霍邱为多。从40首革命题材类民歌的歌词内容来看，劝夫从军、劝子从军的数量最多。

笔者将从上述的体裁分类中，各选一首代表性民歌进行评析。

二、山歌类评析

《哥要进山当红军》是一首肥西县民歌，徵调式，中速，音域五度（徵、商），旋律进行以级进为主，跳进多为上行四度跳进（羽商跳进），在节奏方面较为规整，一板一眼，2/4记谱。从结构上来看，该曲共有五句，每句唱词均为四三的七字句，末句会重复最后三个字，形成尾声效果。从音乐特征来看，与流传在巢湖地区的"靠山音"较为相似。

歌曲前四句表现了青年男子对女子的爱慕之情，第一段的第五句直截了当唱出"哥要进山当红军"，表现出一种对革命的坚定和向往。第二段的第五句同样唱出"哥要当红军"，只是结束处"希望妹能为他送行"。这首民歌轻松活泼，充满生活气息，以朴素的语言唱出了青年人的浪漫，更唱出了对革命的坚定信念，反映出进步青年为革命毅然离开心上人从军的革命精神。

三、秧歌类评析

秧歌是农民在秧田中劳动时所唱的歌曲，安徽常把人们在秧田中插秧、薅草等劳动时唱的歌统称"秧歌"，演唱时，有领有和，类似号子，但在艺术性上比号子丰富。《人心向着共产党》是一首霍邱县的秧歌，徵调式，中速，音域十一度，旋律进行以级进为主，但也出现五度、七度的跳进，从音乐风格特征来看，有着较强的大别山民歌的共性特征，旋律起伏较大，高亢挺拔，具有一定的艺术张力。与其他秧歌不同的是，这首民歌旋律性较强，特别是在"和"的地方有着舒缓动听的拖腔。

从结构来看，该曲是一段体，共由两句组成，唱词结构为四三的七字句。此民歌中较有特点的是第二句，第二句开头由领唱者演唱出"人心（就）向着"，结束在一个叹词上，随后众人在旋律上以顶真的手法，唱词以虚词引入，重复演唱"人心（就）向着……"，完成该句演唱。这种重复第二句前四个字的手法，与我国传统说唱艺术插曲中的"卧牛"较为类似。

四、小调类评析

小调是安徽民歌最为丰富的体裁，从表1中不难看出，其数量也是最多的。诞生了如《歌唱立夏节暴动》《保卫苏皖边》等较为著名的革命题材民歌。《歌唱立夏节暴动》是金寨县民歌，五声徵调式，中速稍快，音域一个八度，级进较多，节拍一板一眼，使用了切分和附点节奏。从结构来看，这首民歌由4句组成一段体，其中，前两句为重复关系，第三句的音乐材料与前两句有引申关系，第四句旋律转入低音区至结束。从音乐特征上来看，附点与切分节奏的应用，使得这首民歌较为欢快活泼，充满自豪与希望之感。唱词共有4段，包含了立夏节暴动的时间、主要人物、地点等基本信息。4句唱词押韵，第一、第二和第三句为中东辙，唱词朗朗上口，便于记忆和演唱。

五、舞歌类评析

安徽民间舞蹈较为丰富，特别是凤阳花鼓、花鼓灯、采茶灯等，为安徽丰富的舞歌奠定了基础。舞歌一般是民间舞蹈中所唱的歌曲，例如唱遍全国的《凤阳花鼓》就是一首典型的舞歌。南陵县民歌《春锣一打响叮叮》是一首革命题材类舞歌，具有较强羽调式色彩的六声商调式，音域十二度，旋律多为级进，节奏较为规整，一板一眼，适于舞蹈表演。从结构来看，该曲共有五句，其中第三句和第四句在音乐材料上为换头，而唱词第四句重复第三句的"喜洋洋"，形成顿挫感。唱词表现出人民对解放军的欢迎以及解放军对人民关心的军民鱼水情。

六、儿歌类评析

《小学生放哨》是一首金寨县民歌。五声徵调式，音域十三度，旋律多级进，节奏较为规整，一板一眼。该曲由4个乐句组成，形成起承转合。这首民歌由学生和军人对答式演唱，虽然歌词仅有2段，但旋律的重复，使其具有分节歌的特征。歌曲讲述了放哨的小学生遇见上前线的八路军战士，核对好八路军战士信息后，放行的故事。作品一字一音，有很强的叙事性，表现了小学生对待放哨严肃认真、一丝不苟的革命精神。

七、结语

通过对山歌、秧歌、小调、舞歌及儿歌等体裁中革命题材类民歌的评析，不难看出，革命题材类民歌在安徽民歌中占有重要地位，且音乐风格特征与当地民歌风格特征基本保持一致。民歌，是由人民大众创造的，直接反映人们最真实的情感。安徽民歌中革命题材类民歌的表象特征既显现出安徽人民不怕牺牲、积极乐观的革命精神，也反映出与人民解放军深深的军民鱼水情。这些民歌历经时间的冲刷仍保持着旺盛的艺术生命力，以歌唱这种载体鲜活地反映着当时的情景，时至今日，哼唱一段仍能感受到那段激情燃烧的岁月。

人民是革命的母亲

—— 再看20世纪80年代革命历史舞剧《冬兰》

◎丁 彦

　　由安徽省歌舞剧院创作的舞剧《冬兰》诞生于20世纪80年代，是进入改革开放的新时期以来，在全国范围内出现的第一部革命历史题材舞剧，因此有其特殊的深层意义。舞剧取材于安徽省皖西庐剧团庐剧演出本《妈妈》，并在艺术形式上精心地进行了改编创排，讲述了大别山区一个广为传颂的感人革命故事。在安徽省首届"江淮之秋"歌舞节中，舞剧《冬兰》获得创作一等奖、舞美设计特别奖、优秀演出奖，演员获得一等奖三项、二等奖两项，《冬兰》剧组获得精神文明奖，并于"反法西斯胜利四十周年纪念日"赴首都北京公演。

　　故事讲述了女红军柳云即将奔赴前线战斗，无法带走出生不久的婴儿，正在为难之际，山村姑娘冬兰接下婴儿。为了掩护红军后代，她牺牲了个人的幸福，背负重重压力走上艰辛的哺育之路，并最终为保护孩子而献身。剧中单纯善良的农村姑娘冬兰，为了保护并养育红军后代，一步步牺牲了爱情、青春甚至是自己的生命，她是千千万万个英雄"妈妈"的写照，通过舞剧的艺术形式深刻揭示了"人民是革命的母亲"这一思想主题。这部感人至深的作品也体现出安徽人民的红色基因、爱党爱国的家国情怀。也是从舞剧《冬兰》开始，安徽舞剧创作取得了突破性进展，并一步一步走向繁荣。

一、弘扬安徽红色文化，传递红色革命精神

在新民主主义革命、社会主义革命和建设的伟大实践中，安徽大地上发生了许多重大历史事件，涌现出众多重要历史人物，并逐渐孕育和凝结成安徽红色文化。安徽红色文化资源丰富而厚重，尤其是在大别山革命老区。大别山红色基因积淀深厚，红色历史源远流长，红色故事多彩感人。《冬兰》即是用舞剧的形式表达老区人民的革命爱国情怀，讲述了20世纪30年代发生于皖西大别山区感人肺腑的革命故事，是安徽红色文化故事独特的舞蹈化表达。

剧中，受伤的红军女战士柳云为了革命大义和理想信念，不得不将刚生下不久的孩子托付给冬兰；淳朴的未婚姑娘冬兰面对毁誉和死亡，仍毅然收养这名婴儿，为了保护孩子，她对闻讯赶来的敌人黑武宣称孩子是自己亲生的，导致不知情的未婚夫大石含恨离去，投身革命。冬兰从此在艰难的岁月中独自抚养孩子，日夜期盼着"红星"的出现。在含辛茹苦中度过13年光阴后，她终于盼来了刘邓大军挺进大别山，大石及柳云也正随部队赶来。但败亡中的黑武穷凶极恶，掏出手枪瞄准了孩子，冬兰在千钧一发之际挡下子弹。躺在血泊中的冬兰在弥留之际，将孩子亲手交给了柳云，抱憾离去。

该剧从细节出发，以舞传情，前后呼应：开始，冬兰在面对压迫和质疑时，毅然盘起发髻，这一动作既代表她对姑娘时代的告别，也代表了一种坚定的决心。最后，冬兰牺牲时，爱人大石解开了她的发髻，在生命的终点又将她送回青春岁月。而结尾的一声"妈妈"，将冬兰的信念与热爱一瞬间呈现在舞台上，实现了剧情的圆融，舞剧也在不同时空的交叉中走向了圆满。冬兰这样一位普通的大别山姑娘，愿意牺牲自己的一生去守护素不相识的红军女战士的孩子，深刻诠释了老区人民质朴纯真的革命情怀，展现了老区人民群众与革命军人血浓于水的关系。全剧闪耀着人性的光辉，更传递了红色革命精神。

二、调动多种艺术手段，表达舞剧艺术诉求

舞剧《冬兰》最早在安徽艺术学校创排并演出，后来有关部门决定将该作品修改打磨后参加安徽省首届"江淮之秋"歌舞节，便在安徽省歌舞剧院进行进一步编创排演。编创团队克服了多重困难与阻碍，前后创作历时四年之久，作品最终破茧而出。舞剧《冬兰》虽以庐剧原作《妈妈》为基础，但并非简单改编或移植，而是具备了全新的艺术构思的佳作。

在结构上，《冬兰》由对称的两幕四场组成，分别是"硝烟中的哭声""忍辱负重""艰难岁月""血染英雄山"。第一幕第一场"硝烟中的哭声"：1943年的皖西大别山区，硝烟弥漫、枪声四起，敌人疯狂入侵。受伤的红军女战士柳云要随红军转移，却怀抱着刚出生的婴儿。美丽、善良的姑娘冬兰毅然接过婴儿，甘愿担起保护、抚养的重任。第二场"忍辱负重"：敌人黑武抓住冬兰，当众侮辱、追问由来。此时，在外放排的未婚夫大石从远方归来，冬兰当他面认下孩子是自己亲生，大石信以为真便饮恨而去，参加了革命。第二幕第一场"艰难岁月"：敌人残酷搜捕、杀害留在大别山区的红军战士和他们的家属子女，冬兰带着婴儿盼盼走过了风雨如磐的岁月。又一个枫叶如染的寒秋，盼盼在拾着枫叶，冬兰见到红叶如见红星，她盼望着红军和大石的到来。刘邓大军挺进大别山，柳云、大石戎装归来，他们也在寻找冬兰。第二场"血染英雄山"：逃窜中的黑武与冬兰狭路相逢。冬兰为保护盼盼以身挡枪，黑武则被闻声而来的柳云击毙。奄奄一息的冬兰，把盼盼交还给柳云。大石解开冬兰的发髻，她恢复了青春年少的容颜。这时，大别山深处传来回响："妈妈！"

多样化的剧目结构不仅为舞剧故事的表达提供了可能，一定程度上弥补了舞剧"长于抒情，拙于叙事"的不足，体现了形式为内容服务的美学原则，并在此基础上按照故事结构进行剧目分配。一是将不具备舞蹈因素的情节枝蔓删削、剔除；二是将人物形象删繁就简，集中表现几位典型人物的性格特征；三是在表现手法上以情感发展为主线贯穿全剧，重在刻画表"情"

的写意。为了充分表达舞剧的艺术诉求，编导尽可能调动多种艺术手段，例如第二表演区域的开发，蒙太奇电影手法与意识流手法的借用，不同时空的交叉与转换等。这些艺术表现手法的运用使舞剧演出的总体效果更接近于当代人的审美诉求。以对当代艺术审美追求的视角去审视和反映革命历史故事，使得浓郁的革命浪漫主义气氛弥漫全剧。

该剧编导张力、刘胜开等谈到自己的创作体会时，还特别强调了该舞剧虚实结合的手法运用。除去五位主要人物，其他人物全部省去，代之以两个色块的男女群舞。首先，由实到虚：一幕一场"冬兰的幻觉之一"中，冬兰听到叮咚的泉水声，天幕幻映出山泉，再引出泉水姑娘的群舞；二幕二场"冬兰的幻觉之二"中，冬兰手拿盼盼采来的兰花抬头凝思，引出姑娘们手持兰花的群舞。其次，由虚到实：剧情开始，营造战乱年代动荡不安的气氛，再引出怀抱婴儿的红军女战士柳云；泉水姑娘群舞中，引出手持长篙、撑排归来的大石。再次，虚实结合：二幕二场中，一群火红的"火姑娘"的群舞与身着戏装的大石穿插舞蹈，写意地表现了时代变迁，等等。这些虚实结合的手法，对突出"情"字起到了积极有力的作用，推动了戏剧情节发展，并极大地丰富了舞剧色彩。

三、融合安徽艺术特色，借鉴戏曲艺术形式

舞剧《冬兰》的出现，掀开了安徽舞剧向本土其他艺术形式借鉴的新篇章。自此，安徽舞剧的创作来源不再局限于花鼓灯等传统歌舞艺术，更是扩展到庐剧这一本土戏曲剧种。不仅如此，《冬兰》还为安徽舞剧创作从戏曲到舞剧的再创作提供了范式，故事情节的重新整合，舞蹈语汇的创新编排，让深刻的革命故事绽放出舞剧特有的艺术光芒。

舞剧《冬兰》不仅将安徽地域中独有的花鼓灯舞蹈语汇搬上舞台，还将戏曲元素、古典元素和现代元素共同融合，彰显了安徽多元文化。并根据人物形象的设定，吸收了戏曲身段的舞蹈语汇，使观众在演员的举手投足间都

充分感受到人物鲜活的情感表达。

　　舞剧《冬兰》在晋京演出时引起了轰动，得到了观众的热捧。20世纪中国新舞蹈艺术的开拓者吴晓邦先生充分肯定了舞剧《冬兰》的成绩，他在观感中写道："一个舞剧或舞蹈，究竟为什么能够吸引观众、使人能够看下去，甚至看一遍还想再看一遍。我觉得最重要的是舞蹈中流露出来的人物的情感作用。"同时，他也提出了一些中肯的意见，希望《冬兰》的编创者们在形象思维上再考虑得深入一些，更好地把握舞蹈人物形象的塑造。特别是对于《冬兰》中黑武这个人物的塑造，他给出了具体建议：黑武是地方封建势力的代表，在剧中是象征和化身式人物，应该从头至尾一贯是虚拟和夸张的。但在二场结束时开枪打死冬兰，这时黑武是实的人物了。出现既是虚又是实的人物形象的变幻，需要编导做进一步的合理而巧妙的安排。

大别山的觉醒儿女

——现代民族舞剧《立夏》评述

◎ 戎龚停

　　安徽省红色经典主题的大型舞剧《立夏》是第十四届精神文明建设"五个一工程"（2014—2017）优秀作品、国家艺术基金2018年度资助项目"传播交流推广项目"的舞剧。该剧讲述了1929年，大别山区金寨地区共产党员林映山传播革命道理，带领笔架山农校学生和农会骨干秘密开展革命活动，与当地财主之女苏嫣红渐生情愫。县团总家的少爷洪旭光思想进步，向往革命，遭到其父反对，并逼其与苏嫣红完婚。新婚之夜，新郎助新娘逃走；立夏之夜，农民揭竿起义，枪林弹雨，父子为敌，舍生取义，起义成功后，大别山诞生了第一支工农红军。之后鄂豫皖大别山根据地革命斗争如火如荼，引起国民党反动派强烈震惊和恐慌，他们派来了十万大军前来"围剿"，根据地第四次反"围剿"失败，主力红军被迫战略转移，林映山奉命率部掩护。远征路上，革命之魂化作漫山遍野的杜鹃花，一片鲜红……

　　2017年4月24日，作为中国（合肥）演出交易会开幕式节目，舞剧《立夏》闪耀着时代革命色彩、传达出勇于追求的中华之精神，令人耳目一新。2017年10月，《立夏》晋京向党的十九大献礼演出；2017年10—11月，两次参加上海国际艺术节展演和合肥分会场闭幕式演出。入选国家艺术基金2018年传播交流推广项目后，为进一步提升巡演质量，曾组织专家进行研讨，在认真梳理专家建议后又对《立夏》进行了打磨提升，于2018年7月在合肥、北京、太原、石家庄、济南、郑州、武汉、金寨等地巡演。

一、结构与叙事

该舞剧是根据1929年大别山腹地金寨的立夏节起义而创作的，金寨是鄂豫皖革命武装起义的主要策源地，也是鄂豫皖工农红军的主要诞生地。笔者曾多次赴大别山采风学习，参观革命烈士纪念馆，看到烈士花名册里有许多重姓重字的，这种革命老区的家国情怀深深地触动了笔者的内心世界。革命烈士用生命和鲜血染红了这片热土，数十万革命儿女踏上革命的征程，不断传播革命的圣火。1929年的立夏节起义是土地革命时期的重大事件之一，也是中国革命近代史上壮丽的篇章。

该舞剧是合肥歌舞剧团首部原创舞剧，合肥歌舞剧团团长沈荣峰深有感慨地说："打造一部大型原创舞剧，既是一个时代对文化自信的呼唤，也是一座城市对精品文艺的渴求，更是合肥歌舞剧团几代舞蹈人的衷心期盼。"主创团队曾于2016年10月走进立夏节起义的发源地——金寨笔架山农校，扎实的采风为该剧的创作打下了坚实的基础。《立夏》编剧郭明辉以夏之蓬勃的热烈姿态，联想到革命的火炬，从而构思出几个热血青年以及大别山儿女可歌可泣的革命故事。

最终，在安徽省、合肥市诸多部门的支持下，在多位各具专长艺术家的通力合作下，舞剧《立夏》破茧而出。总导演张居淮，以及年轻的执行导演和青年作曲家都如释重负，终于完满地为江淮儿女交出了一份满意的答卷，终于精心成功锻造出融革命现实主义与浪漫主义于一体的艺术巨作。

舞剧《立夏》曲折的情节、丰富的层次、浓烈的地域特色，真实而又艺术性地塑造了走向觉醒的大别山儿女的艺术形象。如志士们的坚毅挺进、大别山的深秋、革命火种在金寨点燃等场景的描绘富有层次感。其中，林映山、苏嫣红和洪旭光的三人舞成功地演绎了革命时代的浪漫。

第三幕的结婚场景与第四幕的夜色下练兵，精致流畅的英姿传达出了中国民族舞剧的精神气质。欢快的挎篮子舞蹈中突出应用了花鼓灯的舞蹈动作语汇，也再现了《八月桂花遍地开》的主题音乐元素。

花鼓灯是流行于淮河流域的集歌、舞、乐、戏为一体的综合艺术形式，其中花鼓灯舞蹈在民族民间舞中是最有影响的舞种，舞蹈语汇海纳百川、舞蹈风格兼容南北。舞剧精品贵在精心雕琢，该剧就深深植根于安徽特色传统文化的土壤里进行大胆的创新培育。

尾声的起义已引起国民党反动派的恐慌，红军被迫转移，无数志士倒在血泊中，给观众带来了几许沉重感，但人民仍然护送红军，继续远征。

图1　原创现代民族舞剧《立夏》剧照　　图2　原创现代民族舞剧《立夏》剧照

二、乐人与动人

舞剧是舞蹈、音乐与戏剧等多种艺术形式的有机融合，演员是冲在前线的核心力量，所以对舞蹈演员的要求非常严格。为了形成优秀的舞蹈演员队伍，合肥市歌舞团向安徽省武警总队文工团、安徽凤台花鼓灯艺术团发出邀请合作共建，鉴于革命题材舞剧的精神感召力，两团迅速抽调优秀舞蹈演员参与进来，协同排练，精心打磨。

舞剧的核心表达手段是舞蹈，首先感化演员和观众的应该是感人肺腑的

"灵魂"音乐。因此，舞剧作曲家就要发挥自身的专业优势。该剧的作曲家徐兴民先生在创作该剧音乐的时候可以说是废寝忘食、精心编织，时而大刀阔斧，时而穿针引线，根据作品剧情和层次结构创作出了有血有肉、有神有魂的动人乐章（如红妆舞中的锣鼓音乐元素）。《立夏》音乐营造的氛围和情绪调动了舞蹈演员的肢体语言和节奏变幻。开场群舞恢宏而壮丽，中场双人舞温婉而细腻，结尾群舞酣畅淋漓，整体音乐环环相扣、一气贯之，有力地渲染了革命志士的精神气场。音乐、灯光和布景以及层次丰富的舞蹈有力地刻画了大别山儿女的志士形象。

在创演团队构成上，有力地结合了地方与全国的优势力量，成功地构建了核心创演小组，集中力量投入到人物的刻画环节中，就如当代著名电影导演陈凯歌常说："写戏先写人。"青春的激情与革命的豪情、时代的热情紧密交融，最终成就了这部革命现实主义和浪漫主义交相辉映的舞剧。

在艺术创作的价值取向上，该剧集中体现了社会主义核心价值观，即要通过有血有肉、生动感人的艺术形象，深层次反映人们在特定历史阶段中的社会关系。

三、显志与瑰姿

在当代灯光舞美的助推下，导演在剧作的结构层面充分调动戏剧的基本调子予以渲染，成功地把当年参加"立夏节起义"的志士群体的瑰姿展现了出来。

蓝色的夜幕，表现反动派黑暗的统治；大刀舞环境的武术元素，突出了该剧的雄浑气概。剧中演员们刚劲而柔美，快乐而悲愤，以他们精美、精致、精秀的舞姿来倾诉、传情。舞蹈编导充分调用独舞、双人舞、三人舞、群舞等舞蹈形式展现了那一段难忘的历史，再现先烈的英勇无畏。

在整个中国近代史里观照该剧，可以深深地感触到，翩翩舞姿中的革命精神，犹如掩在花丛中的大炮，沉重地打击了敌人的嚣张气焰。剧中的热血青年勇于追求信仰、不畏牺牲，谱写了一首首壮丽的乐章。

文艺精品，不仅体现华夏民族的精神、中华儿女的志气，也应有精湛的艺术感染力。一系列雄浑刚健的武风与柔美恬静的舞姿互为映照，不仅传达出革命先烈血浸山河、魂铸黄土的献身精神，也让当代民众触摸到可歌可泣、可亲可爱的家国情怀。

四、创新与反思

任何一个作品，都是通向艺术理想彼岸的桥梁，都是不断探索的一个又一个驿站，该剧在艺术表现手法上，还需要继续从生活中提炼动作、提升舞蹈本体形态的表现力度。艺术作品需要艺术与思想的统一。该剧还可以进一步压缩普适性舞蹈动作，尽管有道具和灯光的补充，但安徽地域文化特色尚未完全彰显，区域文化风格不够浓烈，在该剧目后期打磨提升工作中应重点亮出安徽舞蹈文化中的舞韵、舞姿、舞格。

不忘初心，砥砺前行，艺术探索一直在路上，安徽省舞蹈界在《徽班》《大禹》《石榴花开》《立夏》作品的创演过程中逐渐走向文化自觉。"道法自然"是舞剧艺术当代表达的核心逻辑，编舞的细致刻画、精心构思方面尚存一定的空间。当代文化精品的产出，既要防止作品同质化倾向，又要防止极度特立独行式的自我表达，应把握两极间的中庸与中和。优秀剧作的顺利产出需要一流的主创团队和刻苦精心的系列化训练、排练和彩排。明星演员是团队的一面旗帜，但明星的发现与培养是艰苦的过程。在当代民族舞剧的创新工程里，应加强各门类青年人才在导演、表演、编创、舞美等领域的培养提升。同时，文艺创作应突出本土文化的亮点，语言风格民族化、技法现代化（舞美灯光等舞台技术）、形式多元化，现代题材的创作不必是为了现代而现代，反而要从更加宏观的视野来深耕于传统，并将传统元素激活、萌芽成长为今天的时尚。

影视

论电视剧《虎口拔牙》对当前谍战剧的突破之处

◎褚春元　宋　纯

在电视剧中，谍战剧因为情节紧张刺激、悬念环环相扣等特点，深受观众的喜爱。何为谍战剧？谍战剧是以间谍活动为主题，以窃取对方情报为手段，从而打击敌对势力的破坏活动，与敌对势力之间展开的以斗争为主要情节的一类电视剧。这类电视剧展示的是那群无名英雄在隐蔽战线上的故事。由于剧情紧张刺激，扣人心弦，结果往往又出人预料，深受观众的喜爱，成为热播剧。由于在商业化的推动下，当前谍战剧质量参差不齐，有很多跟风之作，还出现了一些格调不高的作品。但安徽卫视、浙江卫视曾播出的谍战剧《虎口拔牙》让观众眼前一亮，突破谍战剧的一般模式，对当前谍战剧的创作有诸多启示和借鉴意义。

一、当前谍战剧的一般模式和发展状况

一提到谍战剧，我们就能说出很多耳熟能详的作品，比如《一双绣花鞋》《凤凰迷影》《暗算》《潜伏》《东方红1949》《地下地上》《永不消逝的电波》《黎明之前》等等。这些电视剧都深受观众的喜爱，也取得了不错的收视率。但没有走出谍战剧的一般模式，还有些许遗憾之处。

（一）当前谍战剧的一般模式

从故事类型上来说，谍战剧主要有反特和潜伏两种类型。反特类的故事主要是发生在新中国成立初期。如电视剧《一双绣花鞋》讲述的故事发生在重庆，叶大龙和地下党林南轩等人与特务计雨棠进行的一场惊心动魄的斗争：他们获取了潜伏特务的名单，及时侦破了计雨棠想要利用化学武器来炸毁重庆的计划，使得重庆的百姓幸免于难。

潜伏类的故事主要是发生在新中国成立之前，我方的同志打入敌人内部，获取情报，除掉叛徒，营救同志。这是一种敌明我暗式的比拼。《暗算》之《捕风》中的主人公钱之江潜伏在国民党中，用智慧与敌人较量。最后他用自己的生命送出了情报，让中共代表在上海成功地召开了会议。

影视艺术的本质即以人为本，越是弘扬时代主旋律的谍战剧，越是要通过典型的人物形象来感染人、打动人，作品的故事情节可能会被人们遗忘，但是人物形象却能够长久地留在人们心中。谍战剧中的主要人物是谍报人员。在传统的谍战剧中他们都是高大全式的英雄人物，而当前谍战剧中的他们是存在缺点的，各具特色的。这些谍报人员的形象虽然发生了变化，但是仍然存在一些共同点：第一，专业能力强。他们都是一群训练有素的专业特工，在专门的军校、特务训练班里学习过。他们都机智过人，在危险的时刻能够化险为夷。《潜伏》里的余则成是青训班的学生，后来在冀中也执行过秘密训练。他做事谨慎细致，让人记忆深刻的是他出门前会在家里的鞋垫上撒香灰，防备所有的意外。在马奎企图试探他是不是共产党的时候，他利用马奎刺杀吕宗方的事在不经意间化解了。单凭着火柴盒和车胎上的泥土他就准确地判断出叛徒的藏身之地。他帮着天津站站长吴敬中敛财，受到吴敬中的器重，为以后获取情报打下了基础。第二，拥有多重身份。谍报人员除了有良好的专业素质之外，他们还拥有多重身份来作为掩护。因为他们从事的是危险性最高也是最"残忍"的行业，他们的任务就是要获取情报，除掉叛徒，营救同志。比如余则成从表面上看是军统天津站的机要室主任，实际上是中共地下党打入军统内部的特工。《永不消逝的电波》中李侠刚被派到上海的时候，对外的身份是一个湘绣商人，后来又是投靠76号的军统变节分子，实际上他是中共地下党。他们在不同的身份中变换，利用身份的有利条件，在不经意间从敌人那里得到情报。

就谍战剧整体的氛围而言，大多是压抑沉重的，灰色调的。再加上背景音乐的渲染烘托，让人有种喘不过气来的感觉。危险无时无处不在，看似一场普通的宴会或者一次简单的谈话都暗藏杀机。《地下地上》中一次简单的舞会却是用来识别刘克豪真实身份的圈套。好不容易主人公化险为夷转危为安了，可新的危险又在悄悄接近。主人公又将如何去应对这些危险，观众无时无刻不跟着他们一起提心吊胆。甚至有些电视剧还加入了一些恐怖的元素，把气氛弄得更加紧张。

当我们看完一部谍战剧之后又会觉得特别难受，为主人公逃脱不了英雄的宿命而感到惋惜。他们大多不是牺牲了就是要继续潜伏，抛妻别子。也许这一辈子都无法与家人团聚了，但是他们为了信仰，为了身上所承担的责任别无选择。余则成虽然没有牺牲，但是他去了台湾继续潜伏。他离开了他的亲人，能否再与亲人见面却是个未知数。他们需要接受心灵上的煎熬，忍受常人所不能忍受的痛苦：面对自己的爱人却不能相认。看着自己的同志被捕，遭受酷刑，却无计可施。不管是之前荧屏上出现的高大全式的人物，还是后来出现的有缺点的人物，他们都逃脱不了英雄的宿命。

（二）当前谍战剧的发展状况

自从2006年播出的电视剧《暗算》意外走红之后，引发了谍战剧热播潮。2009年的《潜伏》更是掀起了收视狂潮，同时也包揽了各种电视剧类的奖项。《中国青年报》有报道指出：69.7%的人半年内至少看过两部谍战剧，23.0%的人看过的谍战剧超过三部。由此可以看出谍战剧深受观众的喜爱。一时间谍战剧也成为众多商家和编剧眼中的宠儿。因为"谍战剧往往发生在民国或新中国成立初期，相比现在，那个时代的背景关系更加复杂，给编剧极大的想象空间"。谍战剧本身具有的情节紧张刺激，悬念环环相扣，剧中人斗智斗勇等特点吸引着观众，带来不错的收视率。对于商家来说，这类电视剧符合主旋律，容易过审批，加上拥有不错的收视率，可以为他们带来良好的经济效益。所以谍战剧的产量很高，甚至其他类型的电视剧也融入了谍战的成分。

凡是在成功的优秀的电视剧作品之后，必然有大量的盲目跟风、效颦仿制之作不断涌现，直到把这一类型彻底拖垮。谍战剧也不例外，出现了一些问题。2008年国家广电总局就下达了《关于2008年3月全国拍摄制作电视剧备案公示的通知》，其中特别提到要对谍战剧加强管理："在对近期报备剧目的审理中，我们注意到，反特剧和谍战剧似乎已成为一段时间以来的创作热点，针对这类题材，总局提醒各制作单位在结构故事时要避免渲染恐怖、暴力、猎奇、刺激、惊悚、怪异，要确定高尚的审美格调，正确的价值取向，积极的主题思想，促进这类题材的健康发展。"还有人在网上总结了谍战剧的七大俗套："特务多为美娇娘、暴力血腥齐上阵、敌我之间恋爱忙、故事单薄史料挡、虚假夫妻弄成真、钩心斗角胜官场、对白肤浅旁白扛。"比如《潜伏》《永不消逝的电波》《地下地上》《悬崖》中都有假夫妻这一情节。

二、谍战电视剧《虎口拔牙》的突破之处

电视剧《虎口拔牙》让观众耳目一新，呈现出了一个不一样的谍战剧。它主要讲述的是抗日期间一群老百姓无意中被卷入一场国家文物争夺战，他们化身特工与敌人斗智斗勇的故事。

（一）故事模式：从反特潜伏到联合卫国

《虎口拔牙》从一个局外人的角度来切入，描写了几个身处抗日时期的老百姓化身为特工保护"智齿计划"的故事。这部谍战剧的背景时间是抗日战争后期，所以不是反特类的故事。但是它又不同于传统潜伏类的故事，剧中的主人公牙医王天桥没有打入日本特高课，没有成为特高课中的一员，而是成为特高课饭冢机关长的朋友。这是因为田鼠在他的牙科诊所门前被捕，饭冢就近在他的诊所威胁他将田鼠剖腹，取出田鼠吃进去的胶卷。经过分析

检测，日本人发现胶卷是假的，于是饭冢又来到他的诊所寻找真的胶卷。在搜查他家的时候，饭冢发现他曾经是北平协和医院的医生。饭冢又想到自己的牙有点疼，就找他看牙。这一来二去就熟悉了。王天桥就利用这一点把饭冢一步一步引入他们设计好的圈套，获取"智齿计划"的另一半。

在这部剧中我们看到更多的是中共地下党老徐、军统的白露和代表老百姓的王天桥等人联合起来除杀叛徒，共同抗日，保卫祖国。这个"智齿计划"具有极大的诱惑力，因为只要破解了"智齿计划"，就能知道当年故宫博物院大批文物南迁的具体地址。日本人和一些卖国求荣的小人都觊觎已久。王天桥、潘慎之等人决定帮田鼠把胶卷交给他的下线。中共地下党和军统在得知田鼠被捕的消息后，也都在努力寻找胶卷。但是在中共地下党、军统和王天桥、潘慎之等人各自单独行动的时候都没有成功，甚至连"智齿计划"是什么都没有弄清楚。经过一番周折之后，三方合作，集众人之力，除杀叛徒，智斗日本人。巧妙设计保护了"智齿计划"，让故宫博物院所藏文物重返故都。

（二）人物塑造：从专业特工到百姓的谍战

这部剧中的主人公不再是沉着冷静的专业特工，而是误打误撞成了特工的特工。他们也不是英雄式的人物，而是几个普普通通的小老百姓。他们分别是牙医王天桥，王天桥太太陈丹凤，地理教师潘慎之，《远东日报》的摄影记者李言，房东太太阿金。在故事的一开始他们都是各自过着自己的日子，面对战争，他们也无能为力。比如王天桥，他早年留学于美国密歇根大学，归国后进了北平协和医院，后来随太太陈丹凤来到上海，在法租界开了一家牙科诊所，他靠着这个诊所养家糊口。在他的心里对日本人可谓恨得牙痒痒，但是这些只能放在嘴上说说。当田鼠为了躲开敌人的追击从他家屋顶闯入他家的时候，胆小的他吓得举起了双手。

他们与谍战可以说是毫不相干，八竿子都打不着的，但是他们却因为这些那些的原因被卷了进来。他们是无意中参加了这场保护国家文物的谍战。王天桥是因为当时田鼠被叛徒出卖，受到日本特高课的追捕。在他的诊所门前受伤被捕，他从家里跑出来想要帮助田鼠。可是日本人已经逼近，田鼠就将真胶卷塞在王天桥的上衣口袋里，自己吞下了假胶卷。日本特高课机关长饭冢当场拿枪威胁王天桥将田鼠剖腹，取出胶卷。田鼠死了，有关胶卷的事只有王天桥知道。所以各路人马也都闻风而至，找上门来。而潘慎之却是因为长相酷似田鼠，所以刚来到上海就遇到了一系列的麻烦，王天桥、中共地下党和军统都相继来找他。有的要他归还胶卷，有的以为田鼠叛变，想要找到胶卷。等到这一误会解开了，他们又需要潘慎之假扮田鼠来获取"智齿计划"中的另一部分。于是他就这样成了特工，与日本人和汉奸进行周旋。那么他们身边的亲人朋友陈丹凤、李言、阿金也都参加了这场战斗。

当然在这条道路上，他们走得并不顺利。他们没有受过专业的特勤训练，不像职业特工那样训练有素，也没有其他的身份来掩护自己。他们只能利用自己的身份与敌人巧妙地周旋，成功地从敌人那里获取情报，除杀叛徒。比如王天桥利用自己牙医的身份接近日本特高课机关长饭冢。在与饭冢多次交手后，他用自己的机智化险为夷。他们利用饭冢与渡边之间的矛盾，用偷梁换柱的方法拿到了藏在渡边嘴里的保险箱钥匙，成功地获取了"智齿计划"中的另一部分，保护了国家文物。

（三）整体氛围：从压抑沉重到轻松幽默

谍战剧一向是以情节紧张刺激著称，气氛沉重压抑，但是《虎口拔牙》这部电视剧的整体氛围却是轻松幽默的。该剧把紧张刺激的情节与轻松幽默的氛围巧妙地结合在一起，不但没有削弱紧张刺激的成分，反而在众多的谍战剧中脱颖而出。它的幽默元素贯穿始终，主要体现在情节、台词和道具这三个方面。

1. 情节

这部剧把谍战剧中一些普通的情节幽默化了。比如接头对暗号的情节，在谍战剧中很常见，可以说是毫无笑点，有时候还伴随着紧张的气氛，但是在《虎口拔牙》中换了另一种方式来演绎这一情节。在第一集中军统特工于大头误以为王天桥是田鼠发展的下线，便假装牙疼来与王天桥接头。当他坐在椅子上，对王天桥说出暗号"天气转凉了，这个季节总是多病"的时候，弄得王天桥莫名其妙。而于大头又急切地希望他对出暗号，这种冲突让观众忍俊不禁。在第七集中王天桥、陈丹凤、潘慎之和李言在公园里商量对策，这是他们的组织自成立以来第一次聚会。王天桥和陈丹凤坐在椅子上假装看报纸，潘慎之则是离得远远地假装在看书。他们低声说话，当看见有行人走来的时候，马上停止了谈话，特别小心谨慎。散会时陈丹凤还特地嘱咐要分头走。观众们都知道他们的组织是自发的、非正规的，但是他们的表现却是非常"训练有素"，这也让观众不禁发笑。

这部剧还利用巧合的情节营造喜剧效果。潘慎之因为长相酷似田鼠，一出场便身处险境。在王天桥家看牙的时候，饭冢突然到来，王天桥无奈之下只好用麻药将其迷倒。潘慎之醒来逃走后发现怀表落在王天桥家，就去向王天桥索要怀表，可王天桥却以为他是来要回胶卷的。一个人说的是怀表和那天被迷倒的事，另一个人回答的却是胶卷和之前被迫将田鼠剖腹的事。两个人之间的这种"鸡同鸭讲"式的对话具有很强的喜剧效果。

在危险的关头王天桥等人用他们特有的小人物的机智化险为夷，在其中埋有笑料。在饭冢去王天桥那里看牙时，他紧张得手直发抖，因为那个叛徒为日本人提供了接头人的画像。当饭冢快要认出他的时候，他以要开始拔牙这个借口搪塞过去，观众的心好不容易放下了，可是饭冢这个时候突然叫住他，观众会想饭冢是否认出来了。实际上是因为王天桥没有给他打麻药，王天桥解释说是因为他认为皇军不用打麻药，饭冢便摇摇头表示需要大大的。这一改日本人在电视上的形象，让观众发笑。在王天桥等人在他家里破译胶卷上的数字的时候，饭冢的突然到来让他们措手不及。王天桥在楼下应付饭冢，楼上的他们正在让潘慎之从屋顶逃走，可是身手笨拙的潘慎之摔了下来。饭冢在楼下听到响声，起了疑心。情急之下王天桥便谎称昨天与太太吵架，今天丈母娘带着小舅子来找他算账，还向饭冢发了一通牢骚。之后潘慎之化装成老太太，说是心脏病突发，在陈丹凤与李言的搀扶下出了门。热情的饭冢还让自己的车送"老太太"去医院，但是他看到这个"老太太"的脚很大，他有所怀疑并让他们等等，就在这时王天桥迎了上去，向饭冢说了很多感谢的话，让饭冢有话说不出。在慌乱中他们上车走了。当这个危机化解之后，观众们不仅发笑而且还为他们捏了一把汗。在紧张的情节中融入幽默的元素，使得气氛不会过度紧张压抑，有张有弛。

2. 台词

台词中的幽默主要是利用歧义、方言、"日式普通话"来营造。剧中人的话如果只说一半会造成歧义，例如在王天桥他们营救潘慎之偶遇饭冢的时候，饭冢跟阿金说他认识她，她是王太太的姐姐。阿金一害怕，脱口而出"我不是"之后又加上"还有谁是"。这些让人产生歧义的台词频频戳中观众的笑点。在这部戏中还融入了很多方言，例如房东阿金说的是上海话，于大头说的是山西话，黄四说的是青岛话。将各种方言与普通话放在一起就会产生一种冲突的喜剧效果。

该剧中很有特色，也很吸引观众的还有饭冢和渡边的"日式普通话"，他们的"日式普通话"口音特别纯正，让观众一听就知道是日本人在说普通话。其实剧中的饭冢扮演者钱波曾经在日本生活过一段时间，教过日本人汉语，他知道日本人说汉语时的发音是怎样的。所以他说起"日式普通话"十分标准，让观众毫无违和感。除了有日本口音之外，他们的台词中还有很多带有日语语序的汉语。例如"非常得看得清楚""根本的可能""眼光厉害大大的""你的说说明白""紧张的不要，拔牙的继续"等等。作为"中国通"的饭冢对中国文化很喜欢，了解很多但是不够透彻，所以他会说出"彻夜难睡觉""没有毒不是丈夫"之类被他修改过的成语。当他见到潘慎之假扮的田鼠时，他以为田鼠死而复生，紧张得说话都语无伦次了，比如他说的一些话："我对您实在是经常经常的爱慕"，"我一时间想了好多的词、话，就是出不来，想起不来"，"迫不得已的时候"，"话把说完"等等。观众听到这些台词再加上日本口音的时候，真是想不笑都难。

3. 道具

除了情节、台词之外，在道具上也注入了幽默元素。当王天桥以为真田鼠找上门来的时候，他叫来李言，为了防身，他们拿了两个毫无杀伤力的"武器"，一个是拔牙的钳子，另一个是拔牙用的小锤子。把他们俩胆小的性格暴露无遗，看似搞笑但也很真实，符合逻辑。王天桥只是普通的牙医，在他的家里找到的只能是小锤子、小钳子之类拔牙的工具。他也很胆小，遇到危险可不得找些防身的武器。在王天桥家还有一只会说话的鹦鹉"呱呱"，总是在不经意间蹦出几个字、几个词，出人意料、笑话百出。例如在王天桥等人成立了抗日武装小组，他们去王天桥家接头的时候，要说出"虎牙""智齿"的口令。"呱呱"则是看到有人来就会说"口令"。有一天饭家到王天桥家来看牙，"呱呱"就说出"口令"这两个字。这着实让王天桥吓出了一身冷汗。在第二十八集，渡边知道战争即将结束，他们国家会战败。他想得到"智齿计划"，为自己找一条出路，但是他是帝国的军人，在这种时刻他却在打着自己的如意算盘，这样做似乎有些不妥。他希望得到天皇陛下的庇护，事实上是希望得到一些心灵上的安慰。他整理了一下衣服，向天皇的照片行礼，抬起头来发现照片里的天皇斜了一下眼睛，而且有些不屑和蔑视。就是这照片里的天皇斜了一下眼睛，让我们观众感受到渡边的内心活动，也带给我们欢乐。

（四）故事背后：从英雄的宿命感到人性中的温暖

《虎口拔牙》让人感受到的不是英雄的宿命，而是人性中的温暖。正因为他们都是爱国的中国人，所以他们才会加入这场战斗，尽他们所能为国家做些事情。如果王天桥不是一个爱国的有良心的中国人，那天他就不会冒死从家里跑出来想要帮助田鼠。在他得到胶卷之后，也不会千方百计地去寻找田鼠的下线。他拼命保护胶卷，甚至连胶卷里是什么都不知道，但是他知道田鼠舍命要保护的东西肯定非常重要。当他太太问他做这些事图什么的时候，他说："其实现在我眼前都是几个月前血淋淋的那一幕。你说，一个到现在咱还不知道真实姓名的人，舍命把这么重要的机密交给我，我就觉得我肩上有一副特别重的担子。当然了，很多时候我特别想把它放下来，不行，我一想到这个，我就放不下了，完全放不下了。"这一番话道出了他的心声，他也曾害怕过，想要放弃，但是为了祖国，为了身上的那一份责任，做人的良心，他选择了这条危险的道路。其他人也是如此。

在全剧结尾，日本无条件投降了，王天桥来到火车站为饭冢送行，他送给饭冢两颗假牙，跟他说："戴着它，回到家吃饭的时候，可能会更方便一些。"就这么简单的几句话，让人感动。这是一种真切的关心，没有虚情假意。回想起以前，饭冢为了得到胶卷，将田鼠活生生地剖腹，手段极其残忍。这一头一尾形成了强烈的对比。当饭冢拿着那两颗假牙说谢谢的时候，王天桥说道："如果有机会，欢迎到上海做客。"他的这句话说出了我们国人的心声，我们可以友好地往来，但是如果你对我们的国家进行不法侵略，我们的国人会团结在一起奋力反抗，前仆后继，捍卫自己的国家。但是我们有所为有所不为，不会用同样残忍的手段来对付战败的他们。战争让原本美好的东西灰飞烟灭，但人性中的温暖会让大地回春，找回逝去的美好。

三、《虎口拔牙》对当前谍战剧创作的启发和借鉴意义

对于类型化的影视剧，观众是既保守，又有期待。对于某种类型的喜爱当然源于其中类型化的元素，这是保守；而任何一种类型的重复总会有让观众生厌的时候，所以还有期待着"惯例"中的创新。因此观众们对谍战剧的创新一样充满期待。而谍战剧《虎口拔牙》则是选择了一个比较独特的视角，上演一场普通百姓的喜剧谍战。这种类型的谍战剧在国内很少见，可以从中得到一些启发，给当前的谍战剧创作一些启示和借鉴。

（一）剧本：创新要合理，传递正能量

剧本乃是一剧之本，一部电视剧质量的好坏，取决于剧本，那么剧本的好坏就取决于编剧对此投入了多少。该剧的编剧兼导演潘军表示筹备了3年。如果编剧们为了迎合市场和观众，在短时间内创作出多部作品的话，那么剧本的价值是不会太大的。在剧本创作的时候，堆砌抄袭之作也许既省事又能获得较高的收益，但是这条路不会走得长远，也很难从中产生经典的

作品。要想在同类电视剧中脱颖而出，只有创新才是出路。在创新中不能一味求新而忽略了逻辑规律，出现的一些低级硬伤会严重影响作品的质量。例如这部剧做了一个大胆的创新，它选取保护文物作为背景事件。那么仔细想一想在这件事中是会有很多百姓参与的，要不然在战争结束之后这些文物也不可能如数归还，从逻辑上来说是可以成立的。这部剧选取了一条喜剧的路子，但是编剧把喜剧与谍战结合得很好。所以说我们要的是创新，不是"雷人"。

电视剧除了精彩的故事，典型的人物形象，还不能忽视作品的思想性和艺术性。不能只追求感官上的刺激，在剧中过多地加入一些喧宾夺主的元素，如超炫的特技、漂亮的拳脚功夫、枪林弹雨的大场面等。一部高质量的电视剧受众广泛，内容要符合主旋律，弘扬正能量。在娱乐之后能够带给观众一些思考、一些正能量和真正能够打动人的东西。这些不能通过刻板的说教传递给观众，而是让观众自己从中得到感悟。

（二）演员：角色无主次，用心去塑造

优秀的演员往往能通过朴实自然、形神兼备、不露痕迹的表演，让人物形象既活在银幕上，也活在观众的心里。所以说有很多翻拍剧，新版的画质、服装、道具等各方面都比老版制作精良，但是有很多剧作的经典版本还是老版。其中的原因是与演员分不开的。不仅演员的形象要符合剧中人，而且还要有出色的演技来认真塑造这个人物形象。正如《虎口拔牙》中的几位主演李乃文、姜武、吴越、柯蓝，凭着他们精湛的演技，成功刻画出剧中的人物形象，让幽默机智的牙医，胆小老实的地理教师，胆大包天的太太和财迷心窍的房东太太这些形象栩栩如生。而且他们对幽默把握得很好，能够逗乐观众，为该剧增色不少。尽管这部剧是在炎热的夏天拍摄的，他们依然穿上了比较厚的戏服。因为要符合那个年代的特点，不能让观众跳戏。当然他们也希望呈现给观众最佳效果。演员们都很敬业，不惧炎热，认真拍摄。

剧中的一些配角也让演员们演绎得很出彩，并没有因为角色小而变得逊色。如没有文化的杀猪匠黄四，经常说错话，用错词。在他向别人求饶，希望博得别人同情的时候，他会说："我上有黄口老母，下有白发小儿。"一直都分不清"马"和"鸟"这两个字。在潘慎之让他去送信给马德才的时候，他知道了潘慎之是老师，表现出不屑，告诉潘慎之老师没有老板威风。而且帮潘慎之送信也不是白送，但也不好说出口，就给潘慎之打了一个数钱的手势。一个市侩的小市民形象展现在观众面前。还有剧中经常帮倒忙，弄不清状况的糊涂特工于大头也是笑料百出。

从整部剧中可以看出，无论是主角还是配角，都在用心地去塑造他们所扮演的角色。

（三）借鉴：以我为主，为我所用

在看《虎口拔牙》的时候，有些观众会想到法国的经典电影《虎口脱险》。该剧导演兼编剧潘军表示，这部剧是向法国经典喜剧《虎口脱险》致敬的作品，只是《虎口脱险》里的表演是特意夸张变形的，而《虎口拔牙》是收着敛着的一本正经的冷幽默。《虎口拔牙》借鉴了《虎口脱险》中的喜剧路子，但是演绎的不是夸张变形的喜剧，而是上海文化中比较搞笑的部分。在人物的设置上也符合那个时代的特点，让我们看到的是旧上海的风土人情，没有让观众有跳戏的感觉。所以说在借鉴其他作品成功经验的时候，不能全盘接收，要以我为主，为我所用。要把成功的经验与作品融合在一起，而不是直接搬运过来。借鉴是为了帮助我们打开思路，不能让其束缚我们的思维。

四、结语

谍战剧以其独特的魅力，吸引着广大观众，但是如果没有改变，没有创新，依然是跟着套路走，它将很快失去生机。所以有很多作品就被网友调侃成了"神剧"。电视剧《虎口拔牙》的大胆创新，让该剧成为一部与众不同的谍战剧。它选取了一个比较冷僻的历史节点——故宫博物院文物南迁，描写了一群百姓的谍战，用一个喜剧的路子来演绎该剧，而且把它们融合得很好，不仅不会让观众觉得不搭调，反而会让观众具有新鲜感。《虎口拔牙》的一系列创新突破了谍战剧的一般模式，对当前谍战剧的创作有着一定的启示和借鉴意义。

观众接受心理视域下
电影《智取威虎山》情节建构研究

◎ 邹荣学

徐克导演的3D版电影《智取威虎山》在经济与社会效益两个方面取得了一定程度的双赢。细究剧作的情节建构，编创者能牢牢抓住观众的接受心理建构剧作情节，在人物的设置、悬念的安排、动作性的强化、戏剧性的渲染等方面都取得了一定的创作实绩，既有效实现了剧作主题思想的表达，同时达到了吸引观众观影的效果。

一、人物设置——意识形态性的艺术化张扬

（一）人物形象的意识形态性

徐克导演的电影《智取威虎山》由作家曲波的长篇小说《林海雪原》改编而来，剧作人物也多由原著小说而来。《林海雪原》的故事经过不同年代、不同作品的演绎，其中的人物形象已经在观众心中根深蒂固。这些人物形象最终会在剧作中突出主要的英雄人物形象，尤其是杨子荣。这些人物形象的设置无疑具有意识形态性。如杨子荣的英雄气概——从眉眼、胡子等面容描写就可看出人物所属的艺术类型；而座山雕则是一副反派人物的典型形象，从他的容貌、眼神、做派等无不可以看出。剧作者这样精心构建人物形象从观众接受心理上看是想更好地突显影片鉴赏中的意识形态性。意识形态性是文艺鉴赏活动的首要特征，在这一视角下，无论是创作者还是观众，意

识形态都是他们绕不开的问题，而编创者紧紧抓住剧作人物的意识形态性就会有效吸引一批观众。

（二）人物意识形态性的艺术化渲染与加强

电影《智取威虎山》还原了原著《林海雪原》中白茹的形象。这种人物设定与表达也不违背剧作对人物意识形态性的张扬。白茹形象的加入不仅丰富了剧情、活跃了剧作的节奏，同时也很好地突显了正面人物杨子荣、二〇三首长等人的英雄形象。

增加的马青莲、栓子等角色也为剧作更加艺术化地渲染人物意识形态增色不少。马青莲的性格复杂，这个人物的设置在一定程度上增加了剧作的悬念，而土匪窝里的非人生活扭曲了她的人格，她的人物行动的错乱恰在一定程度上凸显了杨子荣等人物形象的高大。剧作中，栓子救母以及由经历过林海雪原战斗的战士后人姜磊回忆等形成了剧情的一条线索，这些人物一方面凸显了主要人物的意识形态性，另一方面人物自身也折射出鲜明的身份特点，足见剧作在人物设置的意识形态上的匠心安排。

二、悬念的安排——与观众接受心理的契合

悬念的营造是电影作品创作的关键性因素。在观众的心理中，接受的发生是有文体、意象、意蕴期待的。影片通过不同的形式给观众呈现了一场视听盛宴。

（一）特效运用——助力悬念的生发与展开

电影中比较惊心动魄的一场戏是杨子荣的打虎上山。在观众的期待视野里，近乎真实的人虎之斗无疑是具有视觉冲击力与悬念吸引力的。徐克导演喜欢运用电影特技来进行艺术表达，影片通过杨子荣打虎上山这个场景极力渲染了他的英武气质，也为全剧的艺术呈现文体、意象风格隐约地做了暗示性的定格。

（二）接受动机——引导观众探索悬念

一般来说，影视剧作鉴赏者的接受动机主要有以下几个方面——求美、求真、求善、求乐。剧作正是在上述接受动机下展开极富悬念性的剧情的。

剧作一条主要的叙事结构遵从线性叙事结构原则，表现了小分队智取威虎山的富有传奇性的故事情节。剧情的呈现可谓悬念迭出、惊险不断，如剧中副官脱逃的情节等。副官的脱逃给杨子荣的卧底侦探带来了极大的威胁，而这种悬念激发了一波又一波激烈又精彩的敌我间的斗智斗勇，也把全剧推向了剧情与悬念的高潮。在这里，剧作极大地满足了观众求乐的欣赏心理需求，在尊重原著的基础上进行了极富成效的艺术化加工与呈现。当然，这种呈现也是真的、美的、善的。

鉴赏者求美的接受动机也在剧作的悬念展现中得到了凸显。全剧展现了一幅林海雪原富有传奇浪漫色彩的战斗生活画面，无论是人物的造型、动作，抑或山林、峭壁等，剧作都力求进行美的呈现。在前述打虎上山的情节里，杨子荣打虎的细节动作多具视觉美感——无论是自上而下的俯拍镜头，还是虎的腾跃镜头，抑或描写杨子荣惊惧、勇武神态的特写镜头；再如表现白茹与高波面临林匪围村时对敌的战斗场面——白茹与高波弹无虚发，机智神勇。在极度紧张的战斗节奏下彰显了俊男靓女搭配下的战斗风景，在悬念表达的同时张扬了美的装扮、美的神态、美的身姿、美的神韵，极大地满足了观众的审美需求。

（三）接受的发展——正解与误解、遇合与遇挫视角下的悬念设置

如前所述，剧中有一个特殊的女性角色——马青莲。这一角色在剧中不是主要角色，但在剧中却参与了不少极富悬念的情节的设置。观众看到这一人物出场，既感觉无法理解其在剧中的角色定位，也不清楚这个人物的身世经历，因而伴随着人物而生出的有关剧情就增加了多重悬念色彩。在这个人物一系列令人错愕的行为背后，引发观众关于这个女人身世与行为动机的猜想。在这里，观众对人物与剧情悬念的理解及判断心理不断地存在着正解与

误解、遇合与遇挫，而观众这种心理的产生则正是影片编创者想要达到的观影效果。

三、戏剧性的渲染——"受者位移"的接受者对戏剧性的推动

剧作原著是小说，又经历了革命样板戏的改编，戏剧性强是其重要艺术特征。徐克版的电影《智取威虎山》在戏剧性的表达上做足了文章，其表达也体现了观众接受心理中的"受者位移"特点。

（一）"隐含的读者"对戏剧性的促进

剧作中最大的悬念可谓为杨子荣卧底侦察的戏剧悬念。在这个重要悬念的结构中，副官、马青莲等人物的出现不断地把剧作的悬念引向深入、带向高潮。在这里，"隐含的读者"对剧作戏剧性的促进作用极大。不断出现的剧作悬念引起观众的注意，激发观众接连不断的观赏兴趣，很多"隐含的读者"也被调动起来，他们和"真实型受者"一起参与剧作迷宫的探险之旅中。在剧中，剧作主人公就好像进入了迷宫，再也找不到出口与方向——这正是剧作者想要的效果，而"隐含的读者"则促进了剧作戏剧性的生发与表达。

（二）"组合型受者"对戏剧性的张扬

"组合型受者"是指创作主体与鉴赏主体在文学艺术作品中的合一状态。本剧充分考量了这种合一的力量，并努力使得其在剧作中实现戏剧性表达的最大化。

一是充分运用换位思考的方法让观众参与到剧作的创作思维中来。典型例子就是通过姜磊来讲述故事。这种叙事从艺术接受的角度来说形成影片"组合型受者"的编创效果。作为新一代的深受西方文化思想影响的年轻人，他们对红色经典作品知之甚少，他们是怎样看待革命经典文艺作品的呢？这无疑是一个新颖的视角与编创思维。

二是联系相关艺术形态，扩大影片的受众面。影片描绘了姜磊幻想的充

满了戏剧性的第二个结局——杨子荣被塑造成超级英雄，他英雄救美，完成了中国革命传奇与好莱坞大片风格的结合。这就进一步拓展了观众受众面——编创者希望影片的欣赏者可以是中老年人，也可以是青年人，而且他们希望这些青年人有过大量好莱坞大片观赏经验，熟悉甚或喜欢好莱坞剧情模式，这样形成的影片观赏的"组合型受者"无疑又给影片剧情的戏剧性表达与张扬提供了压力与动力。

徐克导演的3D版电影《智取威虎山》票房不俗，在商业运营上影片无疑是成功的。与此同时，影片在革命题材的表达上又取得了新的诠释方式方法上的成功。细究剧作成功的原因，编创者对观众接受心理的研究与把握无疑是影片获得成功的重要因素。在影片中，无论是人物的设置、悬念的安排，还是戏剧性的渲染，剧作都可谓深入人心——很好地把握了观众的接受心理。影片取得成功的艺术实践经验是很值得研究与总结的。

《觉醒年代》：追寻初心的律动

◎邵　明

2021年6月，在第27届电视剧白玉兰奖的评选中，由中共北京市委宣传部、中共安徽省委宣传部、安徽省广播电视局和北京市广播电视局联合摄制的《觉醒年代》（龙平平编剧，张永新导演，于和伟、张桐、马少骅、侯京健等出演），荣获最佳导演、最佳编剧、最佳男主角三项大奖。本剧在此前播映的过程中就掀起了收视热潮，并在豆瓣评分中获得了9.3分的高分，取得了收视率和口碑的双赢。作品立足于对历史本质的深刻把握，追寻中国共产党人的炽热初心，是主旋律电视剧创作的重大收获。

一、为中国寻找出路

《觉醒年代》中的故事背景开端于1915年袁世凯北洋政府与日本政府签订严重侵害中国主权的"二十一条"，这是近代以来中华民族再次面临的巨大危险、再次蒙受的巨大屈辱，它迫使包括陈独秀、李大钊在内的中国先进知识分子面对一个严峻的时代课题：如何为中国找到一条挽救危亡的新路？

寻找新路当然不是轻轻松松、一蹴而就之事。陈独秀在剧中出场之时，面对李大钊"何为新路"的疑问，直言不讳地回答："不知道，我正在找。"寻找新路不能躲在书斋中冥思苦想、向壁虚构，必须结合现实的社会斗争。正是在反对袁世凯的斗争中，陈独秀总结出鸦片战争以来中国人的"三大觉悟"：从知道我们技术不如人、制度不如人，到最终认清我们思想、道德、理念不如人，因此要创办《新青年》、开展新文化运动，以"民主与科学"的价值启蒙民众、开发民智。毫无疑问，此时的陈独秀依然认同资产阶级民主主义思想，并未在思想上认同马克思主义。但是，随着新文化运动的开展，一场思想启蒙运动席卷古老的神州，唤起了中华民族的伟大觉醒。此后，在发动全国人民反对北洋政府在巴黎和会上签字的五四运动中，陈独秀、李大钊等人深刻认识到资产阶级民主共和制度及其背后的文化价值无法挽救中国，也深刻认识到蕴藏在人民群众中的磅礴伟力，以及坚持人民立场的马克思主义所具有的真理力量，从而坚定地投身无产阶级革命，找到了一条适合于中国的全新的道路。

可以看到，剧作依循寻路者们在救国救民实践中所经历的思想裂变的艰辛过程，深刻地概括了中华民族精神觉醒的历史逻辑。

二、以身许国的奉献精神

《觉醒年代》格外感人之处，就是浓墨重彩地描绘了革命者为挽救国家危亡、推动民族复兴所表现出的以身许国的奉献精神，正是在这种伟大精神的推动下，中华民族能够以凤凰涅槃的姿态浴火重生。

陈独秀在剧中亮相的第一个镜头，潦倒落魄，蓬头垢面、长须打结，一身浅黄色西装污迹斑斑、皱皱巴巴。作为一位早已名动天下的革命者，虽然此时流亡日本，也绝非衣食无着，此种窘态其实是陈独秀为中国寻路而暂时不得的焦虑精神的外化。剧作随后追述了陈独秀投身辛亥革命、二次革命，屡遭通缉抓捕，有家难回、有亲难顾，被迫亡命天涯的遭际。即便如此，陈独秀绝无半分气馁，回到上海后，在筹办《新青年》的研讨会上，他慷慨陈词："一代人有一代人的责任，我们这一代人的责任……就是辨析、选择和验证出一种当代最先进的思想理论，作为改造社会的指导思想，来探索出一条振兴中华的道路！"在五四运动中，陈独秀看到大批的爱国学生被反动政府抓捕，他怀着沉痛的心情回到家中，在和家人吃晚饭时，端起了一杯酒，为自己不是一个好丈夫、好父亲郑重地向家人道歉，因为，"我不能眼睁睁地看着我的学生流血、流泪而无动于衷，我必须和他们一起去战斗！因为我爱这个国家，我要为这个国家去做点什么！今后，可能因为我你们还会受连累，今后，可能因为我，你们还会吃苦受罪，所以，我必须要跟你们说对不起，这一杯酒是向你们赔罪的！"

正是在父亲陈独秀的感召下，陈延年、陈乔年立志报国、心比金坚。当剧作以预叙的手法，表现兄弟二人满脸血污、浑身伤口，踏着血泊凛然走向反动派的屠刀，并绽放出如夏花一样绚丽的笑容之时，不禁令人感愤动容、泪下如雨！

此外，李大钊、毛泽东、周恩来等人为救国救民而上下求索、颠沛流离乃至于殒身不恤的奉献精神，都得到了用心展示，从而描绘了一幅足以展示中华民族精神的英雄群像。

三、对于中华传统文化的深厚情怀

多年来，新文化运动往往被认为坚持了"全盘反传统"的激烈文化态度，《觉醒年代》则以辩证的眼光，穿透简单化思维所造成的历史认知的迷障，再现了革命先驱们对待中华传统文化的拳拳赤子之心。

一方面，剧作充分展示了陈独秀、李大钊、胡适等人在新文化运动中对于传统文化的批评及其与文化守旧派林纾、辜鸿铭、黄侃、刘师培等人的论辩、论争乃至于论战。另一方面，剧作也反复阐明了新文化运动对待中华传统文化的全面立场，特别是通过"京郊送别"和"父子谈心"两个情节段落对之做出了集中阐释。

毛泽东返回湖南，陈独秀、李大钊到京郊送别，对于毛泽东的一句感悟"看来二位先生并非要全盘否定传统文化"，陈独秀慨然应答："中华文化博大精深，谁也否定不了，假以时日，国泰民安了，我倒愿意在故纸堆里安度晚年！"此话自非空穴来风，即便在万方多难的年代，陈独秀也以大量的精力撰写了《荀子韵表及考释》《实庵字说》《老子考略》《中国古代语音有复声母说》《古音阴阳入互用例表》《连语类编》《屈宋韵表及考释》《晋吕静韵集目》《戊寅年登石笋山》《干支为字母说》等大量音韵训诂学著作，是传承传统文化的实绩。此外，剧作还通过陈独秀与陈延年关于传统文化的一次谈心，阐明了新文化运动只是反对把"孔教三纲尊为道统"，而非全盘反对传统文化的立场。正如陈独秀在《吾人最后之觉悟》中所说，"儒者三纲之说"，"率天下之男女，而不见有一独立自主之人格"，所以必须反对，但是，绝非把"全体中国旧学踩在脚下"。中华数千年传统文化既有来自特定历史时期的局限性内容，也包含着中华民族在五千年文明进程中创造的价值瑰宝，剧作以上述两段情节体现了革命先驱对于传统文化的辩证态度。

党的十九大报告明确提出，"中国共产党自成立之日起，既是中国先进文化的积极引领者和践行者，又是中华优秀传统文化的忠实传承者和弘扬者"，应该说，这一层含义在剧作的历史叙事中得到了充分的展示。

四、精湛的艺术表达

《觉醒年代》从开始创作剧本到作品完成，总共历时七年之久，在艺术上可谓精益求精。

从叙事上看，作品全景式地描绘了从1915年到1921年的6年时间里中国社会的风云变幻，围绕新文化运动、五四运动、中国共产党成立等三件历史大事，深入地揭示了历史巨浪下的深层动力，既恢宏壮阔又重点突出，展现出史诗性特征。从表演上看，剧作最大的特征是极具个性化的角色塑造，无论是陈独秀的激情豪迈、李大钊的雄厚豁达、鲁迅的冷峻狷介、胡适的儒雅斯文，还是青年毛泽东的阳光自信、志存高远，陈延年、陈乔年兄弟的心志坚定、自立自强等，都得到了极为传神的表现。

此外，剧作非常善于营造意象拓展表达空间，例如反复出现的骆驼，既象征着中华民族的坚毅精神，也可以理解为是对于陈独秀这位"徽骆驼"的礼赞。在陈延年等人倾力创办的工读互助社解散之时，镜头对准了互助社饲养的一只母山羊和一只小羊崽，并且以山羊母子之间浓浓的舐犊之情巧妙地批评了工读互助社与家庭断绝关系的极端理念。陈独秀、李大钊在北京天桥新世界游艺场散发传单之时，舞台上表演的是京剧《说岳全传》高宠枪挑铁滑车、壮烈殉国的桥段，戏里戏外相互映衬，营造了极为悲壮的氛围。此外，片头极具意象化特征的木刻版画、虚化背景的剪影效果，都赋予所述历史以"有意味的形式"，呈现出令人耳目一新的表达效果。

精深的思想内容与精湛的艺术表达互为表里、相得益彰，使得剧作具有强烈吸引力、感召力、影响力，真正讲好了党史故事、中国故事，成绩值得充分肯定。

主旋律题材影视剧复合叙事技巧探赜

——以电视剧《大决战》为例

◎ 王　凯

　　革命历史题材电视剧因其既有历史厚重感，又有叙事悬疑性，所以长久以来一直是中国家庭荧屏上最为常见的电视剧类型。近年来，伴随主流文化愈加强势，各种主旋律题材影视剧，刮起了一阵强烈的旋风。但这些作品也有必须逾越的关口，因为故事内容多为大众熟知、相关作品早已成熟成功，所以再次翻拍的必要性、创意点等就变成了必须直面的问题。电视剧《大决战》恰在这样的背景下走进了大众视野。应该说，立足三大战役反映解放战争的影视作品，良品颇丰，但《大决战》还是成功突破，"据CSM全国网数据，电视剧《大决战》首播收视率连续27天排名第一，全剧平均收视率1.23%，单集最高收视份额9.49%，创下近四年CCTV-1黄金档单集收视最高纪录"。在电视剧火热的背后，针对作品的思考同样热烈，且并不偶然，其熟练应用复合叙事引发的陌生化效果正是值得思考的角度，也是主旋律电视剧叫好又叫座的保障。

　　与题材一样，复合叙事其实在当前创作技巧相对纯熟的大环境中比较普遍。从2004年电视剧《历史的天空》开始，主旋律题材影视剧就非常注重将人物放在历史环境中充分挖掘其性格中的可贵之处，用小事和细节取胜，改变了英雄人物相对不接地气的缺憾。后期的一系列影视作品都沿用并深化了这种技巧，《亮剑》《潜伏》《北平无战事》皆如此，甚至于大银幕上《建国大业》《湄公河行动》《攀登者》等同样效仿，成了新传统。但相对而言，

《大决战》给出的答案更有嚼头，或者说更体现了它对新传统的又一轮提升，不仅在细节上取胜，更从叙事的本质释放了新能量。

一、视角：正面描述与侧面描述相互交织

《大决战》以辽沈、平津、淮海三大战役为背景呈现解放战争，天然就注重展示中国共产党和共产党人不畏强敌、勇敢斗争的正面形象。不论是后方根据地的中央首长，还是前线指挥部的领导同志，抑或是对敌作战的普通战士，影片都对其形象进行了有效的捕捉，展开了全景式的描绘。

在呈现辽沈战役初期，党中央进行战略决策与军队调度时，《大决战》将毛主席从重庆谈判返回延安后，不顾医生关于加强休息的要求，积极组织会议与中央首长探讨战略部署作为主要表现的内容，不仅让观众充分了解"向北发展、向南防御"科学决策的历史史实，更让大家看到了共产党领导核心的集体凝聚力，大家既可以各抒己见，又能够民主集中，都有忘我的精神和负责的态度，这样的领导核心就是基层的表率，带领大家获得最终的胜利也自然顺理成章。这些内容非常常见，可以说是对传统的继承。

与此同时，前线指战员同志积极果敢，对落实中央军委的指示干脆利落。一位指挥员同志出场是在行军时的马背上打盹儿，但是一收到毛主席的电报立刻就清醒过来，并迅速下达了具体的命令。在这里，观众看到了共产党军事指挥员的辛苦，连一个安稳觉都睡不好；也看到了他们遇到紧急情况后处理协调战场上各方面力量的组织和应变能力。指挥员身先士卒，想必大家也会对这支队伍充满信心，影片自然就打动人心了。

为了更加生动展现共产党人的形象，在部队调动过程中，影片还特意捕捉一对普通基层同志——武雄关和王翠云的形象。两位同志在解放区认识并自愿走到了一起，作为党在最基层的干部，他们一心奋斗并希冀在中华人民共和国成立后能够过上幸福的小日子。但是面对部队开拔的命令，武雄关出征了。王翠云不忍、不舍，跌跌爬爬追到行军大船的渡口，却发现部队已经

走远；而武雄关回望岸边，同样也看到了追来的王翠云哭倒在地上的身影。这恐怕不是单一的事件，更可以看成是无数小家庭的缩影，正是因为有这些小家庭的付出才汇聚成了祖国大家庭的团结与温暖。每一个观众都是各自小家庭的成员，看到这样的场景自然能够触景生情，引起共鸣，所以《大决战》让普通观众为之动容合情合理。当然在影片中，这样的小故事还有很多，恰恰因为都是生活化的，所以表现不生硬，比起简单的口号，血雨腥风的战争场面，更能引发观众自己的思考，水滴石穿，以柔克刚。

与传统电视剧不同的是，现在的主旋律题材影视剧往往会给对手更多的笔墨，借以从侧面烘托主题思想、展现人物形象。其实从《大决战》的开篇就很能发现这样的特点。每个段落中，影片都不是从共产党、解放军的角度进行单一讲述，往往会从国民党，甚至其他社会力量的角度加强渲染，给观众更加客观的视角，也让影片更显厚重。在表现重庆谈判时，影片通过平行蒙太奇的方式将以毛主席为核心的中共代表团和以蒋介石为首的国民党代表团进行了多轮回、多层次的对比，正面和侧面来回交织，共产党的坦荡与自信、国民党的虚伪和紧张，都淋漓尽致地呈现于画面之上。看完这些段落让人有拍腿大呼过瘾的感觉。

另外，对于国民党人，包括美国人，影片也有很多让人难忘的场面。杜聿明面对电厂被破坏后的慨叹，傅作义面对民族大义、文化遗存和半生戎马之间取舍的踌躇，甚至于魏德迈、赫尔利、马歇尔等美国人的言行无一不让观众看到大势所趋和人心向背。这样，《大决战》如同一幅长卷的风俗画，见证了历史，也影响了后人。

二、策略：大人物小切面与小人物大格局

正面和侧面描述相互交织并不是《大决战》所独有，但是大人物小切面与小人物大格局的叙事策略运用确确实实很有特色，也给了影片耳目一新之感。

常规而言，为了维护大人物严肃、严谨的高大形象，影片一般多将他们为历史掌舵、为民心立命的心迹和行为作为主要的表现内容，也让他们身上总是闪耀着神一般的光芒。但是从另一面来说，这往往会让观众缺少亲近感。因此，《大决战》在这里进行了不少有益的探索，在笔者看来确有积极作用。影片开头就是毛主席第一次坐飞机的情形。美国大使赫尔利多次提醒主席不用紧张，或者可以不看窗外的景象。但是毛主席既慷慨地承认了乘坐飞机的感受，更透过窗外的景象表达对祖国河山的赤诚之心和期盼和平的热切心愿，一上来就把伟人的形象立住了。巴拿马盔式帽、参加宴会时把香烟交由秘书保管等小细节也让观众对毛主席之于和谈的诚意有了更深的理解。最有意味的便是香烟，虽然在宴会上，毛主席有意克制吸烟，但一回到延安，即便保健医生反复提醒，甚至有所抱怨，他也一笑而过，个中缘由不言自明。相对应的是面对美国特使马歇尔吸烟，蒋介石则是一脸的烦躁和无奈，只能打开车窗再捂住口鼻。这一来一回，不得不说，影片的制作是极用心的，犹如茶道慢煮，回味绵长，也是一种修为。

大格局不置于伟人之处，却要如何安放呢？《大决战》给了别样的答案——小人物的继承与传递。应该说，任何宏大的追求都需要落实在具体的人和事上，所以小人物的大格局更彰显影片所传递的思想深入人心。基于此，《大决战》以一批小人物的群像散落其间，他们精神的高度统一更让我们看到信仰的力量。不论是王翠云和武雄关同赴东北，还是乔三本和王福民战死沙场，抑或是房天静和小信子克服自己，还包括两位大学生主动引路、张婉心保护傅冬菊等场景，虽然很多人物是虚构的，但思想高度是真实的，影片也借此深入浅出向大众普及了什么叫作"靠人民"，什么叫作"为人民"，什么叫作"人民的选择"。这样的影片是真正接地气的，也更容易拉近"观演"双方的心理距离，即便只在家中观看，没有"场"的影响，没有直接的互动，认同感也是确凿的。

三、视听：电影手法的电视呈现

在普通观众眼中，电影相较电视似乎总要规格高一些，实则是电影在大银幕呈现、剧场化观赏的加持下，借助的艺术手段更加突出。近年来，电视拍摄投入逐步增加，一些在电影中才能看到的画面效果在电视屏幕上也日渐普及，作为影视叙事的直接手段，视听的作用不可忽视。

就《大决战》来看，除了传统视听表达外，不少新的技术、艺术手段给了观众电影般的视听效果。首先，影片大量使用了旧有的纪录资料和解说，有效增强了作为革命历史题材影视作品的历史厚重感，也能够让观众从中得到深刻的现实教育。其次，动画效果的使用让影片画面更加精致，比如武雄关随着军船驶向东北时，一艘艘军船迎着朝霞出发，颇有奔向光明的深刻含义。最后，蒋介石的广播也是影片中反复出现的特殊道具，作为间接叙事的一部分，透过广播传递出来的声音，既推动了剧情，也让观众了解了人民战争的含义，确为不凡之响。

翻开岁月的新篇是历史的必然，主旋律题材影视剧向前的步伐还会随着大家对影视认识的加深不断迈进。影视作品的成功在叙事技巧的成功，复合叙事让我们看到了主旋律题材影视剧的生命力，既是好口碑的保证，也是好票房的保证，"长江后浪推前浪"，只愿后来者依然能锐意进取、不断创新，在市场中找到观众之需，在文化中找到价值之魂，打造精良的作品，塑造中国的形象，传递中国的声音。

图书在版编目（CIP）数据

文艺百家谈 . 2021 年 . 第 2 辑 : 总第 27 辑 / 安徽省文学艺术界联合会 , 安徽省文艺评论
家协会编 . -- 北京 : 北京时代华文书局 , 2024.3
　　ISBN 978-7-5699-4711-3

　Ⅰ . ①文… Ⅱ . ①安… ②安… Ⅲ . ①文艺评论—中国—当代—文集 Ⅳ . ① I206.7-53

　中国版本图书馆 CIP 数据核字 (2022) 第 172896 号

WENYI BAIJIA TAN 2021 NIAN DI 2 JI: ZONG DI 27 JI

出 版 人：陈　涛
责任编辑：周海燕
执行编辑：崔志鹏
责任校对：陈冬梅
装帧设计：迟　稳
责任印制：刘　银　訾　敬

出版发行：北京时代华文书局 http://www.bjsdsj.com.cn
　　　　　北京市东城区安定门外大街 138 号皇城国际大厦 A 座 8 层
　　　　　邮编：100011　电话：010-64263661　64261528

印　　刷：河北京平诚乾印刷有限公司
开　　本：710 mm×1000 mm　1/16　　　　　成品尺寸：170 mm × 240 mm
印　　张：24　　　　　　　　　　　　　　　字　　数：355 千字
版　　次：2024 年 3 月第 1 版　　　　　　　印　　次：2024 年 3 月第 1 次印刷
定　　价：96.00 元